本丛书由山东省一流学科中国语言文学建设经费资助

中国现代文学研究丛书

贾振勇·主编

烈士风度

——近现代中国的性别、牺牲与文章

符杰祥◎著

人民出版社

目　录

前　言

　　年龄大致相仿的一些学界同行，早有相互切磋、相互砥砺、共话人文理想之志愿。所以，本丛书的构想与策划，其实已持续数年。

　　1970 年前后出生的一批中国现代文学研究者，大多受过严格的学术训练，成长于改革开放年代，有启蒙创新之情怀；在知识结构、学术视野、文学理念、价值理想、人文诉求等各方面，也呈现出相似的代际特征。经过长期的积累与历练，不少学者取得了各自的标志性成果，有的甚至做出了对学科发展具有突破性价值的成果。从总体上看，这批学者在即将知天命之年，开始步入富有创造力的学术黄金期。本丛书的策划与编选，正是基于对中国现代文学学科发展态势之判断，对这批学者的学术探索进行主动的呼应与支持。

　　经过通盘考虑、反复协商并征求多方意见，本丛书编委会决定邀请在中国现代文学研究领域实力深厚、影响较大、1970 年前后出生的高校学者作为本丛书的作者。目前，已有段从学（西南交通大学）、符杰祥（上海交通大学）、贾振勇（山东师范大学）、姜涛（北京大学）、李永东（西南大学）、刘春勇（中国传媒大学）、孟庆澍（首都师范大学）、文贵良（华东师范大学）、袁盛勇（陕西师范大学）、张洁宇（中国人民大学）十位学者加盟。编委会认为，这十位学者，学养深厚、功底扎实、思路新颖、视野开阔、研有专长、优势突出、特色明显，其成果具有探索性、多元性、前沿性和引领性，在某种程度上能代表中国现代文学研究的发展趋势。本丛书的出版，对中国现代文学研究的整体拓展、深入、提升与创新，将大有裨益。

本丛书的主要学术目的或曰学术理想在于：第一，整体展示，集体发声，形成学术代际与集束效应，追索"学术乃天下公器"之人文理想；第二，凝练各自特色，展示自家成果，接受学界检验；第三，拒绝自我满足意识，砥砺前行、奋发有为。是故，经丛书各位作者协商、讨论，一致同意丛书名定为"奔流"，取义为：致敬前贤，赓续传统；奔流不息，创造不止。

需要特别说明的是，理想虽然丰满，现实往往骨感。丛书的构想、策划之所以延宕数年，实乃种种因素之限制，尤其出版经费一时之难以筹措。有幸的是，恰逢山东师范大学文学院中国语言文学学科获批山东省"双一流"立项学科。在山东师范大学文学院院长杨存昌教授、党委书记贾海宁教授、一流学科带头人魏建教授以及院高层次著作编委会的鼎力支持与推动下，山东师范大学文学院决定予以积极支持。

正是由于山东师范大学文学院的慷慨资助，本丛书才有机会得以问世。为此，各位丛书作者对山东师范大学文学院深远的学术眼光、襄助学术发展的魄力，表示深深的敬意与由衷的感谢。同时，感谢人民出版社的大力支持，尤其感谢责任编辑陈晓燕女士的努力与付出。

丛书即将问世之际，感慨颇多。春温秋肃，月光如水。愿学术同好：行行重行行，努力加餐饭；月光穿过一百年，拨开云雾见青天。

上　篇
从"列女"到"烈士"：近现代中国的"西方美人"与性别政治

第一章 "中国苏菲亚"是怎样炼成的：秋瑾与"西方美人"的文化政治

　　晚清革命浪潮风起云涌，中国新女性由此实现了从"闺秀"到"女杰"的性别重构与范式转换①。这其中可做典型的时代人物，莫过于秋瑾。当她选择以异常壮烈的牺牲与近乎自绝的死亡方式来重塑新我时，她的确如己所愿，"虽死犹生"②，青史留名。秋瑾遇害后，时人有诗赞其"制就虚无新活剧，天教红粉占千秋"③，"献身甘做苏菲亚，爱国群推玛利侬"④。好友吴芝瑛、徐自华为其所作小传中亦有云："甚或举苏菲亚、罗兰夫人以相拟，女士亦漫应之，自号曰鉴湖女侠云。""虽俄之苏菲亚、法之玛利侬，有过之无不及。"⑤围绕着秋瑾之死，晚清文坛以无法想象的速度与热情创作出了《轩亭冤》《轩亭血》《轩亭秋》《六月霜》《碧血碑》《秋海棠》《侠女魂》等大量小说、杂剧、传奇，而发表在报刊上的各种悼诗与挽联更是不计其数。

---

① 柯慧玲：《近代中国革命运动中的妇女（1900—1920）》，山西人民出版社 2012 年版，第 37 页。

② 秋瑾：《致徐小淑绝命词》，载郭延礼、郭蓁选注：《秋瑾诗文选注》，人民文学出版社 2011 年版，第 31 页。

③ 韫玉女士：《挽吊秋女士　七绝五章》，《神州女报》第 1 号，载郭延礼编：《秋瑾研究资料》，山东教育出版社 1987 年版，第 584 页。

④ 李铎：《哭秋女士》，《时报》1907 年 8 月 19 日。

⑤ 吴芝瑛：《秋女士传》，徐自华：《秋女士历史》，载郭延礼编：《秋瑾研究资料》，山东教育出版社 1987 年版，第 68、60 页。

秋瑾虽死，却得以在文学艺术中获得重生与永生；肉身牺牲，精神却得以在革命殿堂获得提炼与提升。比如，将秋瑾与其精神导师苏菲亚（Sophia Perovskaya，现通译索菲亚·彼罗夫斯卡娅）相提并论、称颂秋瑾为"中国苏菲亚"，便是将牺牲者送入革命圣殿的一种命名仪式或方式。

秋瑾所塑造的英雄神话以牺牲物质肉身为代价，精神遗存则在敬仰与崇拜中无比单纯而高度抽象。这一方面固然带动了人们对秋瑾文学创作倾注更多的热情与敬意，另一方面却也可能因此抑制人们在阅读理解上的更多丰富性与可能性。正如有学者所说："虽然秋瑾是作为一个革命英雄而牺牲的，可是她的曲折且短促的人生旅程绝不是任何一个名称可以涵盖的。"①有鉴于此，本书无意重复描写秋瑾作为先烈的历史形象与精神价值，而注意追溯分析秋瑾成为先烈的历史书写与机制问题。相较于作为英雄雕像而高度一致的秋瑾形象，本书也更注意探寻秋瑾生命世界的复杂性与矛盾性。换言之，本书的主旨不在于秋瑾是否可以称得上"中国苏菲亚"，而在于秋瑾如何与苏菲亚发生了跨文化的相遇。首先，西方女性在晚清帝国那里是如何化身为"西方美人"的？俄国虚无党女杰苏菲亚在进入晚清文学的过程中，背后所折射的是怎样一种跨文化的性别政治？其次，秋瑾与素不相识的苏菲亚如何发生了千丝万缕的精神联系，对新女性的自我认同又产生了怎样的影响？最后，将秋瑾打造为"中国苏菲亚"的历史书写，毕竟是将东方女性改写为"西方美人"的一种重构过程，二者之间有无矛盾冲突之处？处理或遮蔽矛盾的书写方式有着怎样的复杂意涵？

---

① 王玲珍：《女性、书写和国家：二十世纪初秋瑾自传性作品研究》，载张宏生主编：《明清文学与性别研究》，江苏古籍出版社2002年版，第904页。

一、晚清帝国眼中的"西方美人"

甲午以来，一败再败的晚清帝国经历"三千年未有之大变局"，国势的文弱不振直接刺激了民族主义与尚武思潮的兴起。杨荫杭在20 世纪 20 年代的时论文章中总结说："中国右文而贱武，故成文弱之国，自与欧人接触，始自觉其文弱。自为日本所败，始欲矫其文弱之弊。于是爱国之士，乃大声疾呼曰：'尚武！尚武！'"[1] 由此，中国几千年"文主宰武"的传统被打破，文武之间的从属关系发生了大幅逆转。康有为在 1898 年上光绪皇帝的奏折中，疾呼当时为前所未有的"今当举国征兵之世"[2]。梁启超则借"铁血宰相"俾斯麦之言公开宣扬："天下所可恃者非公法，黑铁而已，赤血而已。宁独公法之无足恃，立国者苟无尚武之国民，铁血之主义，则虽有文明，虽有智识，虽有众民，虽有广土，必无以自立于竞争剧烈之舞台。"[3] 在尚武救国的逻辑之下，如何跨越"野蛮人尚力，文明人尚智"的文野之分难题？梁氏的回答斩钉截铁、不容商议："然柔弱之文明，卒不能抵野蛮之武力。"既然文不胜武，便不惜将"尚武"抬高到"国家所恃以成立，而文明所赖以维持"[4] 的层面，甚至直呼"中国魂者何？兵魂是也"[5]。在鼓吹"兵魂"与"铁血主义"的风气之下，晚清文坛出现了许多像

---

[1] 杨荫杭：《老圃遗文辑》，转引自罗志田：《乱世潜流：民族主义与民国政治》，上海古籍出版社 2001 年版，第 158 页。

[2] 康有为：《请禁妇女裹足折》，载中华全国妇女联合会妇女运动历史研究室编：《中国近代妇女运动历史资料，(1840—1918)》，中国妇女出版社 1991 年版，第66 页。

[3] 梁启超：《新民说·论尚武》，载《饮冰室文集点校》第 1 集，云南教育出版社2001 年版，第 615 页。

[4] 梁启超：《新民说·论尚武》，载《饮冰室文集点校》第 1 集，云南教育出版社2001 年版，第 615 页。

[5] 梁启超：《自由书》，载《饮冰室文集点校》第 4 集，云南教育出版社 2001 年版，第 2274 页。

南社文人的《军国民歌》《女军人传》这样的创作。秋瑾则写下了多篇以刀剑为题的诸如《剑歌》《宝剑歌》《宝刀歌》《红毛刀歌》等诗作。即便是与秋瑾意见相左的鲁迅，也在当时写下了"我以我血荐轩辕"的激烈诗句和赞美武士精神的《斯巴达之魂》。

当尚武强兵成为新的时代风流，中国"二万万女子"的性别典范不仅发生了转移，而且典范准则也被完全颠覆。从梁启超极为艳羡的"西方美人"① 眼里回头来看中国的东方美人，传统女学典籍《女诫》所规定的"男以强为贵，女以弱为美"就失去了合法性。中国女性"以弱为美"的古典风流一方面被维新志士视为亡国灭种的万恶之源，另一方面又要为响应强国保种的现代诉求承担重要责任。秋瑾的革命党同志陈天华在《猛回头》《警世钟》中就如此呼吁："今日的世界，什么世界？是弱肉强食的世界，你看如今各国，那国不重武备？""妇女救国的责任，这样儿大"，"你看法兰西革命，不有那位罗兰夫人吗？俄罗斯虚无党的女杰，不是那位苏菲尼亚吗？"② 在救亡图存的质询之下，美人之美恰恰是晚清之危的不幸映照。东西美人之争不是比拼容貌，不是竞赛诗文，而是"妇女救国的责任"。楚南女子（陈撷芬）在 1903 年曾计划用白话演义《世界十女杰》，为的就是让女同胞"可以学他也做一个女豪杰出来"③。而所谓"理想的女豪杰"，就是以苏菲亚为模型的："爆弹钢刀在手边……朝刺将军暮皇帝，谁能无价买民权。"④"自由购就文明血，炸弹惊回专制魂。"⑤ 由此看来，晚清的美人之美不是比美，而是比武。在这样的情势下，被梁启超斥为"批

① 梁启超：《论中国学术思想变迁之大势》，载《饮冰室文集点校》第 1 集，云南教育出版社 2001 年版，第 217 页。

② 饶怀民等编选：《陈天华集》，人民文学出版社 2011 年版，第 38、87 页。

③ 楚南女子：《世界十女杰演义：西方美人》，《女学报》1903 年第 4 期。

④ 一尘：《理想的女豪杰》，《国民日日报》1903 年，转引自刘纳：《嬗变》，中国社会科学出版社 1998 年版，第 99 页。

⑤ 悲秋：《谁之罪》，《江西》第 2、3 号合刊，转引自刘纳：《嬗变》，中国社会科学出版社 1998 年版，第 88 页。

风抹月，拈花弄草"的才女文学及其熏陶下的"不商不兵"的东方美人①，非但失去了昨日文雅风流的所有优势，而且还要为国势文弱承担不可原谅的文化罪责。那么，当古典美沦为一种现代病时，如何疗救"东亚病妇"文弱不振的"恶疾"呢？《女子世界》主笔丁初我的良方是"军人之体格，实救疗脆弱病之方针，游侠之意气，实施治恇怯病"②。在培养军国民的新女学理念中，来自野史传说的花木兰故事被重新发掘，以重建中国女性雄强尚武的形象谱系。尽管金一（金天翮，字松岑）等人都有调适比较的自觉之意，希望"东西女杰并驾驰"③，但事实上，被赋予救国意义的"西方美人"还是占据了压倒性的优势，成为中国女性师法效仿的完美典范与理想榜样。秋瑾自己就是一个典型的例子。她在早期的《题芝龛记》八章中，也赞美过历史上的女英雄女豪杰如秦良玉、沈云英等人；在后来的弹词小说《精卫石》中，则热情鼓吹"欧风美雨返精魂"，苏菲亚、罗兰夫人（Manon Jeanne Phlipon）等西方女杰成为"二万万女同胞"未来"都成女杰雌英"的完美典范。

对"西方美人"在晚清的隐喻意义及其后纵横交错的帝国欲望与权力关系，台湾学者刘人鹏曾做过精彩的专文解析。在她看来，"'西方美人'与'二万万女子'是在国族欲望成为长生帝国的现代化进程中被生产出来的比喻"④。在 20 世纪之初的 1902 年，梁启超曾提出一个颇有意思的譬喻性说法："二十世纪则两大文明结婚之时代也，欲我同胞张灯置酒，迓轮俟门，三揖三让，以行亲迎之大典，彼西方美人必为我育宁馨儿，以亢我宗。"⑤ 维新人士一方面对西方帝国主义的

① 梁启超：《变法通议·论女学》，载《饮冰室文集点校》第 1 集，云南教育出版社 2001 年版，第 42—47 页。

② 初我：《女子世界之颂词》，《女子世界》1904 年第 1 期。

③ 金一：《女学生入学歌》，《女子世界》第 10 期，原刊无出版年份。

④ 刘人鹏：《近代中国女权论述》，台湾学生书局 2000 年版，第 187 页。

⑤ 梁启超：《论中国学术思想变迁之大势》，载《饮冰室文集点校》第 1 集，云南教育出版社 2001 年版，第 217 页。

强暴有"意乱情迷"的认同，另一方面又力图让晚清帝国摆脱被殖民强暴的弱势地位。梁氏的救国方案，是希望以两大文明结合的方式，让古老衰落的中华文明恢复青春活力、重振国族雄风。但衰老顽固的父权／帝国意识，又使他不愿承认祖国的衰弱落后，所以，只好借由"香草美人"的抒情艺术，将西方帝国女性化为"西方美人"，幻想西方文明"用她年轻美丽的身体，尽其为中华文明再生产的终极任务"①。这样的婚姻想象天真而又认真，处处流露出一种爱恨交织的复杂欲望。婚姻想象当然不可能是事实婚姻，在晚清时期强国救种的议程上，"西方美人"的比喻意义最终落实为苏菲亚等"爱国美人"的具体形象，并成为动员中国女性奋然自振、参与救亡运动的有效力量。事实上，"西方美人"也并非一夜塑就。西方女性在晚清的接受经历了一个从"番妇"到"美人"、从负面到典范的转变过程②；相应的是其后有一个"老大帝国"对西方文明从鄙夷、抵抗到承认、学习的曲折演变过程。当强大的西方帝国在晚清的封闭衰落中打破了文化保守主义夷夏之辨的观念幻象后，西方文明在一种强弱失衡的等级结构中展现出了一副充满诱惑而又不无想象的现代性图景。在追求现代性的潮流之下，西方女性的形象塑造乘此"西风"，迅速上升为中国"二万万女同胞"竞相仿效的"西方美人"，乃至顶礼膜拜的"西方女神"。所以从国族主义的逻辑来看，晚清审美观的改变其实是文明观的改变。

刘人鹏的"西方美人"之说关注国族与性别背后的权力结构与霸权对抗问题，不过也因此可能忽视中国女性在学习与成长中重塑自我的主体需要。有意思的是，梁启超的"西方美人"虽然指向倾慕不已的"泰西文明"，出典却是《诗经》中的《邶风·简兮》。诗中有云："云谁之思？西方美人。彼美人兮，西方之人兮。"无独有

---

① 参见刘人鹏：《近代中国女权论述》，台湾学生书局 2000 年版，第 129—197 页。
② 唐欣玉：《被建构的西方女杰》，四川大学出版社 2013 年版，第 26—32 页。

偶，因甲午战败曾上书光绪皇帝的晚清名士吴保初当时也写有一首致两位女儿的诗："女勿学而父，而父徒空言。西方有美女，贞德与罗兰。"① 晚清以来，"西方"与"美人"的所指与内涵在时空、意境上已完全不同。维新人士"中体西用"，用古老的诗经语言表达走向世界的现代诉求，不无向异文化寻求交流对话的创造性努力。从另外一方面说，"西方美人"从来就不是一个抽象自足的象征符号，"二万万女子"对此也从来不是毫无主体意识的全盘接受。向"西方美人"学习，首先就是一个自我觉醒的过程。何种西方？学习什么？美人之美，美在何处？这些都是需要经过自我思考与主体选择的。比如离家出走、东渡日本的秋瑾，她显然不可能接受青山实践女校与其身世、理想背道而驰的"贤妻良母"教育，在几番冲突之后，她最终从苏菲亚等西方女杰那里获得了革命动力。其次，在重塑自我的成长过程中，"西方美人"塑造其理想模式中的中国新女性，中国新女性同时也在塑造合乎自我理想的"西方美人"。在"西方美人"与"二万万女同胞"的相互塑造中，也有跨文化视野中的混血交融与互动创造的对话关系。从重塑自我的需要出发，中国文学在再度创作中甚至可以反复改造、重写"西方美人"，晚清以来不同版本的苏菲亚传奇故事便是如此。再次，从西方女性在晚清由"番妇"而"美人"的历史演变来看，对"西方美人"的态度也随着时代潮流的变化而不断发生变化。正如上帝创造了人、人也创造了上帝一样，新女性在以"西方美人"为镜像的自我成长过程中，作为他者镜像的"西方美人"也是新女性塑造的结果。其实，在中华文明与外来文明数千年碰撞交融的历史长河中，从来没有"纯粹"的西方，也从来没有"纯粹"的"西方美人"。

---

① 吴保初：《北山楼集》，黄山书社 1990 年版，第 62 页。

二、与苏菲亚在"新小说"中相遇

秋瑾在《赠女弟子徐小淑和韵》一诗中有言:"我欲期君为女杰,莫抛心力苦吟诗。"秋瑾这首弃文从武的诗是写给女弟子的,也是写给自己的。从以"女杰"自认的诗文创作中,我们可以看到,秋瑾自己也正是晚清尚武时代响应国族主义征召的一个最为自觉的女弟子。在晚清的"征兵之世",各种女报、新女性读本所译介的"西方美人"尽管呈现出一副多元景观,但舍身救国的革命女杰无疑占尽风光。比如,在当时出版的众多女性新读本中,陈寿彭、薛绍徽编译的《外国列女传》更为全面,其中也编有《文苑列传》,但并不如《世界十女杰》《世界十二女杰》这类颂美女杰的编译著作更受欢迎。所以,能成为晚清中国最有影响的文化偶像与女性典范的,自然是苏菲亚与贞德(Jeanne d'Arc)、罗兰夫人这样一批"以身许国"的"爱国美人"。

有意思的是,女性新读物与新偶像也是中国男性无论老少都曾大为喜欢的。姑且不提始作俑者梁启超等人,以周氏兄弟为例,鲁迅在 1903 年购买、阅读过《世界十女杰》,并寄送周作人①。他自己也回忆说:"那时较为革命的青年,谁不知道俄国青年是革命的,暗杀的好手?尤其忘不掉的是苏菲亚,虽然大半也因为她是一位漂亮的姑娘。"②周作人的日记显示,他至少读过两遍《世界十女杰》,所译蔼理斯(Henry Havelock Ellis)的《苏菲亚》一诗,直到 1930 年巴金出版《俄罗斯十女杰》时还在被引用③。在 1904 年到 1907 年间,周作人还化名吴萍云或会稽萍云女士,在《女子世界》等刊大写鼓吹女性革命的文章。在他看来,20 世纪的理想女性就是苏菲亚式的尚武任侠:

---

① 唐欣玉:《被建构的西方女杰》,四川大学出版社 2013 年版,第 53 页。
② 鲁迅:《南腔北调集·祝中俄文字之交》,载《鲁迅全集》第 4 卷,人民文学出版社 2005 年版,第 472 页(以下引用均为此版本,不再详注)。
③ 《巴金全集》第 21 卷,人民文学出版社 1993 年版,第 301 页。

"十九世纪之女子，执其帚，供井臼而已。二十世纪，则将易陌头杨柳，梦里刀环之感情，而尝弹雨枪林，胡地玄冰之滋味"，"故二十世纪之女子，不尚妍丽，尚豪侠；不忧粗豪，而忧文弱"①。可见，崇拜苏菲亚乃至赞美"弹雨枪林"，正是晚清民族主义思潮之下的一种普遍风气。

值得注意的是，无论是周氏兄弟还是秋瑾，使用的都是"苏菲亚"这一译名。苏菲亚在晚清各类报刊流传的文字甚多甚广，译名也多种多样。其进入中国视野，始自1902年马君武所译英人克喀伯(Thomas Kirkup)的《俄罗斯大风潮》一书，译名作薛非亚培娄屋司加牙；任克在1903年的《浙江潮》发表苏菲亚的传记，题为《俄国虚无党女杰沙勃罗克传》；公权在1907年的《天义报》上发表的传记题为《露国革命之祖母婆利萧斯楷传》；巴金在20世纪20年代的《苏菲亚之死》一文中则译其全名为苏菲亚·柏罗夫斯加亚；此外还有索菲亚、梭菲亚之类的简称。巴金为此提到一个很有意思的误读问题："在外国，人都称她为柏罗夫斯加亚；只有在中国，她才被称为'苏菲亚'，而且中国人还只知她为'苏菲亚'呢。"② 相较而言，马君武与任克、公权的译名更符合外国习惯，但"苏菲亚"更为流行，以致无首（廖仲恺）的《苏菲亚传》、金一编译的《自由血》都沿用了这一译名。最有趣的是巴金自己，明知"苏菲亚"是"只有中国人"才如此称呼的误读，也亲自做了订正与说明，但仍将错就错、沿用旧名，可见这一中国化译名影响之深。那么，造成这种误读的，又是何方神圣呢？非他，乃是1902年开始在梁启超创办的《新小说》上连载的一部章回小说《东欧女豪杰》。作者岭南羽衣女士据考是康有为弟子罗普的化名。作为梁启超的同门加同志，罗普的创作正是梁氏倡导"政治小说"或"新小说"理念的一种实验或实践之作。如果梁氏影响了罗普小说

---

① 吴萍云：《论不宜以花字为女子之代名词》，《女子世界》1904年5月15日第5期。
② 巴金：《俄罗斯十女杰》，载《巴金全集》第21卷，人民文学出版社1993年版，第301页。

理念的《译印政治小说序》等文章来自日本文坛的启发，那么罗普的苏菲亚也同样来自日本课堂的启蒙。假如没有日本老师烟山专太郎（Kemuyama Sentaro）在早稻田大学讲授《近世无政府主义》，罗普创作苏菲亚的灵感大概也无由发生。同样，作为小说读者的秋瑾在其后能否以"中国的苏菲亚"形象被历史辨识与铭记，也未可知。

离奇的是，让秋瑾、周氏兄弟以至于后来的巴金等人都大为着迷的《东欧女豪杰》，竟是一部仅有前五回的未完之作。小说虽未完成，却足以使已为人母的秋瑾在故事之外继续上演苏菲亚抛家舍身的中国革命故事，也足以使十一二岁的少年巴金"为了一个异国女郎流下不少的眼泪了"①。以致在此之后，苏菲亚热又在中国本土繁衍出更多传记与传奇文本。这半部小说，与半部"红楼"在艺术成就上自然无法相比，却何以有如此迷人的魅力？除了得"政治小说"风气之先，我想主要还在于它借晚清"政治小说"之风适时塑造出了一位倾国倾城的"爱国美人"苏菲亚。小说最成功也最可笑的就是对苏菲亚的中国化塑造与改造。借由中国志怪、侠义小说笔法的夸张渲染，这位出身贵族的俄罗斯女郎从出生到成长都充满了神秘的传奇色彩，俨然成为集美貌与智慧、胆略与勇气于一身的革命女神。更奇特的是，苏菲亚的中文译音在小说中被想当然地读解／拆解为中国女子的姓名，"菲亚"成了表示亲密与亲近的称呼，"苏"则成了"菲亚"之前的一个普通姓氏。②其母与有荣焉，也分享了"母亲李氏"这一中国称呼。同样，像苏菲亚的父亲用"女子无才便是德"的中国女德来教训女儿、俄报主笔用"任教三绝，难绘其神；嫁与子都，犹嫌非偶"的中国诗句来描写"菲亚"风采等，都是欲在中外文化之间化解矛盾结果却矛盾百出的例子。不过，未能消化矛盾的中国化是小说突出的症结

---

① 巴金：《俄罗斯十女杰》，载《巴金全集》第 21 卷，人民文学出版社 1993 年版，第 301 页。

② 参见胡缨：《翻译的传说：中国新女性的形成（1898—1918）》，龙瑜宬、彭姗姗译，江苏人民出版社 2009 年版，第 138 页。

所在，也是突出的成功所在。在小说中，留学日内瓦的中国姑娘华明卿结识了一些"满脑子激进观念"的俄国女同学，对所听说的苏菲亚故事倾慕不已。虽然未曾谋面，但中国革命的现实需要足以让两个小说人物之间发生跨越时空的精神联系。华明卿固然是苏菲亚进入中国的桥梁人物，但搭桥的主体却是中国"文弱不振"所激发的救亡意识："可恨我国二百兆同胞姊妹，无人有此学识，有此心事，有此魄力。又不但女子为然，那号称男子的，也是卑湿重迟，文弱不振，甘做外国人的奴隶，忍受异族的凭凌，视国耻如鸿毛，弃人权若敝屣，屈首民贼，摇尾势家，重受压抑而不辞，不知自由为何物。倘使若辈得闻俄国女子任侠之风，能不愧死么？"华明卿开口闭口"菲亚姊"，内心显然已自居为苏菲亚的精神姐妹。在倾听苏菲亚的成长故事中，中国好学生华明卿也和故事中的精神导师苏菲亚一起茁壮成长。[1]假如小说完篇，这位听故事的边缘人物，必当成长为"新中国未来记"的女主角与女英雄。作为《新小说》和《新民丛报》的狂热读者，我们有理由相信，从《罗兰夫人传》与《东欧女豪杰》等女英雄故事中获得启示的秋瑾就是华明卿这样的倾听者和崇拜者。秋瑾在短暂的革命传奇中留下了《某宫人传》《精卫石》等大量诗词文章，她编写明末宫女刺杀李自成贼将的中国苏菲亚式的故事，鼓吹"衣冠文弱难辞责"，"但恃铁血主义报祖国"[2]，既是对小说中"倘使若辈得闻俄国女子任侠之风，能不愧死"之问的作答与回应，也是对苏菲亚传奇的自行搬演与自我复制。

正像《东欧女豪杰》中华明卿与苏菲亚亦师亦友的精神联系一样，对秋瑾来说，苏菲亚既是拯救她走向革命的启蒙导师，也是抚慰她内心伤痛的精神姐妹。走进苏菲亚的故事之内，又走出苏菲亚的故事之外，秋瑾将女英雄为革命流血牺牲的传奇轰轰烈烈地搬上近代中

---

[1] 胡缨：《翻译的传说：中国新女性的形成（1898—1918）》，龙瑜宬、彭姗姗译，江苏人民出版社 2009 年版，第 138 页。

[2] 秋瑾：《宝剑歌》，载《秋瑾集》，上海古籍出版社 1979 年版，第 82 页。

国的历史舞台。以文学故事中的苏菲亚形象为典范，秋瑾最终也以与苏菲亚一样的典范形象进入新的文学故事。在秋瑾遇害后的大量文学创作中，《轩亭冤》公开赞颂秋瑾为"苏菲亚的后身"，而《谁之罪》可能受《东欧女豪杰》中"菲亚姊"称呼的启发，还精心设计了苏菲亚来中国访"义妹"秋瑾的情节①，秋瑾生前未遇苏菲亚的憾恨终于在身后的文学想象中一一圆满实现。对于"所经意者，身后万世名"②的秋瑾来说，能以苏菲亚的名字被文学传颂与历史铭记，也可谓求仁得仁。

苏菲亚的故事在晚清大受欢迎，不在于其女英雄的神话是否合乎历史真实，而在于它满足了危机时代国族主义塑造女英雄神话的历史需要。在这个意义上，苏菲亚及其中国学生/姐妹秋瑾的故事，都是晚清民族革命与尚武思潮的产物。也可以说，她们一个共同的创作者就是晚清的精神领袖梁启超。梁氏不仅以"新小说"的理念引导罗普创作了苏菲亚的故事，而且以"女英雄"的理念引导秋瑾再度创作了中国苏菲亚的故事。秋瑾居京时期喜欢阅读梁氏所编的《新民丛报》与《新小说》，对《近世第一女杰罗兰夫人传》《东欧女豪杰》更是爱不释手。在写给妹妹秋珵的信中，秋瑾谈道："任公主编《新民丛报》，一反以往腐儒之气。……此间女胞，无不以一读为快，盖为吾女界楷模也。"③事实上，秋瑾不仅是梁氏书刊的热心阅读者，她的许多诗文在语言和思想上也都留有梁氏的影子。以尚武言论为例，"世界和平赖武装"一诗，就有从"今日之世界，固所谓'武装和平'之世界也"④演化而来的痕迹。

---

① 刘纳：《嬗变：辛亥革命时期至五四时期的中国文学》，中国社会科学出版社1998年版，第278页。

② 秋瑾：《致秋誉章书》，载《秋瑾集》，上海古籍出版社1979年版，第34页。

③ 秋瑾：《致秋闺珵》，载郭长海、郭君兮辑校：《秋瑾诗文集》，浙江古籍出版社2013年版，第106页。

④ 梁启超《论尚武》，载《饮冰室文集》第1集，云南教育出版社2001年版，第621页。

三、被秋瑾遗忘的茶花女

与苏菲亚的神采飞扬相比，茶花女（玛格丽特·戈蒂耶，Marguerite Gautier，林纾译本作"马克格尼尔"）这位在晚清文坛上曾和福尔摩斯并驾齐驱、"最走红的外国小说人物"[①] 则显得极为落寞。她在秋瑾的创作与回忆中从未被提及。秋瑾性喜读书，《读书口号》一诗中亦有"侬亦痴心成脉望，画楼长蠹等身书"的自白，却只字不提著名的茶花女，是不平常的，也是不正常的。众所周知，发行最早、最为经典的《茶花女》译本是林纾的《巴黎茶花女遗事》，该书自 1899 年刻印以来多次再版。林纾自诩"尤凄婉有情致"[②]，陈寅恪也曾赞评"其文凄丽，为世所重"[③]。无论是艺术成就还是社会影响，1902 年才开始连载的《东欧女豪杰》都无法与之媲美。秋瑾只字不提曾经更为流行的茶花女故事，原因只有一个，就是茶花女这个人物，无法疗救她个人的内心伤痛，也无法解决爱国救亡的时代难题。

秋瑾个人婚姻不幸，诗文中常有"俗子胸襟谁识我""如何却将才女配庸人""才女婚姻归俗子""彩凤随鸦"之叹。所遇非偶，秋瑾当然不可能为爱牺牲，再做中国的茶花女。有意味的是，经古文学家译笔"润色"过的茶花女在晚清中国风行一时，作诗崇拜与歌颂者以男性居多[④]，女性读者几乎是沉默与缺席的。严复的"可怜一卷茶花女，断尽支那荡子肠"就颇有象征意义。为什么茶花女在当时没有引起女同胞的"可怜"，"断尽"的却是"支那荡子肠"呢？这背后有着

[①]　陈平原：《中国小说叙事模式的转变》，北京大学出版社 2003 年版，第 47 页。

[②]　阿英：《关于〈巴黎茶花女遗事〉》，载薛绥之、张俊才编：《林纾研究资料》，知识产权出版社 2010 年版，第 241 页。

[③]　张晓编著：《近代汉译西学书目提要：明末至 1919》，北京大学出版社 2012 年版，第 303 页。

[④]　阿英：《关于〈巴黎茶花女遗事〉》，载薛绥之、张俊才编：《林纾研究资料》，第 241—245 页。

与中国传统"忠贞"观念相契合的父权文化因素，也是林纾改写最为成功或最有争议之处。"荡子"为守贞的茶花女感动，却从不会想到自己也要为对方忠诚。林纾为舒缓丧妻之痛与王寿昌合译《茶花女》，据说译书到动情处，两男子的哭声窗外可闻[①]。但对自叹"俗奴浪子配才女"的秋瑾而言，阅读《茶花女》非但不能疗治内心伤痛，反而会徒增悲愤吧。

从尚武强兵的时代风气来说，《茶花女》出现在甲午海战后，虽风靡一时却又处境尴尬，很快便不合时宜。被誉为"女界之卢梭"的金一是名著《女界钟》的作者，也是铁血主义的狂热鼓吹者。他在 1905 年撰文，称赞《东欧女豪杰》等新小说读后"而更崇拜焉"，认为"使吾国民而皆如苏菲亚、亚宴德之奔走党事，次安、绛灵之运动革命，汉族之光复，其在拉丁、斯拉夫族之上也"。同时他也严厉斥责林译小说《茶花女遗事》与《迦因小传》，"使男子而狎妓"，"女子而怀春"，"欧化风行，如醒如寐"[②]。在这个意义上，苏菲亚形象的出现，及时化解了在危机时代书写"儿女私情"的难题，也及时将陷于个人苦闷生活中的秋瑾解救出来。在革命女神苏菲亚的点化之下，秋瑾由"儿女"而"英雄"，实现了超越个人痛苦的精神升华，在献身革命的舍家卫国中，写下了"祖国沦亡已若斯，家庭苦恋太情痴"[③]的如许诗句。反讽的是，当时许多鼓吹女权的男性先驱如高旭、柳亚子、金一却留下了"娶妻当娶苏菲亚""娶妻当娶韦露碧"这样一类诗句。其实，像苏菲亚这样舍身殉国的"虚无美人"并不是中国男性宜室宜家的最佳选择，但正如《儿女英雄传》中安公子与侠女十三妹的大团圆结局一样，东方男性表达对西方女杰崇敬之

---

① 左舜生：《中国现代名人轶事》，转引自李欧梵：《现代中国作家的浪漫一代》，王宏志等译，新星出版社 2005 年版，第 43 页。

② 松岑：《论写情小说于新社会之关系》，载陈平原、夏晓虹编：《二十世纪中国小说理论资料》第 1 卷，北京大学出版社 1997 年版，第 170—172 页。原载《新小说》1905 年第 17 号。

③ 秋瑾：《柬徐寄尘　二章》，载《秋瑾集》，上海古籍出版社 1979 年版，第 90 页。

情的最高想象，似乎也只有"娶妻"这种最古老的夫权方式。这些思想看似激进的先驱，当然也不会在狂热的文学想象中为东方女性留任何余地。

"多愁多病"的茶花女要在"征兵之世"获得新的生命，也需要和秋瑾一样，通过效仿苏菲亚来改写自己的命运。也许不仅仅是巧合，在"中国的苏菲亚"秋瑾就义的1907年，第一部由中国人改写的《茶花女》问世了，这就是钟心青的《新茶花》。与《茶花女》最大的不同是，《新茶花》被改造为一部梁启超式的政治小说。秋瑾的革命党同志吴樾暗杀五大臣等苏菲亚式的时事大量穿插在"新茶花"武林林的爱情故事中，以致爱情本身几乎沦为爱国情节可有可无的装点。在这样的改写逻辑下，"爱美人"方能"爱国家"、"爱情"即是"爱国"的理由就显得格外理直气壮了①。小说在开头的题诗《题茶花第二楼 武林林小影》中就直言"茶花不是巴黎种，净土移根到武林"，处处表现出欲与茶花女一争高下的心理。在小说中，之所以东风压倒西风、新茶花战胜旧茶花，就在于武林林虽在风尘之中，竟然也是一位目光远大的"爱国美人"。中国"新茶花"如同苏菲亚附体，开口便可说出"英雄造时势"一类梁启超式的大气磅礴的救国话语。这样的小说对法国的《茶花女》处处是模仿与搬用，也处处是颠覆与挑战。如果说武林林这位中国"新茶花"的慷慨陈词还停留在言语阶段，后来的改编则更进一步。如1908年王钟声截取《巴黎茶花女遗事》改编的文明戏《新茶花》（又名《二十世纪新茶花》）；以及1909年冯子河在文明戏脚本上改编的同名京剧，女主人公辛耐冬"堕劫侠嫁，忍辱屈身"，智盗俄帅地图，则真是王德威所说的另类"舍身救国""为国捐躯"了。据说王钟声改编的《新茶花》原剧仅两本，演出的"新舞台"剧社犹嫌不足，又窃用汪笑浓所编的《武士魂》再

① 参见赵稀方：《翻译现代性：晚清到五四的翻译研究》，南开大学出版社2012年版，第108—113页。

度改编补充①，似乎执意要将茶花女打造成侠女救国的故事。《新茶花》谈风月也谈风云，也可算是尚武时代的一种"准风月谈"了。不难发现，晚清所有的"新茶花"多少都带有苏菲亚的精神魅影。在救亡图存的"征兵之世"，苏菲亚可以不文，茶花女不能不武。"爱情"可以不谈，"爱国"不能不讲。即便是《茶花女》的译者林纾，此时也翻译了英国作家哈葛德（H. Rider Haggard）的大量探险小说，虽然明知其中"多椎埋攻剽之事，于文明轨辙，相去至远"，但为了让"老惫不能任兵"的中华古老文明重振"阳刚"之气②，也像梁启超一样急病乱投医，顾不得什么文野之分了。

四、在书写与遮蔽之间

在晚清的尚武思潮中，秋瑾效仿苏菲亚献身革命，也以"中国苏菲亚"的名声成为"国民女杰"的典范人物。如秋瑾所言："我欲期君为女杰，莫抛心力苦吟诗。"弃文从武是秋瑾的个人心志，也是时代的主流声音。不过，正如胡缨在研究晚清的历史书写与新女性形象问题时所说："虽然'新女界'、'新女杰'一类的词汇在晚清文章中屡见不鲜，似乎被赋予很重要的涵意，但是这类词汇的历史可释性是建筑在对真正生活中女子的遗忘上的。"③秋瑾作为女侠的革命形象在被纪念碑高度堆砌的同时，其文学性情的"才女"底座就被尚武浪潮悄悄吞没了。

---

① 朱双云：《新剧史》，新剧小说社 1914 年版，转引自徐红：《西文东渐与中国早期电影的跨文化改编》，中国电影出版社 2011 年版，第 39 页。

② 林纾：《林琴南书话》，转引自李欧梵：《林纾与哈葛德——翻译的文化政治》，《东岳论丛》2013 年第 10 期。

③ 胡缨：《历史书写与新女性形象的初立：从梁启超〈记江西康女士〉一文谈起》，载姚平主编：《当代西方汉学研究集萃》（妇女史卷），上海古籍出版社 2012 年版，第 290—291 页。

如果说历史书写在刻意记忆与刻意遗忘之间充满了一种扭曲与悖论，秋瑾为自己塑造的女杰典范在文武兴替之际何尝不是一种自相矛盾的产物。尽管绵延数千年的文学风流在晚清的历史剧变中失去了意义，秋瑾也从尚武思潮中的"爱国美人"那里重塑自我，但又如何能够脱离一个身在其中的更悠久深远的文学传统呢？事实上，秋瑾前期诗歌中的自我认同亦有像左芬、谢道韫、鱼玄机这样的文学才女们。秋瑾一方面劝女弟子"莫抛心力苦吟诗"，另一方面奔波之余仍吟诵不绝。在自传性的弹词小说《精卫石》中，秋瑾化身的黄鞠瑞在以爱国女杰为志时，也时时不忘以"才女"自命，除了思想激进、胸怀远大，其吟诗作词的日常生活和闺阁中的文小姐也并无什么差别。这样的性情流露，在不自觉的偏离中，又鬼使神差地回到了尚武时代所指责的"批风抹月，拈花弄草"的才女文学传统。尽管因为感情伤痛隐忍不提茶花女，秋瑾所深深隐藏的个人内心世界也不时吐露出与茶花女性情相通的一面。比如，《水仙花》诗中的"余生有花癖，对此日徘徊"，与茶花女的癖好又有何异？至于就义前的"秋雨秋风愁煞人"，前人已做过无数慷慨悲壮的宏大解释，也自有道理，不过，联系其《秋雨》《秋风》《秋雁》《秋声》《秋风曲》《秋日感别》《秋风独坐》等诸多以秋为题的诗词，如"昨夜风风雨雨秋，秋霜秋露尽含愁"之类，悲壮之外，不难觉出其中亦有一种"东方茶花"林黛玉式的"秋窗风雨夕"的感伤气息。秋瑾写下了许多以"秋"为题的诗词，正如她也写下了许多以刀剑为题的诗词一样，是她文学与人生中的无法分割、统一完整的两面。这种丰富与复杂，是因为秋瑾的文学同时承载着少女时代尚文与青年时代尚武两种混杂交融的文化修养。当"吟诗"在尚武时代被视为文弱的一面遭到分割时，两种混合交融在一起的文化修养就会在一个人身上发生分扯与撕裂。所以，秋瑾在为自己苏菲亚式的英雄梦写下大量风格豪放的诗词时，又在无意之间留下了茶花女式的"天涯漂泊我无家"的哀怨与感伤。她生命中的很多痛苦，有一大部分是像"侠骨前身悔寄身"①这样一种无法跳出性别陷阱的自我分裂造成的。如美国学者季家珍所说：

> 秋瑾对于"妇女"身份既抗拒又接受，她参与男性主导的民族救亡的事业，同时又致力于以女性为中心的解放与教育事业，可以说她的理想十分复杂，充满张力，但在她去世后，特别是在她的名字变得与辛亥革命密不可分了以后，其重要意义就只剩下一个方面了。她的故事首先属于壮丽的革命史，其次才属于探索性的女性史。她壮烈牺牲的一幕掩盖了女英雄内心的矛盾情绪，而在与她的对话录和悲愤的诗歌中，在她投身女子事业的过程中都弥漫着这种心绪。②

为了给自己塑造一个"身后万世名"的英雄像，被鲁迅感慨是"拍手拍死"③的秋瑾不惜切断自己无法切断的文学性的一面，最终不得不以自相矛盾的精神上的分裂为代价。不过，历史的吊诡就在于，秋瑾身首分离的悲壮牺牲恰恰弥合了其文武分裂造成的精神痛苦。当"中国苏菲亚"的英灵进入忠烈祠供人凭吊时，她模糊不全的文学身份与肉身则一起被深埋于地下。

秋瑾的苏菲亚形象，与其说是被历史事件所塑造的，不如说是被历史记忆所剪裁的。人们相信自己所宁愿相信的形象，选择自己所想象的方式来想象对方。作为尚武时代的革命典范，秋瑾的尴尬在于她被认同的始终是"女侠"的尚武一面，而非"才女"的文学一面。一个耐人寻味的现象是，秋瑾在辛亥革命之后，尽管获得了被纪念的先烈名义，反而不复有牺牲时的文学盛景，很少再出现在文学故事中。

---

① 秋瑾：《自题小照男装》，载《秋瑾集》，上海古籍出版社 1979 年版，第 78 页。
② [加] 季家珍：《历史宝筏：过去、西方与中国妇女问题》，杨可译，江苏人民出版社 2011 年版，第 254 页。
③ 鲁迅：《而已集·通信》，载《鲁迅全集》第 3 卷，第 465 页。

如果说秋瑾的形象在殉难后的《六月霜》《轩亭冤》等传奇杂剧中还存在着委屈、辩解乃至"哭诉"，那么随着辛亥革命胜利，革命语义由造反叛乱的暧昧不明已走向神圣庙堂的崇高祭祀，秋瑾所创造的中国苏菲亚传奇理应以不同版本与文学形式继续上演。但奇怪的是，只有到了此后抗日热情高涨的新的危机时期，冷落已久的中国苏菲亚传奇才重新火热起来。随着夏衍、郭沫若等人的《秋瑾传》《娜拉的答案》等文学创作的出现，秋瑾又变身为"国防文学"的新典范。"中国苏菲亚"被遗忘的英灵在救亡年代被重新激活，也再次说明：造就秋瑾女杰典范的是国族主义而非女性主义，造就秋瑾形象的是"感时忧国"的民族精神而非新女性的文学才情。正像秋瑾身着男装而欲跨越性别的矛盾与困惑一样，从被历史所接受与认可的程度上来说，她不是一个女性典范，而是国族主义以解放女性为旗帜、在危机时代用来召唤女性参与救亡事业的国族典范。她的"文学"，在国族主义眼里，永远是一部诗文形式的"武学"。

第二章　在苏菲亚与茶花女之间：丁玲的"西方美人"与近现代中国文武兴替思潮

在全面抗战爆发前夕的 1936 年年底，当奔赴前线的丁玲收到毛泽东发来"昨天文小姐，今日武将军"的电文时，她也许感受到了其中热情洋溢的诗意，却未必领略其中文武之道的韬略。丁玲大概不会意识到，在以军中电报的方式接受革命领袖馈赠的文学诗词时，她自己也正处在近现代中国文武兴替思潮中一个新的历史交会口。在这样的历史交会口，政治家致女作家的赠词意涵丰富，短短十言，排列着"昨天"/"今日"、"文"/"武"、"小姐"/"将军"等一系列二元对立项，涉及传统与现代、尚文与尚武、文学与政治、女性与男权等关乎文学思潮、文化演变、性别政治诸多领域复杂错综的现代性问题。

在既往一种由进化史观所主导的阐释视野中，人们已经习惯了从"今日"来看"昨天"、从"武将军"来看"文小姐"。这样的看其实也是不看，洞见中也有不见。在一种否定、轻视、破坏式的解读中，"昨天"的一切特点都可能成为人们不屑一顾的缺点，也因此会成为人们视而不见的死角与盲点。在方法论的意义上，本文试图"回到昨天""回到文小姐"，就是希望回到充满矛盾与争辩的历史发生地、回到充满挣扎与不安的个体生命世界，来探寻新女性在重塑自我的故事中被压抑与埋没、无法呈现而又真实存在的文学声音。

一、苏菲亚与茶花女的镜像之辨：丁玲的 1927

丁玲作为"文小姐"为人所知，无疑是从她在 1927 年发表第一篇小说《梦珂》开始的。相较于成名作《莎菲女士的日记》，这篇不算成熟的小说对解读丁玲及其时代的特殊重要性很少为人重视。相较于文学史更重视的成名作与代表作，作家的初始之作常常会被视为可有可无的试笔习作。如果从历史发生学的角度来看，情形可能正好相反。作为文学生命的起源与开端，初始之作在作家的文学血脉中恰恰隐伏着制约后期成长的种种生命密码与精神元素。因为未曾遭遇成名之后社会批评或意识形态的制约与压抑，看似不成熟的初期创作反而让作家可以从容抒发自我心志与个人情怀，表露种种无法规训的原始气息与未曾掩饰的真实血肉。倘若要回到作家那里去，就不能不首先回到作家的创作原点那里去。从这个意义上说，如果不了解作为莎菲前身的梦珂，就无法更深入地理解梦珂以后的莎菲。

在现代女作家与中国革命的研究中，颜海平曾提出"非真的蕴律"之说。在她看来，文学写作以虚构的非真方式创造了一种真实的人性，女性的人生与写作在此辩证运动过程中互为构成要素并相互转化①。进而言之，文学与人生在"文小姐"那里构成的是一种相互塑造、不可分割的精神姐妹关系。由此，我们也可以从《梦珂》这篇有些枝蔓散乱的小说中，发掘丁玲所重塑的文学姐妹及其生命故事。不成熟的女主人公梦珂在种种不确定的境遇中表现出种种不稳定的幻想，反而便于成为丁玲借以分析自我与社会的一面镜子②。这其中，最引人注目的莫过于两位异国女郎的化身在上海的跨文化相遇：一个

---

① 颜海平：《中国现代女性作家与中国革命（1905—1948）》，北京大学出版社 2011 年版，第 16—21 页。

② 丁玲：《我的创作生活》，载《丁玲全集》第 7 卷，河北人民出版社 2001 年版，第 15 页。

是法国小说中的风尘女郎茶花女玛格丽特·戈蒂耶，一个是俄国虚无党女杰苏菲亚。这两个完全不同、毫不相干的人物，因为上海某美术学校女学生梦珂的个人奇遇，竟然在同一部小说中发生了奇妙的对照与牵连。

梦珂是一个现代气息十足的文艺女青年，从法文名字就可以看出她对西方文艺的倾慕与迷恋。为了自己小说中的女主角，丁玲不惜挪用了瞿秋白送给女友王剑虹的一个最心爱的名字（"梦珂"意为"我的心""魂"，丁玲"明知而故用"①），来写女学生寻魂/追梦的成长之旅。丁玲自己在梦珂的年龄也确实做过游学巴黎的文艺梦，可见，小说女主人公的叙述视焦和女作者之间是高度认同的。这位文小姐离校后寄居姑妈家的日常生活就是读外国书、学西洋画。"为了想去巴黎的梦"，还向刚从法国留学回来、翻译过几本文艺书的表哥学习法文。梦珂性情独立自尊，然亦多愁善感，曾为阅读小说《茶花女》"撒过几次可笑的眼泪"。一次和表哥去电影院看心仪已久的《茶花女》，梦珂亦不由自主地"化身其中"，与银幕上的女伶一起"分担悲痛"，"像自己也是陷在同一命运中似的"。法国的"她者"由此折射为中国女学生观照自我的一面镜像。在这之后不久，一位朋友又介绍梦珂去见"两个顶有趣的女朋友"——两名被称作"中国的苏菲亚女士"的"中国无政府党党员"，结果梦珂的敬仰之心完全幻灭。"中国的苏菲亚女士"和她的"同志"似乎是苏菲亚拙劣而又恶劣的模仿者，个个面目丑陋、放荡浅薄，或是男女搂抱在一起吞云吐雾，或是女短裤党骑在男子身上放歌。"革命家"形象如此不佳，梦珂自然对其开会、演讲、运动之类的活动不屑一顾，偷偷溜出来后，"头也不回"地走了。反讽的是，梦珂这位东方茶花女在对虚无党的"革命"失望之余，也没有获得理想的爱情。表哥虽是法国留学回来的，在巴黎却只学会了风

① 丁玲：《我所认识的瞿秋白同志》，载《丁玲全集》第6卷，河北人民出版社2001年版，第45页。

流浪荡，可谓《茶花女》男主角"亚猛"在中国的一个破碎幻象。即便如此，愤而出走的梦珂也没有因感情梦碎而去投奔"革命同志"，去做"那些应做的事"。她最后还是决定像电影《茶花女》中的女伶一样去做演员。即便女性的人格尊严在"纯肉感"的社会中备受羞辱，梦珂也不愿意再见到那些"中国的苏菲亚女士"，可见是厌恶之极。

　　无论是故事中的女郎茶花女，还是历史中的女杰苏菲亚，自晚清以来都可谓风靡一时的偶像人物。这两位"西方美人"一文一武，前者多愁多病、孤傲高洁，后者壮怀激烈、舍生取义，可谓是文艺女性与革命女性在近现代中国文学中当之无愧的两位原型人物。按理讲，这两位风马牛不相及的西方美人可以和平共处、相安无事，但文武关系在近现代中国的激烈演变，使得展示美人形象的文艺舞台，也变成了争夺读者的思想战场。在同是多事之秋的 1927 年秋，丁玲就在自己的第一篇小说中安排两位西方美人同时登场，为自己的女主人公上演了一场"关公战秦琼"的好戏。孰胜孰败，全由梦珂个人的好恶来决定。更奇的是，"文小姐"居然战胜了"武将军"，茶花女打败了苏菲亚。小说中的西方美人之争，看似荒诞不经，其实也在情理之中。梦珂自己就是一个文小姐，在她那里，自然是茶花女大受青睐、苏菲亚饱受白眼。不过，从丁玲的小说故事之外回看晚清历史，苏菲亚和茶花女受欢迎的情形可能正好相反。茶花女的个人魅力仅在文艺领域，苏菲亚的光芒则不仅闪耀文坛，更是民族革命的灵感来源。在早于《梦珂》二十余年的弹词《精卫石》中，秋瑾热情鼓吹"欧风美雨返精魂"，苏菲亚与罗兰夫人等西方女杰如救国女神，是"二万万女同胞"未来"都成女杰雌英"的完美典范。因此，秋瑾可以在遥远的想象中毫不迟疑地高呼："余日顶香拜祝女子之脱奴隶之范围，作自由舞台之女杰、女英雄、女豪杰，其速继罗兰、马尼他、苏菲亚、批茶、如安而兴起焉。"① 秋瑾不曾想到，在她怀着苏菲亚的革命理想

---

① 　秋瑾：《精卫石》，载《秋瑾集》，上海古籍出版社 1979 年版，第 122 页。

就义二十年后，苏菲亚的形象并未转世为又一条"英雄好汉"。到了1927年的丁玲这里，中国苏菲亚的命运如此倒错、风光完全两样，其中的象征意义实在是大可玩味。

为了更清楚地揭示女性重塑与文学书写在近现代思潮演变中交错纷杂的深远景象，我们有必要从丁玲的个案回溯到秋瑾那里去。在丁玲的回忆中，与丁玲母亲为同代人的秋瑾被描述为丁玲母亲"最喜欢""最崇拜"的女英雄[①]。在从小聆听母教的意义上，秋瑾成为丁玲所自觉追溯的革命源头与精神教母。作为成名于晚清与五四两个时代并因此成为这两个时代著名代表的女性人物，"母女"两代人的文学与生命故事，牵扯着晚清以来文武思潮演变的反复交错与曲折动荡。

1927年既是新文化运动徐徐落潮的五四后期，也是北伐战事相继发生的革命前期。这意味着，丁玲在创作伊始，亦即收到毛泽东赠词的前十年，就已经处在了另一个文武兴替的历史交会口。在这样风云变幻的历史交会时刻，丁玲写出《梦珂》这样一篇拒绝苏菲亚而认同茶花女的小说，要塑造一种什么样的文学形象，要呈现一种什么样的自我认同，都值得深思。在最后之作《死之歌》中，丁玲曾念念不忘，将秋瑾这位"中国的苏菲亚"追认为自己的革命前辈／母辈，并纳入自己重构革命起源的精神谱系／母系。在晚年回忆自己童年时期的革命英雄主义教育时，丁玲不知是否想到，她的开篇之作恰恰是反苏菲亚的，对"中国的苏菲亚女士"有着非常厌恶的描写。她同时也遗漏了几个问题：既然从小崇拜"中国的苏菲亚"，为何在长大后却以莎菲女士的形象出现在现代文坛？既然以武将军／女豪杰为榜样，为何又以文小姐／女作家自居？仅从《梦珂》这一篇小说，我们已足以见到文武兴替之际思潮激荡的波诡云谲、复杂多变。丁玲写作的用意心机姑且不论，从苏菲亚与茶花女戏剧性的命运倒转就可以发现，近现代中国对"西方美人"的接受与再造，并非是直线式的，也并非

---

① 丁玲：《死之歌》，载《丁玲全集》第6卷，河北人民出版社2001年版，第314页。

一成不变。事实上，"西方美人"也并非一夜塑就。西方女性在中国近代的接受经历了一个从"番妇"到"美人"、从负面到典范的转变过程①；相应的是，其后有一个晚清帝国对西方文明从鄙夷、抵抗到承认、学习的曲折演变过程。在这个意义上，茶花女与苏菲亚一文一武两位"西方美人"，就成为观察近现代中国如何重塑女性的两面文学镜像。

拉康（Jaques Lacan）的镜像理论指出，人在成长过程中会持续不断地与种种对象进行想象性的认同，而自我就是这样逐步建立起来的。人们借由一种自恋心理去发现某种认同的东西，就可以建构一个虚构出来的统一的自我感。这样的自我认同，在主体与镜像之间是一种动态、辩证的过程②。在这个意义上，镜像认同是一种自我向他者学习的成长过程。对中国女学生梦珂来说，"西方美人"的镜像意义就在于：通过茶花女与苏菲亚两类形象的相互对照，她得以在与外部世界的交往过程中学习与成长，建构个人的自我认知，塑造自我的主体性。对女作家丁玲来说，她对"中国的苏菲亚女士"的反感和后来对秋瑾的承认，看似矛盾，其实正说明了自我认知过程中的动态性、复杂性与辩证性。至于小说中的"西方美人"之争，不过是小说人物在成长过程中借由他者镜像来实现自我认知的一种动态显现。由此不难理解，为什么《精卫石》中秋瑾化身的黄鞠瑞，丁玲的文学姐妹梦珂、莎菲等人，都是以女学生的身份出现在小说中的。

对自传性的女性小说来说，镜像的意义还在于可以疗救创伤、重塑自我。在过去数千年的文化传统中，文、武两种资源为男性所独占，女性不允许进入社会生活与公共空间③。在这样的传统之下，自传

---

① 唐欣玉：《被建构的西方女杰》，四川大学出版社 2013 年版，第 26—32 页。

② 参见［英］伊格尔顿：《二十世纪西方文学理论》，伍晓明译，北京大学出版社 2007 年版，第 163 页；《拉康选集》，褚孝泉译，上海三联书店 2001 年版，第 89—96 页。

③ ［澳］雷金庆：《男性特质论：中国的社会与性别》，刘婷译，江苏人民出版社 2012 年版，第 23 页。

性的文学书写为女性提供了一种表达自我、实现自我的渠道与方式。一位西方学者注意到："女性的自传总是包含着一个全球性、深层的病理治疗过程：组创女性的主体。"[①] 由此来看晚清以来秋瑾的旧文学创作与"五四"以来丁玲的新文学创作，无论是效仿苏菲亚，还是爱恋茶花女，她们的文学书写都有一个共同的冲动，这就是：在参与世界的不满与不幸、苦闷与创伤中寻求新的自我认同，重塑女性的生命故事。如果说自传性书写包含着一种"深层的病理治疗"，那么文学镜像的功能就是充当抚慰伤痛的精神医师。秋瑾的自我觉醒与精神升华，源于个人婚姻生活的不幸。发誓要像男子一样建功立业、青史留名的《满江红》，就是在与丈夫决裂的中秋之夜写出的。怀着这样的心理创伤，秋瑾对同样是离家出走、投奔革命的苏菲亚有着一种自恋般的模仿。苏菲亚经常易装，被称为"穿裤子的小姐"，是因为躲避侦探的地下工作需要。秋瑾的男性装扮不仅毫无必要，而且常常招摇过市，反而为她惹来被骂为"死有余辜"[②] 的杀身之祸。秋瑾的易装癖除了对生为女身的痛恨，只能说是对模仿苏菲亚过于迷醉了。同样，秋瑾在诗文中大量提到流血与牺牲，对死亡表现出一种自杀般的迷恋，也包含着以苏菲亚之死为典范来重塑自我的意愿。再来看丁玲的莎菲系列小说，莎菲的文学姐妹无不具有多愁善感的茶花女性情。梦珂寄居姑母家，缺乏真正的知己朋友，她的寂寞、孤独与感伤，很自然地在茶花女那里找到共鸣。借由同命相怜的镜像认同，梦珂压抑已久的苦闷如同她流下的眼泪一样得以宣泄与释放。就像秋瑾对流血的迷恋一样，丁玲笔下的文小姐，常常有一种自杀冲动。尽管自杀不无颓废，但文学性的自杀也并非全是颓废。如丁玲所说，莎菲叫喊"我

---

① 胡晓真：《才女彻夜未眠：近代中国女性叙事文学的兴起》，（台北）麦田出版公司 2003 年版，第 93 页。

② 据周建人回忆，陈叔通老先生告诉他，浙江巡抚对杀不杀秋瑾决定不下，曾问当地豪绅汤寿潜，汤认为秋瑾经常穿日本学生装骑马在街上跑，"太随便，不正派"，因此说了一句："这个女人死有余辜。"参见《秋瑾的牺牲》，载郭延礼编：《秋瑾研究资料》，山东教育出版社 1987 年版，第 241 页。

要死啊，我要死，其实她不一定死，这是一种反抗"①。书写文学想象中的死亡，其实也是女作家告别过往、重塑自我的一种表达方式。

二、苏菲亚与茶花女的抑扬之间：丁玲的文学重塑

女性在各自的"昨天"塑造自我，其自我建构也为各自的"昨天"所塑造。苏菲亚的故事在晚清大受欢迎，不在于其女英雄的神话是否合乎历史真实，而在于它满足了危机时代国族主义塑造女英雄神话的历史需要。在这个意义上，苏菲亚及其中国姐妹秋瑾的故事，都是晚清民族革命与尚武思潮的产物。王德威在描述晚清以来的小说流变时说："《东欧女豪杰》未竟而终，仅仅描述了苏菲亚早年的生平事迹，但它为秋瑾、曾朴、丁玲、巴金等作家创作的俄罗斯女英雄的现代叙事，开辟了道路。"② 这种说法不尽准确。就丁玲而言，她从未塑造过苏菲亚式的现代女英雄，苏菲亚的风光也已让位给茶花女。《梦珂》让茶花女重新回归感动落泪的文艺故事，而"中国苏菲亚"的革命故事则变得浅薄可疑。和秋瑾相反，丁玲曾多次回忆自己阅读林译小说《茶花女》的感动情景，对秋瑾热衷的革命读物《东欧女豪杰》则从未提及。不同记忆的风景背后，是文武兴替之间一种时代风气的深刻变化。

辛亥革命之后的军阀混战与政治乱象，是鼓吹尚武强兵的晚清一代人绝对没有想到的。对武人乱政的憎恶与革命幻想的破灭，导致革命"成功"之后，反而出现了一种厌恶军阀、厌谈政治的新思潮，从反面推动了"五四"新文化运动的发生与发展。从以思想文化解决问

① 丁玲：《答〈开卷〉记者问》，载《丁玲全集》第 8 卷，河北人民出版社 2001 年版，第 8—9 页。
② 王德威：《被压抑的现代性：晚清小说新论》，北京大学出版社 2005 年版，第 184—185 页。

题的视野来看"五四",胡适更愿意称新文化运动为"中国的文艺复兴"①。这其中最重要的意义就是在对尚武文化的反拨中,培养了一种现代文艺精神,并培养了一批在这种文艺精神熏陶之下的现代文艺青年。郁达夫在 1922 年的文章中写道:打来打去的军阀混战让一般青年男女都在"西洋民主思想的感化"下,"渐渐儿的生出了厌谈政治厌说武事的倾向来;于是乎文艺的世界,与思想的王国就变成了他们的理想之乡"②。"厌谈政治厌说武事"的时代心理,最直接的结果就是出现了像丁玲这样热爱文艺的新女性与新青年,而非秋瑾那样热衷革命的女豪杰与女英雄。文艺女青年既是新文学风气培育出来的一个重要成果,也是酿造新文学风气的一个重要部分。她们热衷现代文艺,厌恶军阀政治,追求个性解放与思想自由,批判有悖人性的蒙昧与黑暗,性情上忧郁敏感而又骄傲自尊。她们有热情、有理想,然而也因此有脆弱、有失望。随着自我意识的觉醒,关注人的精神存在与悲剧性感受成为现代文艺的一个重要特征。普实克(Jaroslav Průšek)为此总结说:"主观主义、个人主义、悲观主义、生命的悲剧感以及叛逆心理,甚至是自我毁灭的倾向,无疑是一九一九年五四运动至一九三七年抗日战争爆发这段时期中国文学最显著的特点。《少年维特之烦恼》被青年一代奉为圣经,这一事实无疑也代表了当时典型的时代情绪。"③普实克没有提到的《茶花女遗事》,其实也"代表了当时典型的时代情绪","被青年一代奉为圣经"。也许是男女有别,同为爱情悲剧,以男青年为主人公的《少年维特之烦恼》更容易在男青年那里获得共鸣,比如茅盾的《子夜》中,雷参谋就珍藏着这样一本学生时代的爱情信物。以女青年为主人公的《茶花女遗事》则更为女

---

① [美]格里德:《胡适与中国的文艺复兴》,鲁奇译,江苏人民出版社 1996 年版,第 346 页。

② 郁达夫:《夕阳楼日记》,载《郁达夫全集》第 10 卷,浙江大学出版社 2007 年版,第 2 页。

③ [捷克]亚罗斯拉夫·普实克:《抒情与史诗:现代中国文学论集》,李欧梵编,郭建玲译,上海三联书店 2010 年版,第 3 页。

青年所欢迎，除了《梦珂》，庐隐的《海滨故人》也有女学生露莎阅读《茶花女遗事》的情节。可见，茶花女在五四时期的女学生那里的确深受欢迎。

　　除了时代风气，丁玲个人对《茶花女》也确有太多偏爱。她自言从小读过很多旧小说，包括商务印书馆的《说部丛书》，"林译的外国小说也看了不少"[1]。因为喜欢故事里面的"悲欢离合"，古典的《红楼梦》《西厢记》，甚至唱本《再生缘》《再造天》等，"或还读不太懂的骈体文鸳鸯蝴蝶派的《玉梨魂》都比《阿Q正传》更能迷住我"。丁玲当时"知道新派的浪漫主义的郭沫若，闺秀作家谢冰心，乃至包天笑，周瘦鹃，而林琴南给我印象更深"。[2] 丁玲对其他新派作家仅是"知道"，对林译小说则是"喜欢"，所举外国小说中，《茶花女》则名列榜首。这些小说多愁善感，格调相似。《茶花女》有"外国的红楼梦"[3] 之称，而丁玲最心仪的古典小说非《红楼梦》莫属，常常为之哭红双眼。能让她感动掉泪的小说人物，当然是林黛玉和茶花女，虽然二者之间身份地位反差甚大，但为爱含恨、风尘飘零的身世命运，孤傲高洁、忧郁感伤的小姐性情，爱花惜花、读书看戏的文艺情趣则不无相通之处。在这个意义上，"外国红楼梦"中的茶花女不妨看作西方的林黛玉，而中国的林黛玉也不妨看作东方的茶花女。如果说"五四"文艺青年在小说中读一本西洋小说《茶花女》才显得足够"现代"，那么古典小说《红楼梦》出现在回忆文章中，也足以表明丁玲内心深处的林黛玉情结。没有林黛玉情结，丁玲也不可能在茶花女那里找到新的共鸣。在丁玲小说的文小姐那里，不难发现东西两位茶花女的原型影响。据沈从文回忆，丁玲在北京读书时书架上常有三本特

---

① 丁玲：《我的创作生活》，载《丁玲全集》第7卷，河北人民出版社2001年版，第15页。

② 丁玲：《鲁迅先生于我》，载《丁玲全集》第6卷，河北人民出版社2001年版，第107页。

③ 孔立：《风行一时的"林译小说"》，载薛绥之、张俊才编：《林纾研究资料》，知识产权出版社2010年版，第247页。

殊的英文书,其中一本就是《茶花女》。离奇的是,丁玲在某一天看完《茶花女》后,竟想独自到上海演电影去①。这样的故事在现实生活中固然失败,却为丁玲创作小说《梦珂》带来了成功经验。

茶花女在丁玲那里获得了很多的同情与共鸣,很大程度上是因为茶花女能够表达丁玲这一代文艺女青年的心声。丁玲的文小姐声誉是在五四后期的莎菲系列小说中建立起来的。作为一名文艺女青年,具有自我投影的文艺女青年无疑是丁玲小说人物中塑造得最成功也最打动人心的。丁玲的这些文学姐妹,身份或是女学生,或是女作家,年龄都在二十岁左右,富有强烈的文艺气质,一方面多愁善感、耽于幻想,另一方面却又无不敏锐犀利、独立自尊。用丁玲的话来说,她们无不是"充满了对社会的鄙视和个人孤独的灵魂的倔强挣扎"②。那么,茶花女何以成为一种镜像,让文小姐借助一个非我的"她者",来获得一种想象性的认同呢?首先是一种命运上的同病相怜。丁玲自言"虽然没有赶上五四运动,但'五四'给了我很大影响"③,丁玲这一代人的成长带有深刻的"五四"印记,同时也错过了最精彩的高潮。她们是"五四"的女儿,也是"五四"的遗孤。丁玲给自己的第一部小说集命名为"在黑暗中",是有个人早年与现实的生活投影的。其笔下的梦珂、莎菲们,无一不是生活中的平民与精神上的贵族。她们或寄居于亲戚家,或暂栖于公寓房,流浪漂泊,无依无靠。在"纯肉感的社会里",求职如梦珂所痛恨的"等于卖身卖灵魂似的",无法忍受却必须忍受。这样的境遇,在现实感触上很容易和沦落风尘的茶花女发生共鸣,产生梦珂那样"陷在同一命运中"的认知。在深夜的辗转难眠中,梦珂为茶花女写下这样伤感的诗句:"我淡漠一切荣华,却

---

① 沈从文:《记丁玲》,载《沈从文全集》第13卷,北岳文艺出版社2002年版,第69、85—86页。

② 丁玲:《一个真实人的一生:记胡也频》,载《丁玲全集》第9卷,河北人民出版社2001年版,第67页。

③ 丁玲:《生活、思想与人物》,载《丁玲全集》第7卷,河北人民出版社2001年版,第431页。

无能安睡，在这深夜，是为细想到她那可伤的身世。""我"为"她"的故事深深打动，乃至顾影自怜，是因为茶花女的镜像就是拉康所说的"可见世界的门槛"，从"她那可伤的身世"，文小姐可以窥见自己的命运。在写《三八节有感》之前的时期，丁玲从未提过娜拉这位炙手可热的"五四"女神，而是写下了《他走后》《庆云里中的一间小房里》这样一类中国茶花女式的故事。这类不寻常的题材曾让许多学者大费周章。其实，丁玲关注这些女性内心微末的悲欢离合，何尝不是关注自己这一代人的身世命运？毕竟，冯沅君在《隔绝》中为爱情高呼"不得自由我宁死"的激情岁月已过去了，丁玲她们所面临的是"娜拉走后怎样"的更为纠结的生存困境。

　　除了文学阅读与想象中所建立的命运共同体，茶花女的文艺性情也是和文艺女青年能够惺惺相惜的地方。在林译小说中，经由中国古文笔法"润色"的茶花女更为纯洁，也更为文艺。马克虽不幸为"勾栏中人"，却自有雅好文艺的高洁品质。除了"性嗜剧"、爱茶花，马克还喜欢读书、写日记，更有鄙弃世俗的"人间至情"。马克尝言："爱人不重在物，君诚爱我，即乱头粗服，爱何尝忘，岂赖此车马衣饰，始坚其爱。"这种排斥世俗物化的"至真至洁"以及最后为爱牺牲，莫不闪耀着一种人性的高贵与尊严。

　　如果文艺气质相投仅仅是因为爱好文艺与"至真至洁"，这似乎和晚清的"断尽支那荡子肠"没有什么区别。其实，最重要的是，文学阅读同时也将"五四"文艺青年特有的一种自尊、倔强乃至孤傲的抗争气质带入林译小说中，从而实现了茶花女的再书写与再创造。拉康认为，主体对所自己认同的镜像总有一种"以格式塔方式获得的格式塔完满倾向"①。所以，即使镜像人物存在不足与缺陷，"理想自我"也总会在格式塔心理下将其修补完善。丁玲之所以在"五四"之后依然认同《红楼梦》中的东方茶花女，喜欢的就是"林黛玉的好处"，

---

① 《拉康选集》，褚孝泉译，上海三联书店 2001 年版，第 91 页。

亦即"真实""深刻""反抗传统",而非"肺病"、"小心眼"与"弱不禁风"①。如此"反抗封建旧传统"的阅读体验,不啻是一种"五四"式的再创造。丁玲的许多文学姐妹都带有东西茶花女的文艺性情,而这些茶花女同时也都带有"五四"时代的精神特质,就是这个道理。比如《莎菲女士的日记》,过去鲜有论及莎菲与茶花女之间的原型关系的。在小说中,莎菲的故事与性情处处是茶花女在"五四"中国的镜像折射:女主人公漂泊在京,身患肺病、咳嗽咯血,仍然坚持写日记,喜欢读书与看戏,看似颓废堕落,实则孤傲高洁。与法国茶花女相比,"五四"茶花女鄙视世俗社会的"金钱""家庭"与"地位",也有着更强烈的叛逆心与自尊心。流风所及,丁玲即使在描写那些堕入风尘的青年女郎如阿英、丽婀等,也都赋予其倔强的自尊心,不完全依附于男性,也不需要任何同情。这和曹禺、老舍等人笔下的"受害者"形象形成了鲜明区别。

有意思的是,莎菲和苏菲亚在英文中为同一个单词 Sophia,却代表了晚清与"五四"两种性别典范与文学风气。也许不无巧合,莎菲也是"五四"女作家陈衡哲在美国留学时的英文名字(Sophia H. Z. Chen)和发表文章时的笔名。更巧合的是,就在丁玲发表《莎菲女士的日记》的 1928 年,胡适也在为陈衡哲的小说集《小雨点》作序时,并用了"莎菲"之名来评价其小说"在新文学运动史上的地位"②。丁玲为何用"莎菲"这样更欧美化的西洋名字,是否与俄罗斯化的"苏菲亚"在做有意无意的区隔?在接受斯诺夫人(Helen Foster Snow)的访谈时,丁玲曾说过:"莎菲是一个取了外国名字的姑娘,取外国名字是当时中国的风尚。"③她表示喜欢过无政府主义,但没有细说自

---

① 丁玲:《在前进的道路上》,载《丁玲全集》第 7 卷,河北人民出版社 2001 年版,第 121 页。

② 胡适:《小雨点序》,载《胡适全集》第 3 卷,安徽教育出版社 2003 年版,第 784—787 页。

③ [美] 海伦·福斯特·斯诺编著:《中国新女性》,康敬贻、姜桂英译,中国新闻出版社 1985 年版,第 217 页。

己不愿做苏菲亚的原因。我想，一位西方作家的思考对这个问题很有启发："女人已经疲于扮演男人心目中的理想形象，而男人已没有足够力量将女人理想化，于是她们接手这份工作，自己想象了自己的理想形象。"① 苏菲亚固然是"男人心目中的理想形象"，有茶花女性情的莎菲形象也并不完美，却是文艺女青年最真实的自我。她们自己扮演自己，自己创造自己，占据属于自己的主体位置，拒绝他者为自己分配的任何角色。就如莎菲在感情生活中，不想迁就任何人，即使老实善良如苇弟者；也不想被任何人戏弄，即使高贵漂亮如凌吉士者。事实上，斯诺夫人在 1939 年的访谈中也感受到了丁玲身上强烈的莎菲气质："在一切方面都非常独立不羁。她在中国是独一无二的，是一个完全属于她自己的个性。她不怕成为她自己，不怕孤独。"②

由丁玲"不怕成为她自己"的文艺气质，我们可以理解丁玲何以崇敬秋瑾，而笔下的梦珂却拒绝做"中国的苏菲亚"。值得注意的是，茶花女与苏菲亚在小说《梦珂》中，都不是以真身出场，而是以化身形式出现的。前者是上海租界卡尔登电影院中的女伶，后者是上海弄堂里的无政府党员。她们皆非理想女性的典范自身，而是以典范面目出现的扮演者或模仿者。换言之，这两类人物都是西方美人在中国的一种镜像表演。梦珂的认同与厌恶，个中之因就在于茶花女与苏菲亚的扮演者前者感人、后者拙劣罢了。茶花女的为爱牺牲固然让人感动，苏菲亚的为国牺牲又何尝不让人崇敬呢？从丁玲对秋瑾的崇敬可以看出，她笔下的梦珂厌恶的其实是"中国的苏菲亚女士"这一遭到变形与扭曲的镜像，而非其心目中所塑造的"真实"形象。这正反映出文艺女青年内心的孤傲与不屑。在一眼看穿"中国的苏菲亚女士"的革命假面时，梦珂或许自认为比这些人更懂苏菲亚，更懂革命吧？事实

---

① 〔德〕斯提凡·博尔曼：《写作的女人》，张蓓瑜译，（台北）五南图书出版公司 2009 年版，第 17 页。

② 〔美〕海伦·福斯特·斯诺编著：《中国新女性》，康敬贻、姜桂英译，中国新闻出版社 1985 年版，第 233—234 页。

上，丁玲的回忆也证实了这一点。出于追求自由的梦想，丁玲也曾加入无政府组织，这本来可以使她有可能成为"中国的苏菲亚"。但在发现身边的这些人夸夸其谈而"不做实际工作"后，很快就"对无政府主义失去兴趣了"。① 梦珂在小说中对夸夸其谈、自以为是的革命人物深感厌恶，其实也是作者内心阴影的真实流露。耐人寻味的是，即使在"左转"之后，丁玲仍在《一九三零年春上海》塑造了另一个像梦珂一般任性骄傲的玛丽小姐。玛丽本来是很有机会进入革命队伍的，但在被男友带去参观了一次不无"革命幼稚病"的地下活动之后，同样带着鄙夷的心态傲然离去。与梦珂相比，丁玲对玛丽没有高度认同，但也未完全否定。在"五四"文化中所熏陶出来的独立个性与反抗心态，注定使丁玲无法完全放弃自我，做一个并非属于自己的苏菲亚。

三、苏菲亚与茶花女的浮沉之影：文武兴替中的交错演变

有学者曾富有启发性地提出两种文化规范的问题，亦即"五四"与抗战代表两种的不同价值追求，对现代中国文学观念造成了深刻影响。② 不过，如果以此来考察茶花女与苏菲亚两位西方美人在晚清以来文学中镜像交错的吊诡现象，两种文化规范的划分在适用性上就显得不够了。从文武关系在近现代中国的复杂演变来看，"五四"与抗战不过是其中两个最重要的阶段，并非历史的全部。反过来说，即使再重要，仅以"五四"与抗战两个阶段也无法从历史纵深解释文武关系的复杂演变。原因有三：

其一，尚武思潮是比抗战年代更为漫长的历史，可以发生在战争

---

① [美] 尼姆・威尔斯：《续西行漫记》，陶宜、徐复译，解放军文艺出版社 2002年版，第 254 页。

② 参见陈思和：《中国新文学整体观》，上海文艺出版社 2001 年版，第 90—111 页。

爆发之前，也可以延续在战争结束之后。尚武文化在中国绵延数千年，并不自抗战时期始，也不自抗战时期终。尚武文化规范下的文学强调赞美英雄、歌颂军人，注重文学宣传与实用功能，这是梁启超在晚清时期的《论尚武》《译印政治小说序》《论小说与群治之关系》等系列文章中就已经提出的。毛泽东在1942年发表《在延安文艺座谈会上的讲话》，表现出了一种从民族解放战争的高度重新整合文武关系的雄图大略，历史意义自然无比重要。尽管如此，这也只是近现代尚武思潮中一个里程碑式的重要阶段。无论是晚清的政治小说还是抗战救亡文学，都是尚武思潮在不同阶段的文学呈现，都具有相同程度的美学倾向。

其二，文武兴替意味着尚武与尚文两种文化思潮是随着时势相互反拨与推动演进的，并非决然对立与矛盾冲突的关系。苏菲亚与茶花女在晚清以来的中国文坛上交错出现，在文坛中心与边缘的位置不断滑动与互换，说明了二者之间有对话、有互动，可以互相影响、互相牵动。比如晚清改编的所有"新茶花"，如钟心青在1907年改写的新小说、王钟声在1908年改编的文明戏以及1909年冯子河在文明戏脚本上改编的新京剧，多少都带有苏菲亚的精神魅影。"新茶花"之"新"，就在于中国茶花女虽未必都像苏菲亚一样有刺杀暴君的英雄壮举，却可以和苏菲亚一样为国牺牲、深明大义。

其三，尚文与尚武两大思想潮流交错上演，并不能涵盖现代中国复杂语境下的所有文学现象，也无法形成文武关系清晰分明的划界封疆。一时代有一时代之主旋律，亦有多种不同声音之间相互激荡的乱弹与变奏。比如林译《茶花女》，就出现在中日甲午海战之后，虽不合时宜，却也轰动一时，其后连贯的是一种写情文学的古老传统。刘呐鸥在1938年为光明影院制作电影《茶花女》，连接的是抗战背景之下上海孤岛的一种商业文化传统。颇有象征意义的是，这位身份与立场都显得暧昧模糊的台籍留日作家，在拍摄《茶花女》一年之后，就在上海遭遇了一场苏菲亚式的刺杀事件。如同幕后杀手身份的众说纷绘，无法自证清白的文人之死遮掩不住近现代中国的文化政治在文武兴替中的复杂诡变。

回到丁玲，她和秋瑾在各自的青年时代，在文学阅读中遇到了与各自精神发生共鸣的茶花女与苏菲亚。她们为自己青年时代的文学形象所塑造，同时也塑造了自己青年时代的文学形象。晚清与"五四"两个一文一武的时代，对秋瑾、丁玲这两代女性来说，是思想骨骼的生成期。她们所认同的文学形象与她们的内在气质相互融合，形成了一种类似精神原理的东西，注定无法完全改变，也无法完全蜕变。不过从另外一方面来说，即便是最具有时代意义的女性典型，也会因为文武关系的复杂演变，在自己的文学与人生中留下丰富驳杂的精神光影。

丁玲一代是在五四时期长大的。文武兴替之际的成长年代带来阴差阳错的结果是，女儿没有如母辈所愿成为热衷政治的革命女青年，而成为厌倦武事的文艺女青年。"五四"的女儿喜欢阅读的也不是革命传奇《东欧女豪杰》，而是爱情悲剧《茶花女遗事》。更为复杂的是，在"五四"之后，被现代文艺思潮所孕育的文小姐又要连番迎来从北伐革命到民族抗战等各种尚武思潮的试炼。面对革命热潮之下新文化运动的退潮，朱自清的《那里走》揭示出了这一时期一种普遍的惶惑与矛盾心理。在他看来，新文学的第一个十年经历了从"解放"到"革命"的两个时期、三个步骤。解放时期是"文学，哲学全盛的日子"，"我们要的是解放，有的是自由，做的是学理的研究"。而到了1928年的革命时期，"我们要的是革命，有的是专制的党，做的是军事行动及党纲，主义的宣传"。国民党以革命名义推行"一切权力属于党"的党治运动，"军士们的枪，宣传部的笔和舌，做了两个急先锋"①。朱自清深深感受到两种文化精神在理想与实际之间的巨大差异。在文武兴替的十字路口，丁玲又往"那里走"

---

① 朱自清：《那里走》，载《朱自清全集》第4卷，江苏教育出版社1990年版，第230—231页。

呢？她没有像谢冰莹那样紧随时代去做"急先锋"、去写宣传革命的《女兵日记》，而是创作了像《莎菲女士的日记》这样表现自我的系列小说。虽然这为她很快赢得了女作家的名声，也使她很快遭遇了创作危机。不过，在文武兴替的矛盾彷徨中，却也可以由此反观丁玲被革命政治压抑与释放的文小姐性情。

　　与受到无限赞美的苏菲亚传奇相比，带有茶花女影子的莎菲故事只是"五四"文艺女青年的文学典型。典型不是典范，典型真实却未必合乎理想，典范理想却未必合乎真实。丁玲后来在检讨自己为何写了《在医院中》的陆萍这样一个女孩子时也说过，陆萍并不是一个"模范"，自己写作"只注意在一点，就是主人公典型的完成。而这个典型又脱离原来的理想，只是就我的趣味而完成的。"① 在这里，"理想"就是对典范人物的规划，"趣味"就是对典型法则的遵从。从丁玲最早的创作可以看出，莎菲的文学姐妹从来就不是苏菲亚式的革命女神，也从来不会创造革命神话。以"酒"与"血"的意象及象征为例，在丁玲的《莎菲女士的日记》中，是一种茶花女式的愤世嫉俗、忧郁感伤；在秋瑾饮酒泣血的诗文那里，则是一种苏菲亚式的慷慨悲歌、壮心不已。冯雪峰曾为《莎菲女士的日记》感动落泪，为莎菲背后的"这个时代而哭"，同时却批评这样的小说"是要不得的"，"有不好倾向"，② 就是因为"莎菲"足够真实，却不够理想，不是一个革命者"理想中的人物"。因此，梦珂与莎菲追求爱情自由的热情与纯洁虽然被肯定有"革命的意义"，但其空虚与绝望又被视为"恋爱至上主义"的产物，必须"跨到革命上去"，"把她们的解放与前进的要求和当时人民大众的解放要求连在一起，把她们的热情向着当时另一

---

① 王增如：《关于〈在医院中〉草稿的整理与说明》，载丁玲研究会编：《新气象　新开拓：第十次丁玲国际学术研讨会文集》，同济大学出版社 2009 年版，第 311 页。

② 丁玲：《我与雪峰的交往》，载《丁玲全集》第 6 卷，河北人民出版社 2001 年版，第 268 页。

些青年的革命热情的方向发展"。在诗人朋友兼革命导师冯雪峰的规
劝之下，丁玲这位闪耀着"不平凡的文艺才分"的文艺女青年，能否
化危机为转机，"在长期艰苦而曲折的斗争中，改造和生长"① 呢？

　　在胡也频 1929 年的小说《到莫斯科去》中，有着丁玲影子的素
裳在回答喜欢西方名著哪位女性的问题时说："没有一个新女性的典
型，并且存在于小说中的女人差不多都是缺陷的，我觉得我还喜欢
《夜未央》中的安娜，但是也只是她的一部分。"这是一个典型的文艺
青年的回答。《夜未央》的女主人公安娜就是一位高唱"敲血钟而放
歌兮"的苏菲亚式的"虚无美人"②。"左转"之后的丁玲开始"喜欢"
安娜，但"只是她的一部分"，这与秋瑾形成了鲜明对比。苏菲亚对
秋瑾来说是理想意义的完美典范，对丁玲来说则是不无缺陷的文学典
型。秋瑾以绝对崇拜献出自己的全部信仰与热情，丁玲则以部分认同
为自己保留了一些独立思想的空间。秋瑾欲超越平庸而不想成为现实
中的自己，丁玲则在追求梦想中不想失去现实中的自己。这也是晚清
与"五四"两类 / 代新女性的一个基本区别。对五四时期的丁玲来说，
她一度喜欢无政府主义是出乎其理想中的自由精神与人类爱，而非秋
瑾在尚武时代所迷恋的铁血主义与暴动暗杀。因此，丁玲虽然在早年
活动中比其他人有更多机会接近苏菲亚式的人物，却始终无法在精神
上完全亲近苏菲亚。另一方面，五四新青年在以"重新估定一切价值"
的批判态度推倒旧偶像之后，也不可能再去为自己重新塑造新偶像。
在秋瑾的诗文中，因为将爱国美人视作拯救国家的圣徒，其美学想象
在热血澎湃的鼓动与慷慨悲壮的呼号之外不留任何余地。取自神话原
型的《精卫石》在就义前虽未完成故事情节，但完美的英雄神话可以
说是已早早完成了的。在丁玲的莎菲系列小说中，"西方美人"是文

---

① 冯雪峰：《从〈梦珂〉到〈夜〉》，载袁良骏编：《丁玲研究资料》，天津人民出版
　　社 1982 年，第 292—299 页。
② 巴金译：《夜未央》，载《巴金译文全集》第 7 卷，人民文学出版社 1997 年版，
　　第 197—280 页。

小姐在成长中借以审视自我的镜像，叙事者与文小姐在故事空间中是一同成长的。因此，故事情节在匆匆结尾中好像完成了，但人物仍处在尚未完成的成长过程中。

值得注意的是，丁玲即使"一天天地往左走"，她在小说中从未写过苏菲亚式的女英雄，或者让其充当自己小说的主人公。丁玲也试图为自己重建革命谱系，她在这一时期写《母亲》，既是对母辈革命精神的致敬，也是回归英雄母亲革命理想的忏悔[①]。小说中出现了"有绝大雄心要挽救中国"的夏真仁，就是以向警予为原型的。不过，这样最有苏菲亚气质的人物并不是主角，小说中也没有出现苏菲亚式的暴动暗杀情节。对丁玲来说，致敬并不是模仿，不是把自己改造为他人，或者把他人想象为自己。

日寇发动的侵华战争随后又让中国进入了一个新的危机时代。文学与女性被再次征召，已做了先烈的秋瑾也因此再获新生。"中国苏菲亚"为国牺牲的故事被夏衍等人发现与征用，以话剧《自由魂》等方式重新活跃在"国防文学"的舞台上。在1940年的"三八节"，抗战时期的革命圣地延安也排演了顾一烟所创作的四幕话剧《秋瑾》。民族解放战争为丁玲提供了一生中与秋瑾最为接近的机会。丁玲身着戏装，受命组织了西北战地服务团。她尝试写了一些自己并不擅长的剧本，并在大量的通讯报道中热情歌颂工农兵英雄。不过，细读丁玲这一时期的小说就会发现，她仍然偏爱自己熟悉的那些具有文艺气质的女孩子。以最有争议的《我在霞村的时候》为例，故事主角贞贞是一个别样的文艺女青年。贞贞虽是农村女孩子，却疏远乡民而亲近作家；虽遭鬼子掳掠，身体"有病"，却孤傲自尊，内心"圣洁"，以致被人视为故事中"我"的同类。贞贞以陷身日寇军营而献身情报工作，这在叙事上又重新回到了晚清"新茶花"的舍身盗图模式。贞贞形象

---

① 丁玲：《我所认识的瞿秋白同志》，载《丁玲全集》第6卷，河北人民出版社2001年版，第43页。

由此升华为红色的茶花女，而非质变为革命的苏菲亚。丁玲对此似乎也心知肚明。因此，在题材相近的另一篇小说《新的信念》（原题"泪眼模糊中的信念"，新题去除了茶花女式的伤感气息）中，丁玲把属于英雄的"新的信念"送给了一位在日寇蹂躏下愤然觉醒的老妇人，而非与"新的信念"更为匹配的女孩子。耐人寻味的是，当贞贞再度演绎"新茶花"的爱国剧本时，她获得的不再是晚清时期的广泛好评，而是革命阵营的严厉批评。延安的"新茶花"不仅要在故事中遭受乡民们的议论，而且还要在故事外遭遇同志们的指责。他们绝不能容忍这个"丧失了民族气节，背叛了祖国和人民的寡廉鲜耻的女人"[①]，来"冒充"苏菲亚式的"复仇女神"。也许意识到自己心目中的"女神"充满挑战与不合时宜，丁玲在小说结尾暗示红色茶花女的理想出路是去延安"治病"和"学习"，接受革命再教育。不过，结语中的"我仿佛看见了她的光明的前途"虽然表明了一种美好光明的愿景，"仿佛"则又隐含着一种略带犹疑的不确定性。毕竟，谁又能保证，走向"新的生活"就一定能够获得"新生"呢？这个削弱批判力度的"光明"结尾在表现出"新的东西"的同时，也隐喻着丁玲及其文学自身无法克服的一种新的困境。倔强自尊的红色茶花女最终还是要在象征意义的革命父权面前认错，因为只有承认自己"是一个不干净的人"，才可能要"重新作一个人"，这几乎成了丁玲后半生一个复杂而矛盾的写照。尽管如此，丁玲和她的红色茶花女在此后的"极左"岁月里，仍未躲过大大小小暴风雨的频繁冲击。

在积极的意义上，丁玲从"昨天文小姐"到"今日武将军"，是一个女作家走在革命道路上不断超克的自我实践与实现过程。但亦应充分认识到，"昨天"对"今日"的发展方式，"文小姐"对"武将军"

---

① 华夫：《丁玲的复仇女神：评〈我在霞村的时候〉》，载文艺报编辑部编：《再批判》，作家出版社1958年版，第86页。

的成长道路，依然有着一种深刻的基因般的制约作用，而且同样不无积极意义（尽管其中有痛苦纠结的矛盾冲突）。从梦珂、莎菲到贞贞、陆萍，从"五四"茶花女到红色茶花女，丁玲小说女主角的性格与命运、茶花女情结的释放与压抑，何尝不是丁玲自己一生的铭刻与写照？从这个意义上说，丁玲文学与人生所同享的光荣与磨难、浮沉与起落，就在于骨子里的一种茶花女情结遭遇苏菲亚理想输血的交错与碰撞。而近现代中国文武兴替思潮的螺旋式发展与循环式演进，则为两位"西方美人"所携带的文学与精神因子，提供了新旧／中外文化混血交融、互动创造的语境与时空。

第三章　从"列女"到"烈士"：秋瑾之死与近代中国的女性、牺牲、烈士文章

如果说烈士精神代表着一种英勇无畏、舍生取义的至高道德，那么烈士文章则承载着铭刻不朽、歌颂正义的纪念功能。由此，近现代文学才会在晚清以来风云多变的不同时期，继续且持续谱写革命事业用以自证合法性与正义性的"正气歌"。然而，也正因为烈士精神天然的神圣性与崇高性，对女性来说潜伏其中的传统女德阴影、节烈情结及其文学现象，很少会被视为一种需要反思与值得讨论的问题。有鉴于此，此处以中国近现代第一女烈士秋瑾为对象，尝试讨论女性牺牲者在近现代文学书写过程中的塑造与变形、规约与限制、吊诡与矛盾。引入性别因素是特殊的，也唯其特殊，才会以比较尖锐的方式揭示问题的普遍性与复杂性。

一、颂扬命令：危机时代的女性解放与女性牺牲

自遭遇"三千年未有之变局"以来，近代中国进入了一个前所未有的危机时代。面对西方帝国的铁血强权与亡国灭种的危机，"二万万女同胞"被国族主义重新发现、塑造与征召。被誉为"女界之卢梭"的金松岑在为《女子世界》撰写的发刊词有言："女子者，国民之母也。欲新中国，必新女子；欲强中国，必强女子；欲文明中

国，必先文明我女子；欲普救中国，必先普救我女子，无可疑也。"①
由此，女性在鼓吹强国保种的议程上被重新规划与命名、定义与定
位。这种由男性先驱所主导的声音，将女性解放置于国族解放之下，
清楚地挑明了重塑新女性与重建新中国的从属关系，也为一种革命意
识形态的主流叙述奠定了基本模式。显然，中国现代女性解放的驱动
力从一开始就是中国式的国族主义而非西方式的女权主义。女性解
放的命运与国族解放的命运由此相互纠缠：女性解放的前提与目的是
为了国族解放，国族危机则为女性解放提供了机遇与平台。尽管有西
方女权学者认为：危机年代的女界革命只是为中国女界塑造了一批献
身革命的"危机女性"，提供了一个并未挑战男性权力关系的"虚假
的机会"②，但它毕竟让中国女性从幽暗的私人角落走上了公开的历史
舞台。

　　不过，国族危机下的女性解放，也是以女性牺牲为代价的。在晚
清流行的《世界十女杰》《世界十二女杰》之类的新读物中，供中国
女性学习的西方爱国女性的典范人物，多是在革命或战乱年代牺牲殉
难的"女豪杰"与"女英雄"。其中最有名的三位莫过于被梁启超称
为"近世第一女杰"的罗兰夫人、俄国女虚无党人苏菲亚与法国圣女
贞德。在晚清激烈慷慨的烈士风气之下，鼓吹为国族牺牲也是塑造新
女性必然的一部分。晚清人士在比较西方近世的《世界十女杰》与中
国传统的《列女传》《闺秀传》时，就批评中国女性"有殉姑者，有
殉父母者，其下有殉其所欢者。所殉之人不同，所殉之法不同，要
之牺牲于一人，而非牺牲于全国"③。这些男性先驱们同样赞美女性殉

---

① 金一：《女子世界发刊词》，《女子世界》1904年第1期。
② 在李木兰（Louise Edwards）看来，在战乱年代参与中国政治的女性人物只是变
　　成了"危机女性"，"这种'危机女性'产生了女战士，但最终并未对男性权力
　　和特权提出挑战"。参见［澳］李木兰：《战争对现代中国妇女参政运动的影响：
　　"危机女性"的问题》，载王政、陈雁主编：《百年中国女权思潮研究》，复旦大学
　　出版社2005年版，第221、222页。
③ 引自唐欣玉：《被建构的西方女杰》，四川大学出版社2013年版，第48页。

难，所不满的只是"牺牲于一人"，这与其所批评的《列女传》在骨子里没有什么区别。东西女性的优劣之辩，似乎只在于为谁牺牲的"全国"与"一人"之别。造就贞节烈女的传统道德与生产现代烈士的革命道德在此发生了微妙的交集关系。在鼓吹女性牺牲这一点上，传统女德文化在被激烈批判中得到了更隐秘的继承，革命道德则借用国家名义偷换了传统女德文化。"二万万女同胞"被解放的女权诉求就变成了和男子一样可以流血牺牲的权利与义务。柳亚子在《革命与女权》一文中因之高歌："我女同胞乎，缺彼菜市之刀，而再接再厉。"

　　近代中国以牺牲为志的女性解放与流血崇拜的烈士风气有着深刻的同构关系。危机年代在某种意义上也可以说是促长激进思潮的非常年代。每当时势艰困绝望，迷信仅靠流血就可以从速解决一切难题的烈士情结便会更趋激烈。谭嗣同在变法失败后拒绝避难便是一种典型的烈士心态。数年后的徐锡麟亦怀同样心思，他在赴任起事前致语秋瑾等党内同志："法国革命八十年才成，其间不知流过多少热血。我国在初创的革命阶段，亦当不惜流血，以灌溉革命的花实。"[1] 在给秋瑾的信中亦有"我辈所作之事，必须从速成就"[2] 之语。无论是维新一派，还是革命一派，皆信仰"不惜流血"与"从速成就"之法。由此而来的，便是鼓吹恐怖暗杀的铁血主义与侠烈之风盛行。南社诗人高旭《盼捷》一诗中有云"炸弹光中觅天国，头颅飞舞血流红"，可谓当时激进文风的代表。在此风气之下，晚清新女性同样是热血澎湃、诗多豪语。唐群英在1904年赴日留学的赋别诗有云："日俗从军

---

[1]　吕公望：《辛亥革命光复纪实》，载中国人民政治协商会议浙江省委员会文史资料研究委员会编：《浙江辛亥革命回忆录》，浙江人民出版社1981年版，第158页。

[2]　徐锡麟：《致秋瑾书》，载郭延礼编著：《解读秋瑾》上册，山东教育出版社2013年版，第15页。

行，战死埋丘墟。不必说生还，生还实辱余。"① 而秋瑾以女性之姿手持利刃的肖像，与其大量歌颂流血的诗文一起，更是成为那一时代革命女性的典型象征。

作为晚清激进思潮的产物，秋瑾后期的诗文充斥着"拼将十万头颅血""为国牺牲敢惜身"之类的断头、流血之语。她在 1906 年致王时泽的信中明确表达了自己决心继"男子之死"后做第一个女烈士的意愿："男子之死于光复者，则自唐才常以后，若沈荩、史坚如、吴樾诸君子，不乏其人。而女子则无闻焉，亦吾女界之羞也。愿与诸君交勉之。"② 矛盾分裂的是，秋瑾对自己的女性身份既敏感在乎又厌弃排斥。她不满于自己默默无闻的女子身份，不止喜欢男子装扮，更希望以牺牲女性肉身的激烈方式来成就与男子一样的烈士名声。

对于晚清以来不计成败而"宁愿做烈士"的流血崇拜，许纪霖称为"虚无时代的任性牺牲"③。秋瑾的迷恋牺牲同样带有鲜明的"虚无党"色彩，相似的烈士心态在诗词中表露甚多："他年成败利钝不计较，但恃铁血主义报祖国"；"大好江山归故主，家家铜像铸英雄"。④再如被害前五日的《致徐小淑绝命词》中言"虽死犹生，牺牲尽我责任"，和谭嗣同的绝命诗"有心杀贼，无力回天"一样，既有一种明知失败的绝望，又有一种不惜殒命的悲壮。烈士的流血牺牲刺激了新的烈士文章的产生，而烈士文章又激励了新的烈士赴死就义。烈士与烈士文章在前仆后继中相互建构，建构对方，也为对方所建构。秋瑾

---

① 吕芳上：《"好女要当兵"：中央军事政治学校武汉分校女生队的创设（1927）》，载鲍家麟编著：《中国妇女史论集八集》，（台北）稻香出版社 2008 年版，第 318 页。

② 王时泽：《回忆秋瑾》，载郭延礼编著：《解读秋瑾》上册，山东教育出版社 2013 年版，第 149 页。

③ 许纪霖：《虚无时代的"任性牺牲"》，《读书》2015 年第 4 期。

④ 秋瑾：《感怀二章》，《宝剑歌》，载郭长海、郭君兮辑校：《秋瑾诗文集》，浙江古籍出版社 2013 年版，第 35、61—62 页。

曾写过《吊吴烈士樾》等祭烈士的诗文，她在遇难后，其生前所做诗文与后人为其所做诗文同样渲染了一种壮烈的牺牲精神。这些烈士文章，既有烈士自己生前所写，又有崇拜者在烈士牺牲后所写。烈士们既是烈士文章的书写者，又是被书写者。或者说，他们是作者，也是读者，更是主角。

烈士与烈士文章相互生产在晚清虽是极端现象，但颂扬牺牲的殉道传统与生产机制却是源远流长。就像胡缨所指出的，向烈士致敬的文章遵循一种与牺牲之烈相称的"颂扬命令"："传记这一体裁本来就有相当的溢美倾向，而面对非同寻常的创伤性死亡时，因循常规的反应就显得极度不合时宜，传记的溢美倾向这时就变成了一道命令，而成为一种要求与创伤性死亡之烈度相称的庄严崇高的反应。通过对某个特定惨烈死亡的高度颂扬，烈士传从而对抗了死亡本身那骇人的无意义。当以殉身的措辞来纪念一个死亡时，这一颂扬命令最明白无疑地发挥着作用，一举多得地满足了社会心理、道德和政治的需求。"①"颂扬命令"意味着烈士文章是一个不断生产与创造圣徒形象的漫长过程。尽管致敬烈士的理想形象早已规定，烈士文章的写作却并不是一次性完成的，它需要根据不同时期政治、道德与社会审美需求来反复塑造、重新描写。书写历史永远是一种书写现实的要求。尤其是在烈士所献身的事业获得胜利之后，革命的神圣性需要圣徒的殉难流血来证明，革命的合法性也需要烈士的记忆神话来铸造。在这个意义上，革命烈士需要烈士文学的塑造来永垂不朽，烈士文学也需要塑造革命烈士来创造经典。在高度程式化与模式化的一次次重塑过程中，烈士形象必然会越来越"高大"，越来越"真实"。

文学真实作为一种精神真实与审美真实，是以实现烈士精神的完

① 胡缨：《性别与现代殉身史：作为烈女、烈士或女烈士的秋瑾》，彭姗姗译，载游鉴明、胡缨、季家珍主编：《重读中国女性生命故事》，江苏人民出版社 2012 年版，第 118 页。

美呈现为原则的，它需要牺牲者的原型人物做出部分让渡与必要"牺牲"，来完成文学故事的完整塑造与典型重构。因此，从文类变迁来看，传统的史传文学尽管有颂扬命令的溢美倾向，"史"的写实要求还是暴露出"文"的浪漫不足，难以满足民族国家重塑神圣记忆的现实需求。是故，晚清以传记为主的烈士文章到后来逐渐被小说、戏剧、影视等新的文类所取代。秋瑾之死便是烈士文章在近现代中国变迁的一个典型范例。从晚清的纪念诗文，到民国后的各种演剧，再到社会主义时期的各种影视戏剧改编，现代第一女烈士的文学形象在重写过程中越来越抽象而高大，是和脱离传记模式、越来越虚构和想象化的文类变迁相一致的。

二、秋瑾之死：从"列女"到"烈士"的性别麻烦

在风云变幻的 20 世纪舞台上，秋瑾之死的文学现象可称奇迹。现代第一女烈士的文学形象跨越了晚清、民国、共和国三个不同时期，被各类不同主义乃至敌我斗争的政权相继承认与接纳。秋瑾颂扬牺牲以及颂扬秋瑾牺牲的文学创作产生了一种持续不断的烈士效应与教育意义，影响了数代中国新女性。不过，尽管"颂扬命令"在危机时代为女性解放获得了极大的发挥空间，但作为传统中国"列女传"的一脉，女性牺牲者进入男性荣誉的烈士谱系却并非名正言顺，也并非一帆风顺。即便在"五四"之后，性别在烈士谱系建构中依然是一个具有挑战性的因素。

美国学者高彦颐（Dorothy Ko）曾极力否认"'五四'公式"中的"受害女性形象"，认为"'五四'对传统的批判本身就是一种政治和意识形态建构，与其说是'传统社会'的本质，它更多告诉我们的是关于20 世纪中国现代化的想象蓝图"。高彦颐批评"封建的、父权的、压

迫的'中国传统'是一项非历史的发明"①，并借助社会、阶层背景差异指出，中国上层社会的才女文化在传统社会的有限空间内亦有自我实现的企图与可能。从这个角度讲，秋瑾决意牺牲的文学书写不无自我实现的意义。不过，即使不借用高彦颐所指控的东方主义或后殖民主义理论，也可以明显看出其所谓的"非历史的偏见"，恰恰是另一种形态的"非历史的偏见"，其中不无对中国现实相对隔膜而过于美化的偏至想象。事实上，任何一种历史，都是一种意识形态书写的历史；而任何一种意识形态，也都是一种历史建构的意识形态。换言之，没有脱离意识形态的历史，也没有脱离历史的意识形态，纯粹的历史与纯粹的意识形态都无非是一种脱节的想象。秋瑾的决意牺牲固然有自我选择的主体意义，但其献身革命的主体选择与九次迁葬的曲折命运，何尝不是诸种意识形态和政治传统在历史合力中较量冲突的结果。

从秋瑾牺牲后文学形象的变迁，可以看到这样一种颇为吊诡的现象：国族意识开始觉醒的新女性即便愿意和男同志一起流血牺牲，最初却还是因性别问题被排除在烈士文学的谱系之外。秋瑾在生前就表达了"身不得，男儿列；心却比，男儿烈"②的英雄气概，但她绝不会想到，青史留名的烈士意愿在身后还是会遭遇如许曲折与麻烦。在秋瑾牺牲前十天，廖仲恺曾在《民报》发表《苏菲亚传》，赞美苏菲亚为革命献身是"大慈大悲大无畏"，并引巴枯宁的话作为结语："女员者，党人之灵魂也。若有女员发愿随喜者，吾党当事之以圣徒。"③此前，徐锡麟在给秋瑾的信中也称其为"竞雄同志"，并赞其"如同志者，有英雄之气魄，神圣之道德，麟实钦佩之至，毕生所崇拜者

---

① ［美］高彦颐：《闺塾师：明末清初江南的才女文化》，李志生译，江苏人民出版社 2005 年版，第 3、4 页。

② 秋瑾：《满江红》，载郭长海、郭君兮辑校：《秋瑾诗文集》，浙江古籍出版社 2013 年版，第 80 页。

③ 胡缨：《翻译的传说：中国新女性的形成（1898—1918）》，龙瑜宬、彭姗姗译，江苏人民出版社 2009 年版，第 133 页。

也"①。这似乎在理论上排除了"女员"的性别障碍。但事实上,即使在党内同志那里,秋瑾最初也并未像其他男性牺牲者一样获得"烈士"称号,遑论"圣徒"荣誉。在同案的徐锡麟、陈伯平、马宗汉、秋瑾殉难后,《民报》迅即发表了赞美牺牲者的纪念肖像与文章。颇为触目的是,尽管同时刊登,男女仍然有别。徐锡麟等人均有"烈士"称号,独有秋瑾被称作"女士"或"女侠"。比如第十六号同期登载的肖像中,徐锡麟被称为"徐锡麟烈士",秋瑾则是"秋瑾女士"。秋瑾也未像徐锡麟一样获得入选烈士传的待遇。在章太炎为几位同案牺牲者所写的祭文中,徐锡麟、陈伯平、马宗汉三位男同志被誉为"志士"某君,列在最后一位的秋瑾则被称作"列女秋氏"。尽管一同受祭,"志士"和"列女"的用词还是把秋瑾和其他男性同志谨慎地分开处理了。在抨击传统女德束缚女性的革命时代,章太炎这位鲁迅眼中"有学问的革命家"②却以古文大师的严谨,坚持用"列女"这一传统女德来规范对"秋氏"的表彰。由此不难理解,在完成祭文的颂扬命令时,章太炎为何在《秋瑾诗词》的序言中对秋瑾的"变古易常为刺客""语言无简择"③颇有微词。对秋瑾这类喜欢在公开场合女扮男装、抛头露面发表演说的性别颠覆与表演行为,美国学者朱迪斯·巴特勒(Judith Butler)称之为"性别麻烦"④,因为其越界言行已触犯了传统社会性别的文化底线。章太炎在执意将秋瑾与古代列女放在一个谱系接受祭奠时,他对秋瑾这位叛逆女性是接受而又拒绝的:接受她的热心革命,不满她的性别僭越。也许在章太炎看来,能把一个不守

---

① 徐锡麟:《致秋瑾书》,载郭延礼编著:《解读秋瑾》上册,山东教育出版社 2013 年版,第 15 页。

② 鲁迅:《且介亭杂文末编·关于太炎先生二三事》,载《鲁迅全集》第 6 卷,第 566 页。

③ 章炳麟:《秋瑾集序》,载郭延礼编著:《解读秋瑾》上册,山东教育出版社 2013 年版,第 285 页。

④ 参见〔美〕朱迪斯·巴特勒:《性别麻烦:女性主义与身份的颠覆》,宋素凤译,上海三联书店 2009 年版。

妇道、违背女德的叛逆女性放入"列女传"的谱系之中，已是一种非同寻常的抬举了。并非偶然的是，在南史氏为徐锡麟所做的另一篇烈士传中，作者向上追溯《史记·刺客列传》中从荆轲到聂政的古代侠客风流，向下构建了一个从张文祥、万福华、王汉、吴樾到徐锡麟的近世烈士谱系[①]，同案的秋瑾仍被排除在外。

如何看待秋瑾牺牲的问题，其实是反映了一个时代的文化风度的。章太炎等人的公开排斥不过是冰山一角。晚清志士鼓动女性成为烈士，又拒绝承认其为烈士，所暴露的矛盾之处根本还不在于性别，而在于性别背后的道德规范与礼教秩序。这让我们不得不深思烈士情结的另一面。晚清志士召唤女性牺牲，在多大程度上是一种说得出口的解放女性的现代意识，多大程度上又是一种说不出口的烈女殉节的古老意识？烈士情结是突破了女德规范，还是巩固了女德规范？秋瑾牺牲之后所遭遇的难题，从一个侧面暴露出许多鼓吹女性解放的革命志士在道德观念上的保守迂执之处，实际上和他们所抨击的那些卫道士们相距未远。在女性牺牲的烈士待遇问题上，晚清的革命党人仍是男女有别的父权家长，无意也不愿给女性同等的尊严与位置。

接下来的问题是，中国第一女烈士无法写入烈士传，是否只是晚清新旧过渡时代的一个临时或暂时现象？这同样是需要深思的。辛亥革命之后，尤其是经历"五四"新文化运动对节烈观的批判之后，女烈士的名义问题确实从名义上已得到解决，至少没有像章太炎那样把秋瑾公开排除在烈士文章之外的现象了。富有意味的是，秋瑾的命运在民国以后发生逆转，不仅获得了以往男性专享的入先烈祠的资格，而且声誉远超同时代的男性同志。随着革命胜利，秋瑾戏剧性地成为英烈殿堂中一位圣徒般的英雄。革命政府在民国元年为其举行了声势浩大的国葬仪式，复葬西湖西泠桥畔，与岳武穆同垂不朽。在革命之

---

① 南史氏：《徐锡麟传》，《民报》1907 年第 18 号。

后，秋瑾曾经以女匪身份被抛弃与埋没的遗骨转而成为烈士的光荣象征，被湘浙两省竞相争夺。秋瑾墓最早被好友徐自华选在与苏小小、郑贞娘相邻的西湖边，"三坟鼎足"构成了一个"美人、节妇、侠女"的列女三角。革命告成，秋瑾则和徐锡麟、陶成章一起被称为绍兴"三烈士"，又构成了一个新的烈士三角，而且是响应孙中山革命号召的"最著者"①。曾经是徐锡麟下属的秋瑾，无论是建祠立碑的烈士待遇，还是文学书写的纪念规模，在后来都远远超过了作为其革命引导者、死亡方式也更为惨烈的徐锡麟。秋瑾何以从千千万万个烈士候选人中脱颖而出，被文学反复塑造，被历史高度铭记？胡缨认为与秋瑾"特殊的死亡方式和强有力的纪念者"②有关。遗憾的是，其精致细腻的分析恰恰漏掉了性别这一至关重要的因素。

在根深蒂固的等级制那里，女性之血向来被视为不洁之物，像西方中世纪一样，"只有男人的英雄血才代表着战场上有价值的牺牲"③。比如贞德是巫女还是圣女，直到莎士比亚（William Shakespeare）的戏剧《亨利六世》里仍充满争议。不过，随着革命告成，秋瑾的烈士形象塑造也经历了由女匪、女侠到烈士、圣徒的神圣化过程，以致获得了一个和圣女贞德一样的"圣秋瑾"④称号。烈士名誉的承认让秋瑾之前被满清官府污蔑的女性之血变得无比圣洁，对民族国家的奠基也具有了特殊的神圣意义。如蔡元培在力主纪念秋瑾时所说："夫民国肇造，赖诸先烈牺牲之功为多，女侠更为女界之第一人，不有表彰，恶足以示来兹。……庶后之人凭流连，足以兴其爱国观念，民

---

① 胡缨：《九葬秋瑾》，龙瑜宬译，载邓小南、王政、游鉴明主编：《中国妇女史读本》，北京大学出版社 2011 年版，第 258—259 页。

② 胡缨：《九葬秋瑾》，龙瑜宬译，载邓小南、王政、游鉴明主编：《中国妇女史读本》，北京大学出版社 2011 年版，第 273 页。

③ ［美］佩吉·麦克拉肯：《战争让女人闭经》，唐红梅译、艾晓明校，载佩吉·麦克拉肯主编：《女权主义理论读本》，广西师范大学出版社 2007 年版，第 652 页。

④ 陶在东：《秋瑾遗闻》，载郭延礼编著：《解读秋瑾》上册，山东教育出版社 2013 年版，第 66 页。

国人心，益以巩固。"① 抗战时期另一篇纪念秋瑾的文章说得更为明白："志士仁人在当时死难者不能谓不多，然以弱女子而蹈火赴汤、视死如归者，仅得秋烈一人。"② 如果不是"女界之第一人""仅得秋烈一人""幸借蛾眉光祖国"③ 的性别激励意义就无从产生。看似悖谬的是，秋瑾之前因为是"女性"被排除在外，之后又因为是"女性"备受优待。这当然可以解释为时代进步，但问题远非如此简单。如果在烈士礼遇上真正可以做到男女平等，为什么又因为"女性"的原因将秋瑾从千千万万的牺牲者中挑选出来？秋瑾被历史高度识别，除了必要条件的"烈"，还不是因为备选条件的"女"？优选背后的机制，依然是一种男女有别的父权体制；优选背后的意图，依然是为了建构一种超越女性的男子气概。明清之际的史学家潘柽章对《列女传》有非常独特的见解，在他看来，该书旨在讽刺男性不如女子。"传列女者，所以愧夫男子而二其行者也。"④ 潘柽章有感于明亡之后，士大夫堕落变节，反不如节妇烈女视死如归，而秋瑾之死被用来激励男子报国的意义何尝不是如此。秋瑾殉难后的这类悼诗比比皆是："堂堂二百兆男子，几许能如一妇人"；"慷慨从容赴市曹，蛾眉意气比天高"；"衣冠羞尽群男子，生死轻于一鸿毛"；"男儿不少龙光剑，宛转偷生愧阿娇"；"弱族倩卿纤手扶，男儿空自挂桑弧"；"枉说中原是病狮，裙钗身受胜须眉"；"愧煞须眉二百兆，更谁霹雳扫妖尘"；"卓荦不世姿，男儿愧几许"；"奇气如卿胜丈夫，

---

① 王去病、陈德和主编：《秋瑾年表（细编）》，转引自胡缨：《九葬秋瑾》，载邓小南、王政、游鉴明主编：《中国妇女史读本》，北京大学出版社 2011 年版，第 264 页。

② 赵而昌：《记鉴湖女侠秋瑾》，载郭延礼编著：《解读秋瑾》上册，山东教育出版社 2013 年版，第 57 页。

③ 景墨：《吊秋女士》，载郭延礼编著：《解读秋瑾》上册，山东教育出版社 2013 年版，第 398 页。

④ 潘柽章：《松陵文献》，转引自衣若兰：《史学与性别：〈明史·列女传〉与明代女性史之建构》，山西教育出版社 2011 年版，第 330 页。

为爱家国赴东途"①。这种对秋瑾个人的特殊表彰，无形之间又对女性群体构成一种普遍贬抑。在"愧煞须眉"的痛心疾首之间，字里行间又分明隐含、暗示着一种"须眉"本该胜"蛾眉"的男性优越论。

三、神圣机制：烈士塑造的去性化与厌女症

安德森（Benedict Anderson）在"民族主义想象共同体"的研究中指出："民族国家没有清晰可辨的诞生日"，国族传记不能用福音书的方式顺时而下，而需要溯源而上，"通过记述烈士之死来为民族国家立传"。②烈士之死孕育着民族国家的新生，烈士之血的神圣性也印证着民族国家的神圣性。因此，一旦进入民族国家的英烈殿堂，烈士的形象、名声就必须得到维护或保护。这意味着，当女性获准进入烈士文学谱系，其所带来的性别麻烦亦必须在神圣化的重塑过程中进行处理。胡缨发现："一旦升上民族主义的祭坛后，道德约束似乎益发严格，女烈士之'女'全无任何身体特征或颠覆性的潜能，而仅仅意味着烈士添加了一点色彩和多样化。"③也就是说，女性进入烈士谱系，是以不挑战性别秩序为前提的。革命之后重写的烈士谱系为满足多样化的性别色彩，既需要"女"性之名，又不需要女"性"之实。易言之，越是要塑造女烈士的圣洁形象，越是要祛除男女之情、儿女之情之类的性别麻烦。从这个角度讲，作为历史人物的秋瑾备受烈士礼遇，是因为她的性别色彩，而一旦享受烈士礼遇，作为文学形象的

---

①　参见郭延礼编著：《解读秋瑾》上册，山东教育出版社 2013 年版，第 391—400 页。

②　Benedict Anderson，*Imagined Communities:Reflction on the Origin and Spread of Nationalism*，London and NewYork: Verso，1983/2003，p.205.

③　胡缨：《性别与现代殉身史：作为烈女、烈士或女烈士的秋瑾》，彭姗姗译，载游鉴明、胡缨、季家珍主编：《重读中国女性生命故事》，江苏人民出版社 2012 年版，第 132 页。

秋瑾就必须遵循烈士塑造的神圣机制，抑制或克服自己的性别身份。

在获得烈士礼遇之前与之后，秋瑾文学形象在不同时期的演绎可谓大相径庭。在晚清的《轩亭冤》《六月霜》等戏剧传奇中，秋瑾被塑造为一个哭泣喊冤的弱女形象，很符合传统女德模式。随着辛亥革命胜利，秋瑾作为烈士的形象被重新塑造，女性特征也越来越模糊。从书写秋瑾之死的晚清文学中，我们还可以经常看到秋瑾梳妆、养花、流泪、作诗、带儿携女之类的日常生活细节。而在后来的许多文学与戏剧电影改编中，如夏衍1936年发表的话剧《自由魂》、1959年张君秋主演的京剧《秋瑾传》以及1962年柯灵完成的同名电影剧本[①]，这些女性气质的私人化细节呈现出越来越少的态势。在性别细节的抽空中，秋瑾中性化为一个抽象的符号，成了在精神气质上和男烈士没有任何区别的女烈士。事实上，尽管向往一种英勇强悍的男子气概，秋瑾作为天涯飘零的孤身女性也常常有流泪与脆弱的时候，这在其闺中好友徐自华、吴芝瑛的回忆文章中都有细节可查。秋瑾在后期的诗歌也并非尽是悲壮慷慨，同时也有"昨夜风风雨雨秋，秋霜秋露尽含愁"之类悲秋、感伤的一面。有后世学者批评早期的传奇、杂剧、文明戏"塑造秋瑾的形象有所歪曲与不足"，"秋瑾的形象是不够高大，也不够真实的"[②]。其实，"不够高大，也不够真实"云云，不过是因为秋瑾同时代人的创作保留了女性气质的柔弱因素，有违烈士文章过度溢美的颂扬命令而已。由此而论，要成就从列女到烈士的英雄神话，作为历史人物的秋瑾除了要牺牲生命，还要为自己"高大"而"真实"的文学形象牺牲性别。为了维护烈士没有"歪曲与不足"的完美形象，一切不符合英雄形象与民族国家需求的性别因素，都要在回溯历史的选择性建构中刻意削弱与回避。反之，则要刻意放大与强化。

---

① 夏晓虹：《秋瑾文学形象的时代风貌》，《中国现代文学研究丛刊》2009年第4期。

② 魏绍昌：《秋瑾的艺术形象永垂不朽：从传奇、文明戏到话剧和电影》，载郭延礼编著：《解读秋瑾》上册，山东教育出版社2013年版，第325、328页。

女烈士秋瑾在神圣化过程中所遭遇的"去女性化"问题，一如季家珍（Joan Judge）所论："她的鲜血如同罗兰夫人一样流进了现代世界的历史之中，但与此同时，像罗兰夫人和中国历史上的女英烈一样，秋瑾为人们所纪念也因为她的一生融入了主流的政治叙述。秋瑾也成了晚清革命斗争中的一个偶像。只有忽略其为女性代言的一面，她们的故事才能成为晚清历史的一部分。女杰的豪情只能当作英雄气概来解读，新的女性时间也只有在与男性时间交汇时才能感觉得到。"[1] 秋瑾之后的革命女性，经历未必如此曲折，但去性化的机制是一样的：为了成为新女性，首先必须成为新男性，或者说是成为与新男性一样的人，亦即"融入主流的政治叙述""与男性时间交汇"。这是新女性在接受革命父权规训过程中的必经课程。

和秋瑾相比，大革命时期的新女性所经历的革命化程度更高，"去女性化"或"拟男化"也更为严重。参加过北伐的"女兵"谢冰莹就如此自白："在这个伟大的时代，我忘记了自己是女人，从不想到个人的事情，我只希望把生命贡献给革命。"[2] 左联五烈士中的唯一女性冯铿则在小说《红的日记》中，借女主人公马英之口自述："红的女人呀！……你们都暂时把自己是女人的事忘掉干净罢！"同样，革命之风越是激烈，塑造女烈士的去性化机制也越是严苛。这其中最典型的莫过于"十七年"时期的"红色圣经"《红岩》。颇富象征意义的是，这项高度集体化、组织化、政治化的文学工程最终是以罗广斌、杨益言两位男同志的名义完成的。小说中刻画最成功的烈士形象当属女战士江姐，而最女性的人物则非反派女角玛丽莫属。相较于革命女战士的壮志豪情和钢铁意志，中央社记者玛丽的"花枝招展"、

---

[1]　[加] 季家珍：《历史宝筏：过去、西方与中国妇女问题》，杨可译，江苏人民出版社 2011 年版，第 255 页。

[2]　参见吕芳上：《"好女要当兵"：中央军事政治学校武汉分校女生队的创设（1927）》，载鲍家麟编著：《中国妇女史论集八集》，（台北）稻香出版社 2008 年版，第 315—316 页。

"妖艳"风姿与其摩登的西洋化名字一样，"娇滴滴"的女性气十足。仅此一端，就足以够得上一个非革命或反革命女性的标准样板了。所以，毫不奇怪的是，到了激进主义最高潮的"文化大革命"时期，革命女性尽管担任主角，样板戏中的厌女症却是最严重的。

女性进入烈士文学谱系是一个神圣化的过程，也是一个去性化的过程。非去性似乎不足以显示其神圣，女烈士的塑造机制何以至此？潜伏其中的厌女症在此表现出了一种根深蒂固的灵肉分裂：充满诱惑的女性肉身是不洁的、邪恶的，只有牺牲肉身，精神方能显示出超越女体的高贵与纯洁。在深层结构上，现代烈士传暴露出了与传统"列女传"一样的思维模式、一样的性别压抑和道德限制。在近现代文学的英烈殿堂，古老的"列女传"依然幽魂盘旋，阴灵未散。

杜赞奇（Prasenjit Duara）在现代中国思想史的研究中指出，现代知识分子往往喜欢挪用固有文化的某些符号、概念与习俗来"重构传统"，为现代化的某种目的服务。[1] 不过，这其中隐含的困境也在于，当现代文化自觉发扬传统道德，传统道德不仅会借现代名义重新复活，而且会对现代思想形成不自觉、无意识的深层制约。在由古代列女进入现代烈士的书写过程中，被解放的秋瑾在名誉上获得了和男性烈士同等的地位，然而传统女德模式中的道德枷锁并未因此真正获得解除。为了捍卫秋瑾的圣洁形象，除了去性化，"死烈"背后的女德模式和烈女想象仍是重塑女烈士形象的关键因素。这也是近现代文学史上女性形象塑造的一个普遍的怪现状：英雄人物在思想上越是激进主义，在道德上也越是保守主义。似乎唯其如此，英雄形象的神圣性才不会被亵渎与玷污。秋瑾遇难后，坊间即有各种争议的风言风语，

----

[1] Prasenjit Duara, "Knowledge and in the Discourse of Modernity: The Campaigns against Popular Religion in Early Twentieth-Centrury China", *the Journal of Asian Studies*, 50（1），（Feb.1991），p 8. 转引自柯惠铃：《近代中国革命运动中的妇女》，山西教育出版社 2012 年版，第 14 页。

及至秋瑾后来屡经改编的文学形象,越是高大,也越是拘谨。所以直到现在,在讨论女烈士的形象塑造问题时,古老的女德观念仍是最常用、最有效的解释工具。比如近年有部著作,在讨论《红岩》中为什么被捕的共产党人中男性叛徒多而女性无叛变时,其结论便是"女人的忠贞程度要比男人高""女人比男人重感情、讲面子"之类①。对此,托克维尔(A. Tocqueville)在《旧制度与大革命》中的结论值得吾人深思:在革命过后,"取胜的是旧制度的那些原则,它们当时全部恢复实施,并且固定下来"。

---

① 何建明、厉华:《忠诚与背叛:告诉你一个真实的红岩》,重庆出版社 2013 年版,第 245、246 页。

第四章 "忠贞"的悖论：丁玲的烈女 / 烈士认同与革命时代的性别政治

在现代中国女作家中，丁玲的文学创作也许并不是最为出类拔萃的，其文学生涯无疑却是最为曲折复杂的。这很大程度上是因为丁玲与革命中国深入肌理的血肉联系。"革命成就了她，革命也磨砺了她。丁玲生命中的荣衰毁誉，与二十世纪中国革命实践不分彼此、紧密纠缠。"① 英国左派学者艾瑞克·霍布斯鲍姆（Eric Hobsbawm）将 20 世纪视为"短促的世纪"与"极端的年代"②，近现代中国亦是危机重重、风云动荡，从文学与政治相互运动、抑或相互抵抗的复杂关系来看，以"革命的逻辑"总结丁玲一生尽管不无深刻的片面，却的确道出了问题的症结所在。借用夏济安的话来说，相对于"职业革命者"，丁玲和左联五烈士其实都是"业余革命者，写作才是他们的正业"③。但无可否认，历史的吊诡或必然性就在于，当这批献身于革命政治的文学青年在用文学书写革命政治的同时，其命运最终也会被笔下的革命政治所书写。革命政治中的解放与压迫、忠诚与背叛、斗争与牺牲，不仅演绎于他们的文学创作中，也映现于他们的现实人生中。在这个

---

① 贺桂梅：《丁玲的逻辑》，《读书》2015 年第 3 期。
② ［英］艾瑞克·霍布斯鲍姆：《极端的年代：1914—1991》，郑明萱译，中信出版社 2014 年版，第 4 页。
③ 夏济安：《黑暗的闸门：中国左翼文学运动研究》，万芷均等译，香港中文大学出版社 2016 年版，第 148 页。

意义上，丁玲动荡曲折的一生，堪称 20 世纪中国文学与革命政治最生动的映照。丁玲与现代中国许多重要的历史时刻发生过交汇，也发生过错位。在碰撞或擦肩之中，丁玲的文学 / 人生正如一个巨大的谜团，既散发着迷人的魅力，也充斥着迷离的困惑。黑暗与光明、颓废与昂扬、细腻与粗暴、尖锐与检讨、辩护与辩白、否认与承认、敏感与平庸、激烈与保守……追求革命而备受摧折的丁玲及其文学世界相互表演、相互塑造，种种戏剧性的矛盾与悖论，集于典范性的个体一身，表征的却是整个"革命时代的症候"①。革命时代的性别问题内在于革命问题，亦无法超越革命问题，它不是一种附属、一种色彩，而是一种映射、一种镜像。本书借由丁玲文学与人生世界中的烈女 / 烈士认知，探寻其所诉求的"忠贞气节"与传统女德、革命政治相纠缠的压抑、变形、扭曲、扬弃等系列问题。坦白来说，这些问题是性别的，也是超于性别的；是丁玲自身的，也是超于丁玲自身的。这意味着，如果只是讨论性别问题或只是从性别讨论问题，只是讨论革命问题或只是从革命讨论问题，都可能形成一种相互的遮蔽、障碍与漠视。

一、"死之歌"："忠臣烈女的故事"

1986 年 7 月，丁玲生前一年于协和医院病床上的一篇口述录音在去世数月后经刘春抄录，并经"陈明整理、校定"，题目为《死之

---

① 夏济安：《黑暗的闸门：中国左翼文学运动研究》，万芷均等译，香港中文大学出版社 2016 年版，第 145 页。

歌》。这篇类似于遗嘱的最后之作①，以死为题，回顾一生，在最终的结束之前，又回到最初的开始。奇怪的是，贯穿丁玲一生而感受最深的却是一个不无心酸也不无悲壮的"死"字。所谓"死之歌"，极具象征意味，是女性自身的哀歌、挽歌，也是革命政治的悲歌、颂歌。鉴于丁玲生前最隐秘的日记部分在公开发表时曾被保留手稿的丈夫陈明修改润色过，这篇最后的回忆录有无修改，就不得而知了。不过，即便无法听到丁玲的原声，整理后的文字亦无法遮蔽其中的真实性。对于丁玲这位备受政治磨砺的现代女性来说，她生前留下了大量公开发表或发言的文字，亦留下了许多未刊的手稿、书信、日记等文献。无论是公开的文字，还是私下的言论，作为一个人的两面，都是具有张力性的真实，它们从不同层面形塑了丁玲的文学及人生。倘要完整而辩证地看待，不仅要看她所言说的部分，还要看她未能言说或无法言说的部分。在这个意义上，丁玲生前未刊的手稿与文字具有特殊的价值。

《死之歌》前半部分由幼年时期"父亲的死"忆及"那个苦痛的时代"，诉说黑暗与不幸；后半部分则为幽囚南京的不死大费周章，表露"忠贞气节"。这两段文字，实在是丁玲一生微妙而心酸的写照，内含着死与不死、言与不言的诸多隐忧／因由。有意味的是，在描述父亲之死带给自己可怕的死亡印象后，丁玲又特别提到了母亲常常讲给她听的两位女性的死亡故事：一位是为未婚夫守节的表嫂，一位是

---

① 最后的口述除《死之歌》之外还有另一篇文章，是 1985 年 12 月 19 日为《冯乃超文集》口述的序言，题为《永远怀念他的为人——〈冯乃超文集〉代序》。这篇序言其实是一篇怀人的文章，其中也再次提到胡也频的牺牲。序言在丁玲口述两日后即开始整理，于 12 月 24 日定稿，发表在 1986 年 3 月 16 的《羊城晚报》上。《死之歌》是在 1985 年 7 月至 9 月口述的，比前一篇早几个月，但奇怪的是，整理工作迟至丁玲去世数月后的 1986 年 7 月 30 日才开始启动，正式发表于《湖南文学》1987 年第 1 期。也许这篇回顾作者一生的《死之歌》有更多的难言之隐吧。从发表时间与文章内容两方面来看，笔者倾向于将《死之歌》视为遗嘱式的最后之作。相关内容参见王增如、李向东编著：《丁玲年谱长编》下卷，天津人民出版社 2006 年版，第 807、822 页。

"为革命牺牲"的秋瑾。前者是一位贞节烈女，后者是一位革命烈士；前者悲惨，后者悲壮。丁玲在转述母亲的故事给自己心灵带来深刻影响的时候，她的态度似乎是鲜明的，对守节的烈女充满了同情，斥责封建礼教的"吃人"与"黑暗"；对献身革命的女烈士则与母亲一样满怀"崇拜"。然而，在丁玲的表述中，烈女与女烈士两种形象并非界限分明，而是模糊又含混：

> 我母亲是一个寡妇，她也有自身痛苦的经历。她是一个学生，一个知识分子，她读了很多书。我以为她的感受，她的想象是很复杂的，又是很丰富的。但是，我母亲从来都把这一切埋在她的心底。我从没听到她讲过，也从未看到过她叹气流泪；即使有过，也很少。我母亲经常给我讲的是一些历史上功臣烈女的故事。她又把这样的书给我看。所以，我从小的时候，对一些慷慨悲歌、济世忧民之士便很佩服。我看《东周列国》的时候（我现在想不起那些具体的故事了），那里记载的许多忠君爱国的仁人义士，视死如归的故事，给我的影响很大。我佩服这样的人，喜欢这样的人，这些是我心目中最崇拜的人，最了不起的人。尽管故事很短，也很多，可是，我觉得是非常有意义的。①

从守节的表嫂讲到献身的秋瑾、从死亡的不幸讲到死亡的意义，其过渡性颇富象征意义。而为幼年丁玲讲述这些故事的母亲，其母教的身份与位置也同样耐人寻味。丁玲的母亲余曼贞是和秋瑾同时代的女性，出身于士大夫家庭，深受晚清以来女性解放思潮的影响，向往革命，对秋瑾极为敬佩。丁母在丈夫病逝后改名蒋胜眉，放脚读书，奋发自强，转变为一位独立的职业女性，可谓是跨越新旧两个时代的

---

① 丁玲：《死之歌》，载《丁玲全集》第6卷，河北人民出版社2001年版，第313—314页。

人物。如丁玲所言，母亲作为"一个寡妇，她也有自身痛苦的经历"，但同时"是一个学生，一个知识分子"；一方面背负着寡妇守节的旧伦理，同情贞女，另一方面也学习着革命带来的新知识，崇拜烈士。在新旧道德之间，没有截然的对立，传统烈女与现代女烈士的形象也并不冲突。从丁母所讲的"功臣烈女"（疑记录笔误，应为"忠臣烈女"）来看，忠臣与烈女都是"历史上"的故事，可以并存、可以共享、可以同质，都是"忠君爱国"、都是"视死如归"、都是"非常有意义"。如丁玲自己所说，这的确是"丰富"与"复杂"的。丁玲在回忆母亲讲述的故事时，仍然是一种非常崇拜的态度："我佩服这样的人，喜欢这样的人，这些是我心目中最崇拜的人，最了不起的人。"对于礼教吃人的节烈问题虽有所批评，丁玲却似乎无意区分烈女与女烈士两种概念，也似乎没有意识到有区分两种概念的必要，而用"忠臣烈女"一视同仁、一并搁置了。历史最深层的悲剧也许就在于，即便像丁玲这样写出《莎菲女士的日记》《三八节有感》的优秀女性，在经历了历史的悲剧之后，仍然无法超克历史的悲剧。在最后的文章中，她并未走出母亲那一代人的影响，也同样未走出母亲那一代人的命运。

对于母亲所讲表嫂守节的故事，丁玲充满了同情，批判的锋芒由此指向"那个封建的吃人的黑暗时代"：

> 表哥病了，死了，表嫂还得嫁过来。我外祖父是一个封建文人，但他并不希望她过门来，他也感到这个日子是很难过的。但是，处在那个时代，那个封建的吃人的黑暗时代，我的表嫂还是迎亲过门来了。两家还临时赶办嫁妆，全是蓝色的，再也没有红的了。但是，表嫂过门来的那一天还是穿着红衣服，戴着凤冠霞帔。我家四姨抱着我表哥的木头灵牌，和表嫂拜堂成亲，结为夫妻。结婚仪式以后，表嫂回到洞房，脱下凤冠霞帔，摘下头饰，然后披麻戴孝，来到堂屋，跪着磕头祭灵。她哭得昏过去了。人们把她架着送回新房。就这样，她一直留在我舅舅家里，守活

寡。后来，我外祖父调到云南，把她留在常德，住在她娘家。但是，在自己娘家，像她这样的妇女怎么过下去，她有什么希望呢？她有什么前途呢？她有什么愉快的事情呢？什么都没有了！这个世界已经不属于她了。留给她的只是愁苦、眼泪和黑暗。这样，没有过一年，她死了；我母亲是很同情她的。母亲对我讲她的时候，我也非常难过，我常常想着这个结了婚，实际是未婚的不幸的年轻女性，怎样熬过她的一生。

丁玲故事中这位与木头灵牌结婚的表嫂是女性节烈谱系中最惨烈的一种贞女现象。贞女是未婚女子而守节，与节妇在丈夫死后守节有所不同。在儒家道德体系内，二者最根本的区别是："虽然贞节是任何正派女子都应遵循的古老美德，但儒家从不反对未婚女子再次订婚。"① 因为过于残酷与违背人性，即便在最极端化的明清时期，许多文人精英也并不赞同。丁玲的外祖父虽是"一个封建文人"，"也感到这个日子是很难过的"，并不希望表嫂过门来"守活寡"，便是如此。作为一位深受"五四"新文化影响的新女性，丁玲远比身处儒家文化内部而相对开明的外祖父更为激进，对传统节烈观的"封建"与"吃人"无疑是反对与排斥的。

五四时期，周作人率先在《新青年》1918 年第 4 卷第 5 号译介与谢野晶子（Akiko Yosano）的《贞操论》，反对"贞操道德"的虚伪、压制、不正与不幸，倡导"新道德"，希望"实现出最真实、最自由、最正确、最幸福的生活"。随后引起胡适、蓝公武等人关于"贞操问题"的呼应与讨论。② 作为对"贞操论"的响应，鲁迅也用笔名唐俟发表《我之节烈观》，痛斥节烈是一种"无主名无意识的杀人团"，发

---

① ［美］卢苇菁：《矢志不渝：明清时期的贞女现象》，秦力彦译，江苏人民出版社 2012 年版，第 5 页。

② 胡适：《贞操问题》，《新青年》1918 年第 5 卷第 1 号；《蓝志先答胡适书：贞操问题》，《新青年》1919 年第 6 卷第 4 号。

愿"要除去于人生毫无意义的苦痛。要除去制造并赏玩别人苦痛的昏迷和强暴"①。如卢苇菁所论，对批判封建礼教、鼓吹思想革命与女性解放的新一代知识分子来说，"贞女不过是儒家性别压迫的象征，是专制主义的产物"②。这种论说，反映出欧美学界近年所流行的一种对"五四"史观与反传统主义的普遍质疑。就性别研究而言，便是所谓的"受害者的主流假说"③。"主流假说"意在强调：传统女性作为"受害者"的形象认知之所以广为流传，完全是出于主流文化的意识形态建构，并非女性自身所亲历过的历史事实。曼素恩（Susan Mann）、高彦颐等著名学者，均是其中的代表人物。用高彦颐的话来说："受害的'封建'女性形象之所以根深蒂固，在某种程度上是出自一种分析上的混淆，即错误地将标准的规定视为经历过的现实。这种混淆的出现，是因缺乏某种历史性的考察，即从女性自身的视角来考察其所处的世界。"他由此而论，"受害女性形象"不过是一种"'五四'公式"，"'五四'对传统的批判本身就是一种政治和意识形态建构，与其说是'传统社会'的本质，它更多告诉我们的是关于 20 世纪中国现代化的想象蓝图"。④ 从这种观点来看，女性空间在传统中国即便有限，亦有自我实现的可能。的确，节妇烈女现象也需要放在具体的历史语境中具体分析、具体考察，但由此为了批评"封建的、父权的、压迫的'中国传统'是一项非历史的发明"，是"意识形态和政治传统罕见合流的结果"⑤，而不惜全盘否定，则走向了另一个极端，焉知不是另一

---

① 唐俟（鲁迅）：《我之节烈观》，《新青年》1918 年第 5 卷第 2 号。

② [美] 卢苇菁：《矢志不渝：明清时期的贞女现象》，秦力彦译，江苏人民出版社 2012 年版，第 262 页。

③ 程为坤：《劳作的女人：20 世纪初北京的城市空间和底层女性的日常生活》，杨可译，生活·读书·新知三联书店 2012 年版，第 5 页。

④ 高彦颐：《闺塾师：明末清初江南的才女文化》，李志生译，江苏人民出版社 2005 年版，第 4 页。

⑤ 高彦颐：《闺塾师：明末清初江南的才女文化》，李志生译，江苏人民出版社 2005 年版，第 3 页。

种形态的"非历史的偏见"？西方学者对中国历史相对隔膜、缺乏现实体验，这导致他们所讲的中国故事，往往会产生不无美化的偏至想象。丁玲母亲在所谓的"'五四'公式"未发明之前，就以亲历者的身份讲述了一位家族女性在"愁苦、眼泪和黑暗"中死去的悲惨故事，从而坐实与指认了"女性受害者"的事实。这样的叙事并非来自"五四"思想的启蒙与照亮，而是来自女性同胞朴素而本能的同情心。

二、认同的悖论：新女性、烈女与女烈士

丁玲是母亲的女儿，也是"五四的女儿""革命的女儿"，从读书时期就表现出一种新女性非常激进的先锋性与叛逆性，诸如铰辫剪发、参加游行、解除与表哥的包办婚姻、放弃学籍去上海读平民女校，以致后来的写作与革命。丁玲这一笔名的由来，也是在废姓之后，从报名当电影演员开始的[①]。作为城市商业化与现代化发展的结果，女演员登上舞台，是从 1912 年民国政府废除禁令才开始的。在此意义上，女演员尤其是活跃在电影、话剧新舞台上的女演员，不啻为挑战传统性别秩序与男性主宰空间的"先锋"女性[②]。尽管做女明星的梦想在现实中没有获得成功，但丁玲还是把一种先锋性的都市女性形象成功地写入自己的第一篇小说《梦珂》之中。丁玲所有的文学创作中，从梦珂、莎菲到贞贞、陆萍，塑造得最好的形象就是具有现代气息的新女性、新青年，个个敢爱敢恨，敏感而又自尊，大胆而又叛逆。比如处女作《梦珂》，从手稿看，原文是经过叶圣陶修改润色过的。丁玲的笔迹是纤细的钢笔字，叶圣陶的修改

---

① 丁玲：《致叶孝慎、姚明强》，载《丁玲全集》第 12 卷，河北人民出版社 2001 年版，第 118 页。

② 程为坤：《劳作的女人：20 世纪初北京的城市空间和底层女性的日常生活》，杨可译，生活·读书·新知三联书店 2012 年版，第 140 页。

是圆润的毛笔字。最突出的一处修改，是将开头一句"她和几个新认识的同学"改为"女学生"。这一修改可谓妙笔生花、画龙点睛，突出了新文化教育所成功塑造的"女学生"形象。如季家珍（Joan Judge）所言："女学生，她们是西方方式的本土化化身。这些学生成了一道新奇的城市风景，她们信奉的是诸如自由婚姻和女性自主等文明的价值观。""她们既被看做中国社会文明的希望，又被视为即将出现社会崩溃的危险信号。"① 女学生是西方新式教育与价值观所塑造的新女性，追求"自由婚姻和女性自主"，当然不会认同节妇烈女的旧式道德。

日本学者秋山洋子（Akiyama Yoko）曾探讨过苏联女革命家柯伦泰（Alexandre Kollontay，1872—1952 年）的恋爱观对丁玲的影响②。作为苏联第一任女部长、国际共产主义妇女运动领袖，柯伦泰一度被视为苏联女性解放的象征，其红色恋爱观尽管在 1922 年前后遭遇苏联官方意识形态的清算，被斥责为"吞下了一大堆女权主义垃圾"③，但被禁后反而在域外广为流行。作为一种女性解放思潮，柯伦泰的创作随着 1928 年上海的《新女性》杂志的译介与讨论进入中国。夏衍、周扬等人先后翻译过其《三代的恋爱》《赤恋》《姐妹》《恋爱与新道德》等小说与文章。柯伦泰的新恋爱观主张性自由与性解放，其中所谓的"一杯水主义"，在当时引起很大争议与讨论。比如剑波发表在《新女性》上的文章《性爱与友谊》《论性爱与其将来的转变》，就是在认同柯伦泰的基础上，提出"基于自由意志的不受束缚的性自由"，认为在将来的自由社会里不存在"贞操占有"，"性交自由了，贞操破灭了"。④ 在胡也频的小说《到莫斯科去》中，几位女主角公开谈论

① ［加］季家珍：《历史宝筏：过去、西方与中国妇女问题》，杨可译，江苏人民出版社 2011 年版，第 71 页。

② 参见 ［日］秋山洋子：《柯伦泰的恋爱观及其影响》，载 ［日］秋山洋子等：《探索丁玲：日本女性研究者论集》，（台北）人间出版社 2007 年版，第 54 页。

③ 程映虹：《柯伦泰：从斗士到花瓶》，《炎黄春秋》2012 年第 9 期。

④ 剑波：《论性爱与其将来的转变》，《新女性》1928 年第 3 卷第 12 号。

柯伦泰的《三代的恋爱》，亦可见红色恋爱观在丁玲这一代新女性中的流行与影响。尽管"杯水主义"的恋爱观遭到苏俄正统派与列宁等人的批评，作为译者的夏衍后来也指出柯伦泰的理论"已经获得一个正确的解决"[①]，但直到1944年夏天，《新民报》主笔赵超构去延安访问时，在途经西安的西北青年劳动营中，还看到女生队的中山室中挂有"苏联共产党的妇女领袖"柯伦泰的画像，与宋庆龄、宋美龄、居里夫人的画像并列，这让随行的美国记者大为惊异。随后在采访"延安新女性"包括丁玲等人的报道中，记者还猜想，这里很早以前也许有过"'喝开水'主义一类的男女关系"[②]。

再从丁玲与冯雪峰之间"德娃利斯"（俄语"同志"）的同志爱来看，也有浓厚的"赤恋"痕迹。在胡也频牺牲后，丁玲在孤独与感伤中给冯雪峰写了多封书信，倾诉心中的苦闷与寂寞。除了已公开发表的《不算情书》之外，还有数封书信手稿未公开发表，其中一封有这样的话：

> 你那末无用的留在我身边，你那末胆怯的想着一些大胆的事，真使我难过。做一个真正的有精神的布尔塞维克爱我，超过肉体，或就只是肉体。做一个我爱的人的那样的人，做一个我的精神上生活上的好"同志"，不只是一对好爱人，而且是一对好朋友。你不要自馁，不可以做到的，我还是为你保着最好的印象。

从未刊手稿来看，丁玲的话语风格犹如《莎菲女士的日记》，有着强烈的莎菲气息，追求灵肉一致，大胆而勇敢，是同志的爱，又超越了同志的爱。在丁玲那里，无论是"五四"的影响，还是革命的影响，也无论是否存在差异、存在误读，其大胆热烈的赤恋精神与女性

---

① 引自［日］秋山洋子：《柯伦泰的恋爱观及其影响》，载［日］秋山洋子等：《探索丁玲：日本女性研究者论集》，（台北）人间出版社2007年版，第66页。

② 赵超构：《延安一月》，中国国际广播出版社2013年版，第7、164页。

解放的新道德观是一致的。那么，如何看待丁玲对节烈的反对与对忠贞的强调？二者是否矛盾？其实，反对节烈，并不意味着舍弃"忠贞"。对新女性来说，"忠贞"与其说是一种否定，不如说是一种解放。换言之，新女性的忠贞观不是一种道德规训的简单颠覆，而是一种自由意志的内在超越。由此我们可以理解，丁玲在给冯雪峰的《不算情书》中，为何反击那些"背地里把我作谈话的资料"的人，为何反驳这样的说法："丁玲是一个浪漫的人，好用感情的人，是一个把男女关系看做有趣和随便的人"①。丁玲早年去上海平民女校读书时，母亲的唯一告诫便是"守身如玉"②。而在最后的遗作《死之歌》中，丁玲再度重提"忠贞气节"，也并非偶然。

接下来的问题是，新女性的忠贞观既然如此自由与解放，那么《死之歌》从同情烈女到赞颂"忠臣烈女"继而崇拜烈士的逻辑，又是如何发生的？忠烈需要"无论男女以奉献身体、牺牲性命来表达忠诚"③，但忠烈又是有性别之分的。《旧唐书·列女传》有所谓"政教隆平，男忠女贞。礼以自防，义不苟生"之说。忠臣属于男子独占的公领域，为国为君；节烈属于女子的私领域，为家为夫。"忠臣烈士"是专属男子的美德："忠臣烈士，天地之正气，身可杀，名不可灭。"④将两性的忠诚并列对照，往往有借女德讽士、激励男性之意。以明清时期为例，汤显祖有云："为臣死忠妇死节，丈夫何必多须眉。"清初的女教书《女范捷录》更是将忠臣与烈女的儒家道德观相提并论："忠臣不事两国，烈女不更二夫，故一与之醮，终身不移。"⑤尤其在国家

---

① 丁玲：《不算情书》，载《丁玲全集》第5卷，河北人民出版社2001年版，第20页。

② 李向东、王增如：《丁玲传》，中国大百科全书出版社2015年版，第21页。

③ 衣若兰：《史学与性别：〈明史·列女传〉与明代女性史之建构》，山西教育出版社2011年版，第328页。

④ 潘耒：《遂初堂集》卷六，转引自衣若兰：《史学与性别：〈明史·列女传〉与明代女性史之建构》，山西教育出版社2011年版，第328页。

⑤ 《汤显祖集》卷二十，王节妇：《女范捷录》，转引自衣若兰：《史学与性别：〈明史·列女传〉与明代女性史之建构》，山西教育出版社2011年版，第204、329页。

危亡的危急时刻，忠臣与烈女两种性别，就会象征性地高度重叠，被赋予同样高尚的道德意义。比如顾炎武的养母，在十七岁时做了贞女，在六十岁时杀身殉明，成为政治烈士。这说明，"对于有强烈道德原则的女性来说，为夫守节和为国尽忠代表着履行同一道德信念的两种方式"①。因此，相较于"忠臣烈士"，丁玲由同情烈女而赞美烈女，在逻辑上是矛盾的，但也是可能的。当"烈女"和"忠臣"在政治上的忠诚相提并论时，烈女也由闺阁的私领域进入政治的公领域，具有了政治化的象征意义。烈女的象征意义一旦上升为国家、政治的层面，就理所当然地获得了神圣性与合法性。在另一篇回忆文章中，丁玲曾描写自己童年时期的家族"安福县蒋家"："皇帝封敕的金匾，家家挂，节烈夫人的石牌坊处处有。"②牌坊与金匾林立并立，可谓"忠臣烈女"获得官方旌表与民间流传的生动写照。所以，并不奇怪的是，尽管控诉节烈是封建礼教的吃人现象，但当"烈女"前面加缀"忠臣"二字后，便在思想批判上具有了神奇的免疫力，随即获得新女性政治正确的赋权与承认。然而，男女有别的儒家道德体系只可能在危机时代达成暂时的妥协，其中掩盖的矛盾无法得到真正化解。丁玲对此似乎浑然无知，也缺乏足够反思。跨越晚清民国两个时代的母教故事，在丁玲直到 20 世纪 80 年代的最后回忆中依然充满温馨、充满敬意。对忠贞观的认知悖论，在某种程度上也隐含着丁玲自己也无法索解的历史悲剧。

出于思想批判，丁玲在礼教意义上拒绝烈女；出于"忠贞气节"，丁玲在政治意义上认同烈女。在一种如此矛盾而不自觉的双重态度中，丁玲由古典的烈女认同，最终走向现代的烈士崇拜。在回忆自己一生所极为崇敬、与自己有所交集的重要历史人物时，丁玲所提到的

---

① ［美］卢苇菁：《矢志不渝：明清时期的贞女现象》，秦力彦译，江苏人民出版社 2012 年版，第 8 页。

② 丁玲：《遥远的故事》，载《丁玲全集》第 10 卷，河北人民出版社 2001 年版，第 256 页。

几乎全都是为革命献身的烈士，而且贯穿了从晚清到民国的不同时期。从秋瑾、刘和珍到向警予，从宋教仁、李大钊、方志敏到胡也频，丁玲异常自觉而清晰地建构了一个跨世代的烈士家族／谱系。在以自己的人生故事梳理一条向烈士致敬的英雄谱系时，丁玲最终也成功地将自己的人生故事纳入英雄谱系之中。如其所言：自己在20世纪30年代被国民党特务绑架，虽然没有"死在南京，死在国民党的囚禁中"，但"我是死过的，我是死过了的人"。[①] 借由革命谱系的合法性及其显示出的精神血统的纯洁性，丁玲回击了对自己的"历史问题"提出质疑的批评者，并由此实现了向革命政治、向党表达"忠贞气节"的最终诉求。

三、死烈崇拜：烈士／烈女必死？

值得注意的是，在以"死之歌"勾勒一条与自己人生有所交集的跨世代的烈士谱系时，丁玲是以晚清革命、辛亥革命、护法革命、"三一八"惨案、"四一二"事变、"左联"五烈士等重大事件为序的，其中有秋瑾、刘和珍与向警予这样的女烈士，也有宋教仁、李大钊、胡也频这样的男烈士。有意味的是，丁玲重点回忆或回忆重点是秋瑾与向警予两位女烈士的故事。首先是有近代中国第一女烈士之誉的秋瑾："我母亲最喜欢讲秋瑾，我常常倚在母亲的膝前听她对我讲秋瑾。秋瑾是我母亲最崇拜的一个。她讲她怎样参加革命、怎样为革命牺牲，我从小对这些故事知道很多。"[②] 篇幅最多的则是与丁玲母亲结拜为姊妹的"九姨"向警予："在我母亲的心目中，是最推崇向警予的。我小的时候，母亲是我的榜样，是我最崇敬的人，除母亲之外，再

---

① 丁玲：《死之歌》，载《丁玲全集》第6卷，河北人民出版社2001年版，第322页。
② 丁玲：《死之歌》，载《丁玲全集》第6卷，河北人民出版社2001年版，第314页。

一个就是向警予。"① 秋瑾与向警予两位女性都是"为革命牺牲"的先烈，也都是女性解放运动的先驱，丁玲反复运用诸如"最崇拜""最喜欢""最推崇""最崇敬""最可尊敬"这样的最高修辞，表达对两位女烈士的致敬之情。在聆听母教的意义上，秋瑾与向警予成为丁玲自觉追溯的革命源头与精神教母。

与此同时，丁玲还提到另一位在"三一八"惨案中牺牲的女烈士刘和珍。刘和珍与丁玲是同时代人，也都是女学生，但应该没有什么交往。那么，丁玲为什么会提到这位女烈士呢？据她回忆说，是因为自己在"三一八"那天也参加了学生运动："我那时几乎没有在学校。我已经离开了我的母校，来到旧北平，大学不能进，只住在公寓里。但那时，我也跑上了街头。听说那天要到铁狮子胡同，要打卖国贼曹汝霖的家。我跟着冲进去了。"有意思的是，丁玲这段以亲历者讲述的故事却有一个明显的失误，经过陈明的润色也没有修改过来。"要打卖国贼曹汝霖的家"是五四运动发生的事件，"到铁狮子胡同"向段祺瑞政府抗议才是"三一八"发生的事件。记忆失误是因为回忆本来就是"从当下出发"的一种重构需要，变形与扭曲不可避免②。人之所以回忆，乃是为了寻求一种意义与认同。"尽管我们相信自己的记忆是精确无误的，但社会却不时要求人们不能只是在思想中再现他们生活中以前的事件，而且还要润饰它们，或者完善它们，乃至我们赋予了它们一种现实都不曾拥有的魅力。"③ 所以，记忆的失误反倒说明，丁玲的女烈士故事是在自觉寻求与重大历史事件的意义关联，将个人记忆积极纳入与革命时代进步思想相一致的集体框架中，从而获得革命政治的接纳与认同。作为一位深度介入中国革命的新女性，生

---

① 丁玲：《死之歌》，载《丁玲全集》第 6 卷，河北人民出版社 2001 年版，第316—317 页。

② ［德］阿莱达·阿斯曼：《回忆空间：文化记忆的形式和变迁》，潘璐译，北京大学出版社 2016 年版，第 22 页。

③ ［法］莫里斯哈·布瓦赫：《论集体记忆》，毕然、郭金华译，上海人民出版社2002 年版，第 91 页。

命过往中的女烈士故事，或许让丁玲更有一种生命深层的共鸣与感触吧。

晚清的一代先驱们大多思想上激进，道德上保守。比如对于秋瑾的接受与排斥：章太炎执意将秋瑾与古代列女放在一个谱系接受祭奠，坚持用"列女传"这一传统女德来规范对"列女秋氏"的表彰，拒不承认秋瑾享有与徐锡麟等男性牺牲者同样的烈士地位[①]。与之相对，丁玲不仅让秋瑾等女性先驱们由"列女传"进入过去由男性所独占的"烈士谱"，而且以个人强烈的生命感受给予女性烈士更为重要的位置，至少显示出了新女性一代在观念上的开放与进步。不过，这并不意味着性别问题在丁玲那里可以或已经获得真正解决。章太炎将"列女"与"烈士"相互区隔，丁玲将"忠臣烈女"与烈士故事相互关联、两相对照，反倒从不同方面揭示出传统女德与革命政治盘根错节的复杂关系。与章太炎的烈女认同相反，丁玲明确地赋予了秋瑾等人烈士的尊严与位置，看似新旧分明，却又模糊不清。烈女与女烈士两种女性形象之间构成一种怎样的关系？女烈士故事是否实现了对传统烈女的超克？从烈女到女烈士，丁玲表达"忠贞"的诉求未免过于曲折。而这种曲折的表达正像丁玲自己曲折的人生故事，充满了种种迷惑与困惑。那么，这样的曲折又是为了什么？围绕"死之歌"所缠绕的"不死"心结，也许才是丁玲表达"忠贞"的最大心结。

烈女与女烈士之间暧昧不明，或在于对"烈"的不同理解或解释。从理论上来讲，烈女的节烈是一种女性贞节，女烈士的壮烈是一种革命气节，界限足以确立；但事实上，作为一种无形的文化制约，传统与现实常常纠结一团、难以一分为二。由此也不难理解，作为新女性的丁玲对两种"烈"尽管有所分辨（通过烈女的故事表达礼教"吃人"

---

① 参见符杰祥：《女性、牺牲与现代中国的烈士文章：从秋瑾到丁玲》，《东岳论丛》2015 年第 11 期。

的控诉，通过女烈士的故事表达崇高的敬仰），却为何对"忠臣烈女"呈现出一种矛盾而含混的态度。借用柯伦泰的小说《三代的恋爱》来说，烈女与女烈士在文化意义上也是一种"三代人"的关系，有发展、有突变，然而也有基因、有遗传。新的可以突破旧的，却也受到旧的制约。在新的意义上，女烈士既是对烈女的超克，也是对烈女无法完全的超克。

无论"烈"的性质与意义如何分辨，是传统还是现代、是礼教还是革命，丁玲笔下的烈女/烈士故事都无一例外指向了牺牲与死亡。由此而来的问题便是：烈女/烈士的不朽精神，是否以必死的故事来书写与颂扬？

从词源上讲，"烈女"与"列女"古时其实通用，最初即有壮烈之意。据载，中国史书中最早描写"烈女"事迹的是关于勇士聂政之姊聂嫈的奇迹伟行。这一事迹首先出现在《战国策·韩策》里，用词为"列女"。此后的《史记·刺客列传》则写作"烈女"："非独政能也，乃其姊亦烈女也"。司马迁赞美聂嫈为弟扬名，"不重暴骸之难，必绝险千里以列其名"。"烈女"之"烈"，乃是"重义轻生"，与此后仅强调"节烈"的狭义不同①。西汉刘向编撰的《列女传》作为中国历史上第一部女性传记，"列女"之"列"最初只有罗列、列选之意，所列女性有恶有善，有贬有褒。《列女传》的入选德行包括贤明、仁智、节义、辩通之类，本来是丰富多样的。不过，自汉唐以来，尤其到了元之后的明清时期，《列女传》中表彰贞节、节烈的人数与篇幅大增，"列女"的史传内涵逐渐演变为以节烈殉死为必要条件的"烈女"。以至于有学者感叹说："《列女传》遂成了《烈女传》，'列女'也就与'烈女'几乎成了同义语。"② 从《列女传》的演变来看，"列女传"由"率尔而作，

① 参见衣若兰：《史学与性别：〈明史·列女传〉与明代女性史之建构》，山西教育出版社2011年版，第111—112页。
② 高世瑜：《〈列女传〉的演变透视》，载邓小南、王政、游鉴明主编：《中国妇女史读本》，北京大学出版社2011年版，第19页。

不在正史"① 到进入儒家正统意识形态，"烈"的道德标准也越来越狭隘与窄化，逐渐变异为一种节烈至上、崇尚死烈的极端风气。

《女范捷录》的"贞烈篇"有云："艰难苦节谓之'贞'，慷慨捐生谓之'烈'。""烈"即是"死"。用鲁迅的话来说，就是"烈者非死不可"。"因为道德家分类，根据全在死活，所以归入烈类。"② 对于女性传记书写中重烈轻节的风气，明代的吕坤曾极力反驳说："贞烈之妇，心一道同。慷慨者杀身，从容者待死。"③ 越是这样拨乱反正，越是可见崇烈之风的盛行。在"喉间白练飞白虹，扶得青娥上青史"④ 之类鼓励女性以死殉名的诗文中，女性入史的标准已变调为以死为尚的奇苦惨烈。如明万历年间的《吉安府志》所载："列女，惟已经旌表及激烈杀身者，乃得书，余概不录。"⑤ 屈大均则声称："烈女以死为恒，死贤于生矣。"戴名世也为一位自杀多次的烈女之死发表感慨："何其死之苦也！然不如是之苦，无以见其烈妇之奇。"⑥ 烈女之死的"苦"与"奇"，是旧时代的文人精英亦有所知的，为何以死烈为范以及以书写死烈为范的现象仍连绵不绝、愈演愈烈？对于这一点，鲁迅说得很透彻：

> 　　这也是死得愈惨愈苦，他便烈得愈好，倘若不及抵御，竟受了污辱，然后自戕，便免不了议论。万一幸而遇着宽厚的道德

① 《隋书·经籍志》，引自衣若兰：《史学与性别：〈明史·列女传〉与明代女性史之建构》，山西教育出版社 2011 年版，第 112 页。

② 鲁迅：《坟·我之节烈观》，《鲁迅全集》第 1 卷，第 124 页。

③ 吕坤：《吕新吾先生去伪斋文集·于节妇墓碣铭》，转引自衣若兰：《史学与性别：〈明史·列女传〉与明代女性史之建构》，山西教育出版社 2011 年版，第 320 页。

④ 范壶贞：《杨贞女诗》，载《国朝闺秀正始集》，转引自 [美] 卢苇菁：《矢志不渝：明清时期的贞女现象》，江苏人民出版社 2012 年版，第 143 页。

⑤ 衣若兰：《史学与性别：〈明史·列女传〉与明代女性史之建构》，山西教育出版社 2011 年版，第 323 页。

⑥ 《戴名世集》，屈大均：《翁山文外》，转引自 [美] 卢苇菁：《矢志不渝：明清时期的贞女现象》，江苏人民出版社 2012 年版，第 53、55 页。

家，有时也可以略迹原情，许他一个烈字。可是文人学士，已经不甚愿意替他作传；就令勉强动笔，临了也不免加上几个"惜夫惜夫"了。①

"死得愈惨愈苦，他便烈得愈好"，文人学士方有愿意"作传"的可能。文人学士何以要为节妇烈女"作传"，而节妇烈女何以要文人学士"作传"？其后的隐秘在于儒家追求"不朽"的传统。《春秋左传》有立德、立功、立言的"三不朽"说，胡适总结为"不问人死后灵魂能不能存在，只问他的人格，他的事业，他的著作有没有永远存在的价值"②。"不问人死后灵魂能不能存在"之说，虽则忽略了佛道的鬼神信仰对塑造中国人心灵世界的重要意义，但胡适对儒家道德理想追求不朽的现代解说大体准确。儒家文化男尊女卑，但追求不朽也并非男性专有。清代才女吴琪有言："然则古今女子之不朽，有何必不以诗哉？"③贵族阶层的女性有书写特权，才女文化可以凭借诗文创作来追求不朽，但对更多中国民间女性而言，儒家道德体系下被动或主动的节烈名声，恐怕是一种更现实也更无奈的选择。"女子自己愿意节烈么？答道，不愿。人类总有一种理想，一种希望。虽然高下不同，必须有个意义。"④"必须有个意义"就是一种"不朽"的追求，即便"节烈很难很苦"，"不合人情"。"烈得愈好"，愈可能借助文人的"作传"获得名声的不朽；"烈得愈好"，文人的"作传"也愈可能获得文章的不朽。就像有学者所指出的："即使对那些对愈演愈烈的女性自杀风潮持批评态度的人来说，也存在着一股强大的反潮流：从美学和心理学的角度来说，存在着一种写作颂词的'诱惑'；从道德角度来

---

① 鲁迅：《坟·我之节烈观》，载《鲁迅全集》第1卷，第122页。
② 胡适：《不朽：我的宗教》，1919年2月15日《新青年》第6卷第2号。
③ 吴琪：《红蕉集·序》，转引自李国彤：《女子之不朽：明清时期的女教观念》，广西师范大学出版社2014年版，第1页。
④ 鲁迅：《坟·我之节烈观》，载《鲁迅全集》第1卷，第129页。

说，有一种向这种死亡'致敬的义务'。"①在文章与道德、烈女与文人之间，就构成了这样一种相互生产、相互制造、相互激励的追求"不朽"的生产机制。这样的生产机制，越是在危机时代，越是扭曲与发达；这样的"畸形道德"，也"日见精密苛酷"。用鲁迅的话来说："国民将到被征服的地位，守节盛了；烈女也从此着重。……因此世上遂有了'双烈合传'，'七姬墓志'，甚而至于钱谦益的集中，也布满了'赵节妇''钱烈女'的传记和歌颂。"②烈女不朽的传记、牌坊、墓志铭与纪念碑，是建立在必死的基础上的，而只有必死（肉身），才能不死（名声）。节烈的矛盾与忠贞的悖论即在于此。

"鼓吹女人自杀"的种种节烈观与节烈传，在"五四"一代看来，都是"不利自他，无益社会国家，于人生将来又毫无意义的行为，现在已经失去了存在的生命和价值③。丁玲这一代新女性自然是排斥与拒绝的。真正值得深思的问题是，"以死为恒""非死不可"的死烈崇拜在烈女那里存在，在烈士那里又是如何呢？是否因为革命的意义取代了礼教的意义而不复存在？这是需要思考的。节烈作为儒家道德文化，本是男女共享，烈士与烈女不过是节烈的两种性别形式。如鲁迅所说："节烈这两个字，从前也算是男子的美德，所以有过'节士'，'烈士'的名称。然而现在的'表彰节烈'，却是专指女子，并无男子在内。"④烈士意涵在革命中国历经演变与重构，现在几乎成为革命烈士的代名词，但这并不意味着传统烈士的道德观念已经由此消解或断绝。历史的制约与思想的革命同样是无形而漫长的。尤其对于女性来说，即便获得同样的地位与承认，女性烈士仍可能比她们的男性同志多承受另外一种性别的压力。更需要注意的是，"必须有个意义"的

---

① 胡缨：《性别与现代殉身史：作为烈女、烈士或女烈士的秋瑾》，彭姗姗译，载游鉴明、胡缨、季家珍主编：《重读中国女性生命故事》，江苏人民出版社 2012 年版，第 118 页。
② 鲁迅：《坟·我之节烈观》，载《鲁迅全集》第 1 卷，第 126—127 页。
③ 鲁迅：《坟·我之节烈观》，载《鲁迅全集》第 1 卷，第 129—130 页。
④ 鲁迅：《坟·我之节烈观》，载《鲁迅全集》第 1 卷，第 122 页。

不朽诉求，"虽然高下不同"，颂扬烈女/烈士的生产机制仍可能存在一定程度的一致性。在最后的"死之歌"中，丁玲的回忆中同时涌现出许多有名、无名的牺牲女性，有旧时代的"忠臣烈女"，也有新时代的女烈士，这也许并非偶然吧。

四、"丁玲之死"：烈士想象与烈士文章

在向烈士致敬的回忆中，丁玲也谈到自己参加左联时"视死如归"的决心与勇气：

> 当也频参加共产党的时候，当我们参加左联的时候，我们不是没有意识到革命者会有牺牲的一天。但我们想，既然参加革命就不能顾自己个人的生死安危，就应该有向警予、李大钊那样视死如归的精神。那时，我没有读到方志敏的《可爱的中国》，也没有读到一些烈士临刑时发出的"砍头如同风吹帽"这样的千古名句。但是，我们也有那种感情，那种气概。①

如果说丁玲最初参加左联对于牺牲还是一种朦胧的"意识"，那么随后发生的左联五烈士事件与丈夫胡也频的遇害，则是"随时得准备着"的现实了。在经历难言的悲痛与精神的磨难之后，丁玲将孩子送回湖南老家，孤身返回上海，决心"踏着也频的血迹继续冲上前去"，是有着一种随时为革命献身的自觉与意志的：

> 我留在上海编辑左联的机关刊物，做我以前没有做过的事。我明白上海是白色恐怖严重的地方，许多同志牺牲在这里。我随

---

① 丁玲：《死之歌》，载《丁玲全集》第6卷，河北人民出版社2001年版，第319页。

时得准备着，说不上哪一天我也会走上也频走过的路。果然，这一天来到了。我被绑架的时候，我对于死是早有准备的。……所以，我在刚被捕时就想过，随你们怎么办，顶多不就是那一下，我们走在前面的、牺牲的烈士已经很多了；现在仍关在监牢里的我们的人，还有不少，不止是我一个人，所以我很坦然，没有什么太多的恐怖。①

丁玲在胡也频遇害后要求入党，主编《北斗》，出任左联党团书记，创作《水》等一系列普罗小说，都是在一种继承遗志的烈士精神的激励之下完成的。然而，历史的曲折在丁玲那里再次发生。1933年5月14日，国民党特务秘密绑架事件发生，应修人在搏斗中牺牲，丁玲则被囚禁在南京。当局迫于"社会舆论与国际影响"②，使得丁玲没有如己所"早有准备"的那样成为"牺牲的烈士"，而在三年之后成功逃往延安。而这段绑架的历史，如同梦魇，注定在丁玲以后的历史中反复出现。历史与现实，更像是一种巨大的考验与反讽，被反复绑架、大做文章。

尽管事实上没有成为烈士，但丁玲当时在各种报刊、各种版本的故事中已经成为烈士。"丁玲女士之死""丁玲被杀害""丁玲已被枪决"③的消息到处传播，大量的纪念文章与传记评论开始迅速涌现，如茅盾的《丁玲：新中国的先锋战士》、雪野的《纪念丁玲》、沈从文的《记丁玲》《记丁玲续集》、张惟夫编著的《关于丁玲女士》《丁玲传》、张白云编的《丁玲评传》等。在丁玲被塑造为烈士的文学生产过程中，各种声音与政治力量相互博弈。首先是左翼文化阵营。在丁玲失踪一个多月后，左联在6月19日发表的《为丁潘被捕反对国民

---

① 丁玲：《死之歌》，载《丁玲全集》第6卷，河北人民出版社2001年版，第319页。
② 李向东、王增如：《丁玲传》，中国大百科全书出版社2015年版，第103页。
③ 小澜：《丁玲女士之死》，《世界日报》1933年6月30日。无名氏：《丁玲被杀害》，《中国文坛》1933年第2卷第8期。《丁玲已被枪决》，《涛声》1933年第2卷第25期。

党白色恐怖宣言》中，甚至宣称丁玲已经牺牲："现在丁玲，或许已被埋葬在国民党刽子手们经营的秘密墓地中。"①《文艺月报》同年第 1 卷第 2 期还发布了"北平将开会追悼丁玲"的消息。对烈士的悼念活动，无论形式与结果如何，本身即是对国民党政府白色恐怖的控诉与揭露，从而成为左翼文化界展开对敌斗争的另一战场。

在悼念丁玲的诗文中，陈北鸥的诗歌《悼丁玲》配有丁玲画像，最为隆重。诗前小序将"丁玲之死"与左联五烈士事件联系起来，痛斥"这黑暗的世界／更成了残酷的囚笼"，诗歌将丁玲的"牺牲"描述为"是天上的一颗星／失去了光明／失去了光辉"，赞美"他曾喊出大众的苦痛／曾暴露出了军阀／官僚　资本家的实情；／更用自己底／武器——艺术的创作／为大众而斗争"。诗歌最后发出召唤："千万人的血　沸腾／千万人　呐喊／千万人一起　斗争／呐喊　斗争"，"黑暗的世界就要变了，／踏着血迹，／我们大步向前迈行。／怀念着这颗星，／来！让我们追求世界的光明。"② 在这首诗中，烈士丁玲成为鼓动革命的"一颗星"，激励千万人呐喊与斗争，改变黑暗、追求光明。"踏着血迹，／我们大步向前迈行"的修辞方式也是丁玲在纪念胡也频的文章中运用过的。有意味的是，尽管五四时期创造的"她"字在 20 世纪 20 年代以后的《小说月报》等各大报刊与中学国文国语教科书中已开始普遍使用③，这首 1933 年的悼诗还是坚持用"他"来向女烈士致敬。丁玲尝试写作普罗文学的时间并不算长，成绩也不算多，但这并不妨碍她在悼诗中被提升为普罗文学"为大众而斗争"的代表作家。因为"牺牲"，丁玲的烈士形象格外鲜明，"他"也更有代表性与普遍性，女性的性别色彩在此已显得无关紧要。另一首同样以星为喻的悼诗，甚至将丁玲的烈士形象抬高到至高无上的"导师"地位：

---

① 李向东、王增如：《丁玲传》，中国大百科全书出版社 2015 年版，第 99 页。

② 陈北鸥：《悼丁玲》，《文艺月报》1933 年第 1 卷第 2 期。

③ 黄兴涛：《"她"字的文化史：女性新代词发明与认同研究》，北京师范大学出版社 2015 年版，第 134—151 页。

> 呵，丁玲女士！你是，绝世无双的唯一英强！
>
> 你是，万古千秋，千秋万古罕有的一位豪壮！
>
> 你是，万千勇敢热血青年们灵魂的一个导师！
>
> 你是，黑暗的生命道上一颗光明的引路星芒，
>
> 你披挂了满身的反抗的甲胄，拿了反抗的盾，
>
> 在这恶魔邪鬼们的阵里直撞横冲，横冲直撞。
>
> 呵，丁玲女士！你是，绝世无双的唯一英强！①

  极度昂扬的诗风虽显过度夸张，却是烈士文章的颂扬命令与文化机制所运行的必然结果。既然向烈士致敬的诗文写作"首要目的是授予一个特定的死以圣洁，那么，先前的生就必须以过度编辑的形式呈现"。在这个意义上，"过度编辑"才是烈士文章的规范与标准。也只有"过度编辑"，才更可能高效发挥烈士文章与烈士形象相互激励的作用，实现巩固与鼓舞革命必胜信念的最终旨归。在同样一首《悼丁玲》的诗中，丁玲之死也同样是一种星光陨落的形象："是黑夜中的一颗星 / 坠了；是黑夜里的一盏灯 / 灭了。"在向"勇敢而沉毅的丁玲"致以烈士的敬意时，也同样表达了继承遗志、革命必胜的信念："牺牲者的血会开成花的"，"胜利是咱们的，/ 丁玲永生，丁玲永生"。②

  与左翼阵营的最高致敬相比，鲁迅的《悼丁君》寄托的则是一种生命的哀痛与惋惜，一种对屠戮生命的控诉与悲愤。这首诗最初写于1933年6月28日的日记中。鲁迅当时以为丁玲已经遇害，在收到赵家璧送来丁玲签名本《母亲》后的第二天，睹物思人，有感而发："如磐遥夜拥重楼，剪柳春风导九秋。湘瑟凝尘清怨绝，可怜无女耀高丘。"③同年9月在寄给曹聚仁所编的《涛声》发表时，诗稿做了三处

---

① 陈庆璋：《悼——敬献于丁玲女士之灵》，《齐中月刊》1933 年第 1 卷第 5—6 期。

② 紫堇：《悼丁玲》，《清华周刊》1933 年第 40 卷第 34 期。

③ 鲁迅：《日记廿二（一九三三年）》，载《鲁迅全集》第 16 卷，第 384 页。

改动："遥夜"改为"夜气"，"拥"改为"压"，"湘"改为"瑶"。"如磐夜气压重楼"抒发的是一种"夜正长，路也正长"①的情怀，"可怜无女耀高丘"倾诉的是一种悲悼和怀念。和此前所有写给遇难青年们的纪念文章如《记念刘和珍君》《为了忘却的记念》一样，鲁迅从未塑造烈士的崇高形象，也从未赞美牺牲与死亡。相反，面对"不觉得死尸的沉重"的中国，他反复告诫说："这并非吝惜生命，乃是不肯虚掷生命，因为战士的生命是宝贵的。"②作为以"立人"为最高理念的思想者，鲁迅着意描写的烈士形象不是星光一般的崇高和伟大，而是"人之子"的善良与热诚。文字感伤而克制，内敛而含蓄。可以看出，鲁迅对于为革命献身的烈士精神虽然同怀悲悼与敬仰，但对于以死为恒的烈士情结始终保持着一种难得的清醒与敏感。

对于"丁玲之死"，鲁迅和左翼阵营的诗风虽然有别，但都属于一种致敬的烈士文章。丁玲的女性身份与烈士地位也获得了承认。另外一种情形则是借"丁玲之死"散布各种谣言。八卦题目五花八门，比如："马绍武捕丁后即与同居刺案发生丁因涉嫌枪决"，"同是劫后余生天涯沦落田汉与丁玲有发生恋爱之说"，"姚蓬子独占花魁女"，"丁玲致胡也频情书发现"。③这类小报新闻，利用刺杀、恋情吸引眼球，极尽污蔑，看中的是丁玲作为女性而非左翼作家的身份。其利用社会热点、操弄娱乐新闻的手段则是关涉女性贞节、男女关系的风流话题。可悲的是，烈士之死被平庸化为一种侮辱女性的色情想象，即便死亡，也无法摆脱小报看客们猎奇病态的阅读陷阱。正如鲁迅信中所痛斥的："至于丁玲，毫无消息，据我看来，是已经被害的了，而有些刊物还造许多关于她的谣言，真是畜生不如也。"④

---

① 鲁迅：《南腔北调集·为了忘却的记念》，载《鲁迅全集》第4卷，第502页。

② 鲁迅：《华盖集续编·空谈》，载《鲁迅全集》第3卷，第298页。

③ 《最后消息　丁玲已被枪决》，《涛声》1933年第2卷第25期。《田汉与丁玲有发生恋爱之说》，《娱乐周报》1936年第2卷第28期。《丁玲致胡也频情书发现》，《现代出版界》1934年第20期。《姚蓬子独占花魁女》，《至尊画报》创刊号。

④ 鲁迅：《330801　致科学新闻社》，载《鲁迅全集》第12卷，第429页。

　　尚在人间的丁玲被送上革命圣坛去做献祭的烈士想象虽然奇怪，但不过是消息封锁与误传而已。何况对决意献身的女作家来说，活着的战士不过是一种未完成、未实现理想的烈士。向烈士致敬的文章亦有生命的尊重，并不都是希望烈士必死，有的只是看到丁玲遇害的消息，"不胜悲愤"而已。他们也知道"中国报纸的新闻，往往失实"，甚至"盼望这次也是这样"。[1] 最隐蔽也最残酷的问题也许还不是被作为烈士，而是被逼为烈士。当未死的烈士活着归来，活下来非但得不到同情与理解，反而会因活下来遭遇为何不死的嫌疑与质疑：是未死的烈士，还是活着的叛徒？在这个意义上，丁玲的悲剧与其说是活着的时候被作为烈士，不如说是被作为烈士后活着归来。革命的"忠贞"在饱经磨难之后，又要遭遇无休无止的死烈情结的残酷折磨。

　　鲁迅在后来获悉丁玲未死的消息后，在 1934 年 9 月给王志之信中写道："丁君确健在，但此后大约未必再有文章，或再有先前那样的文章，因为这是健在的代价。"[2] 在 11 月给萧军、萧红的信中又再次提及："蓬子转向；丁玲还活着，政府在养她。"[3] 对此有各种解释，无非是萧军所指出的"国民党一种更阴险的手法"和周扬所代表的"自首变节"两种说法[4]，无须赘言。其实，这两种正反说法皆不成立。据当年在上海内山书店拜访过鲁迅的一位青年学生的公开演讲，鲁迅和他谈话时是这样说的：

　　　　只有丁玲的态度还算不错，她能始终不屈的保持着沉默，至于××和×××，他们不仅只向他们忏悔了，简直无耻的出卖了！[5]

---

①　陈庆璋：《悼——敬献于丁玲女士之灵》，《齐中月刊》1933 年第 1 卷第 5—6 期。

②　鲁迅：《340904　致王志之》，载《鲁迅全集》第 13 卷，第 206 页。

③　鲁迅：《341112　致萧军、萧红》，载《鲁迅全集》第 13 卷，第 256 页。

④　参见丁言昭：《丁玲传》，复旦大学出版社 2012 年版，第 152—155 页。

⑤　吴山：《铁篷车中追悼鲁迅记》，载《联合文学》1937 年 2 月 1 日第 1 卷第 2 期。

发表这段演讲的场景，是一群青年学生在 1937 年离平奔赴救亡前线的火车上举行纪念鲁迅的活动。这群学生赞美鲁迅"文人的气节与风气"，称颂他"为了千万大众，为了民族解放而牺牲"。一方面是向"民族解放的导师"鲁迅致敬；另一方面也是为了激励青年们"踏着鲁迅先生的血路前进"，为"民族解放"而英勇献身。"踏着……血路前进"，这是烈士文章的基本范式与美学风格，而丁玲在其中所扮演的正是一个活生生的"烈士"形象。"始终不屈的保持着沉默"，不合作，更不向敌人"忏悔"、"出卖"同志，这是鲁迅对丁玲"活着"的"沉默"表现所做的基本判断。鲁迅憎恶向敌人写"悔过书"[①]的叛徒，并不意味着要逼人去做烈士。这是只要从鲁迅对节烈的态度就可明白的。在经历了 1927 年血腥的清党运动之后，鲁迅在面对青年学生的公开演讲中仍坚持这样的态度："但我并不想劝青年得到危险，也不劝他人去做牺牲，说为社会死了名望好，高巍巍的镌起铜像来。自己活着的人没有劝别人去死的权利，假使你自己以为死是好的，那末请你自己先去死吧。"[②] 即便是有"铜像"与"名望"的诱惑，鲁迅也从来不鼓励青年为"殉名"而"轻死"，说丁玲"活着"与"健在"，当然不可能是逼迫丁玲去做烈士的意思。

在极端年代，"死烈"情结也更容易走向极端。比如明清易代之际，许多士人殉国而亡。至于何为殉国，是否有"求死"之志、是否有资格作传，标准就很严苛。比如黄宗羲认为，只有"志在于死"和"欲死之心"的人才算是烈士，而钱澄之对将"烈烈而死"与"求生不得而死"两种死亡一律称为"忠义"则大表不满。"在他们看

---

① 鲁迅对拜访者说："我曾见着了他们的悔过书，把左联过去工作和将来计（划）都整个做了报告。"文中的×××，大概是指姚蓬子。1934 年 12 月出版《集外集》，鲁迅收录了《悼丁君》，没有收《赠蓬子》，可以看出鲁迅两种完全不同的态度。参见丁言昭：《丁玲传》，复旦大学出版社 2012 年版，第 155 页。
② 鲁迅：《集外集拾遗补编·关于知识阶级》，载《鲁迅全集》第 8 卷，第 229 页。

来，若无求死之心、必死之心，则所谓殉国只能称为遇难。"① 如果说在"死烈"情结那里，烈士评判是否属于"烈烈而死"且尚有争议，那么幸存者的"活着"，无论如何都永远是一种抹不去的原罪。其实，"烈"未必"死"，"死"也未必"烈"。司马迁在《报任安书》中有言："人固有一死，或重于泰山，或轻于鸿毛，用之所趋异也。"后世常误以此来肯定"死"的不朽价值。岂不知，这段流传千古的名言乃是司马迁为了解释自己为何宁愿忍受腐刑也要活下来的原因，是为了表明自己为完成《史记》大业而忍辱负重的心志。曹操的《龟虽寿》有"老骥伏枥，志在千里，烈士暮年，壮心不已"之语，"烈"之旨归也不在于"死"，而在于坚持理想信念的"壮心不已"。真正的烈士精神，是坚持信仰、不屈不挠，不畏死，也不轻死。在这个意义上，丁玲在囚禁中的"沉默"，更像是一位不失新女性风采的现代烈士。

然而，在极端的"死烈"情结那里，"烈"已扭曲为"牺牲"必然高尚、"活着"必然卑贱的轻死心理。即便丁玲个人不这样想，对"死烈"情结有所超克、有所抵抗，周边的社会环境却未必对此有所容纳与承认。耐人寻味的是，孤独的受难者只要活下来，就必须面对敌人与同志两面夹攻的道德压力／挑战。更严重的问题是：不是丧失道德底线的敌人，而恰恰是一些革命的道德家们，对受难者、幸存者的为何不死、为何活着，始终持有和明清士人一样严苛的态度。当道德家们用革命的名义理直气壮、义正词严地指责"活着"是一种"翻不了"的"叛徒哲学"与"历史污点"② 时，"死烈"情结就极易变形为一种鲁迅所批评的"劝别人去死"③、逼人做烈士的道德压迫。历史的循环在于，从宣称要跨越"五四"的革命浪漫主义者那里，恰恰可以看到鲁迅在五四时代所指认的"道德家"的可怕面影。

① 张晖：《死亡的诗学：南明士大夫绝命诗研究》，《文学评论》2013 年第 4 期。
② 李向东、王增如：《丁玲传》，中国大百科全书出版社 2015 年版，第 724 页。
③ 鲁迅：《集外集拾遗补编·关于知识阶级》，载《鲁迅全集》第 8 卷，第 229 页。

五、"以死明志"：烈女或是烈士？

死烈情结意味着丁玲在被国民党特务绑架的时候，同时亦可能被一种要求"死烈"的烈士情结所绑架。"忠贞"的另一层悖论就在于，道德压力最大的考验不是敌人的审判，而是同志的质疑。对于敌人的审判，她可以用"始终不屈的保持着沉默"来抵抗；对于同志的质疑，她却不能不无奈地发声来辩解，甚至在烈士道德的压力下，对自己所坚持的观念也可能有所动摇、有所屈服。在1943年严重扩大化的"抢救失足者"运动中，丁玲因为难以承受巨大的精神负担，一度违心承认自己是国民党复兴社的"特务"，"说了我的反党的罪行"①。在一种逼迫的认同中，死烈情结就成为受难者时时要被迫自揭伤痛的难言的心结。

对革命者来说，生与死从来不是一个哈姆雷特的问题，而是一个忠诚与背叛的问题。在晚年的南京囚居回忆中，丁玲用"死也不容易啊"来描述生不如死的痛苦：

> 我的过去，引不起我的悲苦；我的将来，引不起我的幻想。我想：我只能用鲜血来洗刷泼在我身上的污水，用生命来维护党的利益。我死了，是为党而死。我用死向人民和亲人宣告："丁玲，是清白的，是忠于自己的信仰的。"我这只能这样，用死来证明我对党的忠诚。
>
> 可是，怎么死呢？屋里的电灯吊得那么高，紧紧钉在天花板上。……想触电是不可能的。看来我只能用中国可怜的妇女姊妹们通常采用的最原始最方便的方法，上吊。我的那张床是一张大的双人床，四周都有木柱，床柱与床柱之间架着横木，原是为

---

① 李向东、王增如：《丁玲传》，中国大百科全书出版社2015年版，第309页。

了挂帐子的，现在只有这个可以利用。于是在一个更深人静的夜晚，我悄悄坐在帐子里，把一件连衣裙撕成碎布条，把它编成粗布绳子。冯达紧紧捏着我写的一封简短的遗书，遗书上说明我不得不自杀的原因。冯达劝我不要这样。我却希望他活着，无论如何把我这遗书交给党，交给一个可靠的人转交。后来他坐在院子里的台阶上哭泣。我的心很横，一点不为他的忏悔和他表示的痛苦所动。①

丁玲的囚居回忆《魍魉世界》在手稿上原题为《魍魉地狱》，揭示的是囚禁期间"地狱"般的精神折磨。回忆录的写作始于"文化大革命"结束后的 1983 年 6 月 30 日②，这期间，丁玲再度从流放地归来，但所谓的"叛徒"问题仍尚未彻底解决。这本回忆录，在现实意义上也是一种为自己辩护的申诉书。潜在的读者，除了"组织"，还有始终怀疑自己的道德家同志。"用死来证明我对党的忠诚"表达的是一种"宁可玉碎不能瓦全"的烈士精神，但烈士的豪情壮志中又不无烈女的暗暗心酸。为了证明自己的"清白"和"忠诚"，丁玲不惜用了中国妇女最常用的上吊自杀，"来洗刷泼在我身上的污水"。丁玲用"可怜"来形容中国妇女姊妹，心情是矛盾复杂的，她不认同这种节妇烈女的死亡方式，但一种死烈情结又逼迫她用这样的自杀方式来证明"清白"。这"不得不自杀"的一切，是谁造成的呢？首先是敌人，但难道又只是敌人所造成的吗？鲁迅曾尖刻地指出，秋瑾是被一群人"劈劈拍拍的拍手拍死的"③；而毫无同情的质疑，何尝不是另一种形式的拍手？

---

① 丁玲：《魍魉世界》，载《丁玲全集》第 10 卷，河北人民出版社 2001 年版，第 30—31 页。
② 王增如、李向东编著：《丁玲年谱长编》下卷，天津人民出版社 2006 年版，第 672 页。
③ 鲁迅：《而已集·通信》，载《鲁迅全集》第 3 卷，第 465 页。

第四章 "忠贞"的悖论：丁玲的烈女/烈士认同与革命时代的性别政治

丁玲的幸与不幸在于，经历"五四"之后，其继承烈士遗志的行为没有再像清末谭嗣同之妻李闰、林旭之妻沈鹊应、徐锡麟的党内同志秋瑾等女性那样，被视为一种烈妇殉夫而遮蔽了女性自身的革命意义。然而，胡也频遇难后小报上散布的"丁玲以泪洗面"①的各种谣言，不也暗含着一种烈女殉夫的阴暗的期待吗？及至"活着"归来，一种性别身份所附加的烈女心结与道德压力也始终困扰着她。对于因禁中所写的欺骗敌人的"一个条子"，和冯达所生的"一个孩子"，丁玲不得不反复辩说。而在1943年的"抢救失足者"运动中，她甚至要被迫回应当年上海小报的谣言，解释姚蓬子是否对她"表示爱慕"。女性的贞节与革命的气节在一种奇怪的逻辑中难解难分，贞节即是气节，气节即是贞节。直到最后的遗作，丁玲仍在为自己的幸存一再辩解："我落在魔掌里，我没有办法脱离。而且我知道，敌人在造谣，散布卑贱下流的谎言，把我声名搞臭，让我在社会上无脸见人，无法苟活，而且永世休想翻身。这时，我的确想过，死可能比生好一点，死总可以说明自己。"②"只有一死"才能证明自己的"忠贞气节"，这是一种怎样的惨烈；而"要活下去"便无法摆脱"失节"的嫌疑，这又是一种怎样的扭曲。

在某种意义上，丁玲一生的文学都在书写自己的故事。而她自己的故事，却最终需要别人来书写。在最后的遗作中，当丁玲回忆起自己幼年时代那位为了节烈而死去的表嫂时，她是否意识到，那些历史上的"忠臣烈女"的故事，也已成为她自己人生的一部分，并终将缠绕她的一生呢？

---

① 丁玲：《死人的意志难道不在大家身上吗?》，载《丁玲全集》第7卷，河北人民出版社2001年版，第7页。
② 丁玲：《死之歌》，载《丁玲全集》第6卷，河北人民出版社2001年版，第322页。

中　篇
殉道问题与气节悲剧：周氏兄弟的"道"与"路"

第五章 "道"与"路"的纠葛：鲁迅的士文化探源

在汉语文化世界中，"道"是一个与西方哲学中的"逻各斯"庶几相近的具有原生性和最高理念范畴的语词。秦汉一统之后，道势或政教媾和的需要使得儒学独尊而百家罢黜，儒家从此垄断了对"道"数千年的解释权与话语权，并由此形成了制约着社会体制、文化承传与民族心理的结构性力量，也由此规定了作为中国知识分子前身的传统士人的思想方式与人生道路。在近代中国的"大变局"中，"道"的意义遭遇西方文明的严重挑战而"人心始自危"[①]，这就为现代思想资源以及承担现代思想资源建设的知识分子的发生提供了一种新的历史可能。这意味着，现代思想者的"别求新声"，不只是求索于"异邦"，同时还要对自身资源竭尽的"古源"进行重新清理。然而，对于文化的优越感已发生时空破裂的思想者个人来说，"比较既周，爰生自觉"[②]并不意味着一种现代理想的欣然与乐观；而更多是从曾经安身立命的传统之道出走的深层的内心分裂与精神困惑。在鲁迅那里，我们能深切感受到那种试图摆脱而又总"苦于背了这些古老的鬼魂，摆脱不开"的"使人气闷的沉重"[③]，那种深植于内心的压抑和绝望。从自我的体验出发，将一种大而抽象的理论问题落实为一种主体性的自觉，这大概是鲁迅作为思想者而非一般学者的基本区别吧。也因为

---

① 鲁迅：《坟·文化偏至论》，载《鲁迅全集》第1卷，第45页。
② 鲁迅：《坟·摩罗诗力说》，载《鲁迅全集》第1卷，第67页。
③ 鲁迅：《坟·写在〈坟〉后面》，载《鲁迅全集》第1卷，第301页。

如此，鲁迅那种苦于难以摆脱鬼气缠绕的敏感以及由此而产生的绝望与反抗绝望的激烈心态，是完全异于那些在学院的高墙与书斋的南窗下"整理国故"的学者们的平心静气、四平八稳的。

一、"道"与"路"之义理梳辨

在汉语文化世界中，"道"作为一个原生性的、理念性的语词，与西方哲学中的"逻各斯"一词庶几相近。这是因为，"道"与"逻各斯"在各自的哲学语言形式中，都可以用"理念""思想"的基本意义来表达；而且在这一相似的基本意涵上，它们又各自衍生、引申出了许多新的意义，成为东西方哲学中意涵最丰富也最易生歧义的具有元话语性质的最高范畴。因为这种意涵丰富而歧义纷出的元话语性质，"道"与"逻各斯"也是难以言说的。钱钟书先生在解释老子之道时说，"古希腊文'道'（logos）兼'理'（ratio）与'言'（oratio）两义，可以相参"①，他直接将"逻各斯"意译为"道"，并以"道"来指称"逻各斯"，可谓深得其义。这不仅是因为他指出了道与逻各斯"可以相参"的意义基础，而且是因为，只有在理解老子之"道"时，用"逻各斯"来参解才可能是最恰切的。从春秋末期的老子开始，"道"才被真正赋予了一种哲学的意义，并成为一种元话语性质的最高哲学范畴，而钱钟书用"逻各斯"的"理""言"二义来参解老子之"道"，足以见出其学术识见的深刻与博通。钱钟书以比较、参解的方式理解老子之"道"，其深刻的意义还在于说明，老子所说的"道"是难以直解和强解的。《老子》第一章即说："道可道，非常道；名可名，非常名。无名，天地之始；有名，万物之母。"老子的这句话说明，"道"这一语词被赋予了"始"与"母"的世界本原的哲学意义。因为用"道"

---

① 钱钟书：《管锥编》第二册，中华书局 1986 年版，第 408 页。

这样一个单词来说明世界的本原意义，它所承受、承载的意义之复杂难解与命名的歧义杂陈既是一种必然的结果与现象，同时也说明了自身的一种本质特征。钱钟书在理解老子之道时先特意拈出"道可道，非常道；名可名，非常名"一句，深意即在于此。他由此解释说："道之全体大用，非片词只语所能名言；多方拟议，但得梗概之略，迹象之粗，不足为其定名，亦即'非常名'，故'常无名'。"① 这就极为深切地把握住了"道不可说、无能名"的本质特征。

"道"既然是"不可名故无定名，无定名故非一名"，所以在不同的理解以及由此产生、出现的不同学说流派那里，必然"滋生横说竖说、千名万号"，"论'无名'而亦'多名'"。② 然而从积极的意义来看，"道"的复杂难解虽然带来了言说、解释的困难与可能的歧误，但在"滋生横说竖说、千名万号"的理解与争辩过程中，却也因此发展、丰富了"道"的意义，并在"道"的意义分化中促动着思想的发展与自觉。从这一方面说，开始理解复杂性并形成复杂性的理解正是人类思想及思想方式向前推进的一种表征。因此，老子的意义不仅在于他创造性地从高度抽象化的哲学意义上运用语言，并以抽象化的语言形式来解释世界，更在于这种形而上的语言理解体现出了先民思想与思想方式推进、发展的必然结果。

实际上，老子的创造性不在于"道"这一语词自身，而在于他首先对"道"进行了形而上的哲学意义的提升与抽象。这是因为，"道"这一语词在老子之前就早已存在，而在老子赋予"道"以抽象意义与核心地位后，不同学派因为对"道"的不同理解也形成了不同的学说与思想。吕思勉在论先秦诸子之学时说："其在前此，旁薄郁积，蓄之者既以久已。至此又遭遇时势，乃如水焉，众派争流；如卉焉，奇花怒放耳。"③ 这就意味着：在"百家殊业"而相与争鸣的不断分化与

---

① 钱钟书：《管锥编》第二册，中华书局 1986 年版，第 409—410 页。
② 钱钟书：《管锥编》第二册，中华书局 1986 年版，第 410 页。
③ 吕思勉：《先秦学术概论》，东方出版中心 1985 年版，第 4 页。

发展的过程中，老子之于"道"的首创意义并不必然会为其学说在学术思想上占据相应的地位；相反，在"时势"等各种因素的历史合力下，老子学说流于各个以道自称、以道自任的学派中的一支，而此一时期占据显学地位的是后起的儒、墨两派①。秦汉一统之后，儒家定于一尊，一方面造成了"道"的丰富含义在一元的学说解释中趋于统一而单一，一方面也由于它在王权社会中所承担的教化、"牧民"功能与自身浓厚的伦理性，而使得"道"的哲学意义下移与世俗化，并在几千年的文化影响中融入了世人的精神生活。"道"的意义经过合乎儒家需要的滤选与下降而强化了儒家的影响力与统治力，并由此形成了制约着社会体制、文化承传与民族心理的结构性力量。更重要的问题是，儒学"道"而成统的结构性力量也由此规定了作为中国知识分子前身的传统士人的思想方式与人生道路。

无论是《老子》的"惚兮恍兮"、难以名说的形而上的意义，还是明确界说为"仁"与"礼"的伦理意义，无论是"无名而多名"的百家争鸣还是后来"接夫道统之传"②的一元独尊，"道"在意义分化而一统的发展过程中始终是各种解释中的一个最高范畴与核心词语。这就产生了一个问题："道"何以会提升为一种核心的范畴与意义？或者说，其意义提升的内在根据或根源是什么？

首先从字源上来分析。美国汉学家艾兰对于西周青铜器铭文中"道"的五种字形与写法曾经做过专门的研究与分析，她在字形构造比较中指出，铭文中的"道"由表示头颅的字形（眉下一目）组成了"首"，是人的象征；表示脚的"止"与表示行的字形相结合组成了偏旁"辶"的原始形式，而"首"与"辶"的组合就构成了"道"在文字上的起源③。从其字形组合的表意符号可以看出，"道"的起始意

① 《韩非子·显学》："今之显学，儒、墨也。"
② （宋）朱熹：《中庸章句序》，载《四书章句集注》，中华书局1983年版，第14页。
③ ［美］艾兰：《水之道与德之端》，张海晏译，上海人民出版社2002年版，第75—76页。

义就是人行于路上。汉儒许慎在《说文解字》中释"道"时说："道，所行道也。从辵首。一达谓之道。"同样把"道"解释为一条通达的大路①，这也证明了艾兰的实际分析是有所依据的。

其次，从词源上讲，"道"在早期文献中的语词意义即是"路"的意思。周代《易经》"履"卦九二爻曰"履道坦坦"，其意就是指人所行走大路的平坦。从"履道""行道"的道路意义可以发现，道路在"路"这一物性实指之内，还有遵循所行之路或轨道的意义。随着思想、语言的发展与需要，"路"所潜含的引申意义如轨则、法式、规律等就被充分挖掘与揭示出来。而在越来越抽象化、越来越形而上的提升过程中，"道"的意义内涵也得到了越来越丰富、越来越深刻的扩充与衍展，直至成为真理、思想、普遍观念、绝对理念这样一类占据核心意义的哲学概念与精神范畴。陈荣捷先生曾经通过对"道"在先秦器铭和文献上含义的演变，详细解析、说明了老子之"道"的渊源与"道"的哲学抽象历程：

　　殷周之际，金文中已见道字，有道路的意思。《易经》道字四见，都是在这个原初意义上使用的。《诗经》引申为道理和方法，《左传》、《国语》把道分为天道与人道，以涵概自然与社会，这较之道路之道，不仅是一种抽象的概括，而且是内涵的扩展与丰富。春秋时期，儒家和道家的创立者孔子和老子，各自从不同的角度，发展了天道与人道的思想。儒家孔子罕言天道，不注重自然本体的研究，而关注人道的探索；老子重视天道，从天道自然无为而深入到本体论的探讨。老子已经自觉到可以有具体与抽象、现象与本质之别，这便是可言说的生灭之道与不可言说的恒常之道。②

① 王德有：《道旨论》，齐鲁书社 1987 年版，第 1 页。
② 转引自高秀昌：《〈老子〉之"道"的观念渊源及其哲学意义》，《学习论坛》2000年第 3 期。

　　"道"在字形与词义两方面的分析结果都说明了"道"的本义即是"道路"。"道"的意义在经过不断抽象与上升的发展过程中，"路"这一词语也承担了"道"的本原意义。但是，这并不意味着"路"对"道"完全替代或"道"的原始意义完全丧失。也就是说，"道"在经过形而上的意义提升后，不是与"路"这一原初意义发生了完全的断裂，而是丰富、发展了"道"所潜含的抽象意指的可能性。因此，在"道"抽象为理念性的意义而带来言不尽道、难以直解的言说困难时，以"道"的本义"路"来描述与说明"道"就似乎成为一种可行的选择。孟子在回答前来问道的曹交时就作如此说："夫道若大路然，岂难知哉？人病不求耳。"① 而朱熹在解释《中庸》中的"天命之谓性，率性之谓道，修道之谓教"一句时，也采取了相似的方法："道，犹路也，人物各循其性之自然。则其日用事物之间，莫不各有当行之路，是则所谓道也。"② 这说明，在"道不可言""道不可名"③ 而现实理解中又不得不言、不得不名的两难中，通过道与路的意义关系以路喻道、释道成为一种可能的解难方式。所以，钱钟书在《管锥编》中解释"道学"之"道"时也选择了同样的方法："'道'，理而喻之路也，各走各路，各说各有理，儒、释、道莫不可以学'道'自命也。"同时，钱钟书又分别拈出了《老子》第五十三章中的"行于大道"、《法言·问道》中的"道若途若川"、《大般涅槃·狮子吼菩萨品》第十一之一的"路喻圣道"等句④，来证明几种不同的学派所共同选择的以路释道的方式的普遍性。

　　在古代语言中的单音单义词逐渐为现代语言的双音、多音词形式所取代的发展过程中，"道路"在现实的语言应用中成了一个既有物性实指又有精神意指的意涵双关的复合词。语意基本内涵的稳定与语

①　杨伯峻译注：《孟子译注·告子章句下》，中华书局1960年版，第277页。
②　（宋）朱熹：《四书章句集注》，中华书局1983年版，第17页。
③　《庄子·知北游》。
④　钱钟书：《管锥编》第四册，中华书局1986年版，第1260页。

言形式发展演变的事实说明，人们至今仍是将"道"与"路"作为一种同构关系来理解和应用的。这也说明，各种以道自命的学派之所以选择以路释道的譬喻方式来解释各自的学说，首先是因为但并不仅仅是因为"道"的抽象难解，其内在的依据更在于道与路在意义上所存在的一种本质关联。因此，在道与路的关系结构中思考道的本体意义，不是东方的思维方式引出了道与路的问题，而是道与路的事实问题引出了这样的思维方式；而思维方式有可能是相通的。所以即使是西方思想家如海德格尔（Martin Heidegger），也喜欢在文本与标题中用"路标""小径""林中路"等这样一些道路的比喻与描述来阐释自己的哲学或"道"。他指出："老子的诗意运思的引导词就是'道'，根本上意味着道路"，"道或许是产生一切道路的道路，我们由之而来才能去思考理性、精神、意义、逻各斯等根本上即凭它们的本质所要道说的东西"。① 海德格尔独特而深刻的存在论思想，其实从他以道与路的内在关系来描述"道"的本体意义的思想方式中就可以得其根源。

如果说中国哲学中的道器论体现为抽象法则与有形器物的关系，那么，本书所提出的道路论则体现为理念意义与人的具体实践的关系。孟子说，"山径之蹊，间介然用之而成路；为间不用，则茅塞之矣"②，强调了"路"需要"用"亦即"路"的实践性；而鲁迅所说的"其实地上本没有路，走的人多了，也便成了路"③，更突出地肯定了人在行路实践中的主体性作用。"路"作为一种物性存在，其实既是人在行走实践中的结果，也是人之所以可以行走的前提。所以也可以说，"路"的自然物性中同时凝结着人类改造自然的人性内涵。也因为人与路的这种内在关系，道的抽象意义与隐喻方式才可能产生。一方面，人在行路实践中是有方向意识与目的意识的，这就需要一种能够

① 《海德格尔选集》，孙周兴译，上海三联书店 1996 年版，第 1100 页。
② 《孟子·尽心章句下》。
③ 鲁迅：《呐喊·故乡》，载《鲁迅全集》第 1 卷，第 510 页。

回答为何走与如何走的价值依据与意义支持，道的思想理念或价值规范意义也由于这方面的需要而得以产生；否则，人的行路实践就会陷入茫然失措、四顾彷徨的歧路与迷途中。另一方面，道的理念意义从道路的本义中之所以能够抽象出来，不仅是出于人的行路实践对于意义或规范的需要，而且也是在行路的实践中一种可能的总结与归纳。进一步说，道的意义实现不仅需要理论的解释与阐发，更需要通过个体的行路实践去体悟、践履与承担，这也即钱穆所说的"有真行乃使有真知。道不远人，为人之道，即各在其当人之身"①。这说明，在道、路、人的关系结构中，每一个因素都具有相对独立的作用，但同时也都需要其他因素的支持，因而也都会受到其他因素的限制。只有这样，道、路、人的三维关系结构才不会是单维的或离散的，结构关系也才可能得以建立与维持。因此，道、路、人三者之间所形成的应该是一种复杂的、不断发展的互动关系，而并不是一种简单的规范与承受、实践与被实践的单维关系。这也说明，以个人的行路实践来理解道的意义，并不是说用路来取代道（道也不可能用路来全部说明），而是指在道、路、人的三维关系结构中才可能对道进行合理的说明与解释。

在道、路、人三者之间所形成的三维关系结构中，道的意义能否被合理阐发与实现，以至于新的意义能否被积极发掘与发展，个体对道的态度、认识与对路的实践、体行显然是决定关系结构形式如何发展变化的关键性因素。但是，如果站在道、路与人的三维结构关系之外看问题，或者说从一种整体性的历史视野来看问题，我们就会发现，这个三维结构关系的发展变化是一个在各种历史合力中慢慢积聚的过程。在这个历史发展过程中，人作为三维结构关系中的主体性因素，不仅要受到结构内部的道与路等其他因素的相互牵制，而且这种牵制的机制、方式、程度同时也会受到历史、社会等外部力量的影响

---

① 钱穆：《国史新论》，生活·读书·新知三联书店2001年版，第265页。

与限制。从道的意义上说，道作为一种文化、文化结构的核心观念与价值支持，具有如文化一样的超越性价值。也就是说，文化与作为文化意义的道是"在特定的历史时期的特定需要中产生的，但它的影响和作用却是超越于它所产生的时间和空间的限制的，它具有空间上的广袤性和时间上的久远性的特征"①。道的"超越性"首先是因为它满足了人们在人生与思想道路中对价值意义的基本需求，而人们也因此对其所提供的意义合理性给予了认可。这种对意义合理性的最初认可在后来长期的文化积淀中就可能逐渐演变为一种集体无意识的认同心理。集体认同与个体认可的区别在于：个体认同对作为自己实践前提的道（意义）是否合理是有所反思和选择的，他在个体实践中也可能由于这种反思与选择而思考与发展新的意义；在文化积淀中形成的对道的集体认同实际上已经为制约道的文化结构所同时制约，而不会有反思与选择的可能。这是因为，产生于同样文化结构中的集体认同的道，在个人开始自己的行路实践之前，就先在地规定了行路的意义与方向，而个体对此除了接受与承担之外别无选择。这样，道就由最初的历史实践意义转化为规约实践而且只能被实践的一种先验的理念性要求。道的这种先验性与超越性价值也意味着个体在实践中只能循道而行，而难以超越与突破道的原有意义构架。所谓"君子由道行"，实际上就指出了行道的本质在于"道"而非"行"。应该看到，道作为提供方向与意义的前提，是人在行路实践中所必需的，而道之意义价值的稳定性和超越性对于文化的承传与发展也无疑是必要的；但是，在这一意义前提由于强大的稳定性和超越性而使人们在习惯性的思维结构中逐渐放弃了反思的可能性时，道的超稳定性就会由合理性的意义支持变异为窒息思想活力的桎梏。只有在道的意义发生了危机并且人们对其产生了普遍质疑的时候，道的意义结构的稳定性与超越性才可能遭受震荡、动摇，而道的突破与新路的开辟对于行路者或践

---

① 　王富仁：《中国文化的守夜人：鲁迅》，人民文学出版社 2002 年版，第 10 页。

道者来说也才真正具有一种历史的可能性。

二、"道"与"士"之历史溯源

要追究道何以成为一种超稳定的意义结构，有必要对道的历史起源、发展过程及其在发展过程中所形成的历史特性略加梳考。如前所论，"道"作为语词，早在西周铭文中就已经出现；但是，"道"真正具有理念、思想上的意义，真正成为一种哲学上的核心范畴，却始于春秋战国时期。春秋战国是中国历史上一个战乱无息、动荡不止的时期，由于周朝王室衰微，各诸侯国称雄争霸，遂致天下混乱无序的局面达数百年之久。混乱无序的破坏性局面一方面造成了社会的动荡与分裂，另一方面却因此在旧秩序、体制的解体中孕育了中国思想史上最具活力与创造力的"轴心时代"。雅斯贝斯（Karl Jaspers）之所以如此说，是因为他看到古代中国在此一时期与希腊、印度一样，发生了许多对后世文明具有决定性影响的"非凡的事件"，开始迈入了相对成熟与自觉的"精神历程"："中国出现了孔子与老子，中国哲学中的全部流派都产生于此，接着是墨子、庄子以及诸子百家。"[①] 胡适将这一时期称为"中国固有哲学思想的'经典时代'"[②]，余英时先生认为这导致了古代文明发展史上的"哲学的突破"（philosophic breakthrough）[③]，所持意见也基本与雅斯贝斯相同。由此带来的一个问题是，"哲学的突破"或"轴心时代"为什么反而出现在一个"礼崩乐坏"的动荡时期？其实，揆诸中国历史，这类现象不仅并不殊

---

① [德] 卡尔·雅斯贝斯：《智慧之路》，柯锦华、范进译，中国国际出版社1988年版，第68—70页。

② 胡适：《中国传统与将来》，载姜义华等编：《港台及海外学者论传统文化与现代化》，重庆出版社1988年版，第50页。

③ 余英时：《士与中国文化》，上海人民出版社1987年版，第27页。

奇，而且似乎可以归纳为一种悖反性的必然规律。中国大一统社会的专制传统历数千年之久，而改朝换代的游戏在鲁迅看来也"不过是争夺一把旧椅子"[1]，所以遂有专制与反专制、压迫与反压迫而又再专制、再压迫，再反专制、再反压迫的所谓"一治一乱"的宿命性循环。也是因为中国社会这种特殊的历史发展规律，举凡学术思想的真正繁荣与发达，就往往出现在朝代更迭的历史间隙期。这种历史间隙对于学术思想的发展来说，不仅提供了时间意义上所必需的一定保障，而且也因为这种历史间隙所存在的权力真空，使思想能够得以从专制体制的疏离中获得相对自由与独立的空间。因此可以说，在周朝王室的式微与秦帝国重新统一之间所形成的数百年的历史大裂缝，成就了中国思想史上最为自由与繁兴的百家争鸣的"轴心时代"。但同时我们也必须看到，因为中国古代学术思想的自由和繁兴是而且从来都是权力衰微失控而非体制性的权利保障的结果，百家争鸣在中国古代历史中只可能是昙花一现的现象，而从历史间隙中生长出来的"道"的意义也不可能得到充分、正常的发展，必然带有很大的历史限定性。

无论如何，春秋战国时期"哲学的突破"对于后世文明的发展不仅具有决定性的影响，而且具有多重性的复杂意义。一方面，原有的统治秩序在失去了对整个社会的控制力之后陷入分裂与混乱之中，而礼乐文化与等级制度的瓦解则直接导致了自由流动的士阶层的崛起[2]。春秋以前的社会结构是宗法性的等级关系，如晋国大夫师服所述："国家之立也，本大而末小，是以能固。故天子建国，诸侯立家，卿置侧室，大夫有贰宗，士有隶子弟，庶人工商各有分亲，皆

---

[1] 鲁迅：《二心集·上海文艺之一瞥》，载《鲁迅全集》第4卷，第308页。

[2] 参见余英时：《古代知识阶层的兴起与发展》，载《士与中国文化》，上海人民出版社1987年版；白奚：《稷下学研究：中国古代的思想自由与百家争鸣》，生活·读书·新知三联书店1998年版，第一章。

有等衰。"① 春秋以来的动荡失序使这种稳定的社会结构遭到了很大破坏，而处于大夫与庶人之间的士人所受影响显然最多。这不仅是因为士处于贵族等级秩序中的最底层而不免有沦落、下降为庶人的最大可能，而且因为士处于贵族与庶人之间的中间地带，正是余英时所说的"上下流动的汇合之所"②。士人与贵族社会结构的游离，使原来的"大抵皆有职之人"面临着"士无定主"③ 而可以重新选择的自由流动的状况，这就使原来的士人有可能形成一个相对独立的社会阶层。另一方面，私学的兴起也是士阶层迅速崛起壮大的一个关键性因素。④ 春秋以前，所谓"学在王官"，而在礼崩乐坏之后，官师政教合一的"王官之学"遂散为百家。同时，也因为许多士人流落民间之后以教授弟子、传播知识为生，而使教育能够普及民间，打破贵族的教育垄断，从而出现了"天子失官，学在四夷"⑤ 的现象。私学的发展以及列国竞争对人才的需求，使得大量的庶人能够上升到士阶层中，这不仅造成了士阶层的人数随之大增，而且"导使士阶层在社会性格上发生了基本的改变"⑥。因此，士阶层作为一个相对独立的阶层的崛起，既在于客观上的类群数量的规模，更在于在士、庶流动之间形成了一种有别于士、庶的基本性格；而其基本性格的形成，是与这一阶层以"道"自居、自任的精神相一致的。

如果说士庶流动与私学兴起是士阶层迅速崛起与壮大的外在历史条件，那么在礼崩乐坏之后"道"之意义的繁兴则决定了士阶层的基本性格。也就是说，原来作为低等贵族的"士"在宗法秩序解体后从"大抵有职"的封建固定结构中游离出来，所获得的还仅仅是一种身

---

① 《左传·桓公二年》。

② 余英时：《士与中国文化》，上海人民出版社 1987 年版，第 12 页。

③ 顾炎武：《日知录》卷七，"士何事"条；《日知录》卷十三，"周末风俗"条。

④ 参见白奚：《稷下学研究：中国古代的思想自由与百家争鸣》，生活·读书·新知三联书店 1998 年版，第 7—8 页。

⑤ 《左传·昭公十七年》。

⑥ 余英时：《士与中国文化》，上海人民出版社 1987 年版，第 13 页。

份上的解放；而"道"的精神依凭则给他们心灵以很大的自由，从根本上改变了"士"的人格结构，使其逐渐发展为中国古代一种特殊的知识阶层。在"道"与"士"的关系上，并不存在孰先孰后的前因后果的问题。这是因为，"道"与"士"的问题如一事之两面，基本上都是在礼崩乐坏之后从不同的侧面同时发生的。旧的社会结构的解体所引发的震荡在表层直接呈现为混乱无序与阶层变动，在精神深层则隐伏着礼崩乐坏之后的意义混乱与价值危机。这种意义混乱与精神危机所引发的又一结果就是"道"的意义的繁兴，或者说，对"道"的思想与解释成为中国古代知识阶层应对意义混乱与精神危机的一种内在需求。章学诚在《文史通义》的"原道"篇中对"道"之原曾经有过清楚的描述：

> 盖官师治教合，而天下聪明范于一，故即器存道，而人心无越思；盖官师治教分，而聪明才智不入于范围，则一阴一阳入于受性之偏，而各以所见为固然，亦势也。……今云官守失传……而诸子纷纷则已言道矣……皆自以为至极，而思以其道易天下者也。

"官师治教合"意味着王官之学未散落民间前的社会形态是政教合一的，相应的官师合一则意味着在此以前不可能出现独立承担师教功能、包括"士"在内的知识阶层。而在"官师治教分"之后，人们迫切需要对礼崩乐坏的文化传统重新解释，于是"诸子纷纷则已言道"，且"皆自以为至极，而思以其道易天下"。这种"思以其道易天下"的诸子异说伴随着列国竞争而产生适应竞争需要的有生气的思想竞争，遂造成后来的百家争鸣之势。余英时将"春秋、战国的'礼坏乐崩'"称为"'百家争鸣'的前奏"[1]，就是因为看到"礼坏乐崩"作

---

[1]　余英时：《士与中国文化》，上海人民出版社 1987 年版，第 26 页。

为"百家争鸣"的问题背景和"百家争鸣"作为"礼坏乐崩"的必然
结果这样一种内在的关系。"礼坏乐崩"与"百家争鸣"作为"官师
治教分"后的结果，更重要的意义还不在于"治"与"教"的分离，
而在于"治教"分离后所发生的"教"进一步分离所产生的许多新
的可能性。"治教"分离不仅使"教"脱离"治"而获得了相对独立
的发展空间；而且，"治教"分离也使人们对分离后的"治"与"教"
都产生了普遍的怀疑，这就产生了诸子"思以其道"来重新解释"教"
的需要以及通过重新解释"教"来议"治"的可能性。同时，因为诸
侯忙于"治"的权力争夺，原来对于"教"的"官师"合一的话语垄
断权就被打破，而能够对破裂后的"教"进行解释与重新解释的就是
那些与"官"或"有职"脱离后流散民间的"师"或"士"。这样，各"以
其道"来释教的"思"的责任就落在了一些开始独立承担师教功能的
"士"的身上。正是由于"士"对"教"与"思"的责任的承担，"道"
的意义得到了空前的提升与丰富，而在对"道"的意义进行提升与丰
富的过程中，"道"也同时赋予了"士"新的意义，规定了这一中国
古代知识阶层的基本性格与人格。

三、"道"之"路"的内在困结

如余英时所论，庄子在《天下》篇中对"诗、书、礼、乐"的文
化传统"数散于天下"而成"百家之学"的历史趋势是抱着"不胜惋
惜之情"的[①]。庄子叹息说："天下之人，各为其所欲焉以自为方。悲
夫，百家往而不返，必不合矣。后世之学者，不幸不见天地之纯，古
人之大体，道术将为天下裂。"[②]这与庄子追求所谓"天地之纯"的原

---

① 余英时：《士与中国文化》，上海人民出版社 1987 年版，第 27 页。
② 《庄子·天下》。

始混沌的精神是一致的。而余英时以"哲学的突破"来称述"道术将为天下裂"的意义，则是在世界文明史的视野中看到了思想发展的一种必然趋势。实际上，"百家往而不返，必不合矣"的分裂都是针对诗、书、礼、乐的"王官之学"而言的，或者说都是起源于散失诸野的同一文化传统；因此，在"道术将为天下裂"的意义分歧的趋势下，百家异说却仍然是统合于"道"的同一意旨之下的。庄子在《天下》篇中论及当时不同学术流派的思想发展与历史变迁时，仍然将一切归返于"道"来说明和解释，也可见"道"之意义并未泯没。"天下有道，则礼乐征伐自天子出；天下无道，则礼乐征伐自诸侯出。"① 孔子所说的"无道"是就"礼乐"所象征的礼仪秩序遭到破坏的历史事实而言的，并不是指"道"随着原有秩序的解体而泯灭。事实上，"天下无道"的历史所造成的思想与权力的分离，以及这种分离继而所造成的思想分裂与竞争，反而促成了"道"在多样的意义空间中最大可能的丰富与提升。而且，正是在这样一种分裂、对抗的思想争鸣中，以"道"自任的不同学说为"道"注入了各自不同的新的理解，从而在不同方面发展了"道"的意义。这样，"道"在"天下无道"的断裂与争鸣中延伸与扩展了自身的意义，以致成为中国传统文化世界中的一个意义至上、几乎无所不包的能指：在哲学上，它是世界的本原与万物的法则；在伦理上，它是社会所要遵循的道德规范；在政治上，它是构建制度与秩序的原理、依据与理想。

也许正因为"道"之意义的至上性与所指的本原性，它的话语解释权在因"官师治教分"而散落民间后，诸子莫不"纷纷则已言道"，而且"皆自以为至极"，各以所学为"至道"与"正道"。在这其中，惋叹"后世之学者，不幸不见天地之纯，古人之大体"的老庄，同样是以至道自命，也同样是百家道说之一端而已。而"道"在百家异说中之所以孳生出丰富复杂的多义性与极为宽泛的包容性，一方面是因

---

① 《论语·季氏》。

为"道"的本原性意义使其成为马克斯·韦伯（Max Weber）所说的
"一切存在的永恒原型的总体"①，一方面也是因为"官师治教分"的历
史裂隙与诸侯争霸的需要产生了允许百家异说的多元空间的可能性。
因此，"道"在百家争鸣中所孳生出的丰富的多义性与宽泛的包容性，
实际上是产生"道"之意义的历史空间的多元性与包容性。对于中国
历史上这一最为动荡混乱而思想史上又最为自由与最富生气的"经典
时代"，鲁迅内心流溢着深切的共鸣与激赏。在《汉文学史纲要》的
学术讲义中，鲁迅写道：

> 周室寖衰，风人辍采；故曰："王者之迹熄而诗亡。"志士欲
> 救世弊，则穷竭神虑，举其知闻。而诸侯又方并争，厚招游学之
> 士；或将取合世主，起行其言，乃复力斥异家，以自所执持为要
> 道，骋辩腾说，著作云起矣。②

严谨而朴素的叙史文字与学术语言，似乎仍然难以遮掩鲁迅在学
术著作中所鲜有的兴奋、激情与想象。实际上，鲁迅在以学术语言的
形式再现数千年前"经典时代"的辉煌时，也通过这种辉煌的再现表
达着自己深隐其中的追怀与感念。对于鲁迅这位连将来的"黄金时代"
也要疑心的深刻的思想者来说，对数千年前的"经典时代"却感怀不
已，意蕴自然是极为复杂的。深刻的怀疑使鲁迅否定了所谓"黄金时
代"的浅薄梦想，同样也不可能对"经典时代"的历史表示完全的认同。
因而，与其说鲁迅是因为绝望于现实而对"经典时代"的历史产生了
认同，毋宁说是身处暗夜之中的挣扎、苦斗使其对这段历史"以自所
执持为要道，骋辩腾说"的思想与自由发生了一种深切的同情。鲁迅
在历史文本中所释放的兴奋与激情，也许更能让人想见历史文本之外

---

① ［德］马克斯·韦伯：《儒教与道教》，商务印书馆1995年版，第232页。
② 鲁迅：《汉文学史纲要》，载《鲁迅全集》第9卷，第373页。

的现实压抑与痛苦吧。

鲁迅与"经典时代"的历史发生同情的深切原因不仅是注意到"以自所执持为要道，骋辩腾说，著作云起"的思想自由竞争的结果，同时也是看到了思想自由竞争得以可能的条件，亦即"游学之士"在"诸侯又方并争"和"欲救世弊"的历史需要中的崛起。对于"经典时代"的这一双重历史意义，余英时从三个方面给予了充分的肯定：

> 第一、"哲学的突破"为古代知识阶层兴起的一大历史关键，文化系统从此与社会系统分化而具有相对的独立性。第二、分化后的知识阶层主要成为新教义的创建者和传衍者，而不是官方宗教的代表。第三、"哲学的突破"导致不同学派的并起，因而复有正统与异端的分歧。①

因为是抱着一种历史同情的态度看待问题的，余英时对"哲学的突破"与"古代知识阶层兴起"的历史同构性，亦即"道"的意义繁兴与士阶层崛起的本质关联进行了充分的解释与发掘。他由此指出："……中国知识分子从最初出现在历史舞台那一刹那起便与所谓'道'分不开，尽管'道'在各家思想中具有不同的涵义。"② 这是因为，在"官师治教分"之后，士阶层获得了相对独立的对"道"的解释权，并在这种解释过程中将"道"发展为至上性的哲学、精神与思想范畴，从而可以通过在理论上高于政治权威的道义权威来批评政治、抗礼王侯。但是，在对"道"与"士"的相对独立的意义给予充分揭示的同时，也更应该看到历史在赋予"道"与"士"以意义的同时所必然带来的限定性。对于特殊的中国社会来说，"道"与"士"的限定性虽然是历史所带来的，却并不意味着这种限定性可以在中国特殊的历史

---

① 余英时：《士与中国文化》，上海人民出版社 1987 年版，第 31 页。
② 余英时：《士与中国文化》，上海人民出版社 1987 年版，第 97—98 页。

积累中自行消除。因而，其限定性是一种历史限定性但又不仅仅是一种历史限定性；换言之，"道"与"士"的问题是中国特殊的社会历史所产生的，但产生的问题却是内在的，是其自身的历史所难以解决的。所以，现代知识分子的可能性也不会从中国特殊的历史文化内部产生。正因为如此，鲁迅对"经典时代"的历史既怀有深切的同情，同时又对中国在漫长的中世纪中重复而循环的历史表达出了深刻的失望与批判。在这一问题的认识上，鲁迅的历史同情态度与余英时显然是完全不同的。因为是从中国历史的内部来理解历史，余英时在对士阶层以道自任的精神特征与意义做出深刻的历史分析时，以至于将中国古代的士阶层并置入西方知识分子近代意义上的精神框架内来思考问题，研究的同情态度也因此几乎成为一种与研究对象的相互认同；而这种思路与态度使他在做出许多同样精深的分析时，并不会如鲁迅那样注意到"道"与"士"的内在困境与问题，因而也不会对中国的历史产生一种激烈的反思与批评。

在"官师治教分"之后，古代知识阶层在"道"的意义解释与承担中的确获得了更高的精神依凭，并因此至少在理论方面保持了自己的相对独立性。刘向在《说苑·佾文》篇中给"士"下定义说，"辨然否、通古今之道，谓之士"，就指出了士阶层之于"道"的基本特征。而这一点在原始儒家那里表现得尤为明显：

> 士志于道，而耻恶衣恶食者，未足与议也。[1]
> 士不可以不弘毅，任重而道远，仁以为己任，不亦重乎？死而后已，不亦远乎？[2]

显然，"道"在理想意义上不仅是一种思想学说，而且更是"士"

---

① 《论语·里仁》。
② 《论语·泰伯》。

以这种思想学说为价值依据的高自标持的精神理想与要求。而"道"之于"士"的意义就在于："士"在以"道"自任或自觉承担"道"的过程中，他们从"道"的内部生发出了一种高于政统的道统权威，这使他们可以凭借一种更高的、独立的精神依据来发表议论，批评政治。然而，问题也正在于："士志于道"只是士自身从内部提出的一种主观性的理想要求，"道"的高扬的意义首先也只是理论上的，它的具体落实还有待于外部提供的现实保障。因此，所谓"处士横议""不治而议论"的士阶层的黄金时代之所以能够产生，只是因为"天下无道"的混乱失序需要"道"在政治的合法性上提供义理支持。从政治权力对"道"的需要可以看出，在周秦之间的历史间隙中生长出来的"道"自身就是不健全和矛盾的。如前所论，"道"之意义在鲁迅所说的"骋辩腾说，著作云起"中的自由繁荣不是因为历史提供了体制性的权利保障，而是因为"天下无道"的历史裂缝造成了帝国权力的暂时失控，这意味着"道"不可能如希腊哲学那样在自身内部获得充分而合理的发展。因此，百家争鸣的思想竞争随着帝国的重新一统而最终收归于政教合一的体制之下，就内含着一种历史的必然性。胡适说，秦汉一统后，两千多年的"孤立的帝国生活"，"完全失去了列国之间那种有生气的对抗竞争，也就是造成中国思想的'经典时代'的那种列国的对抗竞争"①，所指的就是这一历史情势。但是，最根本的问题还不是"道"所发生的历史前提，而是在这种非常态的历史前提下"道"所孳生的一种内在的困境。

　　台湾学者林安梧曾用"道的错置"来说明"道"所发生的内在困境："错置者，其置不得其宅，是以不得其安，其开不得其路，是以不得由此道途；不得其安而强其所安，不得其路而强其为路，是为错

---

① 胡适：《中国传统与将来》，载姜义华等编：《港台及海外学者论传统文化与现代化》，重庆出版社 1988 年版，第 51 页。

置。"① 也就是说，如果"不得其安""不得其路"，"道"的合理意义也会扭曲、异化为自身所难以解决的"困结"性问题。"道"的意义在"为天下裂"之后虽然百家殊异，但基本上都是根源于过去政教合一时作为王官之学的礼乐传统，所谓"九流出于王官"即是指此。而儒、道、墨各家所不同的是：儒家是"吾从周"与"述而不作"②，以延续周代的礼乐传统自命；墨家则"以为其礼烦扰而不说，厚葬靡材而贫民，久服伤生而害事，故背周道而用夏政"③，对"古之礼乐"是一种"毁"的态度；道家认为"失道而后德，失德而后仁，失仁而后义，失义而后礼"④，所以将"礼"称为"忠信之薄而乱之首"，主张"道法自然"⑤。余英时因此指出：儒家的仁义学说在"继周"中有所"损益"，对于传统是一种温和的突破；道家追求的是对礼乐传统的超越；而墨家的激烈态度则使其与礼乐传统发生了正面的冲突⑥。他据此认为，墨家一流的终于衰竭是因为其对于传统的激烈态度造成的，这种分析有一定的道理，但并不能完全说明儒家独尊的事实。在本书看来，真正的原因不是因为儒家的温和，而是因为儒家对"周道"所设计的政治伦理秩序的肯定与发扬符合了重整天下的权力需要与历史需要；而这也是更具有宇宙论、本体论意义的道家与更具有下层平民色彩的墨家在后来的帝国社会中隐而不彰的内在原因。从《周礼·太宰》所载的"儒以道得名"到唐宋时期明确的"道统"之说，就说明了儒家在后来历史中对"道"的意义的逐渐垄断。基于"道"的这种历史演变与历史特性，本书论及秦汉以后的"道"也主要是指对中国传统文化与士人生活构成决定性影响的儒道。占据"道"之主流的儒学的浓厚的政治

---

① 林安梧：《儒学与中国传统社会之哲学省察：以"血缘性纵贯轴"为核心的理解与诠释》，上海学林出版社 1998 年版，第 120 页。

② 《论语·八佾》，《论语·述而》。

③ 《淮南子·要略》。

④ 《庄子·天下》。

⑤ 《老子·二十五》。

⑥ 余英时：《士与中国文化》，上海人民出版社 1987 年版，第 96—97 页。

伦理性，决定了"道"缺乏为知识而知识的内在理性支持，而不可能通过自身来解决问题，这意味着"道"的意义实现不得不借靠道德、政治等外部力量，而这也就产生了"道"与实现"道"而"不得其路"的内在困结性问题。过去许多研究都强调了列国争霸对于不同思想学说兴起的刺激作用，因为正是权力争夺对于不同学说的需要使得多种思想竞争的空间出现成为可能；但同时我们也要注意到事情的另一面，亦即在权力争夺需要的历史间隙中所开辟的思想外部空间是广阔与多元的，而在这种外部空间中所发展起来的思想学说实现自身的空间又是非常狭隘和单一的。换言之，权力失控以及争夺失控权力的需要客观上为各种道说提供了发言的空间，但其话语的表达与实现却只有通过政治权力这唯一的途径。这就决定了"道"自身的脆弱性、矛盾性与依赖性：一方面，政治权力对"道"的利益需要使得"道"的意义空前高扬；另一方面，"道"的意义高扬却因为同样需要权力的扶持而不得不受制于权力结构的支配。一方面，"道"是士阶层所尊崇的最高哲学范畴、道德理想与价值准则；另一方面，它却只可能落实在政治伦理一域并依借政治伦理的途径来表达自身的理念要求。

"道"自身的脆弱性、矛盾性与依赖性在历史表层所呈现出的最明显的后果，就是作为百家争鸣主要发生空间的稷下学宫的昙花一现。稷下学宫是出于权力者"强邦安国"和"招纳贤士"的需要以至帝王的喜好建立的①，虽然士阶层自身所表达的是一种"不治而议论"的学术自由的要求，但权力的扶持而非权利保障的思想空间是否有必要存在以及如何存在，都是以权力的需要而非"道"的价值依据为原则的，这就使"道"的发展充满了不确定性；因为"道"的发展与实现程度主要不是根据自身的要求而是权力的需要来决定的，权力就可以根据需要选择扶持还是不扶持、这样扶持还是那样扶持，而被权力

---

① 《史记·田敬仲完世家》："宣王喜文学游说之士，自如驺衍、淳于髡、田骈、接予、慎到、环渊之徒七十六人，皆赐列第为上大夫，不治而议论。是以齐稷下学士复盛，且数百千人。"

选择扶持的"道"自身是没有选择权利的①。因此，百家争鸣的昙花一现所暴露出的问题还不仅仅是"道"的外部空间需要被权力支持的被动性与虚假性，真正的问题更在于，"道"由于自身缺乏实现自身的合理与有效途径，它在现实实践中必然发生错置与扭曲。

首先，"道"缺乏自我支持的内在脆弱性使其不仅要以依赖政治权力为前提，而且在实践过程中政治理想又成了其最终目的：

学道之谓也……圣王皆以尚同为政，故天下治。②
以其可道之心与道人论非道，治之要也。③
百家殊业，皆务于治。④
夫阴阳、儒、墨、名、法、道德，此务为政治者也。⑤

政治成为百家殊途同归的最终目的与最高理想，一方面反映出"道"关怀现实的"人间的性格"⑥，一方面又反映出"道"的丰富性、至上性的多重潜在意义在被政治吸纳过程中的遮蔽与凋敝。如果说"道"的"人间性格"是中国文化区别于西方哲学的特殊性格的话，那么也可以说，这也是它致命的内在缺陷。实际上，西方哲学并不缺乏现实关怀的"人间性格"，"人间性格"也并不是中国文化所独有的，它们的真正区别在于：西方哲学存在着一种为知识而知识、为真理而真理的内在理性传统，这种内在理性传统使其能够将知识、真理的问

---

① 在这一点上，无论是创办形式、内容还是目的，稷下学宫都与同是文明发轫时期的柏拉图的希腊学园形成了鲜明的区别。参见李慎之：《稷下学研究·序》，载白奚：《稷下学研究：中国古代的思想自由与百家争鸣》，生活·读书·新知三联书店1998年版，第3—4页。

② 《墨子·尚同》。

③ 《荀子·解蔽》。

④ 《淮南子·氾论》。

⑤ （汉）司马迁著，[日] 泷川资言会注考证：《史记会注考证》卷一三〇。

⑥ 余英时：《士与中国文化》，上海人民出版社1987年版，第119页。

题在现实关怀中与政治问题区分开来，相互联系而并不相互混淆；而中国文化所表现出的"人间性格"却是以知识、真理的问题全部落实、服务于政治为代价的，因此"道"也不可能如西方哲学一样在自身内部获得完善而合理的长足发展，而这种问题几乎是先天性的。

其次，"道"的政治理想意义在于它认为可以用"道"的范畴来规范、引导权力者的施政行为，并以此来实现自己的政治理念，因此在士阶层那里就有了"道"尊于"势"的理念要求。显然，在士阶层那里，"道"是最终的理想与目的；但是，"道"的最终理想与目的的实现以及能否实现并不是靠自己的力量所能完成的，它首先需要被所要依恃的政治权力同意接纳并施行，而"道"因为要实现自己的政治理想就必须进入政治框架中，这就使"道"的目的理想在现实实践中不免沦为一种工具性的价值。"道者，所由适于治之路也，仁义礼乐皆其具也。"①"道"为"治之路"而非"治"为"道之路"，说明了在权力者那里，士阶层所设计的"道"与"治"的理想关系已经被颠倒过来，"治"实际上成为"道"的目的，而"道"成为"治"的工具与手段。这样，"道"在政治实践中所体现出的实际意义就不是理论上的"学"而是利益性的"术"。正如一位学者所说："经术缘饰吏治"，"儒家被统治者看中的，不是它的'学'，而是它的'术'，继法术、黄老术之后的第三种'安宁之术'"。②法家维护统治者赤裸裸的政治利益，弃"道"求"术"自不待说；儒家浓厚的政治伦理性使其沦为"缘饰吏治"之术，也无可奇怪；而追求"道法自然"、超越礼乐境界的《老子》成为黄老学说以阴柔治天下的"君人南面之术"的经典，也许同样不仅仅是一种误读。这也更为深刻地说明了"道"的工具性问题的本质性与普遍性。

再次，先秦诸子在一定历史时期的兴起说明了各家之道必然具有

---

① 《汉书·董仲舒传》。

② 朱维铮：《从文化传统看中国经学》，载《中国经学史十讲》，复旦大学出版社2002年版，第45页。

一定的历史合理性，但"道"在成为"治之路"的政治化的过程中，"道"自身的合理意义就必然会沦为一种对于"治"之合理性的支持，从而在本质上发生了一种异化。"道"在理论上是作为最高的意义范畴来规范、指导"治之路"的，这意味着它可以通过自身赋予自身的理论权威来论证"治"之合理性，并可以自由"横议"，对政治进行必要的批评。然而在政治现实中，"治"拥有实际上的最高的权力，它需要"道"的原因只是因为自身的合法性需要做出合理的解释，它不愿意接受"道"高高在上的理论指导作用而只需要它发挥辅助与服务的性能。而之所以发生理论意义与现实政治的错位，除了政治架构的因素，"道"自身内部无法解决的困结恐怕是一个更为根本的问题。这是因为，"道"的理论权威虽然赋予了自身批评政治的权利，但同时"道"的理论中又内含着对政治权威的承认，而对政治权威的承认正是"道"获得权力支持、实现自身意义的前提。即如最典型的儒家来说，所谓"天下有道，则礼乐征伐自天子出"，它强调"道"，同时却又将政治社会共同体的最后轨持者委之于"天子"；而"天子"在现实中又不一定具有理论意义上的"德位所称，当礼而行"。这样就在其内部隐含了一种自身的理论所无法解决的矛盾与冲突："道"将理想的实现托付于政治权威，而这样的政治权威也必须是理想意义上的；将理想交付于理想，将理论权威交付于现实权威，"道"因此不仅把自己置于一种双重的现实悬空中，而且内含着理想被现实翻转、异化而反控的可能。对于这种"道的错置"，有学者将其称为"自孔子以来的本质上的悲剧"①，而这种悲剧的本质其实也正是"道"的本质所造成的。

显然，对于"道"的内在性困结问题，"道"的文化传统内部是不可能认识和解决的。而因为不是从抽象理论或文化传统内部来思考

---

① 林安梧：《儒学与中国传统社会之哲学省察：以"血缘性纵贯轴"为核心的理解与诠释》，上海学林出版社 1998 年版，第 120 页。

问题，执着于自我现实体验的鲁迅对"道"的内在困境反而有着更为深刻的体认和理解。现实生活中的痛苦体验以及对这种自我体验与反思的执守，使鲁迅对仍然影响现实的历史之"道"形成了一种深切的同情，也形成了一种深切的批判。在对"道"曾经充满生气的历史意义产生共鸣的同时，鲁迅也注意到所谓"王道"理想在现实中的虚幻性与虚伪性："在中国的王道，看去虽然好像是和霸道对立的东西，其实却是兄弟，这之前和之后，一定要有霸道跑来的。人民之所讴歌，就为了希望霸道减轻，或者不更加重的缘故。"①"王道"作为"道"的最高政治理想，应该是与追求政治利益的"霸道"相对立的；但实际上，"道"所内含的对权力秩序和政治权威的认同使其根本不可能从"霸道"那里开出"王道"来。而权力者之于"王道"也只是为了缘饰太过赤裸的"霸道"，"假借大义，窃取美名"②而已，因此所谓的"王道"其实也正是"霸道"。鲁迅指出"王道"与"霸道"二者实际上是"兄弟"，一方面是要剥除"霸道"的虚妄假面，同时也是对士阶层所谓"王道"幻想的深深失望：

> 据长久的历史上的事实所证明，则倘说先前曾有真的王道者，是妄言，说现在还有者，是新药。孟子生于周季，所以以谈霸道为羞，倘使生于今日，则跟着人类的知识范围的展开，怕要羞谈王道的罢。③

对于先秦士阶层的道德理想主义，鲁迅是怀着深切的历史同情的，因此他所说的"羞谈王道"并不是因为谈"王道"可羞，而是注意到了"王道"在后来的历史事实中始终只是"霸道"为美化与掩饰权力残酷性的外衣，其本真并不存在。然而，鲁迅揭示"王道"虚妄

---

① 鲁迅：《且介亭杂文・关于中国的两三件事》，载《鲁迅全集》第 6 卷，第 10 页。
② 鲁迅：《华盖集・十四年的"读经"》，载《鲁迅全集》第 3 卷，第 138 页。
③ 鲁迅：《且介亭杂文・关于中国的两三件事》，载《鲁迅全集》第 6 卷，第 11 页。

性的更深刻的意义还在于：他不仅注意到了"王道"在事实上的不存在，而且指出了"王道"在理论上的不可能存在。从周季的"以谈霸道为羞"到今日的"羞谈王道"，实质上是孟子时期士阶层所高扬的"王道"理想（所以"以谈霸道为羞"）在政治实践中逐渐沦为一种权力工具（所以"羞谈王道"）的悲剧性过程；而在王道理想由"道"为"术"的工具化过程中，对于"以力假仁"的霸道与专制政体来说，"以德行仁"的王道教化与缘饰效用不仅不会使其丝毫动摇，反而会在王道的缘饰与润滑中使其更为稳固。鲁迅在以尖锐犀利的杂文形式戳穿"王道"的虚妄性时，显然已经深深绝望于传统之"道"所提供的文化资源，从而在根本上放弃了传统士大夫执迷不悟的"王道"幻想；而也正因为这种深刻的绝望，鲁迅才会站在"道"的立场之外，对传统文化的内在缺弊进行深刻而激烈的批评。

第六章 "道"与"路"的困结：鲁迅的 士文化批判

鲁迅文学中之所以弥散着大量谈路论道的文字，与"五四"以来士人道统的崩塌带来普遍的危机感、寻路的迷茫感有着深刻的现实联系。在"梦醒了无路可以走"①的上下求索中，鲁迅的选择是即遇"歧路""穷途"，也"还是跨进去，在刺丛里姑且走走"②这种"以悲观作不悲观，以无可为作可为"③的人生态度，有"知其不可而为之"的士人精神传统，但与之也有本质区别。因为对鲁迅这样以"介绍新文化之士人"④自任的思想者来说，"走异路，逃异地"⑤的自觉，是以道统旧梦的否定性幻灭为前提的，与士文化传统的精神联系也是在一种现代性的批判态度中发生的。在这个意义上，从士人的精神谱系来认知鲁迅的"寻路"文学是可以理解的，但鲁迅的"寻路"文学却并不能完全纳入士人的精神谱系来理解。

一、鲁迅对"士"之"道"的历史同情

鲁迅对于传统之"道"的深刻绝望同时意味着他在意识上与传统

---

① 鲁迅：《坟·娜拉走后怎样》，载《鲁迅全集》第 1 卷，第 166 页。
② 鲁迅：《两地书·二》，载《鲁迅全集》第 11 卷，第 16 页。
③ 鲁迅：《两地书·五》，载《鲁迅全集》第 11 卷，第 24 页。
④ 鲁迅：《坟·摩罗诗力说》，载《鲁迅全集》第 1 卷，第 102 页。
⑤ 鲁迅：《呐喊·自序》，载《鲁迅全集》第 1 卷，第 437 页。

之"道"的深刻断裂，而这种断裂的可能性前提就是鲁迅所说的"知识范围的展开"，亦即新的思想资源的汲取。因为生活在"圣道支配了全国的时代"①，生活于传统文化结构的内部，鲁迅对支配传统文化结构的"道"有着深刻的同情与体认；然而也因为从旧营垒中来，对支配传统文化结构之"道"的深刻同情与体认，鲁迅才可能在"知识范围的展开"与新的思想资源的汲取过程中，对"道"形成一种更为自觉、清醒的反思与批判意识。因此对于鲁迅来说，从传统文化结构内部走出具有双重意涵，它既意味着"道"曾经对鲁迅的影响也意味着鲁迅对"道"在后来的疏离。这种曾经受"道"影响后来又与"道"疏离的关系，使得鲁迅对于传统之"道"既能入乎其内、体察意义，也能出乎其外、离析问题，从而形成了一种独特而深刻的批评视界。不过，鲁迅批评视界的这种深刻性并不能理解为其在"道"的意义与问题之间找到了一种同情与批判的"辨证"或均衡；它的真正原因在于内在同情与体验为鲁迅发现与批判问题提供了现实的前提。正如鲁迅所说，传统文化的影响使他时时感到内心有一种"鬼气"的缠绕，而这种切实而痛苦的现实人生体验使鲁迅对"道"的批判也更为内在、深刻与激烈。

鲁迅对传统之"道"进行反思与批判的另一层深刻的意义还在于，他在揭示与分析"道"所表现出来的内在困境与问题时，同时也注意到"道"之所以会表现出内在困境与问题的主体性根源。如果说"道"作为传统士阶层的安身立命之所，对士之道路与性格因此构成了一种内在制约的话，那么"道"所出现的内在性困结其实也正是士阶层内在缺陷的一种反映或表征。反过来说，作为传统之"道"的阐释者、守护者与承担者，士阶层对于"道"的内在性困结问题始终不能做出自觉的反思与回答，也说明了其自身亦难以解决的问题，而这正是"道

---

① 鲁迅：《且介亭杂文二集·在现代中国的孔夫子》，载《鲁迅全集》第6卷，第325页。

的错置"始终存在却始终无法索解的根本原因。正因为如此，鲁迅才会对缠绕于自己内心世界的传统之"道"进行反思与批判时，将更多的思考与注意力集中到了以承继"道统"自命的士阶层的身上。

　　如前所论，中国传统文化之"道"即如最具形而上的哲学意义的老子学说，也都具有一种现实关怀的人间特性。《左传》所谓的"天道远，人道迩。非所及也，何以知之"①，就充分说明了"道"注重人间秩序安排的普遍性格。"道"的这一特殊性格在儒家那里表现得尤为明显，荀子所说的"道者，非天之道，非地之道，人之所道也"②，就是一种典型的说明。中国士阶层对"道"的现实关切，既有鲁迅所说的"周室寖衰"而"志士欲救世蔽，则穷竭神虑，举其知闻"③的历史因素，也有各家分殊的道说所皆承自的礼乐传统的内在因素。对于士阶层以"道"自任的强烈的现实关怀意识，鲁迅给予了充分的肯定，这与他强调"敢于直面"④现实人生的积极抗争精神是相契合的。从这种"直面现实人生"的现实精神出发，鲁迅对先秦各家道说表达出了极大程度的历史同情。这不仅表现在他对儒墨学说"皆诵法先王，标榜仁义，以备世之急""各欲尽人力以救世乱"⑤的入世精神给予的揭示与肯定，而且表现在他对一向被视为"无为之学"的老子学说所做的充分发掘：

　　　　老子尝为周室守书，博见文典，又阅世变，所识甚多，班固谓"道家者流，盖出于史官，历记成败存亡祸福古今之道，然后知秉要执本，清虚以自守，卑弱以自持"者盖以此。然老子之言亦不纯一，戒多言而时有愤辞，尚无为而仍欲治天下。其无为

---

① 《左传·昭公十八年》。
② 《荀子·儒效篇第八》。
③ 鲁迅：《汉文学史纲要》，载《鲁迅全集》第9卷，第373页。
④ 鲁迅：《华盖集续编·纪念刘和珍君》，载《鲁迅全集》第3卷，第290页。
⑤ 鲁迅：《汉文学史纲要》，载《鲁迅全集》第9卷，第377、374页。

者，以欲"无不为"也。①

　　然老子尚欲言有无，别修短，知白黑，而措意于天下……②

　　如果说儒墨之学的入世精神是史所周知，那么鲁迅从被视为隐逸、无为之学的老子那里发掘出"仍欲治天下""措意于天下"的"无不为"精神，则显示出了独特而深刻的历史识见。而鲁迅对在无为学说遮蔽下的"有为"精神实质的开掘，与其说是对老子"戒多言而时有愤辞，尚无为而仍欲治天下"的精神矛盾的发现，不如说是鲁迅自己直面现实的精神使其对老子有了一种深刻的同情与理解。基于此，我们就不难理解鲁迅为什么在世人都陶醉于陶渊明"采菊东篱下，悠然见南山"的飘逸、静穆的境界中时，却能看出他在放达自在、平和无忧背后深藏的精神苦闷与抗争，指出他也还有"刑天舞干戚，猛志固常在"之类的"金刚怒目"式的"热烈"一面，"并非整天整夜的飘飘然"③；而陶潜正因为并非"浑身是'静穆'，所以他伟大"④。因此也可以说，鲁迅深刻的历史识见与同情其实正是源自自我现实精神的一种共鸣与体验。

　　鲁迅对先秦士人拯时救弊的现实关怀意识产生历史同情与自己所坚持的直面现实的精神在某种程度上是相一致的，但这并不意味着鲁迅对士阶层完全认同。恰恰相反，正因为怀有一种深切的同情，鲁迅才会对承担"道"而又被"道"所规约的士阶层具有深切的理解，同时也才会对其进行更为深切的批判。鲁迅对先秦士人积极入世精神的同情在于他们所共同承担的一种现实责任与忧患意识，但问题却在于，如何践道，如何来表达这种现实关怀的责任与良知？正是在对这一问题的回答上，鲁迅与作为中国知识分子前身的传统士人阶层表现

---

① 鲁迅：《汉文学史纲要》，载《鲁迅全集》第 9 卷，第 374 页。
② 鲁迅：《汉文学史纲要》，载《鲁迅全集》第 9 卷，第 377 页。
③ 鲁迅：《且介亭杂文二集·"题未定"草（六）》，载《鲁迅全集》第 6 卷，第 436 页。
④ 鲁迅：《且介亭杂文二集·"题未定"草（七）》，载《鲁迅全集》第 6 卷，第 444 页。

出了本质上的不同。对于以"道"自任而同时又为"道"所规定的传统士阶层来说，他们不可能从自身所承继的"道"的意义资源中发现"道"的内在性困结问题，同样也不可能对自身为"道"所规定的现实路径的合理性提出反思与质疑。而对于作为现代知识分子的鲁迅来说，在"道"的意义发生危机并因此提供了可以多重选择的新的历史可能性时，对旧"道"所规定的"路"以及践道行路的"士"进行反思批判也就成了一种必然。

马克斯·韦伯曾指出，"'道'本身是一个正统儒教的概念"[①]。这与其说是一种误解，不如说是中国数千年的帝国历史文化带给人们的一种强烈印象，因为强烈影响着士阶层人生与思想道路的是在政教合一后跃居王官之学的儒家而非赋予"道"以形而上的哲学意义的道家。钱穆先生指出"儒即是士，士即是儒""中国则士统即道统"[②]，就揭示出了"道"与"士"由一种丰富的泛指意义沦为一种限定性特指的历史事实。因此，秦汉以后的论道与卫道其实是就儒道而言的，而论道之士也莫不是以道自命的儒士。在"圣道支配了全国的时代"，亦即在以儒道为社会文化结构基本支撑的漫长的历史时期，儒道对于生存于其文化结构内部的士人道路的规划也是支配性的。换言之，士人在"圣道"支配下，对于自己的人生道路其实是没有选择权的，因为他们为"道"所规定的践道行为从根本上已经丧失了选择道路的意识与思想能力。

尽管儒道赋予了士阶层安身立命的价值意义，但它"不得其路"的内在性困结与脆弱性也给士阶层的道路实践带来了自身所同样难以消解的问题；而更严重的问题是，士阶层在"道"的长期规约下对自己在道路实践中的问题已经视为当然而毫无反思的自觉意识。诚如王富仁先生所言，儒道本质上是一种具有一定合理意义的社会学说[③]，但是，儒道对人间秩序的安排与筹划是以血缘伦理关系为基础、以道

① ［德］马克斯·韦伯：《儒教与道教》，商务印书馆 1995 年版，第 232 页。

② 钱穆：《国史新论》，生活·读书·新知三联书店 2001 年版，第 127、199 页。

③ 王富仁：《中国文化的守夜人：鲁迅》，人民文学出版社 2002 年版，第 10 页。

德为依准并由此而推及政治的，所以又具有浓厚的政治伦理性。这意味着它首先注重的并非学理意义的探究，而是现实实践亦即"行道"如何落实与实现的问题。如荀子所云："道虽迩，不行不至；事虽小，不为不成"；"圣人也者，本仁义，当是非，齐言行，不失毫厘，无它道焉，已乎行之矣"①。显然，在知与行的问题上，儒家更强调以"行道"而非书斋的实践方式来体认与体现"道"的现实意义，所以荀子又指出，"知之而不行，虽敦必困"②。然而，"道"的内在性困结意味着"行"不仅不可能解决"困"的问题，反而会因为对"行"的强调而使"道"的问题完全暴露出来，从而使士人不得不面临着一种更为复杂的两难境况："道"如果"知之而不行"，就会陷入"道"之理想难以实现的"必困"局面；而"道"如果知之而行，也会因为"不得其路"的内在困结陷入同样的困顿。在这个意义上，孔子所谓的"知其不可而为之"与其说是一种理想精神的积极张扬，不如说是"行道"困结所逼迫下的一种无奈。因此，"行道"精神的高扬其实正是"行道"现实的两难问题的完全暴露，而"行道"的两难问题也正是士人张扬"知其不可为而为之"的精神的内在根据。正因为如此，鲁迅对士人不可为而为之的理想精神始终抱着一种复杂的态度：他一方面注意到传统士人"欲救世弊"的践道精神所内含的积极因素，同时也认识到这种积极精神背后"不得其路"的悲剧实质。在"无地彷徨"而"上下求索"的人生实践中，鲁迅"以悲观作不悲观，以无可为作可为"③的反抗绝望的精神，是他对传统士人不可为而为之的理想精神深表同情的基础；但需要注意的是，鲁迅反抗绝望的精神是在失望于传统之"道"并从传统之"道"出走后做出的新的选择，与囿限于"道"之困结制约下的士人是完全异途的，而鲁迅对新路的寻找也是以对传统士人所走之路的否定性批判为前提的。

---

① 《荀子·修身篇第二》，《荀子·儒效篇第八》。
② 《荀子·儒效篇第八》。
③ 鲁迅：《两地书·五》，载《鲁迅全集》第11卷，第24页。

　　对于以道自任的士阶层来说，"道"的实现是他们的最高理想追求，而"士志于道"也成为他们的一种理想定义。然而，"道"的内在性困结也决定了"行道"的不可能性。正如鲁迅此前所论，"王道"的理想国不过是士阶层的一种乌托邦的臆想，其历史事实其实是而且从来都不过是专制权力的霸道。儒道在本质上是一种社会学说，它试图以血缘伦理关系为基础来重构一种上下有序、自然和谐的世界体系，而这种天人合一的世界观的维持既需要"礼""位"的秩序规则，又需要"仁""德"的道德原则。易言之，"礼""位"的秩序规则与"仁""德"的道德原则相互对应是保障天人合一的世界观的必要前提。但问题是，这种必要前提是一种道德化的应然思维的假设而非必然性的可靠现实，其自身也是极为脆弱和难以保障的，因此，作为维系儒道关系结构的核心命题，"仁"与"礼"、"德"与"位"之间的自然和谐仅仅是一种理想意义上的，它们所内含的紧张与冲突在现实实践中却从来没有休止过。进而言之，儒道作为一种社会学说，其一定的历史合理性是相对于自己作为社会学说的合理范围而言的，但儒道内含的政教合一的理想使其在行道实践中又必须涉入政治，并通过政治权力来解决问题，这就使"道"在政治伦理化、伦理政治化的变异中超越了自身的合理限度。因此，儒道和谐有序的社会理想所内含的冲突与紧张在它所必须践履的政治领域中就会更为突出地暴露出来。这种突出的暴露不仅表现在"道"内部的秩序规则与道德原则的冲突、紧张更为彰显与激烈，而且是指支撑"道"的理论意义上的均衡张力会在被纳入的政治架构中完全被打破。这是因为，权力首先需要的是获得"礼""位"一类的秩序规则的认同，而"仁""德"一类的道德原则对于权力来说只是服务于秩序规则的缘饰性工具，并不能对秩序规则的合理性构成有效的批判与制约；反过来说，在道德理想与现实秩序的错位中，欲对秩序规则形成批判与制约的道德原则也不可能得到秩序规则的有力支持。"道"无法得到现实保障的脆弱的理想结构意味着士在"行道"实践中无论坚持与否，都必然是悲剧性的：坚持

"道"的理想就意味着"天下无道，以身殉道"①的悲剧，认同"无道"的现实则意味着对"道"的背离与自身异化的悲剧。

二、鲁迅对气节悲剧的反思

如前所论，"治教合一"的传统根源与自身内在理性的匮乏使得"道"将自身意义的实现最终寄托于外在的政治力量，而政治实践的道路也就成了为"道"所规约的士人的唯一选择。因此，儒道积极入世的途径就是鼓励士人从仕，如孔子的"学而优则仕，仕而优则学"②，孟子的"士之失位也，犹诸侯之失国家也""士之仕也，犹农夫之耕也"③，就将对"仕""位"的要求视为一种必然无二的选择。孔孟时期的儒士之所以理直气壮地将从仕视为一种必然，就是因为儒道"德位相称"的圣王理想使他们认为，"有德者王""惟仁者宜在高位"，而位愈高，道愈可行，所谓"加之卿相，得行道焉"④即是指此。鲁迅曾经以讽刺的笔调指出了士人所设想的"行道"与做官的关系，"因为要'行道'，倘做了官，于行道就较为便当"⑤。鲁迅的讽刺意味在于，他注意到了"行道"的理想意义在现实中常常沦为做官的利禄之途，从本质上发生了异化；但是对于那些坚持"行道"理想的士人，鲁迅的态度却是极为复杂的。在剥离掉"种种的权势者"给孔子化妆的"种种的白粉"与吓人的头衔后，鲁迅揭示出了这位"摩登圣人"在耀眼的光环背后的真实命运：

---

① 《孟子·尽心上》。
② 《论语·子张篇》。
③ 《孟子·滕文公下》。
④ 《孟子·公孙丑章句上》。
⑤ 鲁迅：《且介亭杂文二集·关于中国的两三件事》，载《鲁迅全集》第6卷，第10页。

　　孔夫子的做定了"摩登圣人"是死了以后的事，活着的时候却是颇吃苦头的。跑来跑去，虽然曾经贵为鲁国的警视总监，而又立刻下野，失业了；并且为权臣所轻蔑，为野人所嘲弄，甚至于为暴民包围，饿扁了肚子。……孔子愤慨道："道不行，乘桴浮于海，从我者，其由与？"从这消极的打算上，就可以窥见那消息。①

　　对于孔子"颇吃苦头"还要"跑来跑去"的踏踏实实的践道精神，鲁迅显然是极为赞赏的，而"道不行"的困境与遭遇又让鲁迅在批判中充满着深深的同情。从孔夫子喟叹"道不行"的"消极的打算上"，鲁迅既发现了这位被尊为"圣人"的理想之士值得肯定的积极的入世精神，也注意到了"道不行"的"消极的打算"的必然性。对"道"的内在困结有过深刻体认的鲁迅已经认识到，"道"在其所依赖与承认的政治框架中不可能开出真正的"王道"理想，士人所行之道其实是"不可为"的虚妄；而理想之士值得同情与需要批判之处也都在于他们明知"不可为"而强"为之"的实践与努力。在理论与理想意义上，士是以"道"从仕的，所以"道尊于势"；但事实上，依赖于"势"之力量的"道"要"尊于势"，首先必须"尊势"，方可被"势"所承认以至被"尊"。面对这样的悖论，以道自任的理想之士必然选择"尊道"的应然理想，而这样则必然不会为"势"所承认与支持，所以也必然才会有"跑来跑去""颇吃苦头"的困境以及由此所生的"道不行"的喟叹。"尧、舜、三王、周公、孔子所传之道，未尝一日得行于天地之间也。"②同样在生前困顿而死后为势所尊的朱熹所发出的与孔子同样的叹息，也正说明了此类问题的普遍性。进一步说，"道"对君权秩序合理性的承认在理论上是以"仁""德"一类的道德原则为均衡性的制约的，但如前所论，建立在应然思维基础上的"仁""德"

---

① 　鲁迅：《且介亭杂文二集·在现代中国的孔夫子》，载《鲁迅全集》第 6 卷，第 326—327 页。

② 　朱熹：《朱文公文集》卷三十六《答陈同甫》。

一类的道德原则对于现实秩序的制约力不仅极为脆弱，而且自身也难以保障。也就是说，冀望于君权"德位相称"的脆弱的道德基础不可能对行道之士形成有效的体制性保障。因此，在行道之士试图以"道"制约"势"而发生激烈的冲突时，他们不可能取得真正的胜利。从鲁迅对孔子颠沛流离、"颇吃苦头"的命运与"道不行"的消极喟叹的描述就可以看出，理想之士在用世的道路上都是失败者，这种失败不是因为他们对"道"的背弃，而恰恰是因为对"道"的原则过于执着或迂直。孔子主张"道不合，不相为谋"①，孟子强调"乐其道而忘人之势"②，都意在张扬"道"对于"势"的超越性与独立性，然而也正是由于坚持"行道"的理想，他们才会遭历并深深地体认到"道不行"的现实；而且愈坚持"道"的理想原则，"道不行"的现实创痛就愈深。因此，屡受困挫的孔孟所做出的选择同样都是悲剧性的：孔子的"天下有道则见，无道则隐"③是一种守节式的无奈退隐；孟子的"天下有道，以道殉身；天下无道，以身殉道"④是一种气节刚烈的殉道。在牟宗三、徐复观、张君劢、唐君毅四先生联名发表的著名的《中国文化与世界》宣言中，就曾深入谈及这一问题：

> 由中国政治发展到后来，则有代表社会知识分子之在政府中的力量之宰相制度，谏诤君主之御史制度，及提拔中国知识分子从政之征辟制度、选举制度、科举制度等。……只是这些制度本身，是否为君主所尊重，仍只系于君主个人之道德。如其不加尊重，并无一为君主与人民所共认之根本大法——宪法——以限制之。于是中国知识分子，仍可被君主及其左右加以利用，或压迫、放逐、屠杀，而在此情形下，中国知识分子，则只能表现为

① 《论语·卫灵公篇第十五》。
② 《孟子·尽心上》。
③ 《论语·泰伯》。
④ 《孟子·尽心上》。

气节之士。在此气节之士精神中，即包涵对于君主及其左右之权力与意志之反抗。①

这段论述的深刻之处在于：它认识到"气节之士"其实是坚持"道"之理想的悲剧结果，而"只能表现为气节"也是理想之士唯一与必然的结局。这说明，"气节之士"仍然是就一种理想意义而言的，因为他们在"道"的内部执守脆弱的理想而不愿异化为强大君权的工具，悲剧就成为必然的"理想"选择。余英时认为"道"缺乏如西方教会那样可以与俗世王权分庭抗礼的独立自主的组织形式，才导致了士的这种悲剧②。这种比较性的见解是有所依据的，但似乎仍然停留在现象表面，而没有继续分析为何缺乏独立组织的问题。在这一点上，牟宗三、徐复观等诸先生的讨论显然将问题向前推进了一步，他们认为根本的问题在于制度基础的脆弱：中国历史上虽然有代表士之力量的制度，但"制度本身，是否为君主所尊重，仍只系于君主个人之道德"。道德这种应然性的维系本来就是难以落实的，更何况将制度合法性的依据寄托于"君主"是否"尊重"的"个人之道德"的基础上；因此，道德化的体制也必然是虚弱与虚伪的，根本无"法"保障士之"行道"的权利。那么，道德体制的虚弱或虚假性又是如何造成的呢？这显然又是站在"道"的立场之内因而同样为"道"所规范的新儒家所不可能意识到与解决的问题。对于新儒家来说，认同传统

---

① 牟宗三、徐复观、张君劢、唐君毅：《中国文化与世界》，载姜义华等编：《港台及海外学者论传统文化与现代化》，重庆出版社1988年版，第92—93页。

② 余英时：《士与中国文化》，上海人民出版社1987年版，第120页。此说是承继、发展乃师钱穆先生的结论而来的："孔子儒教，不成为一项宗教，而实赋有极深厚的宗教情感与宗教精神，如耶教、佛教等，其教义都不牵涉实际政治，但孔子儒教，则以治国平天下为其终极理想，故儒教鼓励人从政。又如耶教、佛教等，其信徒都超然在一般社会之上来从事其传教工作。但孔子儒家，其信徒都没入在一般社会中，在下则宏扬师道，在上则服务政治。只求淑世，不求出世。故儒教信徒，并不如一般宗教之另有团体，另成组织。"见钱穆：《国史新论》，生活·读书·新知三联书店2001年版，第218页。

之"道"使他们只可能对"气节之士"表示深切的同情而不可能进行深刻的批判。在这一问题上，鲁迅所表现出来的复杂态度是值得注意与深思的。我并不想通过以鲁迅为是以他人为非这样一种过去所习常的比较方式来说明鲁迅之于他人的高明与深刻之处，在我看来，这种方式虽然简明但也失之简单，缺乏真正的历史同情。鲁迅与新儒家对"道"都具有深切的同情，也各自具有深刻的理解，他们的区别首先在于立场与倾向的不同：新儒家站在"道"的内部来思考问题，对"气节之士"因此抱着一种完全同情的态度；而"绝望于孔夫子和他的之徒"①的鲁迅在以现代知识分子的立场来认识"气节之士"的悲剧时，则必然在同情之中又倾向于一种批判意识。已经绝望并疏离于传统之"道"的鲁迅深深认识到：包括"气节"悲剧在内的所有问题，其实都是由"道"的内在性困结生发出来的；易言之，所有问题的根源其实就是士所要执守并殉身的"道"。将自身合法性的依据寄托于"君主个人之道德"的确是成问题的，但这种解决问题的方式却是"道"自身所一直承认与主张的。在"道"所设想与设计的文明模式和秩序结构中，君父秩序与道德原则就是两组最突出的核心命题，而依据这种理论逻辑所展开的社会实践，所唯可依凭的自然就是为政者的道德良心，因此也根本不可能开出现代体制的新思路来。然而，自身合法性难以保障的士阶层又必须承担"道"的责任与使命，以脆弱的道德原则试图抗衡、规范它所认同的君父秩序与等级模式。在"道"的困结所生发出的这样一系列悖论式的怪圈中，士阶层要张扬"道"的意义就意味着被"道"的问题所压抑，坚持"道"的理想就意味着"道不行"的困挫；从这个意义上说，守"道"其实就是守节，殉"道"其实就是殉节，而"气节之士"不过是"道"之内在困结的殉葬者与牺牲品，是"道不行"之困境的一种悲壮形式的体现。简言之，"气

---

① 鲁迅：《且介亭杂文二集·在现代中国的孔夫子》，载《鲁迅全集》第6卷，第326页。

节之士"的殉道悲剧其实正是所殉之"道"造成的。有学者将"道"喻为士所不堪重负的沉重的十字架，就是因为注意到了士之悲剧问题的症结所在①。然而，更大的问题还在于，那些甘于"以身殉道"、为"道"牺牲的"气节之士"，却根本不可能认识到自己所殉之"道"有无价值、是否可行（否则也不会"以身殉道"）。而如果认识不到自己所殉之"道"的困结性与虚妄性，"气节之士"就会在意义的虚幻光环下陷入悲剧的循环而无可自拔。对自身殉道的悲剧毫无反思与批判意识，这也许才是"气节之士"的最大悲剧。正因为如此，鲁迅在对那些不言放弃的"失败的英雄"②表示同情与敬意时，也注意到了气节论可敬之外的可悲一面。"……虽是那王道的祖师而且专家的周朝，当讨伐之初，也有伯夷和叔齐扣马而谏，非拖开不可；纣的军队也加反抗，非使他们的血流到漂杵不可。"③鲁迅在对王道"毫无根据"的虚妄性与"破绽"予以揭示的同时，也沉痛地指出了伯夷、叔齐之类"扣马而谏"的所谓高节之士陷于虚妄而不自知的悲剧。正因为对气节悲剧的深刻认识，鲁迅并没有因为同情气节之士而放弃自己对士的整体反思与批判。因此，在 20 世纪 30 年代国难日峻而许多知识分子大谈"气节"之时，鲁迅在此时的一篇杂文中却讽刺性地征引了北大教授李季谷标榜气节的一段谈话④，辛辣地指出，现在人所热衷描写的岳飞、文天祥的故事文章，固然"是给中国人挣面子的，但来做现在的少年们的模范，却似乎迁远一点"⑤。鲁迅对气节的批评并不意味着对气节的反对，德操与人格实际上是他所常常强调的；然而鲁迅也警惕地注意到，如果现代知识分子对包括气节在内的传统文化资源不加反思、清理与检讨，同样会陷入传统士人的悲剧宿命与历史循环

①　启良：《道：中国知识分子的十字架》，《书屋》2001 年第 11 期。
②　鲁迅：《华盖集·这个和那个》，载《鲁迅全集》第 3 卷，第 152 页。
③　鲁迅：《且介亭杂文·关于中国的两三件事》，载《鲁迅全集》第 6 卷，第 10 页。
④　鲁迅：《且介亭杂文二集·"寻开心"》，载《鲁迅全集》第 6 卷，第 280 页。
⑤　鲁迅：《且介亭杂文末编·登错的文章》，载《鲁迅全集》第 6 卷，第 591 页。

中。事实上，这也是许多知识分子在现代性的乐观想象中常常所疏略也必然在后来所遭遇到的问题。

从问题的另一面看，气节论虽然在本质上同样是"道不行"之内在困境的一种悲剧体现，但其对于"道"之理想宁折不弯的坚持，却使"气节之士"成为传统士人的一种理想人格或道德楷模。然而，"气节之士"愈成为理想人格，也愈说明理想在现实实践中的难以实行。同"道"将理想的实现寄托于"君主个人之道德"一样，理想之士也是建立在诸如气节之类的个体道德基础上的；而道德基础的虚弱与难以落实也同样不会对士形成有效的制约，因此难免在现实中流于虚空与虚伪。从这个意义上来理解，孔子反复强调"君子谋道不谋食""忧道不忧贫"①，与其说是在张扬对"君子"这样一种理想之士的道德要求，不如说是对士人能否达到道德要求的现实忧虑与担心。征之史实，孔子所担心的问题并非一种凭空无据的杞忧，而且，随着王权重新一统而士人的现实空间日趋狭隘，所暴露的士节问题也必然随之日趋严重。荀子在《非十二子》篇中说，"今之所谓士仕者，汗漫者也，贼乱者也，恣睢者也，贪利者也，触抵者也，无礼义而畏权势者也"，就从反面揭示了孔子所忧虑的一种历史迹象。文人学士的"大抵以'无特操'为特色"②是现代知识分子在自我反思与清理的过程中所必然遇到的问题，鲁迅因此也曾以激烈的态度屡加痛诋。但不同于传统道德思维框架的是，鲁迅并没有将士节问题简单归之于道德并通过道德训诫与指斥来解决问题。如他所说："劝人安贫乐道是古今治国平天下的大经络。开过的方子也很多，但都没有十全大补的功效。"③这实际上就已经从一个侧面揭示出了道德理想与道德训诫的虚弱与失败。在鲁迅看来，气节之类虽然表现为一种道德原则，但又不仅仅是道德问题，它还牵涉士的人格特性以及制约这种人格特性的"道"等更为

---

① 《论语·卫灵公》。
② 鲁迅：《准风月谈·吃教》，载《鲁迅全集》第5卷，第328页。
③ 鲁迅：《花边文学·安贫乐道法》，载《鲁迅全集》第5卷，第568页。

复杂的问题；这也是鲁迅为什么更倾向于用"奴隶""奴性""柔顺有余"等人格性的语词来批评儒士问题的深刻原因。

三、"道"与"士"的异化问题

与理想之士的气节悲剧一样，士的异化问题同样是由"道"的内在性困结所生发出来的。如前所论，"道"在理论上的合理意义是建立在秩序规则与道德原则相互制衡的内在张力结构上的，但事实上，应然的道德原则并不必然与秩序规则构成和谐对应的关系，而且在现实的分裂与冲突中也难以对秩序规则形成有效的制衡。"道"的这种脆弱性意味着它在政教合一的实践中不仅难以对"势"所代表的王权秩序构成制约，反而可能会被它涉入的权力结构所制约，从而使自身的合理意义呈现一种萎缩与异化的趋势。从另一方面说，"势"之所以需要并接纳"道"，首先是因为它可以对秩序规则的合法性提供支持而非道德原则的批判与制衡。因而，在"势"与"道"的媾和过程中，"势"所支持与承认的"道"也必然是支持与承认"势"的"道"，而"道"为了获得"势"的支持与承认，就必然需要以自身的牺牲与妥协为代价。虽然儒道尊孔孟为"圣"并以孔孟学说为"经"，但在后来的历史发展中实际上已经越来越远地背离了孔孟时期的理想。从孔子所主张的"仁"（道德原则）到荀子所强调的"礼"（秩序规则），就可以明显看出"道"之衍变的历史迹象。这并非个人或时代的学术思想兴趣发生了转移，更非合乎学术思想内在理路的展开与延伸，而不过是为了适应君权专制逐渐强化的"历史需要"所做的妥协而已。唐人杨倞在注荀子时说："道谓礼义"[①]。这种定义从确指的意义突出与强化了"道"作为秩序工具的效用，实际上也从反面说明

---

① 《荀子·解蔽篇第二十一》。

了"仁""德"一类道德原则的萎缩与弱化。荀子强调"隆礼义"是
与"法后王而一制度"①的思想相一致的，这意味着"隆礼义"并不仅
仅是对秩序规则的强调，而更在于对王权一统的制度化提供理论支持
与说明。显然，"法后王"与孔孟以先王之道的理想来制约、引导王
权的思路截然相反，它赋予了"后王"至高至上而几乎不受"道"之
约束的权威。"道不过三代，法不贰后王。道过三代谓之荡，法贰后
王谓之不雅。"② 以"道过三代谓之荡"来否定"道"的超越性，实际的
意图就在于为现世王权剥除先王之道无形的道德约束力。杜维明因此
指出："在法令、秩序、权威和礼制方面，荀子讲究现实的立场似乎
有接近法家关于社会一致政策的危险，后者是专为统治者的利益而设
计的。荀子关于行为客观标准的坚决主张，或许会为权威主义的兴起
提供意识形态的基础，而权威主义则导致了秦朝的专制。"③ 杜维明用
"似乎""或许"这样的语词来试图表明荀学与法家的区别，但实际上，
法家与荀子有明确的师承关系，法家赤裸裸的政治专制主义正是从荀
学"法后王而一制度"的逻辑发展而来的④。所不同的是，荀学强调礼
法虽然弱化了"道"的原则但并未否定"道"，而法家则弃"道"言"法"，
走向了一个极端。但是，王权的稳固与强化不仅需要法家所说的"术"
与"势"，而且也需要道德原则的合法缘饰与支持；因此，秦汉以后，
获得权力支持与独尊地位的既不是坚持"道尊于势"的理想主义的

---

① 《荀子·儒效篇第八》。
② 《荀子·臣道篇第十三》。
③ 杜维明：《东亚价值与多元现代性》，中国社会科学出版社2001年版，第142页。
④ 余英时对儒学法家化的必然性有过深刻的分析，他指出："然而个别的儒家要真
　当权，首先就得法家化，就得行'尊君卑臣'之事。他不但有义务帮朝廷镇压
　一切反对的言论，而且连自己的'谏诤'之责也要打一个七折八扣。理由很简单，
　'忠臣不显谏'，'善皆归于君，恶皆归于臣'，皇帝是不能公开骂的。这样的儒
　家最后也只能成为'反智论者'。所以'尊君卑臣'的格局不变，知识分子的政
　治命运也不会变。但是中国政治史始终陷于'尊君卑臣'的格局之中。""圣王
　是法，法则明分。"余英时：《中国思想传统的现代诠释》，江苏人民出版社1998
　年版，第98页。

原始儒学，也不是赤裸裸追求权力与利益的法家，而是"讲究现实"的荀学。"讲究现实"虽然并不必然意味着对理想的放弃，但它必然是以"道"的意义萎缩与妥协为代价的，这是荀学没有产生理想主义的"道不行"之悲剧感的深刻原因，也是其之所以孳生出舍弃"道"之原则的法家的深刻原因。近人谭嗣同因此痛斥说："二千年来之政，秦政也，皆大盗也；二千年来之学，荀学也，皆乡愿也。惟大盗利用乡愿，惟乡愿工媚大盗。"① 谭氏将两千年来"政"与"学"的问题全部归结于荀子可能过于偏激，但他犀利与激烈的批评却也因此而直指问题的核心。荀学本意虽然仍未背离儒道原则与立场，但实际上正体现出了秦汉以来阳儒阴法这样一种政治文化特征与效能；也正因为如此，荀学才会符合君权秩序的需要并被提升为主导性的意识形态。我们说谭氏抓住了问题的核心，就在于他看到了"二千年来之学"的儒学实质是背离孔孟理想甚远的荀学；而谭氏将荀学斥为"乡愿"，就是因为他注意到了荀学与"二千年来之政"的秦政是一种"利用"与"工媚"的媾和关系，原始儒学的理想从本质上发生了异变。

显然，真正进入权力结构并且实现了制度化的荀学将"道"的内在困结问题更为突出地暴露了出来，而它对士人道路与人格的影响也是更为深刻与深远的。如果说理想之士在"道"的困结性问题中因为不愿屈就现实权力而表现为"气节"的悲剧，那么"讲究现实"之士在"道"的困结性问题中则表现为"乡愿"的异化。"道"与士的关系结构决定了"道"的意义萎缩与士的人格萎缩是互为因果的，而"道"在现实实践中的"乡愿"化其实也正是士之人格异化的一种表征。中国传统士人在"道问学"之外特别强调"尊德性"的问题，也许就是"道"在现实困境中的艰难和士节难以持守的一种更为深刻的反映。钱穆先生因此指出："然则在中国，真为士，即不得大用。获大用者，或多

____

① 蔡尚思、方行编：《谭嗣同全集·仁学》，中华书局 1981 年版，第 337 页。

非真士。如公孙弘、董仲舒，又为其显例。"① 钱穆的概括着眼于整个中国古代历史，并非针对个人私德问题而论的，"获大用者，或多非真士"因此所揭示的是士人在进入仕途之后的一种必然与普遍的沦落。与理想之士的气节悲剧相较，士人在现实中的异化问题无论是就现实影响还是问题自身而言显然都要严重得多。也因为如此，在对作为中国知识分子前身的士阶层的思想资源进行清理与批判的过程中，士人在进入权力结构后的"无特操""奴性"的异化是鲁迅关注最多、批判也最为激烈的一个突出问题。

　　但与谭嗣同所不同的是，鲁迅将批判的锋芒指向了士所自任的儒道文化的整体，而没有将问题全部归结为荀学。这并不是说鲁迅没有注意到荀学异化的问题核心，而是整体反儒道的立场使他没有必要在传统儒道内部来进行今文学派那样的辨伪与梳理。谭嗣同深受康有为的影响，他排荀的意旨就在于通过辨梳传统儒道资源来张扬被两千年专制社会所湮没与背离的先秦儒学精神，所以他主张的"仁学"也正是相对于"礼"的另一核心的儒学命题。鲁迅全盘反传统的思想则与章太炎先生有明确的师承渊源。章太炎于 1906 年再度流亡日本后，在东京开设国学讲习班，"宏奖光复，不废讲学"。如果说他早年尚有《尊荀》之类的温和文风，这一时期则因立志排满而心态大变，思想亦趋激进。他讲学期间的《诸子学略说》对先秦大儒从孔子到荀子，皆痛加批驳：

　　　　孔子干七十二君，已开游说之端，其后儒家率多兼纵横者……孔子之教，惟在趋时，其行义从事而变，故曰"言不必信，行不必果"，……所谓中庸者，是国愿也，有甚于乡愿者也。孔子讥乡愿，而不讥国愿，其湛心利禄又可知也。

　　　　君子时中，时伸时诎，故道德不必求其是，理想亦不必求其

---

① 钱穆：《国史新论》，生活·读书·新知三联书店 2001 年版，第 188 页。

是，惟期便于行事则可矣。用儒家之道德，故艰苦卓厉者绝无，而冒没奔竞者皆是。①

章太炎揭发"儒家必至之弊"，可谓态度决绝，连根拔起，不仅要革儒家道统之命，也意图与"以复古为解放"②的维新派思路划清界限。鲁迅此时"前去听讲"，也正是仰慕其"所向披靡，令人神旺"之风，"为了他是有学问的革命家"之故③。在1936年回应《出关》的批评意见时，鲁迅就自承：关于孔老诸子的许多意见，"是三十年前，在东京从太炎先生口头听来的，后来他写在《诸子学略说》中"④。对深受章氏影响而绝望于"孔子之徒"的鲁迅来说，他不可能像今文学家那样以"拨乱反正""正本清源"的方式试图重建"道"的合法性，也不可能如当代新儒家那样试图以"创造性的转化"⑤来重构"道"的现代性。在鲁迅这里，"道不行"的困结性问题已使他认识到："道"与"士"的问题不是因为"道"与"士"的某一部分、某一个体出现了问题，而是因为"道"本身即存在问题，"士"的问题不过是"道"自身困结的一种暴露而已。"道"与"士"问题的这种本身性意味着问题不可能通过"道"与"士"自身的调节与清理来解决，因此，鲁迅对于"道"与"士"问题的批判也必然是一种整体意义上的批判。

在师承之外，鲁迅坦言也有"我的意见"⑥。如果说章太炎批评儒士时不留情面，统统打倒，鲁迅则对理想之士仍怀有同情。一些学者由于不能理解鲁迅的整体反传统思想而颇有微词，殊不知鲁迅的激烈

① 章太炎：《诸子学略说》，载姜玢编选：《革故鼎新的哲理：章太炎文选》，上海远东出版社1996年版，第163页。
② 梁启超：《清代学术概论》，上海古籍出版社1998年版，第7页。
③ 鲁迅：《且介亭杂文末编·关于太炎先生二三事》，载《鲁迅全集》第6卷，第566页。
④ 鲁迅：《且介亭杂文末编·〈出关〉的"关"》，载《鲁迅全集》第6卷，第539页。
⑤ [美]林毓生：《中国传统的创造性转化》，生活·读书·新知三联书店1988年版。
⑥ 鲁迅：《且介亭杂文末编·〈出关〉的"关"》，载《鲁迅全集》第6卷，第539页。

态度中正包含着对传统儒道困境的深切同情与认识，或者说，鲁迅态度的激烈正是以对传统儒道困境的深切同情与认识为前提的。鲁迅没有像某些学者所说的以冷静的理论形式来认真区别与梳辨传统文化资源，不是因为"辨别能力的缺乏"和"受中国传统社会长期地合文化中心与社会政治中心于一的倾向所致"[①]，也并不是说他没有认识到传统文化资源有可所资鉴的部分[②]，而是因为他认识到传统之"道"的问题是其自身先天存在的，首先需要从整体上与根源上进行批判与清理。而且对于鲁迅来说，现实从来都是先于理论的，他的所有认识与批判首先都是来源于个人的人生实践并建立在现实体验基础上的，这决定了他反思传统之"道"的思路与那些喜欢从理论意义上来探讨问题的学者是有所区别的，这种思路的不同同时也决定了对于传统之"道"的态度的不同。如果不从这个根源上来认识问题，就可能会以简单的立场来论是非，而难以深入认识到鲁迅对于传统之"道"的激烈态度如何与为何的复杂性。在这个意义上，鲁迅的整体反传统是一种"重估一切价值"的现代性态度，并非颠覆一切、全盘否定的虚无主义。对传统文化多有激烈之语的鲁迅在晚年仍未忘怀中国小说史、汉文学史的研究工作，看似矛盾，其精神深层其实是一致的。借用尼采（Friedrich Wilhelm Nietzsche）的话来说，如果解构道统是一种"旨在毁灭神话"的"现代"性质询，鲁迅的学术工作"向最遥远的古代挖掘"，不正是在"现代文化的巨大历史兴趣"下"寻找自己的根"吗？[③]

---

① ［美］林毓生：《五四时代的激烈反传统思想与中国自由主义的前途》，载《中国传统的创造性转化》，生活·读书·新知三联书店1988年版，第167页。

② 事实上，鲁迅在许多文章中已经注意到了这一点，比如他对屈原、李白、杜甫人格的"热烈"一面的发掘与肯定（鲁迅：《且介亭杂文二集·"题未定"草（七）》，载《鲁迅全集》第6卷，第442页），认为"我们从古以来，就有埋头苦干的人，有拚命硬干的人，有为民请命的人，有舍身求法的人，……虽是等于为帝王将相作家谱的所谓'正史'，也往往掩不住他们的光耀，这就是中国的脊梁"（鲁迅：《且介亭杂文·中国人失掉自信力了吗》，载《鲁迅全集》第6卷，第122页）。

③ ［德］尼采：《悲剧的诞生》，周国平译，生活·读书·新知三联书店1986年版，第100页。

四、中国士文化的道路困结与悲剧命运

现实人生的痛苦体验使鲁迅本来就对自己身上所背负的文化传统的幽暗性有着一种特殊的敏感，而在随着"知识范围的展开"，亦即汲取了新的思想资源之后，鲁迅对传统之"道"以及"道"所规约的士阶层的反思与批判意识也更为自觉与深刻。然而，在"道"的意义发生近代危机并为现代思想资源以及承担现代思想资源建设的知识分子提供了一种新的历史可能性时，鲁迅所说的"比较既周，爰生自觉"[①]并不仅仅意味着一种现代性理想的欣然与乐观；因为对生长于传统之"道"的文化结构内部而同时又敏感于"道"之意义危机的知识分子个人来说，对新的历史可能性的自觉意识同时也意味着对作为士人安身立命之所的传统之"道"的出走与断裂。这种断裂的艰难与痛苦除了"人群共弃，艰于置身"[②]的"叛道"的外在困境，更在于鲁迅所说的那种试图摆脱而又总"苦于背了这些古老的鬼魂，摆脱不开"[③]的"使人气闷的沉重"与深植内心的压抑和绝望。因此，鲁迅时时感到内心鬼气的缠绕并不意味着对传统之"道"的迷恋，而那些对现代性问题充满乐观想象的学者也并不意味着对传统之"道"的轻松解脱；鲁迅的深刻之处就在于，他既反对一种对僵死之"道"的"尸骸式"的迷恋，同时也从未放松对传统之"道"的问题的警惕与批判。正因为不迷恋于"道"而对"道"的问题深有反思，鲁迅的内心世界才会常常由"道"的阴影产生出一种痛苦的自我撕扯与分裂，才会对自己"更无情面地解剖"[④]；也因为如此，鲁迅的那种苦于难以摆脱鬼气缠绕的敏感以及由此而产生的绝望与反抗绝望的激烈心态与其说是一种

---

① 鲁迅：《坟·摩罗诗力说》，载《鲁迅全集》第 1 卷，第 67 页。

② 鲁迅：《坟·摩罗诗力说》，载《鲁迅全集》第 1 卷，第 76 页。

③ 鲁迅：《坟·写在〈坟〉后面》，载《鲁迅全集》第 1 卷，第 301 页。

④ 鲁迅：《坟·写在〈坟〉后面》，载《鲁迅全集》第 1 卷，第 300 页。

虚无主义、一种否定式思维，不如说是一种自觉反思意识的深刻而痛苦的表达。

鲁迅对于传统之"道"所持的"绝望的抗战"的激烈心态使其不可能像书斋中的学者那样以皇皇大论的形式进行理论上的平静梳理，而短小精辟的杂文形式显然更能够自由地抒发他自以为"偏激的声音"①，满足他"毫无忌惮地加以批评"②与议论的现实要求。换言之，短小有力的杂文形式与鲁迅整体反传统的激烈心态是相互一致的，在突破一切文体限制与题材限制的杂文那里，鲁迅找到了最适合表达自己抗争激情与批判意识的艺术形式，这也就是鲁迅为什么在后来越来越倾向于选择以杂文形式来写作的深刻原因。正如鲁迅在回应一些攻击杂文的论调时所说的："……现在是多么切迫的时候，作者的任务，是在对于有害的事物，立刻给以反响或抗争，是感应的神经，是攻守的手足。潜心于他的鸿篇巨制，为未来的文化设想，固然是很好的，但为现在抗争，却也正是为现在和未来的战斗的作者，因为失掉了现在，也就没有了未来。"③这其实也可以看作鲁迅之于杂文的夫子自道。因此从个人所选择的文体形式上，我们亦可以看出鲁迅与那些书斋中"潜心于他的鸿篇巨制"的理论学者的深刻区别。而更重要的是，鲁迅通过这种自由议论的形式，可以更为深入地介入与思考现实问题，发挥现代知识分子的公共关怀意识与独立批判精神。在 20 世纪 20 年代末的一次演讲中，鲁迅自己曾解释说："就我自己说起来，是早就有人劝我不要发议论，不要做杂感，你还是创作去吧！因为做了创作在世界史上有名字，做杂感是没有名字的。"④鲁迅自己也认识到杂感与文学创作是不同的，但他宁可放弃文学家的名声。如果仅仅从

---

① 鲁迅：《两地书·四》，载《鲁迅全集》第 11 卷，第 21 页。

② 鲁迅：《华盖集·题记》，载《鲁迅全集》第 3 卷，第 4 页。

③ 鲁迅：《且介亭杂文·序言》，载《鲁迅全集》第 6 卷，第 3 页。

④ 鲁迅：《集外集拾遗补编·关于知识阶级》，载《鲁迅全集》第 8 卷，第 228—229 页。

鲁迅的文学创作一面而不从鲁迅作为现代知识分子的整体事实出发，我们就势必会陷入以小说创作之类来衡量鲁迅的一种狭隘的误解与困惑中，而不能真正理解杂文为什么会成为鲁迅表达思想的园地、鲁迅为什么又热衷于"以寸铁杀人"①的艺术形式来表达自己对现实问题的激烈批评。实际上，鲁迅对杂文形式的选择、运用所体现的正是现代知识分子的一种直面现实的责任意识与独立批判精神的成熟与自觉，并没有什么惋惜可叹，也没有什么困惑可言；因此，后世一些学者刻意在杂感与文学创作之间寻求与建立一种联系，试图为鲁迅在晚年基本放弃严格意义上的文学创作来辩护，其实根本就没有必要，而刻意的讳饰反而暴露出他们对鲁迅及鲁迅杂文的意义并没有形成真正的理解与同情。鲁迅对传统之"道"的激烈批评首先是源于个体的这种现实体验而且也是为现实目的服务的，这个现实目的就是鲁迅终其一生所思考的国民性问题以及因此所坚持的国民性的启蒙亦即"立人"的核心命题。在现实人生的实践与体验中，鲁迅深深感受并认识到儒道传统对于现实社会与人的难以根除的影响："'儒者之泽深且远'，即小见大，我们由此可以明白'儒术'，知道'儒效'了。"②鲁迅对"儒者之泽深且远"的现实问题的揭示是应对于整个国民性问题的批判与思考的，但鲁迅的批判首先从来都是一种自我解剖与自我批判，而且在知识分子的这种自觉反思过程中，鲁迅也更认识到作为"道"之承担者与解释者的士自身所面临的问题的典型性与严重性；因此，鲁迅对"道"的现实批判也就首先落实与集中在对作为现代知识分子前身的士亦即"读经之徒""孔子之徒"的反思与批判上：

> 古国的灭亡，就因为大部分的组织被太多的古习惯教养得硬化了，不再能够转移，来适应新环境。若干分子又被太多的

---

① 郁达夫：《中国新文学大系·散文二集·导言》，上海良友图书公司1935年版。
② 鲁迅：《且介亭杂文·儒术》，载《鲁迅全集》第6卷，第34页。

坏经验教养得聪明了，于是变性，知道在硬化的社会里，不妨妄行。①

在这里，鲁迅对儒道传统从整体上表示出了深深的失望。他认识到，社会的硬化是"太多的古习惯"亦即"道"的传统规范对人的硬化所造成的。从对士的批判角度而言，"不再能够转移，来适应新环境"的硬化其实就是那些坚持理想的气节之士最终沦为迂腐的悲剧，"被太多的坏经验教养得聪明了，于是变性"的"若干分子"走上"妄行"之道则意味着士人人格的现实异变。不过正如鲁迅所揭示的，士人的"硬化"与"变性"还只是一种病象的呈现而已，它的真正病根还在于"道"对为其所规约的士所带来的内在困结性问题。因此，就如鲁迅对"道"的整体批判一样，鲁迅对士的批判同样也是整体性的。

鲁迅对士的整体批判意味着对士的内在与先在问题的深刻认识。也就是说，士的问题首先是士自身所内存的，是先天存在而非后天的压抑所造成的。因为无论是理想意义上的真士，还是发生现实异变的伪士，制约他们实践道路的思想资源首先都是传统儒道，所发生的问题也都来源于同一个问题。因此，尽管士的两种表现形式有所不同，前者可悲而后者可憎，但问题的实质都是同样的。在对传统之"道"的问题进行批判与清理时，鲁迅已经深深认识到，以"道"自任而为"道"所规约的士阶层存在着同样的内在困结性问题，这种内在性困结意味着"道"以及它所规定的士之道路的问题是不可能通过自身来解决的。正因为如此，鲁迅对传统士阶层也从整体上表现出了一种失望，即使对气节之士有所同情，也是有限度而非完全认同的。在这一点上，鲁迅与那些站在儒道立场内来思考问题的新儒家也有着完全相反的思维逻辑与本质的区别。因为是从"道"的内部来思考问题，新儒家学者运用西方近现代知识分子的话语系统尽可能地对士阶层的精

---

① 鲁迅：《华盖集·十四年的"读经"》，载《鲁迅全集》第3卷，第139页。

神意义做了现代性的解释与同情性的发掘，指出了中国传统士阶层与西方现代知识分子的许多相类之处，这种比较性的分析论证自然别有一种意义。而在其中，余英时先生关于士与中国文化的分析尤为切备也最具代表性。不过问题也正在于，这些学者由于是从士之同情的立场来发掘知识分子的现代精神，虽然可以由此发现士与知识分子的一些深刻的精神关联，但他们似乎也因此没有注意到：士与现代知识分子尽管存在着许多相类相似之处，但类似并不等于相同，二者之间更有着本质的区别。易言之，士与知识分子是可以相对比较但绝对是不可能相互比附的，但那些从士之同情的立场来发掘知识分子现代精神的论者显然却混淆了这一问题[1]。而对传统儒道与儒士已经表示完全失望的鲁迅自然不会如新儒家学者一样指望从传统资源中实现什么创造性的现代转化，也不可能将现代知识分子的精神资源寄托于传统之"道"的现代解释、梳理与开发上。从这样的思维逻辑出发，鲁迅就将问题的重心放到了对士之道路的反思批判而非同情与认同上。因此，在一些学者以知识分子的现代精神来与传统士阶层相比附，甚至直接以诸如葛兰西的"有机知识分子"来指称孔孟时[2]，鲁迅却深深认识到，中国传统士阶层与现代知识分子存在着本质的区别，它们根本不可能相互阐发与相互说明。所以即使在表层的语言形式上，鲁迅也基本遵循着严格的区分，对传统士阶层以"士""儒士""士大夫"或"圣人之徒""读经之徒""孔子之徒"相称，对现代知识分子则以"智识阶层""知识阶级""智识者"来命名。而在这种语言形式的区分中，我们亦可以理解鲁迅鲜明的现代知识分子立场以及为何对传统士阶层始终坚持一种整体批判态度的真正原因。

然而，鲁迅的深刻之处还在于，他在以"是非就愈分明，爱憎也

---

[1] 关于这一点，钱穆先生反而有着更为清楚的说明，他指出："中国社会传统上之谓士，并不如近代人所说的知识分子。"参见钱穆：《国史新论》，生活·读书·新知三联书店2001年版，第129页。

[2] 杜维明：《东亚价值与多元现代性》，中国社会科学出版社2001年版，第137页。

愈热烈"①的态度来揭示传统士阶层与现代知识分子之间的本质区别
时，并没有因此停留在一种简单的词语划分上。鲁迅同时也注意到，
传统士阶层作为中国知识分子的前身，与现代知识分子之间有着复杂
的历史关联与精神关联，而这种复杂性的关联问题也远非可以通过语
言形式上的简单分辨就能够解决的。传统士阶层虽然不是也不同于现
代知识分子，但作为中国知识分子的前身，其所规设的思想道路与人
格精神在知识分子的现代生长过程中仍然具有难以根除的影响；反过
来说，中国知识分子是从传统士阶层蜕变而来的，不可避免地遗留有
许多传统士阶层文化的集体无意识。因此，"知识分子"这个在五四
时期才出现并通行的现代性语词并不会如语言形式与理论意义上那样
单纯，而必然同时承载着复杂的传统内涵。中国知识分子的这种复杂
性既意味着传统士道积极与消极的两面需要梳理，也意味着知识分子
的现代精神与士阶层的传统之"道"需要区分，这也正是鲁迅对于中
国知识分子的现代性问题始终保持着警觉与反思意识的根本原因。而
对从整体上失望于传统"圣道"与"圣人之徒"的鲁迅来说，他所忧
虑与担心或者说所致力思考与批判的，更在于传统士道对现代知识分
子精神结构的侵蚀与制约，"现在的文人虽然改著了洋服，而骨髓里
却还埋着老祖宗"②。因此，鲁迅在有些文章中用"智识阶层""知识阶
级"来谈论士阶层的问题，并不是无意混淆了士与知识分子的区别，
而是在有意的反讽中提示人们注意知识分子问题的复杂性。

　　"知识分子"涵念的历史实践性决定了它在不同的历史语境下必
然表现出不同的历史个性，但是士的问题显然绝不能解释为知识分子
的特殊性或特色性的问题。诚然，中国知识分子在自我建构与定义的
道路实践中表现出了自己的特殊性，但知识分子的这种特殊性并不是
由士的问题而来，而这种特殊性也并不表现为士的问题。这是因为，

①　鲁迅：《且介亭杂文二集·再论"文人相轻"》，载《鲁迅全集》第6卷，第347页。
②　鲁迅：《伪自由书·文学上的折扣》，载《鲁迅全集》第5卷，第62页。

"知识分子"虽然是一个不断流动与发展的历史性涵念，但在历史实践的发展中仍然具有其基本的意义特质，而传统士阶层与现代知识分子的基本意义特质则存在着本质的区别。一些学者试图用知识分子的特殊性为士阶层的现代解释寻找合理的依据时，就显然忽视了这两个问题的不同质性或不可兼容性。而更严重的是，由于士与知识分子之间复杂的精神联系、历史渊源以及它们由此所表现出来的某种相似性，使得人们对于它们之间质的区别问题常常又是无意识的，这可以从士与知识分子在用语方面的广泛混淆上充分反映出来（除了宽泛性的用语习惯因素）。其实，早在"知识分子"这一新的名词随着现代知识阶级的兴起而出现时，这个问题就已经暴露出来。茅盾在 20 世纪 30 年代的一篇文章中指出："几年以前，有人发明以国货的'士大夫'三字代替了舶来翻译的'知识分子'四字，实在令人赞叹。所可惜者，以三易四，真理尚只得一半。因为中国有形似知识分子的'士大夫'，但也有'士大夫'所不屑与伍的'知识分子'。"① 茅盾指出士与知识分子在形似中的本质区别，意在为知识分子"正名"，实际上也从一个侧面揭示出了知识分子的用语混乱与意义混乱的问题。不过，士与知识分子的这种用语、意义上的混乱也许还只是问题的表象，真正值得注意的问题在于从这种混乱中所揭示出的传统士道对知识分子现代性建设的一种结构性的文化制约；而正是这种集体无意识的结构性制约，使得许多知识分子在张扬新的主义、思想的貌似自觉的现实实践过程中，常常又不自觉地回归到一种旧的道路上。正如鲁迅所指出的："所谓学界，是一种发生较新的阶级，本该可以有将旧魂灵略加湔洗之望了，但听到'学官'的官话，和'学匪'的新名，则似乎还走着旧道路。那末，当然也得打倒的。"② 因此，鲁迅虽然注意到了士与知识分子的本质区别，却并没有过度乐观地从理论上来看

---

① 仲方（茅盾）：《"知识分子"试论之一：正名篇》，载 1938 年 4 月 3 日《立报》。
② 鲁迅：《华盖集续编·学界的三魂》，载《鲁迅全集》第 3 卷，第 222 页。

待这种区别。在以召唤"精神界之战士"①的自觉来践履现代知识分子道路的思想实践中，鲁迅深深感觉并体验到士之幽魂、鬼气对现代知识分子的难以摆脱的历史影响与精神困扰，他由此认识到，只有对士的问题从整体上进行区分、清理与批判，才可能深刻切入知识分子的现代性问题的根本上来。

鲁迅在指出"学界"这样"一种发生较新的阶级"仍然"还走着旧道路"的问题时，实际上已经触及了问题的症结所在，这使他在揭示士所表现出来的"奴性"等一些异化现象或结果时，并没有停留在现象或结果的简单评判上，而是将反思深入到对为何出现这些现象或结果的根本问题的整体性探究中。鲁迅所说的"走着旧道路"用他的另一句话来说明，就是"因为要'行道'，倘做了官，于行道就较为便当"②。为"行道"而"做官"还只是那些"圣人之徒"的一种理想说辞，而在现实仕途中何为目的何为手段、何为工具理性何为价值理性的倒置与异化则是更为普遍的。可以看出，不论是"行道"的理想还是理想在现实中的异化，它们为"道"所规定的道路都是同一的"做官"问题；因此，士的理想悲剧与现实异化其实首先既不是因为理想主义的问题，也不是因为士节败坏的道德问题，而是之所以发生这种悲剧与异化的相同的士之道路的问题。

儒学强调特别"行道"的积极入世精神，荀子的"其唯学乎！彼学者，行之曰士也"③，直接将"行"作为士的定义，就是对士的实践精神的一种典型说明。这种强调"行"的实践精神也深为鲁迅所肯定，但问题是，如何行道？士人行道的道路或途径有没有其他选择？一些学者从完全认同士的角度出发，认为士步入政治仕途的选择是君主专制体制没有为士提供多元保障的现实空间所造成的，所以他们在对士

---

① 鲁迅：《坟·摩罗诗力说》，载《鲁迅全集》第 1 卷，第 102 页。
② 鲁迅：《且介亭杂文二集·关于中国的两三件事》，载《鲁迅全集》第 6 卷，第 10 页。
③ 《荀子·儒效篇第八》。

的悲剧表达一种充分同情时，对君权专制这些士的外部空间问题给予了深刻的批判；而一些学者则将士的问题归之于游士时代的结束，因而形成了一种对士同情而对士大夫激烈批评的貌似辨证与合理的双重态度。不能说这些分析与批判没有自身的合理性，但也不能说这些论断就是完全合理的。这是因为，他们看到了士所暴露出来的部分问题，却没有从内在理路出发来认识士的整体问题与根本问题。也就是说，士及其所践行的道路自身即存在着问题，这种问题是其内在性的困结所必然产生与发生的。如前所论，"道"在思想意义上的兴盛与以"道"自任的士的出现虽然起源于"官师治教分"所提供的历史可能性，但"道"的最高理想与士的价值诉求却仍然是以"官师治教合"为最终旨归的，这就给士在实践"道"的问题上带来了自身所无法克服的内在矛盾与冲突。"官师治教合"的内在理念要求意味着"道"对于政治权力的需要与依赖，也意味着士对于政治仕途的选择亦即"师"与"官"的重新复合并不是一种工具性的策略，而是从"官师治教合"的内在理路中所生发出的一种必然的目的意识。所谓"士而不仕，不义也"，就因此将士人的入仕视为理所当然的"义"而非"利"的要求。在这样的逻辑框架内，入仕道路对于士人与其说是唯一的选择，不如说是根本上就没有选择，因为"治教合一"的理想已经从根本上规定了士人的道路。所以，士与士大夫除了入仕与尚未入仕的地位差异之外，从价值观念到道路选择方面并无本质的区别，从游士到士大夫也是士的一种必然发展而绝非士发生质变的问题①。

　　鲁迅对"道"的虚妄性有过深刻的批判，对士人"行道"的内在性困结也自然有着深刻的认识。因此，正如他不会对传统之"道"从

---

① 茅盾在《"知识分子"试论之一：正名篇》（《立报》1938年4月3日）一文中指出："然而自有'学而优则仕'的阶梯，'士'成了候补的'大夫'，终至于'士大夫'连举而为一件了，这是'士'的进步，然而也就是'士'的变质。"茅盾看到了士与士大夫之间"候补"的必然联系，也深刻指出了士大夫与知识分子之间的本质区别，但认为士大夫是士的"变质"的看法却显然使其将士与知识分子的问题又相互混淆了，这种自觉而尚不够彻底的反思不能不让人略感遗憾。

内部进行理论上的分梳一样，他也并不会刻意去区分士与士大夫的差异，因为对他来说，无论是"道"还是为"道"所规约的士的问题，都是整体而非部分意义上的。所以，鲁迅直接将矛头指向了被尊为"圣人"的孔子，从源头上对士的问题进行了根本性的批判："孔子岂不是'圣之时者也'么，而况'之徒'呢？"[1] 源头的问题是原初性的问题，对源头问题的批判就意味着一种整体与根本性的清理与检讨。"孔墨都不满于现状，要加以改革，但那第一步，是在说动人主，而那用以压服人主的家伙，则都是'天'。"[2] 鲁迅对孔墨"不满于现状"的积极入世精神是有所同情的，但他同时也看到士要实现"道"的理想却必须首先"说动人主"的内在困境。这种内在困境说明了两个相关联的问题：其一，士人所依凭的思想资源亦即"道"缺乏内在的超越性与独立性，因为它无法通过自身的力量来实现自身的理想，而必须通过"说动人主"，依赖外在政治力量的扶持或权势的承认。其二，因为有了"道"与"势"的相互需要，就有了是"道尊于势"还是"势尊于道"的争论与冲突。而对以"道"自任的士来说，其理想意义自然是"道尊于势"，所以士人对自己的"道"往往用"天"或天意、天命来自称，希望"用以压服人主"。但问题是，这样的理论设计是否可行同样不是"道"自己的力量所能证明的，同样需要获得权势的承认。先秦儒家"道尊于势"的理念在后来关于道与势关系的义理表述中多有所承扬，其中明儒吕坤的言论堪为代表：

> 天地间，惟理与势为最尊。虽然，理又尊之尊也。庙堂之上言理，天子不得以势相夺。即相夺也，而理则常伸于天下万世。故势者，帝王之权也；理者，圣人之权也。帝王无圣人之理，则其权有时而屈。然则理也者，又势之所恃以为存亡者也。

---

[1] 鲁迅：《华盖集·十四年的"读经"》，载《鲁迅全集》第3卷，第138页。
[2] 鲁迅：《三闲集·流氓的变迁》，载《鲁迅全集》第4卷，第159页。

以莫大之权，无僭窃之禁，此儒者之所不辞而敢于任斯道之南面也。①

这段议论似乎最能代表士人理想精神也因此为后人所反复称引，但人们似乎未注意到，这段话同时也突出暴露了一个悖论：虽然"庙堂之上言理，天子不得以势相夺"，但是士人又不得不在"庙堂之上言理"，不得不通过进庙堂亦即进入"势"的权力结构来获得"言理"的话语权。而更深刻的遮蔽是，这段张扬"理又尊之尊"与"圣人之权"的议论本身仍然是士人的一种自我设想，它所潜含与寄托的希望仍然是"帝王之权"的认可。因此，"压服人主"的"天"或实际上的"道"的问题，最终仍然要落实与回归到鲁迅所说的"说动人主"上来。换言之，"道尊于势"只可能是理念意义上的，而希望这种依托于权力结构的理念能获得"势"的支持，无疑是与虎谋皮，根本不可能得到真正落实。这也就是鲁迅看穿"王道"的虚妄性而对士人所执迷的"王道"理想一再批判的深刻原因。

"道尊于势"的理论冲突至少表明了"道尊于势"的理念仍然为一些士人在困境与艰难中所坚持与承扬，这也是该理念获得一部分学者同情的根本原因。但是我们也必须看到，"道尊于势"的理念是从儒道政教合一的内在理想中所生发出来的一种理论要求，仍然没有摆脱依赖权势的道势思维。从整体意义上说，"道"与"势"虽然在现实中常常存在着必然的冲突（所以要互争谁为尊），但依赖权势而又要尊于权势的道势思维与政教合一的内在理想是一致的。也就是说，道统与政统在内在逻辑上应是一体同构的，在实质上不存在孰高孰低的关系。韩愈在《原道》一文中解释道统时说，"尧以是传之舜，舜以是传之禹，禹以是传之汤，汤以是传之文武周公，文武周公传之孔子，孔子传之孟轲"，就把尧舜禹汤等世间的君王同时视为"道"的

---

① （明）吕坤：《谈道》，载《呻吟语》卷一。

化身，将道统同圣王崇拜联系在一起①。这种政教合一的理念追求一方面暴露出了"道"之浓厚的政治功利性，一方面也说明了"道"在政治与知识两个本来相互独立的问题上的混乱不清。而这两方面所揭示的一个共同的问题就是：士缺乏知识分子的思想资源所必需的为知识而知识的内在理性支持，这也决定了士所依凭的"道"不可能"从学理性的价值中立立场来创设纯粹超越性的框架原则"②。价值中立立场与超越性的框架原则意味着知识分子追求意义世界的一种内在独立性，而这种意义世界就是知识分子批判现实世界、承担良知责任的内在动力与价值依凭。因此，为知识而知识的内在理性资源所要求的是知识分子对现实责任的独立承担，而不是回到书斋的逃避。鲁迅对"为艺术而艺术"之类的主张一直有着激烈的批评，这也导致许多学者在这个问题上相互纠缠的诘责与辩难。实际上，鲁迅对"为艺术而艺术"的批评与反对文艺本体论并不具有必然的联系，因为他反对的不是一般意义上的"为艺术而艺术"而只是"为艺术而艺术"所出现的问题："要为艺术而艺术。住在'象牙之塔'里"③。鲁迅注意到，许多"为艺术而艺术"的主张看似合乎现代性的本体论追求，但实质不过是要求"住在'象牙之塔'里"，躲避知识分子的现实责任，这与知识分子为知识而知识的内在理性支持要求有着本质的区别。因此，一些"为艺术而艺术"者其实不过是在一种现代性的理论口号下回归传统士人所走的出世或逃世的旧路而已。出世或逃世是士人在进入仕途的理想必然遇挫之后的无奈之举，其本质因而并不是对自己道路的一种重新与主动的选择，它同样是对"道不行"的内在困境与悲剧的一种深刻说明。鲁迅因此叹息说，古之士人"惟自知良懦无可为，乃独图脱屣尘埃，惝恍古国，任人群堕于虫兽，而己身以隐逸终。思士

① 参见启良：《道：中国知识分子的十字架》，《书屋》2001 年第 11 期。
② 杨念群：《儒学地域化的近代形态：三大知识群体互动的比较研究》，生活·读书·新知三联书店 1997 年版，第 33 页。
③ 鲁迅：《集外集拾遗补编·关于知识阶级》，载《鲁迅全集》第 8 卷，第 228 页。

如是，社会善之，咸谓之高蹈之人"①。本应为知识分子独立承担现实责任提供理性支持的现代要求，在中国的语境中反而成为躲避现实责任的掩饰与凭借，正说明了传统士道的历史影响对一直力图从这种影响中摆脱出来的现代知识分子的深刻遮蔽。这种遮蔽的深刻性就在于它使知识分子在回归士之"老路"时出现的不自觉性与无意识性，而这也是鲁迅最为担忧也反思最深的一个问题。他由此指出："学者多劝人踱进研究室，文人说最好是搬入艺术之宫，直到现在都还不大出来，不知道他们在那里面情形怎样。这虽然是自己愿意，但一大半也因新思想而仍中了'老法子'的计。"②明乎此，我们就会深切理解鲁迅为什么会在"整理国故"的口号刚一提出时就做出强烈的回应，为什么会与那些主张"走进实验室""艺术宫殿"的"学者""艺术家"进行激烈的争鸣，又为什么会对往往被誉为高洁之士的现代"隐士"进行剥皮抽骨的揭露与批判。在我看来，这与其说鲁迅对那些主张"走进实验室""艺术宫殿"的"学者""艺术家"存在着误解，不如说是看待问题的重心与思维框架的不同使鲁迅对知识分子的问题保留了更多的警惕与更自觉的反思意识。

需要注意的是，鲁迅对"隐士"的批判不仅仅在于"隐"而更在于"士"，这与鲁迅反传统的整体批判立场是一致的。因此，鲁迅对于"隐士"的批判更深刻的意义还在于，他从"隐"的高蹈后面看到了士人对于仕途道路在事实上的未能超脱和在逻辑上的不可能超越。因为隐逸也罢、登仕也罢，士所共同依凭的思想资源的内在缺弊决定了他们不可能从原有道路意识的问题框架中跳跃出来，也不可能认识到自身所存在的困境。鲁迅因此指出，"中国是隐士和官僚最接近的"，隐士"虽然暂时无忙可帮，无闲可帮，但身在山林，而'心存魏阙'"，"登仕"不得而仍存"征君"的念想，③与"官僚"在道路选择

---

① 鲁迅：《坟·摩罗诗力说》，载《鲁迅全集》第 1 卷，第 69 页。
② 鲁迅：《华盖集·通讯（二）》，载《鲁迅全集》第 3 卷，第 26 页。
③ 鲁迅：《集外集拾遗·帮忙文学与帮闲文学》，载《鲁迅全集》第 7 卷，第 405 页。

的问题上是完全相同的。鲁迅之所以从隐士身上看到了官僚的灵魂与影子，就是因为他意识到士所面临和所产生的问题都是同一的，而这是由"道"的政教合一的内在规定性所决定的。在这样的"道"之规约下，士人的行道实践必须和必然是进入王权结构来"说动人主"的政治实践，而这样的必然性在几千年的帝国文化传统中已经深深地影响、塑造了士人的精神结构与人格特征，这就是鲁迅所说的"官魂"的问题："中国人的官瘾实在深，汉重孝廉而有埋儿刻木，宋重理学而有高帽破靴，清重帖括而有'且夫''然则'。总而言之：那魂灵就在做官，——行官势，摆官腔，打官话。"① 而通过对"官魂"的深刻揭示，鲁迅就抓住了士人在人格精神上所发生的一系列问题的症结所在。马克斯·韦伯也因此指出：

> 孔子和老子都做过官，后来丢了官才过起教师和著作家的日子来。我们将看到，谋求官位对于这个阶层的精神方式至关重要。尤其是，这种倾向变得越来越重要，越来越排他。在统一国家里，没有了诸侯对士的争夺。现在反过来是士及其门生争夺现成的官位，预料之中的结果是，一种适合这种条件的统一的正统教义的发展，这种教义就成了儒教。随着中国的国家制度日益俸禄化，士大夫阶层最初非常自由的精神活动也停止了。②

马克斯·韦伯对于士人的异化趋向与"官魂"的揭示同样是深刻的，但他关于士大夫阶层最初的精神活动是"非常自由"的看法似乎仍未完全触及问题的根本。这是因为，韦伯没有认识到"士大夫阶层最初非常自由的精神活动"在实质上的不自由。对于游士时期"以自所执持为要道，骋辩腾说，著作云起"的思想自由竞争，鲁迅也是深

---

① 鲁迅：《华盖集续编·学界的三魂》，载《鲁迅全集》第3卷，第220页。
② ［德］马克斯·韦伯：《儒教与道教》，商务印书馆1995年版，第164—165页。

有同情的，但他同时也注意到这种自由竞争的局面是为了"取合世主，起行其言，乃复力斥异家"①而形成的；用典型的鲁迅语言来说，这其实是一种"帮忙"的竞争。因此，士大夫阶层最初精神活动的自由只是相对于秦汉以后的君权专制社会而言的，并不是"非常自由"，而实际上都是依附王权的不自由，而且其自由度的变异也都是王权容许而非士自身内在的权利要求所造成的。从这个意义上说，士缺乏自由、独立意识的问题是其自身内在的和根本性的，这与现代知识分子的独立批判性格具有质的区别。曼海姆（Karl Mannheim）对知识分子的特性曾给出经典的说明，亦即"自由漂浮的、非依附性"（free-floating，unattached），这是知识分子能够疏离并超越狭隘的特定阶级或阶层的局部利益和意识形态，"获得对问题的真知灼见"亦即真理与思想的必要前提与保证。② 一些学者曾经用曼海姆"自由漂浮"的现代理论来比附与解释秦汉以前的游士，显然没有意识到士本质上不同于知识分子的根本性问题。游士的确有着一种相似的"自由漂浮"的现象，但问题仍然在于，士之流动的"自由"只是在权力分裂的特殊时期可以重新或自由选择新主而已，并非是对王权结构依赖的真正脱离，同样没有独立的发展或选择空间。所谓"诸子起于王官"，先秦诸子莫不是出身于某种官守，他们作为相对独立的"师"并不是出于内心的自觉，而不过是"官师治教分"之后一种无奈的沦落而已。正如有学者所论："诸子时代，出现了孔子等古代学问的集大成者，他们可以设馆授徒，广收弟子，也可以著书立说，创立学派，却缺乏传承文明的自觉担当，没有把自己从事的教育、治学、思想作为独立的事业，始终不能忘怀有朝一日侧立朝廷，所以才奔走于各国诸侯之间，希望得到明君的赏识。"③"官师治教合"的内在理念使他们在寻

①　鲁迅：《汉文学史纲要》，载《鲁迅全集》第 9 卷，第 373 页。

②　参见［德］卡尔·曼海姆：《意识形态与乌托邦》，黎鸣、李书崇译，商务印书馆 2000 年版。

③　邵建：《知识分子何为：人文杂志之一》，《文艺评论》1996 年第 3 期。

找理想主人的漂浮中时时渴望能够如鲁迅所说的重新"走进主人家中"来帮忙与帮闲①。董仲舒在献给汉帝的对策中力倡"务德教而省刑罚"，批评当世君主"废先王德教之官，而独任执法之吏治民"②，斥责的是法家的吏，目的就是要重立王权溃散时所废弛的"先王德教之官"，实现"官师治教合"的理想。因此，士的游离其实内含着返归上层权力社会的必然性与可能性，因为从王权利益出发的自上而下的思维框架势必会造成由士向士大夫进升的自下而上的单向流动，而这种单向流动既非现代意义上的自由、多元的选择，也非"非依附性"的对王权结构的独立。换言之，士阶层的"自由漂浮"是暂时和相对的，"非依附性"却是永久和绝对的。鲁迅对孔子"'瞰亡往拜''出疆载质'的最巧玩艺儿"深加痛斥③，其实就已经勾画出了士人在"爬"与"撞"的狭隘仕途中惶惶如犬的丑陋原型。

士人对于政治的热心在理想的意义上未尝不是一种拯时救世的现实责任感的体现，但是，"道"的政教合一理念决定了士人实现行道理想的必然前提和保证是对王权秩序的承认并且进入王权秩序之中，这意味着士人在道路选择上也首先必须是进入官僚体制内部来为官为吏。因此，成为孔孟以及孔孟之徒的首要选择是谋求仕宦而非究问意义与真理。道统对政统的涉入应该说与士人的独立个性并不构成根本性的矛盾，道统的独立也不等于对政统的简单脱离④，但问题是，涉入政治是否就是表达现实关怀与承担责任的唯一方式？而且，涉入政

---

① 鲁迅：《集外集拾遗·帮忙文学与帮闲文学》，载《鲁迅全集》第 7 卷，第 405 页。

② 《汉书·董仲舒传》。

③ 鲁迅：《华盖集·十四年的"读经"》，载《鲁迅全集》第 3 卷，第 136 页。

④ 在这一点上，我认可贺麟虽未脱"学术是'体'政治是'用'"的体用思维框架但又比较辩证的说法："独立自由和'脱节'根本是两回事，求学术的独立自由可，求学术和政治根本脱节就不可"，"真正的学术自由独立，应当是'磨而不磷，涅而不淄'。学术到了这一种程度，它就能够影响支配政治社会，不怕政治社会玷污了它的高洁。"因而，问题的关键不是学统与道统、政统"划清界限，脱离关系"，而是如何在与道统、政统的互存关系中发挥学术独立的职责与效能。参见符杰祥：《知识的"知识化"令人忧思》，《粤海风》2001 年第 6 期。

治的方式是否就是以谋求仕宦与进入官僚体制内部为唯一选择？但问题恰恰就在于，传统之"道"的内在困结所给出的答案就是唯一和别无选择的。而对于这个前提性的问题，以"道"为天然使命的士人不可能对规约自己思想方式与道路选择的"道"提出质疑，也更不可能进行反思与论证。这样所出现的一个显在的悖论就是："道"缺乏独立品格的脆弱性，却以康德所说的绝对命令的形式强烈地影响与制约着士人的思想精神；而这种悖论的必然结果就是士人的独立人格的内在匮乏。

从对"官魂"的深刻揭示中，鲁迅已经注意到士在人格精神方面的普遍问题，而他对士的这一问题的批判也是最为激烈的。钱穆曾经指出，中国社会传统之士"实随附有一种宗教精神。实是一种不出家的，又没有教会组织的一项教徒"①。这种论说是相对于儒道的教化影响与气节之士的殉道精神而言的，在这个意义上也具有它的合理性。但是如果从问题的另一面看，儒道缺乏为知识而知识的内在理性支持既然使它不可能像西方哲学那样探究真理，那么它也同样不可能产生独立和超越于政治的宗教精神。首先，"道"的理想在政治实践中沦为"术"的工具性问题与士的问题是一致的，因为"随着经术的工具化，士大夫在将经术思想带入社会政治的同时，他们自身也逐渐适应了行政管理的基本需求，为政治现实工具化了"②。其实，无论行道是名义还是实质，进入权力秩序与官僚体制内部的仕途理想就意味着要成为或已经成为运作、维持权力机器的工具与部件。鲁迅运用独特的讽刺语言对士人"柔顺有余"的"带头羊"形象③、"忠而获咎"的"奴才"形象的辛辣批评，以及在这一系列形象的勾画中对其"帮忙"与"帮闲"实质的揭露与批判，就是因为注意到了"官魂"里面深埋的奴隶

---

① 钱穆：《国史新论》，生活·读书·新知三联书店 2001 年版，第 129 页。
② 于迎春：《秦汉士史》，北京大学出版社 2000 年版，第 145 页。
③ 鲁迅：《华盖集续编·一点比喻》，载《鲁迅全集》第 3 卷，第 232 页。

根性，亦即"学者皮而奴才骨"①的问题。其次，在看到"读经"越来越成为"耍把戏"的"工具"②、致仕的"敲门砖"和"上天梯"③一类的东西后，鲁迅从"道"的工具效用已经认识到其内在价值理性的脆弱，因此并不认为士人会有如西方宗教那样真正的超越与持守精神。他由此指出："其实是中国自南北朝以来，凡有文人学士，道士和尚，大抵以'无特操'为特色的"，因为那些"自以为信教"的"教徒的'精神'"实际上是"吃教"的实用主义，不过是为了"功名"、"飞腾"和"爬"之类的利益追求而已。④缺乏内在信守与价值支撑的"吃教"精神，必然会产生鲁迅所痛切批判的"聪明人"："我看不见读经之徒的良心怎样，但我觉得他们大抵是聪明人。而这聪明，就是从读经和古文得来的"；这种"聪明"就是知道"怎样敷衍，偷生，献媚，弄权，自私，然而能够假借大义，窃取美名"，"留下一点卫道模样的文字"。⑤这与知识分子的基本意涵形成了本质的区别。如果说士与知识分子的相类之处都在于以知识为前提，那么对于知识的不同理解则显示出了二者的根本区别。科塞（Lewis Coser）指出，作为"知识分子"一词词根的"理智"有别于"智力"："其前提是一种摆脱眼前经验的能力，一种走出当前实际事务的欲望，一种献身于超越专业或本职工作的整个价值的精神"；"智力寻求掌握、运用、排序和调整；理智则从事检验、思考、怀疑、理论化、批判和想像"。⑥然而对于士人来说，知识既不是科学艺术创造所需要的"智力"，更不是获得超越精神与独立思考、批判与怀疑的"理智"；而是如鲁迅所说的，是一种"学而优则仕"

---

① 鲁迅：《两地书·101》，载《鲁迅全集》第11卷，第262页。
② 鲁迅：《华盖集·十四年的"读经"》，载《鲁迅全集》第3卷，第138页。
③ 鲁迅：《准风月谈·吃教》，载《鲁迅全集》第5卷，第329页。
④ 鲁迅：《准风月谈·吃教》，载《鲁迅全集》第5卷，第328页。
⑤ 鲁迅：《华盖集·十四年的"读经"》，载《鲁迅全集》第3卷，第138页。
⑥ ［美］刘易斯·科塞：《一项社会学的考察》，郭方等译，中央编译出版社2001年版，第2页。

的读经的"聪明"①，其"智力"不过是为实现所谓治国平天下的政治目的服务的一种工具。鲁迅因此指出："……文人的性质是颇不好的，因为他的智识思想，都较为复杂，而且处在可以东倒西歪的地位，所以坚定的人是不多的。"②"智识思想都比较复杂"带给士人的不是独立思考、批判与怀疑的理智精神，而是依赖权势的"东倒西歪"的聪明，也再次说明了士人那种类似宗教超越的独立精神的匮乏。鲁迅认为"其实中国并没有俄国之所谓智识阶级"③，就是从这个意义上所得出的对士之问题的一种深刻认识。

对"士大夫"这个词，英语文献翻译为学者—官吏（scholar-official）或学者—官僚（scholar-bureaucrat），之所以需两个词才能表达其内涵，是因为英语世界中没有士大夫这个阶层，学者和官僚是不同的社会角色，属于不同的阶层、群体、社会集团。④ 但对于士人来说，二者却具有一种内在的统一性，因为在他们看来，"学"即是为了"仕"，而进入权力秩序内部正是"学"之优秀的一种说明与体现。因此，士人在理论上通过仕宦来行道的方式实际上与王权秩序构成了一体同构的关系，而他们由此所形成的问题框架与思维方式也必然是体制内与官僚式的。"牧民而道以善者，吏也。"⑤ 官僚的角色就是鲁迅所说为王者牧民、力行所谓教化之治的"带头羊"形象。在这样的角色与使命意识中，士人的所谓德教、王道其实都是从王权利益出发、为王权利益服务和帮忙的统治献策与方略。正如鲁迅所一语道破的："不错，孔夫子曾经计划过出色的治国的方法，但那都是为了治民众者，即权势者设想的方法，为民众本身的，却一点也没有。"⑥ 而作为

---

① 鲁迅：《华盖集·十四年的"读经"》，载《鲁迅全集》第 3 卷，第 137 页。
② 鲁迅：《341210 致萧军、萧红》，载《鲁迅全集》第 13 卷，第 287 页。
③ 鲁迅：《华盖集·通讯（二）》，载《鲁迅全集》第 3 卷，第 26 页。
④ 方彪：《北京士大夫》，京华出版社 2000 年版，第 2 页。
⑤ 于迎春：《秦汉士史》，北京大学出版社 2000 年版，第 143 页。
⑥ 鲁迅：《且介亭杂文二集·在现代中国的孔夫子》，载《鲁迅全集》第 6 卷，第 329 页。

王权体制内的服务者与帮忙者，与王权的一体化使士大夫们不可能如理论上所设想的"以道抗势"，产生真正的批判精神。有学者认为："尽管儒家接受国家事物的可完善性以及尊重现状并以之作为出发点，但如果现存的权力关系不能够再保障人民的幸福，儒家常常又毫不妥协地要求既存的权力关系进行根本性的重组。"①但实际上，"尊重现状"的出发点使士人根本不可能对"既存的权力关系进行根本性的重组"。因为士人与权力秩序的关系是一体性而非对立的，士人的角色是秩序中的谏诤者而非秩序外的批判者，而其在权力秩序内的批评目的也是为了更好地维护权力秩序而非反抗权力秩序。对于这一问题的实质，鲁迅的批判与揭示无疑是更为深刻的。他指出："奴隶只能奉行，不许言议；评论固然不可，妄自颂扬也不可，这就是'思不出其位'。譬如说：主子，您这袍角有些儿破了，拖下去怕更要破烂，还是补一补好。进言者方自以为在尽忠，而其实却犯了罪，因为另有准其讲这样的话的人在，不是谁都可说的。"②士大夫的批评实质上就是衣服破了的批评，目的不过是希望将主子的破衣补好而已。因此，士人与王权之间并无什么根本矛盾，他们之间偶尔的冲突正如鲁迅所做的另一个形象的比喻一样，也不过是儿子向老子"亲亲热热的撒娇讨好"③所发生的误会、家庭内部的纠纷而已。至于"忠而获咎"的"隔膜"，则是一些士人不懂奴隶规则而"思出其位"的迂直与老实所造成的。在鲁迅看来，被后人视为浩然气节与殉道理想之典范的屈原就是这样的一种典型："……他的《离骚》，却只是不得帮忙的不平。"④鲁迅之所以对自己有所同情的屈原进行批判，其深刻的意义还在于，他看到即使是理想的气节之士，也不可能在权力之外进行独

① 杜维明：《东亚价值与多元现代性》，中国社会科学出版社 2001 年版，第 144 页。
② 鲁迅：《且介亭杂文·隔膜》，载《鲁迅全集》第 6 卷，第 45 页。
③ 鲁迅：《且介亭杂文·隔膜》，载《鲁迅全集》第 6 卷，第 45 页。
④ 鲁迅：《且介亭杂文二集·从帮忙到扯淡》，载《鲁迅全集》第 6 卷，第 356 页。

立的思考与真正的"反抗挑战"①，不可能对王权秩序本身提出质疑，这与知识分子的批判话语是完全有别的。古德纳（Alvin Gouldner）指出，批判的话语文化是知识分子话语的基本原则，是"一种相对而言更加情境无涉、更加'独立于'语境或知识领域的言谈"，因此，这种批判的言语文化"不用去参照讲话者的社会地位或权威"，而"看重合法表达的意义"。② 相反，科层机构的官员"把遵守规章看成是'为自身考虑的行动基础'"③ 而不会有自己的独立话语。显然，以入仕为必然道路的士在历史中扮演的角色是官僚而非知识分子，在这一基本特质上，士与知识分子仍然存在着本质的区别。也正因为如此，鲁迅才会在梳理传统资源的整体失望中呼唤西方摩罗诗人那种"争天抗俗"的真正的批判精神，呼唤能"致吾人于善美刚健""援吾人出于荒寒"的"精神界之战士"④。

杜维明指出："作为反映统治阶层少数人利益的官方意识形态，汉代的儒学本身基本上表现为一种利禄之途。"⑤ 而利禄之途势必会制造出鲁迅所痛加批判的"奔走干进"的利禄之徒。实际上，这种问题的困扰是儒道的内在困结所必然生发出来的，它从儒道出现伊始就随之出现了。对儒道批判而非同情的立场使鲁迅发现根本性的问题就在于"道"的本身而非"道"在汉代提升为官方意识形态以后所发生的异化，因为提升为"官方意识形态"与"利禄之途"一样，都是其政教合一的内在理想的必然追求。其实，在将入仕作为必然与唯一道路的同时，孔孟也意识到可能发生的利禄问题，他们对"谋道不谋身"的强调与对"妾妇之道"的斥责就说明了这一点。但是，坚持"道"

---

① 鲁迅：《坟·摩罗诗力说》，载《鲁迅全集》第 1 卷，第 71 页。
② ［美］艾尔文·古德纳：《知识分子的未来和新阶级的兴起》，顾晓辉、蔡嵘译，江苏人民出版社 2002 年版，第 34 页。
③ ［美］艾尔文·古德纳：《知识分子的未来和新阶级的兴起》，顾晓辉、蔡嵘译，江苏人民出版社 2002 年版，第 62 页。
④ 鲁迅：《坟·摩罗诗力说》，载《鲁迅全集》第 1 卷，第 102 页。
⑤ 杜维明：《东亚价值与多元现代性》，中国社会科学出版社 2001 年版，第 144 页。

之理想的士人对于入仕后的问题虽然有所察觉与认识，却不可能真正解决自身所存在的问题。"道"自身的道德伦理性使士人将问题的根源与解决都自然归结于道德原则的放弃或坚持上，因此自从儒道出现以来，所谓"君子儒""小人儒"的争辩与对修身的刻意强调就同时出现了。然而，道德修身原则的不断强化实际上正说明了道德问题的不断严重性，而"道"所始终存在的德位问题的相扰与仁礼观念的冲突也充分暴露出了道德原则之于现实权力的无力与脆弱。从"从道不从君"① 的原则到"宗原应变，曲得其宜，如是然后圣人也"② 的主张，再到法家完全去除道德面纱赤裸裸地为现实权力与统治利益服务，就是有其内在逻辑的一个必然的发展过程。从儒家的道德原则来看士的问题并将士的一切问题归之于道德原则，是不可能认识到问题发展的内在逻辑与实质所在的。如果说士节败坏的问题可以用道德来解释，那么屈原之类的气节悲剧虽是道德悲剧，却并不是道德问题，也不能够用道德问题来说明与解决。道德问题的困境是因为注意到了道德问题的现象，而没有认识到"道"的内在困结所带给士的根本问题。如果不从士的根本问题入手，就只可能注意到气节之类的局部问题，而不可能从整体上认识到士无论在为知识而知识的思想资源还是在独立批判精神方面与现代知识分子所存在的本质区别。

鲁迅对士之问题的批判是与其一生所始终思考的"立人"的核心命题相一致的。鲁迅在这一启蒙命题下首先思考与应对的是士的问题，不仅是因为鲁迅所说的"现在没奈何，也只好从智识阶级一面先行设法"③ 的现实问题，而且是因为士作为传统之"道"的承传者与解释者，最能代表性地说明鲁迅所一直思考的国民性的病根问题。更重要的是，这是现代知识分子在自我建设过程中首先必须清理的自我

---

① 《荀子·臣道篇第十三》。
② 《荀子·非十二子篇第六》。
③ 鲁迅：《华盖集·通讯（二）》，载《鲁迅全集》第3卷，第26页。

反思与启蒙的问题。因此，"儒士"虽然是"中国特产的名物"①，所发生的问题也是中国传统士道的问题，但它同时也是一个知识分子的现代性的问题。首先，鲁迅对于传统之士的问题的整体批判是而且是只可能发生在现代历史语境中的。与其说是他突破与超越了士人的道德问题困境，不如说是传统政治与文化秩序开始完全崩溃，不再"以为某些传统预设是当然之事"②使鲁迅的突破与超越成为可能。其次，现代知识分子产生于现代历史语境但并不意味着其与现代历史的发展是完全同步的。"知识分子"这种新生性的命名虽然可以如脐带一样被现代文化剪离，但传统文化母体的精神遗传却如基因一样，是不可能在一夜之间被"革命"掉的。因此鲁迅注意到，虽然"老调子"已经唱完，"旧文章，旧思想，都已经和现社会无关了"③，但许多知识分子"皮毛改新，心思仍旧"④；那些"外表都很新"的"主义者"的精神"还是旧货"⑤；而"新式青年的躯壳里，大可以埋伏下'桐城谬种'或'选学妖孽'的喽罗"⑥。实际上，鲁迅对于传统士道问题的清理与批判就是着眼于"在现代中国的孔夫子"、知识分子的现实问题与现代意义而言的，而他对传统问题的清理与批判往往产生于在与现代评论派、新月社等人的论争，也正说明了这一点。因此，知识分子现代性问题的思考对象不一定就是现代性质的，对于中国知识分子来说，在现代社会中自身所亟须清理的历史传统问题显然更为迫切，这有别于西方知识分子同样是现代性质的后现代问题。最后，鲁迅的批判是现代知识分子对历史资源的一种必然的检讨与清理，其批判本身即是现代性的，这与孔孟对那些"读经之徒"在内部的道德告诫是完

---

① 鲁迅：《且介亭杂文·关于中国的两三件事》，载《鲁迅全集》第6卷，第11页。
② 林毓生：《五四时代的激烈反传统思想与中国自由主义的前途》，载《中国传统的创造性转化》，生活·读书·新知三联书店1988年版，第165页。
③ 鲁迅：《集外集拾遗·老调子已经唱完》，载《鲁迅全集》第7卷，第325页。
④ 鲁迅：《热风·四十三》，载《鲁迅全集》第1卷，第346页。
⑤ 鲁迅：《两地书·八》，载《鲁迅全集》第11卷，第32页。
⑥ 鲁迅：《准风月谈·重三感旧》，载《鲁迅全集》第5卷，第343页。

全不同的。如前所论，士的问题是自生自在的，而问题的内在性是其自身所根本不可能解决的。士的悲剧与异化都是其内在困结的一种必然生发，而其最大的悲剧就在于对悲剧和导致悲剧内因的不自知，以至于在脆弱的道德预防中不断重复与循环旧的历史悲剧。而鲁迅对士之问题批判的深刻性与现代性就表现在，他已经从传统之"道"的问题框架中破离出来，并运用新的思想资源对传统之"道"的问题进行清理与批判。

鲁迅是"执着现在"①的，他所思考与发现的问题因而也都是来自于"地上"的现实问题。在对士与"道"的现代反思中，鲁迅深深认识到知识分子的现代性问题的迫切与艰难。而这种艰难既有包围知识分子、逼其"回到老路上去"②的环境问题，更有被环境所包围的知识分子自身的问题。许多知识分子在乐观地求信于一种新的主义或精神资源时，恰恰疏略了自身所潜伏的传统基因的病变。这导致了部分知识分子在现代性的自觉追求中对传统士大夫人格的不自觉回复与位移。与此相反，鲁迅虽然同样"别求新声于异邦"，从诸如摩罗诗派那里寻找精神资源，但他对中国的士大夫文化很少有"进步"的乐观，而时时对缠绕于自己身上的"鬼气"严厉地自剖和几乎绝望地反抗。正如王富仁先生所说："鲁迅并不绝对地否定中国古代的任何一种文化，但同时又失望于中国古代所有的文化。中国古代没有一种文化是为鲁迅这样一个脱离开政治专制和文化专制体制的社会知识分子而准备的。他了解了中国古代的文化传统，同时也毅然地反叛了中国古代

---

① 鲁迅：《华盖集·杂感》，载《鲁迅全集》第 3 卷，第 52 页。

② 鲁迅多次强调过环境的问题："……但是环境还是老样子，着着逼人堕落，倘不与这老社会奋斗，还是要回到老路上去的。"（《集外集拾遗补编·关于知识阶级》，载《鲁迅全集》第 8 卷，第 227 页。）"中国各处是壁，然而无形，像'鬼打墙'一般，使你随时能'碰'。"（《华盖集·"碰壁"之后》，载《鲁迅全集》第 3 卷，第 76 页。）"我总觉得周围有长城围绕。……是旧有的古砖和补添的新砖。两种东西联为一气造成了城壁，将人们包围。"（《华盖集·长城》，载《鲁迅全集》第 3 卷，第 61 页。）

的文化传统。他得独立地前行，从没路的地方走出自己的路来。"① 正是在这一"独立地前行"的意义上，鲁迅从"精神界之战士"的最早呐喊者，成为"两间余一卒"的孤独的践履者。鲁迅的深刻性在于，他以"吾行太远，孑然失其侣"的孤独践履提醒与召唤着"特立独行"的"真的智识阶级"，并对胡风、萧军一类的知识分子产生了深刻的影响；然而，鲁迅的深刻性还在于，他于孤独的践履中所形成的深刻、复杂的思想在种种有意无意的误读中而难以获得真实与完整的理解，其影响因此又是难以"深刻"的，这也使我们不得不在他"忘记我"的嘱托中一次次提及他的现实意义。这是鲁迅的一种深刻的不幸，也是一种不幸的深刻。

---

① 王富仁：《中国文化的守夜人：鲁迅》，人民文学出版社 2002 年版，第 140 页。

第七章　在烈士的另一边：周作人的
道德文章与"沦陷"悲剧

　　自从李泽厚提出"启蒙与救亡的双重变奏"[①]之说以来，困扰中国学界的启蒙问题似乎因此找到了"根本解决"的答案，而其高屋建瓴的概括也的确打开了新文学研究的一条新思路。但反讽的是，当一种思考陷入思考者自己也质疑的"根本解决"的方式时，就有可能偏离事实真相。实际上，任何一种宏观的解释都是为了描述方便而止于大体概括，不可能穷尽所有的事实与细节。正如一位学者所指出的："我们对于思想史'传统'的敬仰要求我们重构一个完整有序的思想体系，但对完整性的偏爱会使我们忽略理论思维中的失败和缺省之处，这些表达的失败和盲点，可能比完美的整体更富于启发性。"[②]就本议题而言，至少在周氏兄弟那里，他们个人所坚持的启蒙理想与救亡意图并没有因为突出哪一方面而刻意"压倒"另一方面。如前所论，在鲁迅那里，"立人"的启蒙话语与"富强"的救亡话语同属一种"现代"观念，不是互相否定与排斥的关系，而是孰为根本孰为枝叶的问题。鲁迅的"立人"思考指向"个人尊严"与"人生意义"，但并不以"人国"的放弃为代价；他反对狭隘的民族主义与国家主义思想，痛斥"崇侵略"思想为"兽性的爱国"；但也认识到消弭国家存在的"战争绝迹，

---

① 李泽厚：《启蒙与救亡的双重变奏》，载许纪霖编：《二十世纪中国思想史论》上卷，东方出版中心 2000 年版，第 71 页。

② 王斑：《全球化阴影下的历史与记忆》，南京大学出版社 2003 年版，第 32 页。

平和永存"① 只是一种不切实际的幻想。事实上，国家意识反倒使鲁迅确立了一种"比较既周，爱生自觉"的主体意识，并由此建构出了一种独特的启蒙诗学。从一开始，鲁迅就遭遇了"欲扬宗邦之真大"的救亡问题，而他也在一开始就在本末之辨中以"效不显于顷刻"② 的启蒙诗学做了解答。直到晚年加入左联，鲁迅所想到的还是如何以大众语、图画之类的启蒙方式促进民众的觉醒问题，并没有因为革命话语的炙手可热而放弃基本的启蒙立场。可以说，鲁迅的启蒙理想尽管不以救亡目的为满足，也不以政治斗争为手段，但也是为了救亡，或者说包含了救亡。

如果说在鲁迅开始思考如何"大其国于天下"③ 的问题时，救亡还停留在"图富强"的阶段，那么随着全面抗战的爆发，救亡则就真的成了必须"救亡"的现实问题。而在这一时期，鲁迅已辞别人世，他所无法经历的启蒙命运由他的弟子胡风做了一种悲壮的承担，也由他的弟弟周作人做了一种难堪的说明。曾经同气相求的同胞兄弟因家事而分裂，从此经历了两种不同的人生选择，一个为道德光环所笼罩，一个被道德阴影所纠缠，不能不让人扼腕叹息。然而，以人事之间的决绝来说明周氏兄弟精神世界的隔膜，我总觉得是不可想象的事情。当两个人在各自的晚年文字中相互提到对方，语言中有不满，却也有同情，而从出于自尊而相互压抑的文字联系中，不也可以看到一种思想上依然可以相互说明与沟通的可能吗？面对沦陷的北平，尽管可以想象周氏兄弟在选择去留问题上的大不同，但在二人相互坚持的启蒙问题上，周作人所经历的那种"失败主义式的抵抗"④ 命运，与鲁迅又何尝没有一种隐秘而深刻的精神联系呢？

---

① 鲁迅：《集外集拾遗补编·破恶声论》，载《鲁迅全集》第 8 卷，第 34 页。
② 鲁迅：《坟·摩罗诗力说》，载《鲁迅全集》第 1 卷，第 71 页。
③ 鲁迅：《坟·摩罗诗力说》，载《鲁迅全集》第 1 卷，第 101 页。
④ [日] 木山英雄：《北京苦住庵记：日中战争时代的周作人·致中文版读者》，赵京华译，生活·读书·新知三联书店 2008 年版，第 3 页。

一、"真的科学精神":"重知"与"重伦理"之辨

在中国,像日本学者木山英雄那样希望"能够以更为自由的心境来阅读周作人"①,恐怕是很困难的事情。由汉奸污名带来的道德"原罪",是阅读周作人的中国学者无法绕过的难题。理直气壮的道德批判成为一种无法深入阅读的知识障碍,似乎是一种悖论,然而事实又的确如此。围绕周作人在沦陷时期的"失节"行为,研究者之间的争议甚至不是如何研究,而是该不该研究的问题。这似乎是个案现象,但实际上触及了一个更深层也更普遍的问题:如何看待文学史研究中的知识与道德关系?不厘清这个前提问题,就无法解决长期以来一些纠缠不休的老问题。首先,在学术态度上,道德与知识的相互关系应该是怎样的,如何理解"道德高于知识"的学术原则?其次,周作人作为一个五四时期以反礼教闻名的启蒙思想者,能否因为行为方面的道德沦丧问题忽视其知识方面的道德学说价值,或者因为知识方面的道德学说价值回避其行为方面的道德问题?再次,能否如目前一种看似客观、辩证的流行做法那样,将周作人的文学与道德问题一分为二来论述?如果就此分割,一个完整的周作人势必会成为两个完全相反的形象:一个是完美的道德说教者,一个是丑恶的道德背逆者。进一步说,周作人的思想与行为即使存在分裂的两面性倾向,这也是一个人的整体表现,只能放在整体的视野中来考察。否则,自相矛盾、相互分裂的研究是否还属于周作人自己,是否还具有合乎实际的认知价值?

在社会角色与责任意识上,知识分子无论是知识的创造者还是传播者,无论是道德的立法者还是阐释者,也无论思想信仰前后发生了

---

① [日]木山英雄:《北京苦住庵记:日中战争时代的周作人·致中文版读者》,赵京华译,生活·读书·新知三联书店 2008 年版,第 1 页。

怎样的变化、之间又有怎样的分歧，知识与道德作为精神生活的一体两面，始终是他们关注的基本问题。对"五四"以来的现代中国知识分子来说，知识与道德的启蒙使命是他们承担的基本职责，二者互有分际而不可分割。对于试图将知识与道德强行分割的做法，鲁迅在留日时期就曾著文批判说："故人有谓知识的事业，当与道德力分者，此其说为不真，使诚脱是力之鞭策而惟知识之依，则所营为，特可悯者耳。"① 自晚清以降，中国儒家的天理世界观逐渐为科学的公理世界观所取替，在知识上逐渐形成了相对完整的科学知识谱系，而道德也被纳入了这一知识谱系之中。在这个意义上，汪晖指出："'五四'新文化运动也是一个科学话语共同体的运动，即一个将科学的信念、方法和知识建构为'公理世界'的努力。"② 周作人在总结自己的启蒙理念时便集中在科学知识与道德思想这两个方面。他反复强调的"常识"就是"人情与物理"："前者可以说是健全的道德，后者是正确的智识"。而其要求也是这两点："其一，道德上是人道，或为人的思想，其二，知识上是唯理思想。"③ 对周作人来说，知识与道德是他关注的两个基本问题，是其启蒙思想的一体两面。尽管对传统的载道文学心存反感，周作人还是发现，"自己一篇篇的文章，里边都含着道德的色彩与光芒"。他由此反省说："我原来乃是道德家，虽然我竭力想摆脱一切的家数，如什么文学家批评家，更不必说道学家。我平素最讨厌的是道学家（或照新式称为法利赛人），岂知这正因为自己是一个道德家的缘故；我想破坏他们的伪道德不道德的道德，其实却同时非意识地想建设起自己所信的新的道德来。"④ 在这里，"新的道德"即"人

---

① 　鲁迅：《坟·科学史教篇》，载《鲁迅全集》第 1 卷，第 29 页。

② 　汪晖：《作为科学话语共同体的新文化运动》，载《现代中国思想的兴起》第二部（下卷），生活·读书·新知三联书店 2004 年版，第 1208 页。

③ 　周作人：《一蒉轩笔记·序》，载陈子善、张铁荣编：《周作人集外文》下集，国际新闻中心出版社 1995 年版，第 575 页。

④ 　周作人：《雨天的书·自序二》，载《周作人自编文集·雨天的书》，河北教育出版社 2002 年版，第 2—3 页（以下引用均为此版本，不再详注）。

道"，是建立在理性思想与科学知识的基础上的，它反对虚伪的道学，不反对道德本身。周作人后来在梳理自己"思想径路的简略地图"时，就盛赞荷兰人威思忒玛克教授的"大著《道德观念起源发达史》两册，于我影响也很深"，因为"阐明这道德流动的专著，使我们确实明了的知道了道德的真相，因此也不免打碎了些五色玻璃似的假道学的摆设"①。周作人推崇这部书，是希望以科学的方式认知道德的真相，兼具道德与知识教育的双重目的。在1925年著名的"青年必读书"事件中，周作人为青年人开列了十部书，其中就有威思忒玛克的这部道德学著作，用心可谓良苦。

在知识与道德的学术关系上，强调"道德高于知识"或"良知先于理论"的学术原则在中西方并无不同，但具体的学术态度与理解又存在很大差异。如果说苏格拉底的"知识即美德"更崇尚知识的力量，孔子的"有德者必有言"则更强调道德伦理的重要性。在学术原则的理解方面，康德（Immanuel Kant）指出，"学问的本性似应要求随时把经验的部分和理性部分谨慎分开"，"在实践人学之前，再加一个道德形而上学"②。而道德形而上学之所以成为"真正的最高道德原则"，首先是因为它"无不超于一切经验"，"都是先于经验而存在的，并必然具有普遍性或抽象性"；其次是因为它"完全以纯粹理性为根据"③。孔子的一部《论语》反复阐释的也是"道德高于知识"的理念，但儒家的道德规范完全不同于康德的道德形而上学，它混杂着宗教、政治、伦理等不同经验层次的东西，具有鲜明的功利主义和实用主义倾向，因而常常为统治者所操纵和利用④。在实用主义的思维模式下，学术研究的道德原则很容易被不同时期道德化的主流意识形态所取

① 周作人：《我的杂学》，载《周作人自编文集·苦口甘口》，第71—72页。
② ［德］康德：《道德形而上学原理》，苗力田译，上海人民出版社2005年版，第3页。
③ ［德］康德：《道德的形而上学基础》，载周辅成主编：《西方伦理学名著选辑》下卷，商务印书馆1987年版，第360—361页。
④ 参见刘士林：《新道德主义》，百花洲文艺出版社2002年版，第122—123页。

替，成为一种道德霸权。从表面上看，意识形态化的道德话语似乎占有高高在上的绝对统治地位，但实际上已下降为一种可以随意主宰知识解释权的工具性的东西，与道德不涉功利的"普遍性"和"纯粹理性"原理是相违背的。熟谙东西两种文明的周作人对此有着非常清楚的认识。一方面，他赞赏希腊"为知识而求知识的态度甚可尊重，为纯粹的学问之根源"，是一种"真的科学精神"①；一方面他也感叹"中国儒家重伦理"而"持之太过"②，以致求知态度"在中国又正是缺少"③。

　　具体而言，道德实用主义会给学术研究带来如下问题：其一，将道德与知识混为一谈以致混乱莫辨。道德与知识在学术研究中相互制衡而互有分际，二者不可分割但也互有分别。而儒家"尊德性"的特殊要求，使得知识研习本身即是迈向一种君子理想的道德实践，知识是为道德服务的知识，道德是作为知识传授的道德。这种德智混淆、漫无分际的教育模式实质上是一种道德本位主义，不可能产生纯粹的求知态度。具有东方伏尔泰之称的日本思想家福泽谕吉就此指出，"文明的进步是与社会总的智德发展有关"，但必须像"西洋"那样将智、德区分开来。④其二，容易将"道德高于知识"置换为"道德取代知识"，出现唯道德主义的倾向。梁漱溟指出，"中国自有孔子以来，便走上了以道德代宗教之路"⑤。在政教合一的君主专制体制中，如果能够"以道德代宗教"，那么道德就可以取代道德以外的一切东西了，包括知识与学术。历史学家黄仁宇就曾批评中国过去的史书，都"以传统官僚政治的目光进行编撰"，用道德意识形态来替代事实的了解，为此他特别提倡一种强调技术数字与知识态度的大历史

① 周作人：《希腊的余光》，载《周作人自编文集·苦口甘口》，第52页。
② 周作人：《论小说教育》，载《周作人自编文集·苦口甘口》，第27页。
③ 周作人：《希腊的余光》，载《周作人自编文集·苦口甘口》，第52页。
④ ［日］福泽谕吉：《文明论概略》，北京编译社译，商务印书馆1959年版，第73页。
⑤ 梁漱溟：《中国文化要义》，学林出版社1987年版，第61页。

观察法①。学术态度没有道德原则是不行的，不过只有道德批评也是大有问题的。当道德批评取代并否定了知识自身的独特功能后，知识就必然沦为实用性的工具。其三，学术研究道德原则的至上性有可能变异为个人的道德傲慢，而个人的道德傲慢又必然产生知识的偏见。道德优越感本身并没有错，问题是它用错了地方。以居高临下的道德审判姿态面对研究对象，不可能产生"历史的同情"态度，也不可能产生"真的科学精神"。

对道德实用主义所产生的问题，周作人深知其弊。他发现，即使是文字狱，中西方也有很大的不同。西方教会敌视科学，烧死布鲁诺等人，"总称之曰非圣无法"，而"中国历史上有过许多文字思想的冤狱，罪名大抵是大逆不道，即是对于主权者的不敬，若非圣无法的例案倒不大多，如孔融嵇康李贽等是，在西欧宗教审判里则全是此一类"②。西方宗教审判制造出的是知识悲剧，中国礼教的"以理杀人"则完全是道德性质的。因此，道德教化思维在中国历史上培养出了无数像伯夷、叔齐那样为君王殉节的道德榜样，而很少出现像苏格拉底、布鲁诺这样为真理献身的知识英雄。也因此，周作人不对中国传统的道德人物表佩服，而向西方"超越利害，纯粹求知"的科学精神致敬礼。出于"科学教育"不发达的历史认知和补偏救弊的现实目的，周作人呼吁国人在学术态度上应该好好学习希腊"那样的超越利害，纯粹求知而非为实用"③的求真精神。即使在致力于以西学重新解释儒学的后期，周作人仍试图在中国学术思想传统中发掘可能被道学家所遮蔽的"科学精神"，他坚持认为，"重知的态度是中国最好的思想，也与苏格拉底可以相比，是科学精神的源泉"④。但同时也感叹说："爱真理的态度是最可宝贵，学术思想的前进就靠此力量，只可惜在中国

---

① 转引自龚鹏程：《近代思潮与人物》，中华书局 2007 年版，第 19 页。

② 周作人：《妖术史》，载《周作人自编文集·书房一角》，第 17 页。

③ 周作人：《希腊人的好学》，载《周作人自编文集·瓜豆集》，第 85 页。

④ 周作人：《情理》，载《周作人自编文集·苦竹杂记》，第 197 页。

历史上不大多见耳。”① 在这个意义上，我们也许可以理解周作人在上下几千年的历史长河中，为什么只找到王充、李贽、俞理初这三个让自己真心佩服的人；而这三人能入其法眼，也是因为在他看来，他们皆有“疾虚妄，爱真理”的求知态度，他甚至把自己的这种发现，以显得有些矛盾的方式称为“现代化的中国固有精神”，并极力赞许。②

出于对中国学界问题的认知，周作人对那些总是“一脸凶相”与“傲慢”的伪君子、假道学极为憎恶，他斥责这些人“不知道自己也有弱点，只因或种机缘所以未曾发露，自信有足以凌驾众人的德性”，“幸灾乐祸，苛刻的吹求”，“是怎样可怜悯可嫌恶的东西！”③ 不消说，周作人说这些话时也是充满了道德义愤的。这表明，他所强调的求知态度并不排斥道德原则，所反感的只是一种高高在上的道德傲慢罢了。从这样的考虑出发，周作人特别重视被道学家视为禁区的女性贞节问题，反复强调要“多作学术的研究，既得知识，也未始不能从中求得实际的受用”④。出于对求知态度的强调，他甚至说：“对于‘不道德的’文人，我们同圣人一样的尊敬他。他的‘教训’在群众中也是没有人听的，虽然有人对他投石，或袖着他的书，——但是我们不妨听他说自己的故事。”⑤ 对“不道德的文人”表示“尊敬”大可不必，但“不妨听他说自己的故事”，保持宽容与理性的知识态度，却是值得注意的。

似乎一语成谶，当十多年后周作人出任伪教育督办时，他大概不会想到自己也会成为民众眼里“不道德的文人”。虽然多少有些反讽，但周作人提醒国人的求知态度和科学精神，并不能因为后来的道德问题被一并遗弃。周作人的失足已是一种道德悲剧，如果我们还口口声

① 周作人：《我的杂学》，载《周作人自编文集·苦口甘口》，第 64 页。
② 周作人：《药味集·序》，载《周作人自编文集·药味集》，第 1 页。
③ 周作人：《抱犊谷通信》，载《周作人自编文集·谈虎集》，第 283—284 页。
④ 周作人：《北沟沿通信》，载《周作人自编文集·谈虎集》，第 279 页。
⑤ 周作人：《教训之无用》，载《周作人自编文集·雨天的书》，第 114 页。

声以道德的名义拒绝他的一切，不过是又增添一层求知精神的悲剧而已。相较而言，日本学者木山英雄的周作人研究是一个很好的启示。对日本"逼使周作人走到绝境"，木山也有深深的道德负罪感，不过他也指出，对于周作人与日军所谓"'合作'的主观方面以及'合作'中的抵抗等等，也只能视为'酌情'范围之内的问题"①。在这里，"酌情"并没有特殊内涵，不过是为了探究历史问题而尽量保持一种纯粹求知的态度罢了。所以，"与其说为了酌情的根据为了他的名誉，不如说为了作为直接亲切的理解所不可缺少的具体细节而追究那些事实。"② 木山的研究之所以没有国内学者所说的那种"隔绝感"，就是因为他对"战争期间曾吹捧一时而战后则默杀，其悬隔之大，实在是很势利眼的"③ 现象表示反感，而坚持了自己所期待的"复杂关系之体验而获得证实"④ 的求知态度。在这个方面，如果说"回到鲁迅"已成为鲁迅研究的一种共识，那么作为一种基本的方法论，"回到周作人"也是必需的。

其实，反观整个现代文学史研究，何尝不需要周作人所提醒的那种求知态度？周作人研究中的"以道德代知识"倾向，不过是其中一个比较突出的侧面而已。尽管现在的学人更喜欢使用"客观""辩证""科学""理性"这样一些知识分析性质的现代语词，但"博学于文，约之于礼"的道德宣教恐怕还扎根在很多人无意识心理的深处吧。在这样的思维模式中，文学史的知识秩序就是道德秩序，文学史观也很容易沦为一种轻视知识且等级森严的道德排序。如果作者有某种不

---

① ［日］木山英雄：《北京苦住庵记：日中战争时代的周作人》，赵京华译，生活·读书·新知三联书店 2008 年版，第 5 页。

② ［日］木山英雄：《北京苦住庵记：日中战争时代的周作人》，赵京华译，生活·读书·新知三联书店 2008 年版，第 5—6 页。

③ ［日］木山英雄：《北京苦住庵记：日中战争时代的周作人》，赵京华译，生活·读书·新知三联书店 2008 年版，第 7 页。

④ ［日］木山英雄：《北京苦住庵记：日中战争时代的周作人》，赵京华译，生活·读书·新知三联书店 2008 年版，第 7 页。

合乎意识形态道德要求的问题，他们的文学就会受到牵累；即使有很优秀的创作，也不应该排在"进步作家""革命作家"的前面，甚至不允许进入文学史的研究视野。从过去沈从文、张爱玲、穆旦等优秀作家的被埋没，到后来闹着要为沦陷区文学研究"降温"的争议，这样的事情不是一直在发生吗？当埋没于地下的优秀文学被人们重新认知，文学史的权力秩序势必会发生动摇，既有的意识形态与道德规范也势必会受到挑战，重写文学史所触动的敏感神经其实就在这里。从这方面说，要求重写文学史实质上是求真精神对道德主义的抵抗，其症结也不在于"以何为本位"的观念转变，而在于"为何为本位"的道德分界。周作人并不否认文学与道德存在联系，但并不认为它们存在一一对应的直接联系。他给"人的文学"下过"当以人的道德为本"的定义，但同时援引蔼理斯的话说："这是一个很古的观察，那最不贞节的诗是最贞节的诗人所写，那些写得最清净的人却生活得最不清净。"① 文学与道德之间所存在的复杂联系，也再次提醒人们：历史书写注定是一个永无休止的求知过程，而非一劳永逸的道德形象工程。而在我国，道德实用主义的教训已弥足深重。

二、反"气节的八股"：民族危机与气节批判

回头再看周作人的"失节"问题，因为触犯了基本的道德底线，就更需要以知识的态度来检讨与面对。周作人事敌的道德问题不可否认，但并不意味着其道德学说的价值可以被完全否认。就像保罗·约翰逊（Paul Johnson）的《知识分子》一书揭露卢梭（Jean-Jacques Rousseau）、雪莱（Percy Bysshe Shelley）等人的道德问题一样，我们不能根据他的道德学说来认定他的道德行为，也不能根据他的道德行

---

① 周作人：《文艺与道德》，载《周作人自编文集·自己的园地》，第 89 页。

为否定他的道德学说。亚里士多德（Aristotle）指出，"善的知识"不等于"善的行为"，有了善的观念，未必会有善的行为。因为道德不仅是认识的问题，更是选择的问题。正如一位主教回答别人质询时说："当有人打我的左脸时，我知道应该做什么，但是我不知道我将会做什么。"① 在应然和实然之间，其实有很多道德之外的因素，是不能仅用道德问题来解释的。道德责难是应该的，但一味责难或止于责难，也无助于问题的深化与解析。

要对周作人的气节观念进行历史分析，首先需要对气节概念的历史进行分析。在先秦文献中，并没有"气节"一词，"气"和"节"都是意思各自独立的单音词。"气"和"节"所代表的两种思想也各有源流，差异很大。相较而言，孟子喜言"正气"，"吾善养吾浩然之气"② 是为其征；而荀子喜讲"礼节"，"行礼要节"③ 可谓代表。孟子论"气"意在弘扬士气"至大至刚"的一面，培养"富贵不能淫，贫贱不能移，威武不能屈"的"大丈夫"人格，这与其主张"君有过则谏"④、道尊于势的思想是一致的。而到了荀子那里，"处士横议"的战国时代已近尾声，与荀子"非谏诤""尊君统"思想相应的礼节观，强调的是对君权秩序和纲常伦理的认同。朱自清据此指出，"气"与"节"是相互对立的，应该分开来理解，比如："气是敢作敢为，节是有所不为"；气是"动"的，节是"静"的；气是"积极"的，节是"消极"的。⑤随着秦汉以来君权秩序的不断强化，气节概念在此后逐渐化合为士人共同遵奉的一种道德律令的东西，而这是以"气"的不断弱化为代价的。气节内涵在后来演化为有"节"无"气"的名节、志节、士节；士人的道德理想不是入世的"忠节之臣"，便是避世的"高节之士"，

① 佘碧平：《知识分子的背叛·译者的话》，上海人民出版社2005年版，第3页。

② 《孟子·公孙丑章句上》。

③ 《荀子·儒效篇第八》。

④ 《孟子·滕文公章句下》，《孟子·万章章句下》。

⑤ 朱自清：《论气节》，载《朱自清全集》第3卷，江苏教育出版社1988年版，第152页。

都决不是偶然的。谭嗣同曾为此痛斥说，二千年来之秦政与二千年来之荀学，是"大盗"与"乡愿"的苟合，它们制造了"数万而未已"的为"一姓之兴亡"的"死节者"，实乃"本末倒置"的道德悲剧。① 谭嗣同遇难后，梁启超在《仁学序》中将其誉为"中国为国流血第一烈士"，而非报清帝之恩的"死节者"，也是突出了其"正气"的一面，不失为一种知见。

尽管对传统气节有过猛烈的批评，谭嗣同的思想基本还停留在民贵君轻的传统儒学阶段，不可能实现道德观念的现代转化。周作人也认同民本观念，但这只是他整个道德学说中的一部分，并且是经过了现代思想的重新过滤与整合的。在这一点上，他无疑超越了前人。凭借他所欣赏的那种希腊式的纯粹求知态度，和他所接受的"生物学人类学以及性的心理"等一些"现代科学常识"②，周作人对包括气节在内的传统道德学说，始终保持了一种相对理性的批判精神。在新文化运动初期，他是其中最早由文学问题自觉转向道德问题的一个，即使在 20 世纪 30 年代国难日峻而忠孝气节"喊声甚高"的时候，他仍坚持这样的批判态度。尽管动荡不安的现实常常给他"质朴、明朗"的信仰带来"阴暗的影子"③，他也从未放弃过自己的这种理性坚持。在这一点上，他无疑也超越了自己同时代的许多人。

对于周作人，人们一般多喜谈他格调冲淡、境界平和的小品文，这不能说是错误，但至少有一些误解。其实，周作人的着眼点始终在"思想革命"和"人的问题"，他自己也更看重"反礼教"的启蒙工作。如果仔细阅读《人的文学》这篇纲领性的名文，就会发现，周作人从一开始关注的重点就不是文学的形式问题，而是人的道德问题。他的目的很明确，就是"希望从文学上起首，提倡一点人道主义思想"。因为是要"提倡一点人道主义思想"，文章开头就由"欧洲关于'人'

① 蔡尚思等编：《谭嗣同全集·仁学》，中华书局 1981 年版，第 337、340 页。
② 周作人：《我的杂学》，载《周作人自编文集·苦口甘口》，第 76 页。
③ 周作人：《凡人的信仰》，载《周作人自编文集·过去的工作》，第 54 页。

的真理发见"说起，批评"违反人性不自然的习惯制度"，以及妇女殉节等一些"畸形的所谓道德"，结论是"人的文学，当以人的道德为本"。很明显，文章通篇谈论的都是人的"道德"问题，而非人的"文学"问题。所以，将"人的文学"理解为文艺主张固然不错，理解为道德学说也未尝不可。以周作人这样的问题意识和理论兴趣，随后便明确提出"思想革命"的主张是必然的趋势。他后来回忆时就说："当我起头写文章的那时，'文学革命'正闹得很起劲，但是我的兴趣却是在于'思想革命'的方面，这便拉扯到道德方面去，与礼教吃人的问题发生永远的纠葛。"[1]

发表于 1918 年的《人的文学》与《平民文学》两篇文章，一开始就借文学问题，批评"愚忠愚孝"一类的道德礼法问题"不合理，不应提倡"。而从 1919 年连续发表《思想革命》《祖先崇拜》以来，周作人就明确"由文学而转向道德思想的问题"，对"忠孝节烈"的"荒谬思想"与"三纲"理论展开了持续的攻击与批评。[2] 在这一时期，周作人对道德问题的关注，一部分是像《萨满教的礼教思想》所说的那样"研究礼教"，属于理论方面的检讨；一部分指向现实生活中的妇女与儿童问题。至于文人的气节问题，似乎还没有明确的指向与专门的讨论。随着 20 世纪 30 年代民族救亡形势的变化，气节问题的讨论就显得极为迫切了，而周作人此时也有了更为切己的体验，问题意识就逐渐由妇女儿童延伸到文人的气节方面。周作人的气节观念，在思想上发端于他以"反礼教"为目标的个性主义与人道主义，在理论上来源于生物学、人类学等方面的"现代科学常识"。由此出发，他的气节观念与道德批判在理论层面上主要指向以下几个方面：

其一，不具有道德原则的普遍性。周作人在《平民文学》一文中指出："真的道德，一定普遍，决不偏枯。"而鲁迅在《我之节烈观》

---

[1] 《周作人自编文集·知堂回想录》（下），第 649 页。
[2] 周作人：《过去的工作》，载《周作人自编文集·过去的工作》，第 83 页。

中也说过这样的话："道德这事，必须普遍，人人应做，人人能行，又于自他两利，才有存在的价值。"周氏兄弟的道德观和康德所讲的道德形而上学在这里是同一意义。周作人并不否定"忠孝贞节"，而且认为"此三者本亦不坏"，但也指出，所谓"臣罪当诛，天王圣明，曰天下无不是的父母，曰饿死事小，失节事大"，只是"对君父与夫的服役""专为权威张目""容易有威福的倾向"。其精神是狭隘、自私和"利己"的，与"知己之外有人，而己亦在人中，利他利己即是一事"① 的仁爱精神、人道思想是相违背的。

其二，有违"人情物理"，不是"健全的道德"。在周作人那里，一切可以称作"经典"和"名言"的，都是因为合乎人情物理②。在他看来，人情是合乎"自然"的人性，物理只是"普通的常识"罢了③。可惜的是，"言文人多喜载道主义，又不能虚心体察，以致人情物理都不了解，只会闭目诵经，张口骂贼，以为卫道"④。对于道学家不懂常识而自以为是、不通人情而妄谈性理，周作人极为厌恶。比如，对一向被视为气节典范的齐人"不食嗟来之食"，李贽点评为"道学可厌，非夫子语"，周作人就赞其批得"不错"，认为这是"真的儒家通达人情物理"之语。⑤ 而他之所以佩服蔼理斯，也在于其"参透了人情物理，知识变了智慧，成就一种明净的观照"⑥。因此，他对中国思想问题的一个总评语就是："中国有顶好的事情，便是讲情理，其极坏的地方便是不讲情理。"⑦

其三，缺乏科学态度和知识基础。周作人的道德观是建立在"现代科学证明的普通之常识"的基础上的。他称赞生物学为"最有益的

---

① 周作人：《道德漫谈》，载《周作人自编文集·药堂杂文》，第 56、57 页。

② 周作人：《我的杂学》，载《周作人自编文集·苦口甘口》，第 73 页。

③ 周作人：《俞理初的诙谐》，载《周作人自编文集·秉烛后谈》，第 34 页。

④ 周作人：《画蛇闲话》，载《周作人自编文集·夜读抄》，第 185 页。

⑤ 周作人：《读初潭集》，载《周作人自编文集·药堂杂文》，第 132 页。

⑥ 周作人：《性的心理》，载《周作人自编文集·夜读抄》，第 32 页。

⑦ 周作人：《情理》，载《周作人自编文集·苦竹杂记》，第 197 页。

青年必读书"，认为："读一本《昆虫记》，胜过一堆圣经贤传远矣"①；
"观察生物的生活，拿来与人生比勘"，"是比讲道学还要切实的修身
功夫，是有新的道德的意义的事"②。1935年的查禁风波中，吕思勉因
在所著《自修适用白话本国史》一书中贬岳飞而赞秦桧，引起争议。
周作人的反应首先也是一种尊重历史的科学态度，他问的是：有没有
知识根据？结果他发现，前人已有此论，有书可以查证。"至于现今
崇拜岳飞唾骂秦桧的风气我想还是受了《精忠岳传》的影响，正与民
间对于桃园三义的关公与水泊英雄的武二哥之尊敬有点情形相同。"③
他后来也多次说，民间的道德教育多来源于小说演义、说书与唱戏之
类，知识并不可靠，思想也多含谬误。虽然大骂秦桧是"人情之常"，
但"极致颠倒，则为无理矣"。他由此在《论小说教育》一文中批评
说，中国学人读小说与读史不分，"把许多事都弄颠倒了，史书只当
作写史论的题目资料"，"而演义说部则视若正史"，要救治此弊，周
作人认为"最先应做的乃是把中上级的知识提高"。周作人后来在写
作具有回顾性的《过去的工作》一文时，又将自己的道德理论进一步
概括为两个"反对"、两个"梦想"：反对的是"三纲式的思想，八股
式的论调"，梦想的是"伦理之自然化，道义之事功化"。前者着眼于
传统道德问题的批判，后者着眼于现代道德学说的建设。周作人的道
德批判是从"健全的道德，正确的智识"出发的，周作人的道德建设
也是朝这个目标而去的。虽然他的道德思想在不同时期各有侧重，但
理论基础却是系统而稳固的，态度观念也是始终如一的。对于在20
世纪30年代成为核心问题的气节观念，周作人也延续了这样的思考
方式与批判态度。即使在背弃了要做苏武的道德承诺时，他的道德观
念与态度也没有发生什么改变。我们也许无法完全理解周作人在事敌
之后，还要把《关于朱舜水》这样赞美"学问气节"的文章收入文集

---

① 周作人：《蠕范》，载《周作人自编文集·夜读抄》，第40页。
② 周作人：《百廿虫吟》，载《周作人自编文集·夜读抄》，第146页。
③ 周作人：《岳飞与秦桧》，载《周作人自编文集·苦茶随笔》，第175—176页。

是怎样的心态；但可以确认的是，周作人在行为层面上背叛了自己的道德理想，在理论层面上仍忠实于自己的道德学说，并没有因为自己行为上的错误选择而放弃自己理论上没有错误的道德学说。也许，在一个人言行不能相顾而自知行事之丑的时候，理论学说的坚持是其脆弱人格的一种最大的精神安慰与心理补偿吧。

从发生"思想革命"的兴趣以来，周作人就与道德礼教问题"发生了永远的纠葛"，而到了 20 世纪 30 年代，这种道德纠葛又遭遇了启蒙与救亡的现实问题。在这样的理论纠葛和现实纠缠中，周作人的气节观念显示了自己独特的问题指向。在许多文人热情鼓吹气节的时候，周作人的态度更为理性与复杂。和大家一样，他也极力呼吁国人要以"真气节"承担起救国的责任；但和大家不一样的是，他并没有因此放弃批判气节的启蒙责任。与救亡相纠缠的气节话语在国运维艰之时的"中兴"是有历史合理性的，但越是不加批判与反思的宣扬，也越会暴露出其荒唐与迂腐的一面。鲁迅此时看到教授学者们大谈"为复兴民族之立场言，教育部应统令设法标榜岳武穆，文天祥，方孝孺等有气节之名臣勇将，俾一般高官戎将有所法式云"，嘲讽其为"寻开心"。① 周作人从自己的道德理论出发，也敏锐地觉察到了"气节的八股化"问题。他担心被政府大肆宣传的气节话语，会在爱国主义、民族主义旗号下出现"封建时代遗物之复活"的后果。作为国家领袖的蒋介石，在当时的《中国的命运》中所极力鼓吹的正是这样一套要求"为国家尽全忠，为民族尽大孝"的封建伦理道德。而一些文人对气节话语随声附和、变本加厉的张扬，也让周作人看到了自己所厌恶的一种八股腔调。在他看来，"因为考试取士，千余年来文人养成了一套油腔滑调"与"八股策论的做法"，它培养了文人"热心仕进""给强权帮忙"的奴性心理，结果使三纲理论中"本来相对的关系变为绝对，伦理大见歪曲，于是在国与家里历来发生许多不幸的

---

① 　鲁迅：《且介亭杂文二集·"寻开心"》，载《鲁迅全集》第 6 卷，第 280 页。

事"①。他为此痛斥说，八股是封建帝王"治天下愚黔首的法子"，其恶毒远甚于读经与焚书坑儒。②

周作人借气节八股化的思想问题来批判现实问题，还有一个被人们忽略的对象就是同样有"东方道德""特色"的日本。他指出，"现时"日本的军国主义，就是深受"偏激的气节说"这"一大害"的影响。"偏激"在于其强化了日本武士道精神中绝对服从君权的"愚忠愚孝"一面，结果是在内"欲用暴烈手段建立法西派政权"，在外"不惜与世界为敌，欲吞噬亚东"。周作人警告说："此种东方道德在政治上如占势力，世界便受其害，不得安宁，假如世上有黄祸，吾欲以此当之。"③周作人对日本法西斯主义及其思想根源的批评，同时也隐含着对正在大肆宣传忠孝气节的国民政府的警惕。他担心中国会由此走上与日本同样的道路，害人害己，为祸世界。事实上，蒋介石当时鼓吹的强国之路，正是以日本武士道"忠君爱国"的精神为模范的。如果说，同时代的许多人是在以鼓吹气节的方式来抵抗日本对中国的侵略，周作人则是以批判气节的方式揭露日本对世界的危害，同时也未放弃对本国政府鼓吹忠君爱国的批评。区别之处还在于，作为一个在日本学者眼里"通晓日、英、希腊三国语的诚实的文学启蒙主义者"④，周作人关注的对象，除了"中国"，还有"世界"；除了"民族"，还有"人类"。

周作人批评气节的八股化，一方面是注意到气节由"侠义这一路，自是男子汉的立场"堕落为"臣子为君死节"的"妾妇之道"⑤；一方面是因为文人向来高谈阔论、不重事功的陋习。有感于明亡之痛，颜习斋反对道学家空谈性理而力倡实行思想，对道学家素无好感的周作

---

① 周作人：《过去的工作》，载《周作人自编文集·过去的工作》，第84页。
② 周作人：《关于焚书坑儒》，载《周作人自编文集·苦竹杂记》，第24、25页。
③ 周作人：《颜氏学记》，载《周作人自编文集·夜读抄》，第26页。
④ [日]木山英雄：《北京苦住庵记：日中战争时代的周作人》，赵京华译，生活·读书·新知三联书店2008年版，第3页。
⑤ 周作人：《〈虎牢吟啸〉后序》，载陈子善、张铁荣编：《周作人集外文》下集，国际新闻中心出版社1995年版，第661页。

人对此也深有共鸣。他多次引用"愧无半策匡时难，惟余一死报君恩"的诗句，批评死节者"什么事都只以一死塞责，虽误国殃民亦属可恕，一己之性命为重，万民之生死为轻，不能不说是极大的谬误"。同时，他也看到许多高喊气节的人只是"唱高调"，所以感叹"何尝有真气节，今所大唱而特唱者只是气节的八股罢了"①。严峻的民族危机需要所有国人来响应救亡的时代吁求，但历史教训与现实问题也使周作人在提倡"真气节"的时候，不得不作出谨慎的分析。虽然没有像朱自清那样将气的积极性和节的消极性区分开来，但他也意识到其中存在的消极性问题，从而提出了"道义事功化"的主张。所谓"道义事功化"，强调的就是将道义转换为行动，落实到一点一滴的做事上来，真正承担起责任。周作人引用顾炎武"天下兴亡，匹夫有责"的话说："保存一姓的尊荣，乃是朝廷贵人们的事情，若守礼法重气节，使国家勿为外族所乘，则是人人皆应有的责任。"周作人首先把"一姓的尊荣"与"国家"、"朝廷贵人"与"人人"区分开来，指出朝廷与国家、臣民与国民的不同，是警惕有些人趁机把愚忠愚孝的封建道德与公民的国家责任混为一谈。同时他也指出，"大家的责任就是大家要负责任"，"需要的是实行，不是空言，是行动，不是议论"。②学者陈登原对此也深有同感。他在这一时期发愤完成《颜习斋哲学思想述》一书，并附录梁启超的《颜李学派与现代教育思潮》、章太炎的《正颜》、周作人的《颜氏学记》三人的论颜学之文，就是有感于"雄关半圯，辽沈新亡；江南《燕子》之曲，海上门户之争，有怀往昔，殊不能不太息于明季也"，希望能"明源寻流"，以"崇实笃行"的思想挽救时弊。

　　周作人批评气节，指向的是八股化问题，不是否定气节本身。他希望通过合理的"修正"，使其更适应现代人的道德需求，并能在现实中发挥更积极的效用。他指出："我不希望中国再出文天祥，自然

---

① 周作人：《颜氏学记》，载《周作人自编文集·夜读抄》，第 26 页。

② 周作人：《责任》，载《周作人自编文集·苦竹杂记》，第 201—202 页。

这并不是说还是出张弘范或吴三桂好，乃是希望中国另外出些人才，是积极的，成功的，而不是消极的，失败的，以一死了事的英雄。"①鲁迅没有周作人这样的理论自觉，但看法是一致的。他发现，"印给少年们看的刊物上，现在往往见有描写岳飞呀，文天祥呀的故事文章"，鲁迅斥责这不是"登错"，就是"低能"。在他看来，虽然"这两位，是给中国人挣面子的，但做现在的少年们的模范，却似乎迂远一点"。因为"武的呢"，"被十二金牌召还，死在牢狱里；文的呢，起兵失败，死在蒙古人的手中"。② 二者皆以失败而告终，本质上也都是一种为礼法所困的道德悲剧。

周作人对气节八股化的批判是从其"伦理自然化，道义事功化"的道德理论出发的。"伦理自然化"是"根据现代人类的知识调整中国固有的思想"，"道义事功化"则是"实践自己所有的理想适应中国现在的需要"。③这样的态度是批判的，也是建设的；目的是为了救亡，也是为了启蒙。在民族主义热情高涨的年代，像周作人这样一面呼吁要从行动上承担起救亡的责任，一面还试图以冷静的理性态度承担启蒙责任的，终究是少数。因为是少数，周作人的气节观念表现出了其独特的理论思考与价值；也因为是少数，这种观念未必会被人们充分理解与接受。尤其是后来的变节事敌，更使他在沦陷之前的所有气节批判，都不可避免地蒙上了一层道德阴影，种种猜想与误解也就随之而生。诸如为秦桧翻案、和比战难的说法等，就往往被视作日后要做汉奸的铁证而屡屡提及。实际上，这些发表在 1933 年前后的言论是周作人读陆游、朱熹等人的宋人笔记和大量史书而来的知识经验，未必全是他个人的想法④。而且，即使有了这些仅仅停留在学理层面上

---

① 　周作人：《论英雄崇拜》，载《周作人自编文集·苦茶随笔》，第 182 页。

② 　鲁迅：《且介亭杂文末编·登错的文章》，载《鲁迅全集》第 6 卷，第 591 页。

③ 　周作人：《我的杂学》，载《周作人自编文集·苦口甘口》，第 97 页。

④ 　事实上，历史学家至今对于绍兴和议还存在着争论，意见不一，有人甚至提出了"秦桧再造南宋"的说法。参见王曾瑜：《绍兴和议与士人气节》，《中国史研究》2001 年第 3 期。

的想法，未必就意味着要在行为层面上理直气壮地投敌。如果这是他在沦陷后的言论，倒还有责可究，有因可循；而如果让沦陷前的他替古人来背负罪责，则就倒果为因、无理可讲了。

相较而言，陈思和的"超越气节"说显得更为学理一些，但也未脱因果联想的窠臼。休谟指出，因果联系是人类的一种"想象力上的习惯"，但"事实上的经常相连，并不是说它们之间有某种必然的关联"①。周作人的气节批判，也很容易让人对他后来的"失节"产生类似联想。陈文认为，"超越气节"是周作人失节的"重要原因构成"，并引《左传》"圣达节，次守节，下死节"的话说，周作人对腐败残忍的政府和黑暗落后的现实已经绝望，是不屑以"死节"相报的。②这看起来很有道理，但也存在问题：其一，能否因为不满意政府，就可以"超越气节"？其二，气节有无道德底线，能否被"超越"？文中还指出，"在周作人的道德观念里，气节的概念根本不存在"，这多少有些武断，也不合乎事实。首先，气节在周作人的道德观念里，并非"根本不存在"，而是一个很重要的存在。事实上，周作人从未停止过对这一问题的关注。其次，周作人在观念上并未"超越气节"，相反，他是认同的。周作人反礼教，并不反气节。气节作为一种道德规范，有需要批判的不合理成分，也有必须坚守的基本底线，只能批判，不能超越。几千年来的君主专制社会使士人的气节观念严重扭曲变形，其精义几乎剥丧殆尽，而"五四"以来知识分子所做的启蒙工作之一，就是对包括气节在内的传统道德资源进行清理与批判。对于传统气节，周作人批评为"八股化"，鲁迅批评为"迂远"，朱自清批评为"消极"，都是从批判和建设的意义出发的，没有谁对气节是完全否定的。对气节违背人性一面的批评，正如气节底线不可违逆一样，是一个道理。从"合乎物理人情"的观念出发，周作人很欣赏"节有所不敢亏，

---

① ［英］罗素：《西方哲学史》下卷，马元德译，商务印书馆 1976 年版，第 202、203 页。

② 陈思和：《关于周作人的传记》，《中国现代文学研究丛刊》1991 年第 3 期。

而亦不敢苦其节"① 的说法。由此，他一面批评"气节的八股"是"极大的谬误"，一面也指出"人能舍生取义是难能可贵的事"②。周作人"苦住"北平的起初，在致《宇宙风》编辑陶亢德的信中称："请勿视留北诸人为李陵，却当作苏武看为宜"，实际上是很看重气节，也是很想保持气节的。至于最后"晚节不终"，那是另外一个问题，不是单凭气节理论就能解释清楚的。周作人在事实上丧失了气节，不等于他在理论上完全抛弃了气节，将周作人逆时风而为的批判气节的思想勇气，等同于冒天下之大不韪的丧失气节的道德背叛，不合情理，也不合逻辑。

三、"文人不谈武"："正经文章"与救亡"责任"

周作人道德学说中的启蒙思想与科学价值一度不能被人们正面接受，其中有"失节"污点带来的连锁反应。对未能承担道德责任的启蒙者来说，这是个人的道德悲剧；对因此未能接受其道德学说的民众来说，这也是启蒙运动的悲剧。在这场周作人自己所酿造的悲剧中，他所伤害的和因此受伤害的，远不止他一个人。无论如何，知识态度与启蒙思想总是被一种个人的道德阴影所笼罩，至少也是让人遗憾的事情吧。事实上，周作人自己在出任伪职之后，也从未摆脱那一次错误选择给自己终生带来的道德阴影。尽管他一再强辩自己"殉道而不殉节"，但"失节"的道德焦虑并未因此而摆脱。越到后来，周作人越倾向于在枯燥的读书与抄书中寻找话题，谈论的题目越来越"正经"，文字也越来越沉重，那种平和可感的闲适风几乎消失了。在抗战胜利后以遗书的意味写下的《两个鬼的文章》中，他反复告诉人们

---

① 　周作人：《朴丽子》，载《周作人自编文集·秉烛谈》，第 39 页。
② 　周作人：《颜氏学记》，载《周作人自编文集·夜读抄》，第 26 页。

的是这样的话：

> 我的确写了些闲适文章，但同时也写正经文章，而这正经文章里面更多的含有我的思想和意见，在自己更觉得有意义。
>
> 我自己相信，我的反礼教思想是集合中外新旧思想而成的东西，是自己诚实的表现，也是对于本国真心的报谢，有如道士或狐所修炼得来的内丹，心想献出来，人家收受与否那是别一问题，总之在我是最贵重的贡献了。

在这里，周作人念念不忘自己发动"思想革命"以来启蒙思想者的身份，念念不忘自己发动"思想革命"以来"反礼教思想"的"贡献"，有着精神救赎和自我辩解的复杂意味。在付出惨痛的人生代价后，他更愿意把记忆拉回到五四时期，更愿意把"反礼教"看作"主要的工作"，不就是希望借此摆脱道德阴影的纠缠，来让"人家"重新认知他的启蒙工作吗？然而，即使摆脱了不可能摆脱的道德阴影，"集合中外新旧思想而成"的启蒙理念是否就会像他所希望的那样被"人家收受"？周作人对此无法乐观。他也知道，"人家收受与否，那是别一问题"，自己无法把握。在新文化运动落潮的时期，周作人就体验了一种有如"在荒野上叫喊"的孤独感与悲凉感，而现在伴随着"老而为吏"的荒唐闹剧的落幕，这种感受无疑更强烈也更复杂了。

"人家"多看重他的闲适小品，周作人却认为自己的"正经文章"更重要。自己喜欢的"人家"未必喜欢，但既然如此看重自己的"正经文章"，又何必去写"人家"所看重的"闲适文章"呢？周作人解释说："我写闲适文章，确是吃茶喝酒似的，正经文章则仿佛是馒头或大米饭"；"至于闲适的小品我未尝不写，却不是我主要的工作，如上文说过，只是为消遣或调剂之用，偶尔涉笔而已"。[①]对他而言，"闲

---

① 周作人：《两个鬼的文章》，载《周作人自编文集·过去的工作》，第87、88页。

适文章"不过是"消遣或调剂","正经文章"才是郑重其事的"工作"。周作人看重文章的"思想和意见",而"人家"欣赏的却是文学情趣,基本的分歧与误解就在这里。

周作人看重启蒙工作而非文学成绩,也是他的"天性"和"兴趣"所在。他多次表示:"我的兴趣所在是关于生物学人类学儿童学与性的心理"①,"我的兴趣却是在于'思想革命'的方面"②。周作人对科学知识与思想问题的特殊爱好与兴趣,其实从最初开始讨论文学问题的时候就已经显现出来了。《论文章之使命暨其意义因及中国近时论文之失》是周作人最早的一篇文学论文,与鲁迅的《摩罗诗力说》一同发表于1908年的《河南》杂志,都旨在阐发文学的艺术特性与精神使命,所使用的许多概念如"灵明""神思""伏耀"也都是相同的。两文相互呼应,各有所长。鲁迅论"诗力",是通过诗人行迹的描述来呼唤"精神界之战士",文字昂扬、情感激越,表现出的是一种诗性风格;周作人谈"文章",则是从定义、使命等几方面展开理论阐释,条分缕析、细密周全,完全是一种理性风格。二人意见相近,表述各异,根本还在于天性有别。相较而言,鲁迅身上情感化的文人气息更浓厚一些,周作人理性化的学者色彩更鲜明一些;前者长于文学创作,后者长于理论辨析。所以,周氏兄弟在五四时期同是以文名世,同是批判礼教吃人问题,鲁迅以《狂人日记》的小说形式拉开了现代文学的创作序幕,周作人则以《人的文学》的论文形式奠定了现代文学的理论基石。当周作人此后宣布文学小店关门,转而关注"文化与思想问题"时,他作为学者的态度与本色就完全暴露出来了。周作人说自己"不大懂得文学",其实不如说他的志趣不在于文学;即使谈文学,也只是对其中思想与道德问题的关注,对诗学问题反而不大涉及。如他所说:"我读小说大抵是当作文章去看"③,谈文学也只是

---

① 周作人:《瓜豆集·题记》,载《周作人自编文集·瓜豆集》,第3页。
② 《周作人自编文集·知堂回想录》(下),第649页。
③ 周作人:《明治文学之追忆》,载《周作人自编文集·立春以前》,第72页。

关心"中国的事情"①。后来写《〈呐喊〉衍义》与《〈彷徨〉衍义》，周作人明知是小说，含有诗的成分，但仍是把它当作事实的影射来谈，以至于许多不明就里的学者对此大加批评。

除了"人的文学"，周作人在五四时期提出的"美文"概念至今也还为人津津乐道，但其特殊内涵并未获得真正体察。周作人的"美文"其实是就"好的论文"而言，并非一般人所理解的"美的文学"之意。他指出，"有许多思想，既不能作为小说，又不适合于做诗，便可以用论文式去表他"，而"美文"即是与"学术性"相区别的一种"艺术性"的"论文"。② 在这里，思想与说理是"美文"的核心问题，艺术性是其兼顾的形式，这是周作人喜欢的一种文体样式，也是他此后的写作方向。他在为自己的论文集《艺术与生活》作序时表示："说这本书是我唯一的长篇的论文集亦未始不可。我以后想只作随笔了。""随笔"是他告别长篇论文风格，将美文思想转化为写作实践的告白。但学术性也好，艺术性也好，思想启蒙的基本理念并没有发生任何变化。他后来解释自己的随笔时就说，"我写的不是诗，普通称作随笔，据我自己想也就只是从前白话报的那种论文，因为年代不同，文笔与意见当然也有些殊异，但是同在启蒙运动的空气中则是毫无疑义的"③。在周作人看来，随笔是发生"在启蒙运动的空气中"的"论文"，不是严格意义上的文学。事实上，周作人也从未把随笔看作"纯文学"，并明确说自己"是不会做所谓纯文学的，我写文章总是有所为"，"如或偶有可取，那么所可取者也当在于思想而不是文章"④。越到后来，周作人越注意将宽泛的"文章"概念和狭义的"文学"概念区别开来，也更愿意用"文章"来说明自己的写作，所以常常是这样的表述："我不是文人，但是文章

---

① 《周作人自编文集·知堂回想录》（下），第567页。
② 周作人：《美文》，载《周作人自编文集·谈虎集》，第29页。
③ 周作人：《文坛之外》，载《周作人自编文集·立春以前》，第166页。
④ 周作人：《苦口甘口·自序》，载《周作人自编文集·苦口甘口》，第2页。

我却是时常写的"①；"我不懂文学，但知道文章的好坏"②。显然，狭义的"文学"概念难以涵盖他所关注的各类"杂学"问题，也无法满足他推动思想革命的兴趣和需要。随着"文章"与"文学"之别的意识趋向自觉，周作人关于"载道"与"言志"的立场也在不断调整与改变。过去那种扬此抑彼、褒贬分明的态度没有了：抒发个人性情不一定就好，谈道德问题不一定就不好，唯一的区分只剩下"诚与不诚"的态度问题了。与此相对应的是，周作人"很怕被人家称为文人"，反复说明"自己不是写文章而是讲道理的人"。③ 以这样的志趣，把启蒙文章视为"主要的工作"也是当然的事情。

对自己的小品文，周作人非但不看重，也从来没有看好过，这当然不是文学方面的问题，也不是"兴趣转移"一类的话可以轻易遮掩过去的。他屡次感叹说："闲适不是一件容易学的事情，不侫安得混冒，自己查看文章，即流连光景且不易得，文章底下的焦躁总要露出头来"④；"不料总是不够消极，在风吹月照之中还是要呵佛骂祖，这正是我的毛病，我也无可如何"⑤。"闲适"即使通过后天的"学"也"不易得"，说明这非其天性，而"在风吹月照之中还是要呵佛骂祖"的"毛病"，才是真性情的流露，要强行改造自己，当然是"无可如何"了。一个以思想革命为自任的启蒙者，到了竟要违拗自己天性的地步，也只能说明生存环境的万分险恶吧。事实上，包括鲁迅在内的启蒙思想者，都普遍遭遇了只准"多谈风月"的言说困境。但鲁迅表示不会为题目限制，风月谈中仍要见"风云"⑥；周作人虽表示要专谈风月，亦未"真能专谈风月讲趣味"⑦。二者在根底上都属于一种风月其表、风

① 周作人：《杂文的路》，载《周作人自编文集·立春以前》，第107页。
② 周作人：《自己所能做的》，载《周作人自编文集·秉烛后谈》，第4页。
③ 周作人：《苦口甘口·自序》，载《周作人自编文集·苦口甘口》，第2页。
④ 周作人：《自己的文章》，载《周作人自编文集·瓜豆集》，第173页。
⑤ 周作人：《瓜豆集·题记》，载《周作人自编文集·瓜豆集》，第3页。
⑥ 鲁迅：《准风月谈·前记》，载《鲁迅全集》第5卷，第199页。
⑦ 周作人：《苦竹杂记·后记》，载《周作人自编文集·苦竹杂记》，第221页。

云其内的"准风月谈"。相较于鲁迅"苦斗"中的不改本色，周作人在"苦住"期间试图掩盖锋芒，则更显露出思想者的苦闷与挣扎。其实，一个人又如何能真正违拗自己的天性呢？他自己也承认，"天性不能改变"①。刻意的闲适和《硬伤》那种"别扭的写法"一样，其实都掩藏不住思想兴趣的"羊脚"，周作人感叹闲适的不"容易学"，实际上是承认了小品文写作的无奈与失败的。即使在读者那里获得无心插柳的效果，在作者这里并不引以为荣，而且更容易产生一种不被理解的苦涩与寂寞吧。他在《药味集》的自序中说，"拙文貌似闲适，往往误人，唯一二旧友知其苦味"，就是对那些只知闲适其表而不知苦味其内者的一种委婉讽劝。他一再提醒那些以闲适情调来谬托知己的人说，"假如这里边有一点好处，我想只可以说在于未能平淡闲适处，即其文字多是道德的"②。否认闲适而强调道德，这几乎是要求人们把自己的闲适小品当思想随笔来读，而苦衷与用意仍在于他所心系的思想启蒙问题。从这方面说，周作人的小品文是逼出来的思想苦果，何尝有真闲适。至于有文学史家将其与专讲性灵幽默的林语堂相提并论，是没有看到二者在闲适问题上的根本分歧处；而夸大周氏兄弟失和后的思想分歧，则是没有看到二者在启蒙问题上的根本相通处。

即便是闲适小品，也难以割舍周作人的启蒙心结，亦可见启蒙在他心中的位置是如何之高了。王晓明在"重评'五四'文学传统"的研究中敏锐地发现："《新青年》同人所以提倡文学革命，本来就不是出于对文学的虔敬，他们不过是想从这里打开缺口，为新思想凿通一条传播的渠道。"③ 如果说，"不屑于谈论文学本身的意义"而强调思想启蒙的价值是《新青年》同人的共同点，那么周作人志不在文学的

①　周作人：《两个鬼的文章》，载《周作人自编文集·过去的工作》，第88页。

②　周作人：《自己的文章》，载《周作人自编文集·瓜豆集》，第173页。

③　王晓明：《一份杂志和一个社团》，《刺丛里的求索》，上海远东出版社1995年版，第283页。

思想启蒙兴趣则表现得尤为强烈与明显。在沦陷时期的文章中，周作人特别喜欢抄录、引用自己五四时期的文字，他自我评价说："文章尚无成就，思想则可云已定。"① 这"已定"的思想是其"尝用心于此"的"嘉孺子而哀妇人"，基点就是五四时期"人的文学"与"反礼教"。在过去的研究中，人们关注的问题多是周作人在人生态度与思想形式等方面发生了哪些变化，其实，他精神深层的"已定"和启蒙理念的未变才是真正值得注意之处。现代中国动荡不安而充满变数，追逐不同时代的中心话语以适应时代需求，在很多"与时俱进"的人那里就成为追求进步的象征。和同时代人的多变相比，周作人是很少"否定旧我"和被局势左右思想的一个人。在严酷的生存压力下，他也会被迫改变自己，甚至严重扭曲自己，但不是自觉紧跟时代而是被时代紧逼的；他的人生形式由此会发生可怕的断裂，但启蒙理念却从未轻易否定和丢弃过。如他所说："我从民国八年在《每周评论》上写《祖先崇拜》和《思想革命》两篇文章以来，意见一直没有甚么改变，所主张的是革除三纲主义的伦理以及附属的旧礼教旧气节旧风化等等。"② 现代文人多是以超越自己为荣的，很少有像周作人这样不以重复自己为耻的，这从另一方面可以看出他思想的固执：既然认为"五四"思想革命的道德理念是健全的，又何必要超越呢？这是他被那些超越"五四"的进步论者斥为"落后"的地方，也是他所坚守的一个地方。

在革命话语开始流行蔓延的 1927 年，坚持不说"时髦话"的周作人已隐隐感觉到一种不安与威胁。他担心"五四"以来所接受的西方启蒙思想，会迅速沦为一种"不合时宜"的旧物："我的头脑恐怕不是现代的，不知是儒家气呢还是古典气太重了一些，压根儿与现代的浓郁的空气有点不合，老实说我多看琵亚词侣的画也生厌倦，诚恐

---

① 周作人：《几篇题跋》，载《周作人自编文集·立春以前》，第 174 页。
② 周作人：《两个鬼的文章》，载《周作人自编文集·过去的工作》，第 88 页。

难免有落伍之虑，大约像我这样的本来也只有 18 世纪人才略有相像，只是没有那样乐观，因为究竟生在达尔文弗来则之后，哲人的思想从空中落到地上，变为凡人了。"[1] 对这个在思想问题上固执己见的人来说，他担忧的并不是自己"落伍"，而是时势不容自己"乐观"。新文化运动深受 18 世纪西方启蒙运动的影响，但 18 世纪的西方哲人不必顾忌也不会遭遇太多"地上"的问题，而中国的启蒙运动在 20 世纪还面临着右翼政府"以思想杀人"的"思想罪"问题。与此同时，左翼领袖也以强硬的语气宣称："没有理由停留在'五四'，中国的文化运动现在必须服从革命的需要。知识分子和学生必须脱去光耀一时的'五四'的衣襟。"[2] 在两种对立的势力之间，周作人看到了自己所担心的一种"反动运动"终于"来了"，这就是"统一思想的棒喝主义"；这也意味着，他所向往的"各新派均得自由地思想与言论"的启蒙时代可能一去不复返了。[3] 面对这样的启蒙困境，思想者又有什么理由表示乐观呢？对于周作人的悲观论，至今仍闻指责之声。其实，周作人"平常对于一切事不轻易乐观"[4] 是一种个人的思想方式，也是一种真实的时代感受，并不意味着对现实的认同和理想的放弃。正像周作人所说，悲观论"也只是论而已，假如真是悲观，这论亦何必有"，所以他同时也呼吁"匣子里的希望不可抛弃"[5]。如果这可以称作"悲观"，那么也是不抛弃希望的"悲观"。

到了 20 世纪 30 年代，除了革命话语的争夺，民族危机也日趋严重。在救亡热情高涨的年代，像郭沫若那样歌颂气节而又情绪激扬的文学，很容易受到民众欢迎，也很容易赢得掌声。在其笔下，五四时期还是"个性解放"象征的屈原，在此时又成了忠贞义勇的爱国志士。

---

① 周作人：《谈虎集·后记》，载《周作人自编文集·谈虎集》，第 393、394 页。

② 瞿秋白：《请脱弃"五四"的衣衫》，《文艺新闻》1932 年 1 月 18 日。

③ 周作人：《谈虎集·后记》，载《周作人自编文集·谈虎集》，第 393 页。

④ 周作人：《中国的思想问题》，载《周作人自编文集·药堂杂文》，第 12 页。

⑤ 周作人：《十堂笔谈》，载《周作人自编文集·立春以前》，第 146、147 页。

多变的人物形象在多变的作者那里，似乎没有什么矛盾与不妥之处。但对思想固执的周作人来说，尽管自知"不合时""不讨好"，他也无法为眼前的形势需要否定自己过去的基本理念，为宣扬救亡热情放弃自己的启蒙理性。对于这一时代的精神状况，李泽厚曾提出"救亡压倒启蒙"的双重变奏说，并获得了多数人的认同。这种宏观描述，在不同的个体那里却未必如此。在周作人的观念中，启蒙是目的，救亡也是目的，不存在谁压倒谁的问题；启蒙是他救亡时期仍坚持的"主要的工作"，也不存在谁被谁压倒的问题。周作人在留日时期就是一个民族主义信徒，但和鲁迅一样，都更关注国民精神的问题，认为启蒙才是救亡的根本之道。他在 1907 年的《中国人之爱国》公开批评"盲从野爱，以血剑之数，为祖国光荣"是"兽性之爱国"，随后的《论文章之使命暨其意义因及中国近时论文之失》则明确提出了"文章或革，思想得舒，国民精神进于美大"的启蒙要求。而五四时期"人的文学"体现出的人类意识，又进一步超越了过去相对狭隘的"国民"观念。"人"的思想不是对民族救亡的否定，而是站在更高的思想基点上思考这一问题。从这一理念出发，周作人在 20 世纪 30 年代反复强调的就是：启蒙也是一种救亡，而文人的责任，就是做好自己的启蒙工作。

　　周作人坦言："国家衰亡，自当负一份责任。"[1] 他同时也指出，"天下兴亡，匹夫有责"是读书人常说的一句话，却很少有人思考相关的问题，比如，什么是读书人的责任，读书人应该怎样承担责任？每到民族危亡时刻，投笔从戎往往是中国文人发出的一种最为响亮的声音，也似乎成为义不容辞的唯一选择。周作人对此并不认同，他指出，"武人不谈文，文人不谈武，中国才会好起来"。这并非是与主流声音唱反调，而是认为"文人之外的人各有责任"[2]。亦即：文人有文

---

[1]　周作人：《苦竹杂记·后记》，载《周作人自编文集·苦竹杂记》，第 220 页。
[2]　周作人：《责任》，载《周作人自编文集·苦竹杂记》，第 202 页。

人的责任，武人有武人的责任；文人切实做好自己的启蒙工作，这才是真正"负责任"的行为。至于"捏笔杆写文章的人应该怎样来负责任"，周作人认为一要"自知"，二要"尽心"，三要"言行相顾"。"自知"是要继续持守"知之为知之，不知为不知"的求知态度，反对"不知妄说，误人子弟"；"尽心"是要以着眼于"远功"而非"实用"的态度，发挥启蒙者强韧的主体精神："文字无灵，言论多难，计较成绩，难免灰心，但当尽其在我，锲而不舍，岁计不足，以五年十年计之"；"言行相顾"则是不满于思想界的空言虚蹈，主张"应该更朴实的做"。所谓"朴实的做"，周作人以北大精神为例说："走自己的路，去做人家所不做的而不做人家所做的事。北大的学风宁可迂阔一点，不要太漂亮，太聪明。"因此，他反感"政客式的反覆的打倒拥护之类"，而希望能"不问收获但问耕耘的干一下"①。周作人在这里谈责任问题，目的很明确，就是希望读书人能重新回到被时代热情所遮蔽的启蒙理性的道路上来。

周作人提出读书人"应该怎样来负责任"的问题，同时也回答了读书人"应该负怎样的责任"的问题。在他看来，思想启蒙是读书人"主要的工作"，读书人切实做好自己的启蒙工作，即是对民族救亡的最大贡献。他在1930年曾引蔡元培"读书不忘救国，救国不忘读书"的话说，救国是"一半的事情"，读书也是"一半的事情"，青年人不能因为救国而忘记读书②。七七事变前夕，周作人预感到启蒙可能成为一种幻想，但仍坚持说"自己所能做的"和"自己想做的工作就是写笔记"："涉猎前人言论，加以辨别，披沙拣金，磨杵成针，虽劳而无功，于世道人心却当有益，亦是值得做的工作。"周作人坚信，文化梳理的启蒙工作"值得做"，而且"还须得清醒切实的做下去"③。在救亡的年代，像郭沫若那样处在时代中心的风云人物很容易成为英

---

① 周作人：《北大的支路》，载《周作人自编文集·苦竹杂记》，第216、217页。
② 周作人：《北大的支路》，载《周作人自编文集·苦竹杂记》，第218页。
③ 周作人：《自己所能做的》，载《周作人自编文集·秉烛后谈》，第1、2、5页。

雄，而梳理文化源流的启蒙工作则需要周作人所希望的"忍坐冷板凳"和"耐得寂寞"。在主流话语覆盖一切而启蒙精神不能被充分尊重的情势下，没有人会真正重视启蒙工作的价值。如果说"文章下乡，文章入伍"的救亡热情代表的是一种"进步"，那么"读书"与"写笔记"的启蒙工作姑且可以称为"退步"吧。在人们的感觉中，"进步"无论如何总是好的，"退步"无论如何总是不好的。其实，"进步"有它不可否认的意义，"退步"也有它不可替代的价值。当进步论者声称"即将迈出的一步与'五四'无关"时①，退守"五四"倒是周作人值得称扬的地方。对他来说，退是避祸的形式，守才是真正的目的。周作人强调读书，并不是不问世事的死读书，所以他也从来不认为读书就是消极的、走出书斋才是积极的。即便是备受争议的"闭户读书论"，也不过是对迫害思想自由的一种嘲讽，所以才会有这样不减辛辣的话："'此刻现在'，无论在相信唯物或是有鬼论者都是一个危险时期。除非你是在做官，你对于现时的中国一定会有好些不满或是不平。"其所谓"闭户"，不过是"聊以形容，言其专一耳"；而"读书论"意在劝人读史，和鲁迅一样主张多读"更充足地保存真相"的"野史"，希望"与活人对照，死书就变成活书"②，有着强烈的现实关怀。这说明，周作人避祸而不避世，并没有像乃师章太炎那样"退居于宁静的学者，用自己所手造的和别人所帮造的墙，和时代隔绝了"③。读书人基本的读书权利与学术工作的正当性一直备受质疑，最常见的理由便是国难当头，应该走出书斋云云。科学精神与爱国心互不妨碍、不可混淆的问题，鲁迅早在百年前的《科学史教篇》中就辨析过了。不去质疑剥夺学术工作合法性的暴力与强权，而去指责学术工作合法性被剥夺的读书人；不对坚持学术工作的科学精神表示尊重，而对读书人

① 瞿秋白：《请脱弃"五四"的衣衫》，《文艺新闻》1932 年 1 月 18 日。
② 周作人：《闭户读书论》，载《周作人自编文集·知堂文集》，第 21 页。
③ 鲁迅：《且介亭杂文末编·关于太炎先生二三事》，载《鲁迅全集》第 6 卷，第 565 页。

的爱国心百端指摘，也是殊为奇怪和荒谬的事情。

文人在废科举之后切断了与官僚集团的依附关系，他们没有权力，也没有武力，手中只有鲁迅所说的一支"金不换"的笔。因此，写文章就成了他们表达独立思想、介入社会的主要方式。在这个意义上不妨说，思想革命首先是发生在书斋里的革命。《新青年》同人解散后，周作人没有像陈独秀那样走上街头从事政党运动，也没有像胡适号召的那样去研究室"整理国故"，而选择"在十字街头造塔"。这并不是"不问世事而缩入塔里"，而是希望"出在街头说道工作的人也仍有他们的塔"，能"依着自己的意见说一两句话"①，保持独立的启蒙理性。他同样重视文化整理的启蒙工作，主张应该"溯流寻源，切实的做去"②；但不是像胡适那样以中国哲学史、文学史为对象去完成一部部鸿篇巨著，而特别关注对中国启蒙运动具有源流意义的希腊与日本文化，文章也以短篇的思想随笔为主，具有很强的现实感。

对于希腊文明，周作人一直心存向往，译介希腊文学也是他毕生的心愿。直到晚年，他念兹在兹的还是希腊的翻译工作。他在最后的遗嘱中说："余一生文字无足称道，唯暮年所译希腊对话，是五十年来的心愿，识者当自识之"。周作人如此看重希腊文化，是从西方文艺复兴运动那里得来的启示。他注意到："凡中国所最早接受到的泰西文物，无论是形而上下，那时从义大利日尔曼拿来的东西，殆无一不是文艺复兴之所赐也"；而文艺复兴能够"在各方面都有人，而且又是巨人，都有不朽的业绩"，又正是希腊的"法力"所致。周作人由此认识到，中国要像欧洲那样实现"整个的复兴"，就应该对外国文化的影响"溯流寻源，不仅以现代为足，直寻求其古典的根源而接受之"③。从被称为"文明之源"的希腊文化那里，周作人发掘出了

---

① 周作人：《十字街头的塔》，载《周作人自编文集·雨天的书》，第72页。

② 周作人：《大乘的启蒙书》，载《周作人自编文集·立春以前》，第105页。

③ 周作人：《文艺复兴之梦》，载《周作人自编文集·苦口甘口》，第19、20、22页。

许多可资中国启蒙运动借鉴的思想资源，而他自己也从中受惠良多，比如超越利益的纯粹求知态度、超越实用的科学精神、"人间本位主义"、理性观念、美的艺术、神话文学，几乎涵盖了真、善、美的所有方面。七七事变之后，周作人曾计划以翻译希腊文学为生，也尝试这样做了，无奈形格势禁，他自己的道德人格最后也破碎于侵略者的铁蹄践踏之下。不过，译介希腊文明的启蒙工作并未因此中止。对被迫放弃了道德承诺的启蒙者来说，坚持不放弃自己的知识理念，也许是他再也不能逾越的最后一道底线。

与言必称希腊相对照的是周作人"日本研究小店"在沦陷时期的宣告关门与儒家研究的重新开张。出于对日本军国主义的憎恶，周作人五四时期就写下了《排日平议》等大量文章，揭露日本侵略行径的"野性"与"丑恶"。不过，作为崇仰希腊科学精神的启蒙者，周作人也一直在亲日和排日之间寻求"第三的取研究态度的独立派的余地"①。他批评国人看待问题过于情绪化，要么"爱屋及乌"，要么"把脚盆里的孩子连水一起泼了出去"②。为此，他希望"学问艺术的研究是应该超越政治的，所以中国的智识阶级一面毕生——不，至少在日本有军人内阁，以出兵及扶植反动势力为对华方针的时代，努力鼓吹排日，一面也仍致力于日本文化之探讨，实现真正的中日共荣，这是没有偏颇的办法"。这就是说，在政治上要排日，在文化上要沟通，救亡与启蒙均不可放弃。他由此担心说："人终是感情的动物，我恐怕理性有时会被感情所胜，学术研究难免受政治外交的影响而发生停顿，像欧战时中国轻蔑德文一样，那真是中国文化进步上的一个损失。"③周作人明知"日本是中国最危险的敌人"，但和鲁迅一样，也主张"屈尊学学枪击我们的洋鬼子"④：其一是日本有"小希腊"之称，

---

① 周作人：《日本与中国》，载《周作人自编文集·谈虎集》，第319页。

② 周作人：《谈日本文化书（其二）》，载《周作人自编文集·瓜豆集》，第57页。

③ 周作人：《排日平议》，载《周作人自编文集·谈虎集》，第331页。

④ 鲁迅：《华盖集·忽然想到（十）》，载《鲁迅全集》第3卷，第102页。

在"美之爱好"等方面"与古希腊有点相近"①；其二是明治维新可与西方文艺复兴运动相媲美，值得借鉴；其三是中日文化渊源深厚，可以借日本这面镜子更好地认知中国的思想文化问题。周作人在战前写下了《日本管窥》等系列随笔杂感，内容涉及日本的浮世绘、武士道、神道教、衣食住、国民精神等不同方面。对于日本文化反差极大的现象，周作人认为是受了"两个师傅"的坏影响：一是中国的封建"礼教"，二是德国的法西斯"强权"。② 日本文化从"根本"上说是建筑在大化革新和明治维新时期所接受的中西两种文化基础上的，其中有"仁恕"观念、"人间本位"思想等好的熏陶，也有"礼教""强权"等坏的影响③。周作人指出，前者是一种"人的文化"，是"高级的"，其"行为顾虑及别人，至少要利己而不损人，又或人己俱利，以致损人利己"；后者是一种"物的文化"，是"低级的"，其"根据生物的本能，利用器械使技能发展，便于争存"，"其效止于损人利己"。④"人的文化"是"人的文学"在道德理念上的延伸，而"物的文化"意在批评日本的军事侵略政策。周作人此后中止日本研究而着重介绍希腊与中国文化，目的就在于正本清源，抵制"物的文化"，阐扬"人的文化"精神。

相较而言，周作人在沦陷时期对儒家文化的再阐释更让人费解，也更有争议。但如果从其启蒙即是救亡的逻辑出发，这一问题其实并不难解。周作人一直把"溯流寻源"视作"切实的工作"，如他在《中国新文学的源流》中所做的一样，在"世界共通文化"视野下探寻传统儒学的"真精神"与"真来源"，也正是其启蒙工作规划中重要的一部分。其一，周作人对儒家思想的阐释是有选择也是有原则的。他

---

① 周作人：《日本管窥》，载《周作人自编文集·苦茶随笔》，第140页。
② 周作人：《游日本杂感》，载《周作人自编文集·艺术与生活》，第243页。
③ 周作人：《日本管窥之四》，载《周作人自编文集·知堂乙酉文编》，第121、122页。
④ 周作人：《日本管窥之三》，载《周作人自编文集·风雨谈》，第183页。

的理论准则是"五四"的"人文主义"，所阐发的是儒家的"仁恕"观念，所持的态度仍是一贯的"反礼教"。他指出，"中国人能保有此精神，自己固然也站得住，一面也就与世界共通文化血脉相连，有生存于世界上的坚强的根据"①。这样的"整理国故"，既有文化救亡的背景，也有世界主义的眼光。同时，他也一再提醒国人，要注意区分"强邻列国"的"文化侵略"与"国际公产"，不能因为"文化侵略"放弃"国际公产"；学习外国文化要注意"不仅以一国为足，多学习数种外国语，适宜的加以采择，务深务广"。② 这与国粹家的抱残守缺、盲目排外是完全两样的。其二，用西方人文精神来阐释儒家伦理观念，用儒家伦理观念来揭示启蒙思想的人文内涵，是周作人推动启蒙运动本土化的一种努力，这是启蒙的深化，而非退化。周作人在《人的文学》等"五四"文章中，就曾用儒学概念解释过人道主义思想；这一时期他所持观念也仍是希腊的"人间本位主义"，而非十教授之流的"中国本位的文化建设"，所以也不存在态度转变与思想倒退的问题。其三，周作人在沦陷时期自觉向儒家文化"寻根"，明确表达了"中国人的立场"。对他来说，找到可以"培养下去"的"根本基础"，就意味着中国的思想问题"前途是很有希望的"③。因为"儒家思想既为我们所自有，有如树根深存于地下，即使暂时衰微，也还可以生长起来"④。这样的文化寻根，既有抵抗"文化侵略"的动机，也有寻求民族重生的意图。

其实，周作人自己也知道，一味从原始儒家的道德理想中寻找与世界文化相通的根脉，并不现实，也不能"自圆其说"。他在这一时期的《道德漫谈》中写道：

① 周作人：《汉文学的传统》，载《周作人自编文集·药堂杂文》，第8页。
② 周作人：《文艺复兴之梦》，载《周作人自编文集·苦口甘口》，第21、22页。
③ 周作人：《中国的思想问题》，载《周作人自编文集·药堂杂文》，第12页。
④ 周作人：《汉文学的传统》，载《周作人自编文集·药堂杂文》，第8页。

我平常是颇喜欢儒家，却又同时不很喜欢儒家的。从前与老朋友谈天，讲到古来哲人诸子，总多恕周秦而非汉，或又恕汉而非宋，非敢开倒车而复古也，不知怎的总看出些儒家的矛盾，以为这大概是被后人弄坏的，世间常说孔孟是纯净的儒家，一误于汉而增加荒诞分子，再误于宋而转益严酷，我们也便是这样看法，虽然事实上并不很对，因为在孔孟书中那些矛盾也并不是没有。

照这样看来，我们把一切都归咎于后儒，未免是很有点冤枉的。我想，这个毛病还是在于儒家本身里。

尽管周作人自己也知道儒家思想的"纯净"不是事实，但他宁愿相信这是事实；尽管儒家自身的"矛盾"与"毛病"并不合乎他追求健全的民族之根的理想，他也宁愿在自己的理想中"创造"出这样一个健全的民族之根。而这种理想创造，其实也是"五四"思想在民族文化救亡背景中的一种再造。然而，启蒙思想者可以在理想再造中消除传统思想的"矛盾"，却未必能消除个人思想的现实"矛盾"。在寻求"纯净"处，恰恰可以照见周作人不得"纯净"处。启蒙者所居的苦雨斋与北平一同沦陷的悲剧，放大了一切，也缩小了一切。

四、"思想革命尚未成功"：启蒙理想与"沦陷"悲剧

如果不注意周作人在沦陷时期出任伪职的事实，从被其视为"主要的工作"的启蒙文章中，是几乎感觉不到那种"沦陷"色彩的。不过，问题的复杂性正在于，周作人向来以启蒙面目示人的完美形象此时已完全破碎，在侵略者蛮横无理的枪炮面前，喜欢"讲道理"的启蒙思想者暴露出了人性深处隐伏的幽暗与脆弱。新文化运动落潮之后，深有感触的周作人曾用帕斯卡尔（Blaise Pascal）的"人是一根会思想

的芦苇"之喻，来说明自己当时那种"高贵"而"脆弱"、"伟大"而
"虚空"的复杂心境。

> 人只是一根芦苇，世上最脆弱的东西，但他是一根会思想的
> 芦苇，这不必要世间武装起来，才能毁坏他。只须一阵风，一滴
> 水，便足以弄死他了。但即使宇宙害了他，人总比他的加害者还
> 要高贵，因为他知道他是将要死了，知道宇宙的优胜，宇宙却一
> 点不知道这些。①

"会思想的芦苇"让周作人如此感同身受，是因为"五四"后的
思想境遇已让他切实体味到了其中的含义。如果说在西方，这句格言
让人体会到的是思想的"高贵"可以改变人的"脆弱"；那么在中国，
思想的"高贵"则是让思想者更痛苦地"知道"人是如何之"脆弱"。
一方面，他们认定自己所从事的启蒙运动是"伟大的事业"，另一方
面却又感觉到启蒙理想有如"捕风"一般"虚空"。思想者的个人命
运，其实也是他们所从事的启蒙运动的命运写照。也许是冥冥中的
不幸预言吧，这也成了他此后人生命运的真实写照：思想的"高贵"，
改变不了思想者作为凡人的"脆弱"本性与生存现实。周作人作为启
蒙者的个人命运，其实也是他所从事的启蒙运动的命运缩影。在沦陷
区"苦住"生涯的不齿与难堪，不过是为这悲剧命运增添了一种更加
荒诞的色彩。

周作人在沦陷时期有大量直接谈启蒙问题的文章，如《启蒙思想》
《大乘的启蒙书》《新文字蒙求》《文艺复兴之梦》等，基本理念仍是
五四时期的，启蒙热情似乎也无稍减。在"言论不大自由"的国民政
府时期，周作人曾计划以"三年五年十年"的时间来传播"常识"②，

---

① 周作人：《伟大的捕风》，载《周作人自编文集·知堂文集》，第 20 页。
② 周作人：《常识》，载《周作人自编文集·苦竹杂记》，第 200 页。

到了言论更不自由的沦陷时期，传播"常识"就成为他在落水后唯一所能做的。其用意在于，"我们没有力量来改正道德，可是不可没有正当的认识与判断，我们应当根据了生物学人类学与文化史的知识，对于这类事情随时加以检讨，务要使得我们道德的理论与实际都保持在水线上的位置"[①]。为此，他反复强调启蒙的"要紧"性，呼吁"弄学问的人"不要做"小乘的自了汉"，只躲在书斋里写藏之名山的专著；而要发扬一种兼爱的大乘精神，不计"事倍功半，而且无名少利"，多写一些"启蒙用的入门书"，以便后辈的青年人"增进知识，修养情意，对于民族与人生多得理解，于持身涉世可以有用"。[②] 从传播"常识"的启蒙意图出发，他甚至说，"天下多好思想好文章，何必尽由己出"[③]，这与迷恋独创性价值的学者思维是大相径庭的。在学者与启蒙者之间，他显然更欣赏后者。人们多不理解周作人何以热衷文抄公的作文方式，何以将翻译视为"更为有益"的"胜业"[④]，而思想随笔也何以远多于学术专著，是没有注意到他的启蒙用意与考虑。对于为什么一方面感叹"教训之无用，文字之无力"，另一方面还要不遗余力地大写"正经文章"，周作人后来解释说，"那时候觉得在水面上也只有这一条稻草可抓了"[⑤]。这是实情，但非实质。根本的问题是，启蒙在周作人心中始终具有非常重要的位置，才使得他把知识传播而非别的方式视为挽救民族危亡的最后希望。

然而，在本国的法西斯政权面前尚遭处处压迫的启蒙运动，在更加暴虐的异族侵略者面前，又如何可能实现呢？虽然抱定"锲而不舍"的态度，周作人最后还是发现：启蒙理想不是越来越近，而是渐行渐远。这位当年在五四时期率先提出"思想革命"号召的思想启蒙

---

① 周作人：《梦想之一》，载《周作人自编文集·苦口甘口》，第16页。
② 周作人：《大乘的启蒙书》，载《周作人自编文集·立春以前》，第102、105页。
③ 《周作人自编文集·苦口甘口·自序》，第2页。
④ 周作人：《胜业》，载《周作人自编文集·谈虎集》，第49页。
⑤ 《周作人自编文集·知堂回想录》（下），第647页。

者，在回顾大半生的启蒙工作时却说，"思想革命尚未成功"①，话语间充满了失望与悲凉。对于这一问题，只究责于个人或环境都是不公平的。如果没有过于严酷的环境，有着启蒙心结的周作人一定还会努力维持自己完美的道德理想与人格尊严；但一粒暗杀的子弹，就让他急忙匍匐于侵略者的权力之下寻求庇护，也的确暴露出一种精神本性的内在怯弱。从某种意义上说，中国知识分子是最为不幸的一群。他们缺乏俄罗斯、西欧知识分子那样强韧的宗教力量与深厚的自由传统，却经历着更为漫长与黑暗的中世纪历史。思想启蒙在鲁迅这样的启蒙者心中当然是"第一要著"②，但问题是，启蒙的"要紧"性不可能被所有人意识到。恰恰相反，在有着几千年专制文化与帝国历史的中国社会中，启蒙的现代诉求往往是被排斥、拒绝、轻忽以致被迫害打压的。在思想者心目中位置崇高的启蒙工作，在现实社会中并不具有相应的位置，甚至没有什么位置。从整体的启蒙历史来看，启蒙思想在"五四"能够形成一种运动，实在是一种奇迹。按理说，启蒙不需要最高权力的庇护，只需要基本权利的保障。但在政教合一的极权体制中，以"科学、民主、自由、人权"为基本理念的启蒙要求不仅不可能得到权利保障，反而时时笼罩着被权力绞杀的阴影。借用鲁迅的话说，"五四"的幸运，不过是魔鬼手掌中露出的一缕阳光而已。它产生于军阀们"争夺地狱统治权"的混战夹缝中，空间并不宽广，时间也不久长。当大一统的政权重新建立，"五四"短暂的历史便辉煌不再。启蒙精神即使还被分化后的一部分启蒙思想者所坚持，但作为一支独立自由的思想力量、一种声势浩大的运动思潮已经结束了。此后，启蒙在不同派别的政治势力中左冲右突，被革命、救亡等不同时期的政治运动所裹挟，始终处于一种"虽合理而难得势"③的位置。在这样的情势下，启蒙即使获得一定的承认，也不可能获得真正的尊

---

① 周作人：《过去的工作》，载《周作人自编文集·过去的工作》，第85页。

② 鲁迅：《呐喊·自序》，载《鲁迅全集》第1卷，第417页。

③ 《周作人自编文集·苦口甘口·自序》，第2页。

重，它要么被视为"俟河之清，人寿几何"的不急之务，要么被视为服务现实政治的宣传工具。这就意味着：在两种对立的势力之间，要坚持启蒙的独立思想，只能成为边缘性的"第三"选择。周作人提出"别寻第三个师傅""建造'第三国土'"[①]的启蒙理想，与鲁迅提出的"创造这中国历史上未曾有过的第三样时代"[②]、20世纪40年代知识分子关于"第三条道路"的讨论，有着耐人寻味的相似性。

　　启蒙者的社会位置，其实也正是启蒙位置的一种现实反映。相对于有形的权力，无形的民间社会更为沉默，也更为广大。"到民间去"曾是"五四"知识分子对启蒙广场的一种美丽幻想，但他们始终没有得到民间力量的正面回应与支持。中西方思想者有相同的启蒙理念，但面对的是不同的社会群落。在中国，臣民社会历史漫长而公民社会异常稚弱，这样的民间社会长期被统治者的意识形态所教化，不可能形成真正独立的思想空间。它即使成为启蒙运动的群众基础，也不可能是强固的，甚至有可能成为权力的帮凶。鲁迅在留日时期也曾寄希望于没有被教化污染的"朴素之民"，但这种民粹主义的道德想象在回国后很快就破灭了。他发现，"暴君治下的臣民，大抵比暴君更暴"[③]，启蒙者的呐喊"如置身于毫无边际的荒原"，"而生人并无反应"[④]。越到后来，鲁迅对于民众的失望与启蒙的"无聊"感也越来越强烈。他在一封公开信中说："民众的罚恶之心，并不下于学者和军阀。近来我悟到凡带一点改革性的主张，倘于社会无涉，才可以作为'废话'而存留，万一见效，提倡者即大概不免吃苦或杀身之祸。"[⑤]周作人在"五四"之后也意识到，民众并没有像启蒙运动起初所设想的那样成为对话者，反而成了对立者甚至"加害者"。"中国现在政治

---

①　周作人：《游日本杂感》，载《周作人自编文集·艺术与生活》，第243页。

②　鲁迅：《坟·灯下漫笔》，载《鲁迅全集》第1卷，第225页。

③　鲁迅：《热风·暴君的臣民》，载《鲁迅全集》第1卷，第384页。

④　鲁迅：《呐喊·自序》，载《鲁迅全集》第1卷，第439页。

⑤　鲁迅：《而已集·答有恒先生》，载《鲁迅全集》第3卷，第477页。

不统一，而思想道德却是统一的，你想去动他一动，便要预备被那老老小小，男男女女，南南北北的人齐起作对，变成名教罪人。"① 在权力与民间高度一体化的社会中，启蒙思想既然得不到权力的肯定与支持，同样也不会被民众信任和承认。在认同强权的社会面前，启蒙思想者即便是少数知识青年所敬仰、所爱戴的导师和精英，也不能改变他们作为弱势群体的现实：他们有思想，有知识，却没有自己相应的社会位置。鲁迅笔下的"孤独者"、郁达夫笔下"零余者"，是他们生存环境的真实写照。在权力主导一切的社会中，读书人的知识与道德不会被真正理解与尊重，民众所认同的，只在于知识与道德能否转化为现实的权势与利益。在小说《孤独者》中，投射着鲁迅精神面影的魏连殳留过洋，好发议论，对老人孩子富有爱心，在知识和道德方面都是很优秀的，但这无法让他赢得身边人哪怕是房东老太太的同情。他自觉放弃了唾手可得的权力，却被认同权势的民众视为"迂"；当他为生所迫做了"魏大人"后，身边才又"热闹"起来。然而，他却无法认同背叛了独立人格的自己，最终"在不妥帖的衣冠中"冷笑着死去了。对于这"孤独的悲哀"，周作人也深有同感，他在同时期的随笔中写道："思想革命的鼓吹者是个孤独的行人，至多有三个五个的旅伴；在荒野上叫喊，不是白叫，便是惊动了熟睡的人们，吃一阵臭打。"② 阴差阳错的刺杀事件发生后，周作人也经历了魏连殳式的命运轮回。他在恐慌中迅速倒向了日伪政权，白天在台上演官僚的丑戏，晚上在灯下写启蒙的文章，人格严重地撕裂了。周氏兄弟都明白，思想革命在现代中国是一条寂寞荒僻的路，但鲁迅敢于直面内心强烈的精神冲突、性情刚烈，周作人却一直在掩饰内心的苦闷与不安、性情柔弱。也因此，前者终于是无情解剖自己而"苦斗"不息的战士，后者终于是努力维护形象而"苦住"不得的绅士。周氏兄弟文

---

① 周作人：《不讨好的思想革命》，载《周作人自编文集·谈虎集》，第93—94页。
② 周作人：《不讨好的思想革命》，载《周作人自编文集·谈虎集》，第93页。

学品性最大的相同点在这里，最大的分歧点也在这里。

尽管如此，未放弃启蒙理想的周作人仍不失为启蒙理念的坚执者。经历了沦亡之痛的周作人此时也在反思启蒙运动在中国未能成功的问题。他认识到，仅有文人孤独的努力而没有"各方面的合作"，即使胸怀大志、信仰坚定，"在事实上却总是徒然也"。他注意到，西方文艺复兴与日本明治维新能够取得成功，在于其运动"是整个而不是局部的"，而"中国近年的新文化运动可以说是有了做起讲之意，却是并不做得完篇，其原因便是这运动偏于局部，只有若干文人出来嚷嚷，别的各方面没有什么动静，完全是孤立偏枯的状态，即使不转入政治或社会运动方面去，也是难得希望充分发达成功的"[1]。文人是新文化运动的发起者，但也只是运动中的一部分；运动有始无终，文人有自己的责任，但也不可能承担全部的责任。用周作人评价蔡元培的话说，思想者的价值"着重在思想"[2]，至于思想的声音能否被民众倾听到、能否形成一种社会运动并最终实现目标，则是他们力量之外的事情，无法由自己把握。他们可以独立提出解决问题的方案，并不意味着能够独自解决问题。"知识就是力量"的西谚并没有错，但知识的力量也只能发生在真正尊重知识的社会语境中。美国学者格里德（Jerome B.Grieder）讲得好：西方启蒙哲学家"所进入的是一个与他们的目标十分相宜的环境，而他们的中国模仿者却没有这么好的命运"。他引用彼得·盖伊（Peter Gay）在《启蒙运动：一项解释，现代异教的兴起》中的话说，启蒙哲学家"向之讲道的欧洲，是一个已做好了一半准备来听他们讲道的欧洲……他们所在进行的战争是一场在他们参战之前已取得了一半胜利的战争"[3]。因此，周作人首先面对的问题是西方启蒙者很少遇到的，这就

---

① 周作人：《文艺复兴之梦》，载《周作人自编文集·苦口甘口》，第 20 页。

② 周作人：《记蔡子民先生的事》，载《周作人自编文集·药味集》，第 32 页。

③ [美] 格里德：《胡适与中国的文艺复兴——中国革命中的自由主义（1917—1937）》，鲁奇译，江苏人民出版社 1995 年版，第 343 页。

是："怎样能够使他们晓得?"① 周作人从"五四"以来就倡导思想革命，但后来终于发现："启蒙纠谬，文字之力亦终有所限"②；"我的力量极是薄弱，所能做的也只是稍有议论而已"③。周作人明白，文人孤立的启蒙工作是一种"秀才薄纸""苦口婆心""野人献芹"，只能谈谈而已。他因此说："在乱离之世，感情思想一时凌乱莫可收拾，启蒙运动无从实现，今亦如渔洋山人言，故妄言之故听之可也。"④ 明知"启蒙运动无从实现"，还要"故妄言之故听之"，周作人将此比作"姜太公钓鱼"，并自勉说，"在这似有希望似无希望的中间，言行得无失其指归，有所动摇乎，其实不然，从消极中出来的积极，有如姜太公钓鱼，比有目的有希望的做事或者更可持久也说不定"⑤。看不到任何希望，但又不能放弃"做"，是因为只有不抱希望地"做下去"，希望才不至于完全断绝；而如果不"做"，就意味着希望的彻底沦没。这种心态与表达，像极了鲁迅笔下那个单知道"走下去"而不问前途的黑衣过客，也像极了西方神话中那个不断推着石头上山的西西弗斯，其中有着绝望与宿命，也有着抵抗与挣扎。

就像鲁迅的"反抗绝望"终究也是一种绝望，周作人的不甘失败其实也是一种失败。对于"五四"理想的未能实现，鲁迅在《坟》的后记中写道："失望无论大小，是一种苦味"；周作人在《灯下读书论》中也留下了"知识也就是苦，至少知识总是有点苦味"的感喟。伴随着启蒙运动的落潮，启蒙思想者普遍经历了从英雄到凡人的精神失落与认知蜕变。鲁迅在"寂寞"的反省中"看见自己了：就是我决不是一个振臂一呼应者云集的英雄"⑥。周作人在《麻醉礼赞》中也发出了同样的叹息："我们的生活恐怕还是醉生梦死最好罢。——所苦

---

① 周作人：《宣传》，载《周作人自编文集·谈虎集》，第 38 页。
② 周作人：《过去的工作》，载《周作人自编文集·过去的工作》，第 85 页。
③ 周作人：《立春以前·后记》，载《周作人自编文集·立春以前》，第 190 页。
④ 周作人：《启蒙思想》，载《周作人自编文集·药堂杂文》，第 47 页。
⑤ 周作人：《凡人的信仰》，载《周作人自编文集·过去的工作》，第 55 页。
⑥ 鲁迅：《呐喊·自序》，载《鲁迅全集》第 1 卷，第 439—440 页。

者我只会喝几口酒，而又不能麻醉，还是清醒地都看见听见，又无力高声大喊，此乃是凡人之悲哀，实为无可如何者耳。""清醒"地认识到自己是"无力高声大喊"的凡人，不过是回到真实的现实中来，根本的问题还在于：认知到这种现实，思想者如何做？是继续，还是放弃？是固守，还是转向？正是在这一点上，启蒙者内部出现了分化，也暴露出了更为内在的问题。鲁迅后来感叹说，"《新青年》的团体散掉了，有的高升，有的退隐，有的前进，我又经验了一回同一战阵中的伙伴还是会这么变化"①。没有多少人愿意像鲁迅那样继续"独战多数"，或者像周作人那样不抱希望地"做下去"。他们纷纷组党，或积极入阁；或是像瞿秋白那样宣布"服从革命的需要"，或是像胡适那样倡导"好人政府"；他们开始变身为党魁、革命者，或是政府幕僚、技术官员。这些曾经的启蒙者开始加入不同的政治势力，也被不同的政治潮流所左右。停留在文章与纸页上的独立思想与自由意志，在现实的政治运动中显得脆弱不堪。对这些人来说，他们不会产生"在荒野上叫喊"的孤独感与荒谬感，因为启蒙在他们心中已失去了往日的崇高位置，成了必须要"跨越"的对象。尽管在经历了一次次政治风雨后，其中一些人觉悟到要重新"回到五四"，并为过去的背弃而忏悔；但仍不失为人生的成功者，而且至今也还享有权力所赋予的种种荣耀与光环。总体上看，他们是"忠而获咎"的屈原，而非"争天拒俗"的摩罗，他们的悲剧与权力斗争有关，与启蒙思想无关。唯其如此，他们背弃"五四"的悲剧命运更为隐蔽，也更引人深思。

　　和那些当年为追求革命而自觉"跨越""五四"精神的成功者相比，周作人的人生是完全失败的。如果说前者的悲剧表明知识分子在思想理性方面普遍不够成熟与强大，后者的悲剧则暴露出知识分子个人在世俗人生方面的全部软弱与丑陋。一个至少在态度上仍然坚持启蒙理念的思想者，却在全民抗战时期出任伪职，言行如此不一，让人

---

① 鲁迅：《南腔北调集·〈自选集〉自序》，载《鲁迅全集》第 4 卷，第 469 页。

深为不齿，也深为不解。持批评态度的，或是以周作人说过中国没有强大的海军之类的话，认定他一向有民族悲观心理；或是以周作人强烈的"个人主义"和"自由主义"倾向，指出他与时代相脱离。持同情态度的，或是认为周作人"不能克服文化传统中的消极核心而失败，一切文章学问、功绩成就同归于尽"，而将其归结为"中国文化传统的悲剧"①；或是认为周作人文化上爱国而政治上叛国，是"对'政府国家'的背叛与对'文化国家'的固守相冲突的悲剧，是作为一个国民丧失其完整性的悲剧"②。这些因果推论各有依据与道理，但也未免过于抽象，与周作人的落水附逆没有必然联系，也均未触及核心问题。首先，有民族悲观心理、思想消极，并不至于要做汉奸。早在日本以战争威胁中国政府接受"二十一条"的时候，胡适就发表过"我们压根儿没有海军""对日作战，简直是发疯"一类的谈话，但后来还是毅然承担起了抗战宣传的责任。其次，个人主义与自由主义是知识分子追求独立人格与自由思想的基本精神，与抗战精神并无冲突，与出任伪职也毫无联系。恰恰相反，主张全民族抗战是包括自由知识分子在内的主流声音，而周作人出任伪职正是因为背叛了其个人主义与自由主义的道德理想。再次，反对政府，也不意味着要背叛"政府国家"。周作人的政府认同出现问题，不等于说他的国家认同出现了问题。反观"城头变幻大王旗"的中国现代历史，有哪一个政府真正摆脱了独裁腐败的历史怪圈，又有哪一个政府是自由知识分子所真正满意和信任的？然而，这也没有妨碍他们加入中华全国文艺界抗敌协会之类救亡组织与救亡活动的积极性。

如果对进步论者来说所应检讨的是启蒙思想与态度变化的问题，对思想固执的周作人来说则完全是另外一个问题：既然在启蒙思想与态度上始终不渝，为什么在自己的现实人生中却没有真正做到？其

---

① 舒芜：《周作人概观》，湖南人民出版社 1986 年版，第 101、102 页。

② 董炳月：《周作人的"国家"与"文化"》，《中国现代文学研究丛刊》2000 年第 3 期。

实，这也不仅是一个知识分子的问题，而是所有人都可能面对的问题。对于民族生存与个人生存同时遭遇威胁的周作人来说，生还是死已不是一个哈姆雷特式的抽象命题，而是一个实实在在的现实问题。知识分子往往以社会的良知自许，社会对他们也是凡事都以良知的标准来要求，对他们有着非常崇高的道德期待。人们恰恰忘了，拥有思想与知识的人也是现实中的凡人，也具有凡人所可能有的全部弱点与缺陷。借用恩格斯（Friedrich Von Engels）评价歌德（Johann Wolfgang von Goethe）的话，知识分子"有时非常伟大，有时极为渺小；有时是叛逆的、爱嘲笑的、鄙视世界的天才，有时则是谨小慎微、事事知足、胸襟狭隘的庸人"[①]。"有时"其实只是一种外在的言行表现，根本的问题在于，文人和所有的人一样，也具有自己的两面性。在有限的现实世界中，完整的从来不会完美，完美的也从来不会完整。如果说五四时期的周作人表现出的是完美而理想的一面，沦陷时期的周作人则暴露出了完整而真实的一面。自号"知堂"的周作人的确拥有比常人更丰富的知识、更敏锐的思想、更崇高的道德感，但这并不意味着他在现实生活中就能比常人做得更好。用他自己的话说，"老百姓的行为也总未必不及士大夫，或者有人说还要胜过士大夫亦未可知"[②]。

　　实际上，是我们自己把一些本来平常与简单的问题复杂化与深奥化了。也许是因为周作人曾经炫目的思想者身份限制了我们思考问题的方式，我们大家普遍忽略了他亦是"凡人"，亦有"凡人之悲哀"，亦有他懦弱与庸俗的一面。从思想问题上一味探寻思想者的"思想罪"，这种思考习惯貌似合理，实则荒谬不伦：如果思想者在思想上有种种不及常人的问题，又如何可以称作一个思想者？如果思想者的行为问题处处都可以在思想那里找到根据，这样的思想者就不可能是活生生的思想主体，而是受制于思想理念的机械工具。如果我们的思

---

① 《马克思恩格斯全集》第4卷，人民出版社1958年版，第256页。
② 周作人：《大乘的启蒙书》，载《周作人自编文集·立春以前》，第106页。

考能回归到人的日常生活中来，就会发现，人的思想与行为虽不可分割，但也不是简单等同的。换言之，人的行为应该为他的思想负责，但人的思想未必能为他的行为负责。沦陷时期的周作人尽管有种种道德丑行，但其富有启蒙意义与科学价值的道德学说未必就是其道德丑行的思想依据。恰恰相反，周作人的问题不在于他的道德思想，而在于他未能履行自己的道德思想。或者说，他在理论层面上忠实于自己的道德学说，在行为层面上却未能忠实于自己的道德学说，思想与行为出现了严重的分裂：他在思想上体现出了思想者的深刻性，在处世行为上却暴露出了许多连凡人也不及之处。

周作人曾将自己的道德理想归纳为"伦理自然化，道义事功化"，前者反礼教道德，后者反空谈道德，这两方面他最后都没有完全做到，或者说根本没有做到。在"伦理自然化"的学说中，周作人严辞抨击文人的应举心理与八股文做法，但自己最终也陷入了权力斗争的泥潭中。从出任伪职时的奢华铺张，到丢官后的咬牙切齿，不复有往日的清高自守。这期间他在思想上仍表现出了一定的独立性，比如反对学生参加政治表演活动，警惕文化奴役而主张"思想宜杂"；但这些潜藏的反对意图只具有鲁迅所说的"心理抵抗"的效果，一经主子申斥，周作人不是噤若寒蝉、言听计从，便是不敢承认、百般辩解。同样，周作人也明白，"道义事功化"强调事功只能以道义为前提，不能以牺牲道德为代价，也不能只以成败论英雄。他虽然觉得"事功与道德具备的英雄"中国历史上"没有一个可以当选"，但也称赞说："就是不成功而身死的人，如斯巴达守温泉峡的三百人与其首领勒阿尼达思，我也是非常喜欢，他们抵抗波斯大军而死，'依照他们的规矩躺在此地'，如墓志铭所说，这是何等中正的精神，毫无东方那些君恩臣节其他作用等等的混浊空气。"① 周作人所向往的这种不问成败、张扬血性的斯巴达精神，也是鲁迅在《斯巴达之魂》中所极力

---

① 　周作人：《论英雄崇拜》，载《周作人自编文集·苦茶随笔》，第 183 页。

颂扬的。周作人沦陷时期的文章如《上坟船》《炒栗子》等，亦多有麦秀黍离之悲。他在 1938 年 1 月 30 日的旧历除夕日记中写道，"今晚爆竹声甚多，确信中国民族之堕落，可谓无心肝也"，斥责国民不知国土沦亡之痛。但到了 2 月 9 日，周作人就出席了日本更生文化座谈会，走向了自己所批判的"堕落"之路。这说明，周作人并非没有血战思想和报国情怀，但在最需要做抉择的时刻，他有就义之心，却无就义之勇，以致有了背义之为。

司马迁在《报任安书》中说："夫人情莫不贪生恶死，念父母，顾妻子；至激于义理者不然，乃有所不得已也。""贪生恶死"、眷恋家人是人情之常，我们也绝无理由逼人牺牲。从这方面说，周作人"家累重"一类的解释，也是出于人情之常，并非全是托词，真正的问题是他为此付出的惨重道德代价。周作人在出任伪职期间经常发表一些反共与中日亲善的讲话，抗战后却一度想去自己并不信任的共产党辖区谋职，1949 年 7 月又给中共领导人写了一份自我辩解的检讨信，这些言行无非是为了逃避责任与苟全性命而已，全无道德立场可言。不过，作为启蒙思想者，丧失了气节的周作人却不可能丧失道德耻辱感，他是自知其丑的，并非某些学者所说的"泰然自若"。对于自己所发表的《治安强化运动与教育之关系》《东亚解放之证明》一类的官僚讲话与训令文字，周作人一律隐去，不收入自编文集，就是内心虚怯、欲盖弥彰的一种表现；而声称"一说便俗"的所谓"不辩解主义"，其实是不可辩解，隐隐约约的一类诡辩文章其实也还不少。比如，把自己比作地中海上脱衣救人而不顾道德名声的看护妇、救苦救难的大乘菩萨、无鸟村中收拾残局的蝙蝠等，而且自我颂扬"有为人类服务而牺牲自己的热情"[1]。后来在审判汉奸的法庭上，周作人含蓄的"不辩解"不仅成了赤裸裸的自我辩护，还召来故友和律师为自己保护校产之类的功绩做公开证明。而在 1949 年写给中共领导人的那封信中，他也再次为

---

[1]　周作人：《道义之事功化》，载《周作人自编文集·知堂乙酉文编》，第 77 页。

自己的"有关思想与行为"做了煞费苦心的辩解。信中说：自己和日本"不是合作得来"，有过"明的暗的抗争"，"我不相信守节失节的话，只觉得做点于人有益的事总好，名分上的顺逆是非不能一定"，这无非是再次标榜自己做汉奸的"道理"。① 直到晚年，周作人仍然说，自己经过考虑后答应出任伪教育督办是"因为自己相信比较可靠，对于教育，可以比别个人出来，少一点反动的行为也"②。"道义事功化"在这里被它的提出者扭曲为一种"道义牺牲论"，与日伪政权的"合作"也便成了一种有功无过的自卖自夸。而越是掩饰羞耻与夸耀光荣，就越是深刻地暴露出其内心的怯弱与阴暗一面。未能实践自己的道德理念固然是一种悲剧，未能实践而又不肯直面内心的幽暗与缺失，这才是周作人在启蒙悲剧中的最大悲剧。康德在回答"什么是启蒙"时的著名格言是："敢于认知！要有勇气运用你自己的理智！"一个连认知自我都没有勇气做到的启蒙思想者，又何谈启蒙他人呢？

周作人在 20 世纪 20 年代的一封通信中曾写道："我最厌恶那些自以为毫无过失，洁白如鸽子，以攻击别人为天职的人们，我宁可与有过失的人为伍，只要他们能够自知过失，因为我也并不是全无过失的人。"③ 如此理性和宽容，说明周作人是"能够自知过失"的，但他同样没有勇气做到。从这方面说，周作人真正的悲哀就在于，作为一个启蒙思想者，他几乎把一切问题都想到了；作为一个现实生活中的凡人，却几乎一点也未能做到。

---

① 《周作人的一封信》，《新文学史料》1987 年第 2 期。

② 周作人：《致鲍耀明书》，转引自钱理群：《周作人传》，十月文艺出版社 1990 年版，第 445 页。

③ 周作人：《一封反对新文化的信》，载《周作人自编文集·谈虎集》，第 107 页。

下　篇

"为了忘却"：鲁迅的"记念"文字与纪念文章

第八章 《为了忘却的记念》：鲁迅的 创作手稿

在 1961 年发表的《鲁迅先生怎样对待写作和编辑工作》一文中，许广平以《为了忘却的记念》一文的修改过程为例，来说明鲁迅的"写作态度认真"。对校当年发表《为了忘却的记念》一文的《现代》原刊，的确会发现初刊本与手稿本、排印本之间存在不同程度的文字差异。那么，如何看待不同版本的差异，又如何辨识鲁迅的稿本性质呢？带着这样的疑问，我细读了朱正先生所著的《鲁迅手稿管窥》（增订本改名为《跟鲁迅学改文章》）与《鲁迅回忆录正误》两册有关鲁迅手稿及史料考证的书，备受教益。在此基础上，又翻检了《莽原》《现代》《夜莺》《新语林》等部分原始期刊，查阅了《鲁迅著作手稿全集》中所录的全部影印手稿，通过校核比对、手迹辨识，发现了一些新的问题，也产生了一些新的思考。未敢自专，姑且献疑，以就教于诸位大家。需要说明的是，朱正先生当年是在极为艰苦的环境下从事鲁迅研究的，所出现的问题与材料搜集困难等条件限制不无关系。因此，后续研究亦当抱有历史的同情态度，在前辈极为出色的学术工作基础上，将问题研究继续推向深入。

一、从《为了忘却的记念》说起

对《为了忘却的记念》一文的写作与修改问题，许广平是这样论说的：

> 鲁迅的手稿一般都写得很整洁，改动得很少，但有时改动一字一句，都经过细心推敲，比如《为了忘却的记念》这篇文章中有一首诗：
>
> 惯于长夜过春时，挈妇将雏鬓有丝。
>
> 梦里依稀慈母泪，城头变幻大王旗。
>
> 忍看朋辈成新鬼，怒向刀丛觅小诗。
>
> 吟罢低眉无写处，月光如水照缁衣。
>
> 诗中首句"惯于长夜过春时"，原来"夜"字后面是"度"字，后来自觉不妥，就改成"过"字了，这一字的推敲是经过相当考虑的。后面"忍看朋辈成新鬼，怒向刀丛觅小诗"两句，在一九三二年七月一日日记上是写的"眼看朋辈成新鬼，怒向刀边觅小诗"，写《为了忘却的记念》的时候，"眼看"改成了"忍看"，"刀边"改为"刀丛"，虽然两字之差，但是更深刻地表达了鲁迅当时的愤怒心情和对敌人的刻骨仇恨。①

这段论证材料并无多大问题，让人质疑的是这段材料所论证的两个观点。一方面，许广平指出，"从手稿中可以看出，鲁迅的修改多半是个别的字、句子，整段整页的删改是没有的"；另一方面，她又引鲁迅在《答北斗杂志社问》中的话说，"写完后至少看两遍，竭力将可有可无的字、句、段删去，毫不可惜"。两相对照，的确有些"自相矛盾"②。不过，这两段话也不能理解为是绝对冲突的，因为"整洁"是一种认真，"修改"也是一种认真。一般来说，"写文章以前，总是

---

① 许广平：《鲁迅先生怎样对待写作和编辑工作》，载《鲁迅的写作和生活》，上海文化出版社 2006 年版，第 17—18 页。

② 朱正：《鲁迅怎样修改自己的稿件》，载《鲁迅回忆录正误》，人民文学出版社 2006 年版，第 283 页。

经过深思熟虑，腹稿打好了，就提起笔来，一气呵成"，这样的手稿肯定是"整洁"的；而有了写作前的"深思熟虑"，自然就"改动得很少"，并不影响手稿的"整洁"。当然，也不排除其他例外情况。比如，《〈准风月谈〉后记》《势可必至，理有固然》等少数弃稿现在被保留下来了，可见"整段整页的删改"也是有的。不过，在鲁迅现存的大量手稿中，这样的例证毕竟不多。而且，有趣的是，《〈准风月谈〉后记》与《势可必至，理有固然》两篇弃稿，也和鲁迅其他多数手稿一样，虽有一些涂改，整体上仍不失整洁清楚。从这个角度说，许广平文章的失误主要出现在表述方式上，并不昧于客观事实。对"鲁迅的修改多半是个别的字、句子，整段整页的删改是没有的"这段话，如果将句中的"没有"改为"很少"，不像"没有"那样绝对，而是"多半"对"很少"，前后一致，就不显得"自相矛盾"了。

回到《为了忘却的记念》稿本问题上来，许广平的文章限于题目、篇幅、写作年代等原因，对这一问题解释并不清楚甚至有误。

首先，许广平文中将鲁迅日记中出现"惯于长夜过春时"这首诗稿的时间写错了。鲁迅日记出现这首诗，是在 1932 年 7 月 11 日，而非 7 月 1 日。查该年日记，7 月 1 日所记是"夜同广平携海婴访坪井学士"这短短一句。7 月 11 日的日记则记事甚详，鲁迅在这天上午收到台静农所寄拓片四枚与《铁流》一本，午后则为日本友人山本初枝女士书"战云暂敛残春在"一笺，"又书一小幅，录去年旧作"，即"惯于长夜过春时"一诗，并托内山书店寄去。

其次，许广平文中对鲁迅诗稿的写作时间没有交代清楚。据鲁迅在《为了忘却的记念》一文所述，这首诗是在避难期间听到柔石（赵平复）等人遇害的消息后写的。冯雪峰的回忆证实了这个说法。冯雪峰在听到柔石遇害的消息的三四天后的一个黄昏，去鲁迅避难的公寓看望他，鲁迅当时脸色很阴暗，沉默许久后从炕桌的抽屉里拿出一首诗给他看，只低沉地说了一句话："凑了这几句。"冯雪峰说："这就是大家知道的'惯于长夜过春时'的那首诗的原稿。"① 冯雪峰的回忆很概括，没有具体说明"原稿"的修改问题，但已经指明了"原稿"完成的大致时间。鲁迅于1931年1月20日携全家人避居花园庄旅店，2月28日返回旧寓，那么这首诗最初写于1931年2月7日柔石遇害的稍后几天则是无疑的了。许广平所看到的诗作初稿，也应该是在这个时间。据鲁迅日记所载，他在1932年7月11日给山本女士的赠诗写明是"录去年旧作"，在1933年1月26日给许寿裳的赠诗注明是"录午年春旧作"，都证实了这一点。

再次，许广平文中对鲁迅诗作从初稿到定稿的修改过程也没有说明白。从避难期间的初稿到《为了忘却的记念》中的定稿，这首诗可以说前后修改了三次。第一次修改是题赠山本夫人时，将首句"惯于长夜度春时"的"度"改为"过"。第二次修改是题赠许寿裳时，将"眼看朋辈成新鬼"的"眼看"改为"忍看"。第三次修改是在写《为了忘却的记念》时，又将"怒向刀边觅小诗"的"刀边"改为"刀丛"。所以，从事实上看，"度""眼看"与"刀边"并不是同时修改的，中间有一个不断推敲的过程。《鲁迅年谱》增订本提到鲁迅将这首诗书赠许寿裳时说："这是鲁迅第一次将此诗写出赠人，寄托他旧历元旦怀念死难战友的心情。"② 这是错的，鲁迅此前已将此诗写出赠与山本初枝女士，写给许寿裳应该是第二次了。

对于许广平文中论及鲁迅手稿问题的"矛盾"之处，朱正先生在"正误"中提出了一条富有建设性的意见：

> 说到鲁迅的手稿"极易辨认，涂改不大多"这一点，我倒有这样一种想法：即现在保存下来的那些手稿，有两种不同的情

---

① 冯雪峰：《回忆鲁迅》，载《鲁迅回忆录·专著》（中册），北京出版社1999年版，第621页。
② 北京鲁迅博物馆编：《鲁迅年谱（增订本）》第三卷，人民文学出版社2000年版，第380页。

况和性质：一种是最初投寄给报刊发表的稿子，姑且称它做"原稿"；另一种是编印集子的时候又从当初发表的报刊上抄下来的稿子，姑且称它做"清稿"。①

过去的版本学研究有手稿与清稿之分：手稿当为作者亲笔书写，清稿多由他人誊录抄写。这是仅从笔迹判断、无关稿本性质的，存在很大不足。所以又有从稿本形成过程来鉴别初稿、修改稿、定稿之分的。朱正先生的原稿与清稿之论，更注重稿件发表前后的联系，这对我们辨识鲁迅稿本的深层问题无疑是有益的。

属于"清稿"的例，朱先生也特别提到了《为了忘却的记念》，并将其作为"证据之一"。他认为，许广平文中既然提到鲁迅诗稿的"过"字改自"度"字，"显然，许广平是看过《为了忘却的记念》的手稿才会说这话的"。可是，现在留存下来的手稿，"全诗五十六字无一字改动，和流行的排印本完全相同。丝毫也看不见有从'惯于长夜度春时'改过来的痕迹，'忍看'、'刀丛'两处也与日记中所录者不同"。他由此论断说：

> 当年许广平看过并且留下深刻印象的，和现在收在《鲁迅手稿选集》中的，并不是同一件手稿，而是不同的两件。当年她看见的，当是寄给《现代》杂志社去发表的原稿，在那上面，至少就有将"度春时"改为"过春时"这一处改动。可惜那一份原稿没有能够保存下来。现在我们在《鲁迅手稿选集》中看到的，显然是在编印《南腔北调集》的时候从杂志上誊录下来的清稿了。②

---

① 朱正：《鲁迅怎样修改自己的稿件》，载《鲁迅回忆录正误》，人民文学出版社2006年版，第288页。
② 朱正：《鲁迅怎样修改自己的稿件》，载《鲁迅回忆录正误》，人民文学出版社2006年版，第289页。

　　这里所举的"证据"多是推想，与事实不符。从鲁迅诗稿的三次修改过程可以看出，"过"与"忍看"两处的修改是在写《为了忘却的记念》之前就已完成的，这是不必看"原稿"就知道的。况且，许广平已经说明她讨论的根据是鲁迅日记，并没有提到有不同于"清稿"的"原稿"这回事。显然，"许广平是看过《为了忘却的记念》的手稿才会说这话"不能成立，而"全诗五十六字无一字改动"，在鲁迅手稿中也是完全可能的。

　　《为了忘却的记念》手稿被认为是"清稿"的另一个证据是："《为了忘却的记念》手稿长达十五页，改动仅仅有十四处十四字，平均每页改动不到一个字，而且其中好几处只不过是纠正笔误，添上掉字，并不能算是修改。"① 不过，笔者在查阅最初发表该文的《现代》期刊时，却发现手稿本和初刊本有许多不一致的地方。最突出的改动是手稿中的这一句："只有其中的一本《蕗谷虹儿画选》，是为了扫荡上海滩上的'艺术家'，即戳穿叶灵凤这纸老虎而印的。"期刊本则为："只有其中的一本《蕗谷虹儿画选》，是为了扫荡上海滩上的'艺术家'而印的。"其他不一致之处还有不少：如手稿本的"当时上海的报章都不敢载这件事，"在期刊本缺"都"字；鲁迅抄录柔石狱中遗简在期刊本为"诸请勿念"，在手稿本写作"诸望勿念"；期刊本中的"方孝孺"，鲁迅手稿误作"方孝儒"；期刊本中的"仓皇"，手稿本写作"苍皇"；期刊本中的"人心惟危"有双引号，手稿本则无；期刊本中的"左翼作家联盟"无双引号，手稿本则有。标点符号不一致的还有几处，就不一一罗列了。至于流行的《南腔北调集》排印本，则是根据鲁迅手稿发排付印的，手稿中未能发现的"方孝孺"一类的笔误，已被校出改正。

　　如何看待手稿本与期刊本的差异，对确认鲁迅手稿是否属于清稿

---

① 　朱正：《鲁迅怎样修改自己的稿件》，载《鲁迅回忆录正误》，人民文学出版社2006年版，第284页。

有很重要的关系。如果说《为了忘却的记念》属于"清稿"，有两个疑点需要解释清楚。其一，如果是从期刊上抄录的清稿，为什么手稿本与期刊本有多处不一致的地方？如果有许多不一致之处，甚至出现如"即戳穿叶灵凤这纸老虎"这样一类手稿中有而期刊中无的句子，就很难断定现存手稿是抄录期刊的。其二，如果是从期刊上抄录的清稿，为什么手稿上还有多处涂改的痕迹？即使"纠正笔误，添上掉字，并不能算是修改"，也是可以看出鲁迅写文章时"苦心删改的痕迹"的。比如，"只要是损己利人的，他就挑选上"这一句，从手稿可以看出，其中"挑选上"的"上"最初写作"出"，此后又涂去修改的。再如《写在〈坟〉后面》一文，手稿中的涂改也属于"纠正笔误，添上掉字"，和《为了忘却的记念》差不多，为什么前者就可以确定为"原稿"，而后者却不能呢？

对鲁迅这样写作态度极为认真的人，即使写作时"深思熟虑""一气呵成"，也要"在写完后至少看两遍"。许广平的回忆印证了鲁迅的说法与做法："每次文章写完尽给我先看的，偶然贡献些修改的字句或意见，他也绝不孤行己意，很愿意地把它涂改的。"[①] 换言之，鲁迅写作的原稿本身就经历了一个从初稿到修改稿、再到定稿的修订过程。许广平说鲁迅的"初稿往往就是定稿"，可以在这个意义上来理解。这样的原稿，涂抹勾乙，推敲构思，必然会在整体清洁中留下不时修改的痕迹。

要了解鲁迅原稿与抄稿的差别，《三论"文人相轻"》是一个典型的例子。鲁迅作此文，是回应魏金枝的《分明的是非和热烈的好恶》的。据朱正先生考证，当初在《文学》上发表《三论"文人相轻"》的时候，并没有附上魏金枝的文章做备考。这篇备考是鲁迅在编《且介亭杂文二集》时，特地从《芒种》上把魏金枝的文章抄在后面的。

---

① 许广平：《鲁迅先生的写作生活》，《鲁迅的写作和生活》，上海文化出版社 2006 年版，第 11 页。

因此，"这也就明白无误地证明了：现在大家看到的《三论"文人相轻"》的手稿，并不是当初寄给《文学》月刊发表的原稿，而是后来为了编印《且介亭杂文二集》而誊录的清稿"。从"备考"并未附录发表来看，鲁迅手稿似乎是抄录期刊的"清稿"。不过，有一个现象值得注意：鲁迅手抄的"备考"无一字改动，可谓是真正的"清稿"；而鲁迅的正文却有多处涂改的痕迹，不像是真正的"清稿"。如"又不得不爱护'非中之是'"这短短一句，先后就涂改了三次，涂改部分已不易辨认。再如"取其大，略其细的方法，于是就不适用了"这一句，被涂改的部分原为"男人似的略其细的方法太简单了"。这不是仅仅纠正笔误的问题，可以"算是修改"了。众所周知，鲁迅在抄稿方面有近乎苛刻的"洁癖"，看看他少年时期抄写会稽童钰的《二树山人写梅歌》、祖父的《桐华阁诗钞》等诗稿，都是工整清楚、特别整洁的。由此而论，《三论"文人相轻"》的手稿恐怕不能说是后抄的"清稿"，而应该是最初的"原稿"了。

二、是"原稿"，还是"清稿"

鉴别一篇手稿属于"原稿"，还是属于"清稿"，朱正先生总结了两条基本原则。一是注意标题下面有没有作者的署名。有作者署名的，是寄到报刊发表的原稿，反之是清稿。二是注意作者在手稿上所编的页码。"如果是直接寄到报刊编辑部去发表的'原稿'，在很多时候作者并不编页码"，"如果要编页码，也是每一篇自成起讫"；"如果是为了编印文集而誊录的'清稿'，页码就是根据全书的排列次序编的流水号了"。① 从这两条原则看，《为了忘却的记念》《三论"文人相

---

① 朱正：《鲁迅怎样修改自己的稿件》，载《鲁迅回忆录正误》，人民文学出版社2006年版，第292页。

轻"》等手稿都应该归入"清稿"行列。因为这些手稿标题下既没有作者署名，页码也是根据全书的排列次序编的流水号。然而，我们前面的论述，却是"清稿"说的反证。这就带来了一个相互抵触的问题：既然我们认证它不是"清稿"，那么又如何解释它符合"清稿"的两条原则呢？进而言之，"清稿"原则是否适合鲁迅的所有手稿，这中间有没有"清稿"原则难以概括的一些更复杂的情况呢？

仔细鉴别鲁迅的手稿，会发现这样一个现象：鲁迅在上海最后十年的手稿很少有看到作者署名的，能看到作者署名的多是北京到广州时期的手稿。如果把这两个时期分为前期和后期的话，那么前期基本符合"原稿"的条件，后期则基本符合"清稿"的原则。这似乎不合常理，也很耐人寻味。

1942 年，时任苏联塔斯社中国分社社长的罗果夫（B.H.Porob）对许广平做过一次文字访谈。其中第七个问题是："那些作品刊出时被检查官删除很多，这些被删作品的原稿是否保存着？"许广平是这样回答的："因着不断的检查、压迫，先生每发表著作，后来多把副稿寄出，所以对于若干篇的被删除，得以从原稿补入在单行集子里。"[1] 许广平在这里提到了一个很重要的事实：鲁迅"后来"寄给报刊的稿子多非"原稿"，而是"副稿"。寄送"副稿"，主要是为了对付审查；保存"原稿"，主要是为了编集出版。而为了应对审查，除了不断变换笔名，"副稿"也须请人抄写。如鲁迅所说，在倾轧排挤之下，"我本也可以就此搁笔，但为了赌气，却还是改些作法，换些笔名，托人抄写了去投稿"[2]。发生以"副稿"代替"原稿"的复杂情况，主要是在 1933 年下半年之后。鲁迅这年 7 月在《伪自由书》的"前记"中说："我的投稿，平均每月八九篇，但到五月初，竟连接的不能发表了，我想，这是因为其时讳言时事而我的文字却常不免涉及时事的

---

① 许广平：《研究鲁迅文学遗产的几个问题》，载《鲁迅的写作和生活》，上海文化出版社 2006 年版，第 33 页。

② 鲁迅：《花边文学·序言》，载《鲁迅全集》第 5 卷，第 437 页。

缘故。"① 所以我们讨论鲁迅稿本在后期的复杂情况，主要是指这一时段。为了使我们的稿本辨考更细微准确，姑且称作晚期以示区别。

帮忙抄稿的人，除了主要的助手许广平，还有其他一些青年学生与朋友。曾为鲁迅热心搜集佚文、协助出版《集外集》的杨霁云就是其中一个。他在 1937 年 4 月 9 日给许广平的信中说，他收藏了鲁迅所做的《倒提》一文的原稿："当时因先生适患小恙，时文章又需检查，无人抄录，他托我代抄的。"② 这样因病托人代写的稿件还有《半夏小集》。《半夏小集》的原稿没有写在稿纸上，而写在一种"抄更纸"上，是因为鲁迅刚从重病中稍稍恢复过来，"还没有能够敷布成文"，"病后看见有格子的纸也写不方便了，必须要全白的"③。后来的定稿，则是请冯雪峰执笔，按其意见修改完成的④。

不仅如此，鲁迅有时还要为投稿的青年人抄稿。据许广平回忆，徐诗荃（徐梵澄）时常托鲁迅介绍文稿给《自由谈》，又要求"不能将原稿寄出发表"，认为"稍一不慎，即有丧身之虞。这么一来，先生只好设法给他抄录副稿寄去"。起头是托许广平代抄，后来实在没有功夫，鲁迅只好写信给黎烈文，托他请报馆中的人代抄，"则以抄本付排，而以原稿还我，我又可以还'此公'"⑤。徐诗荃不愿将原稿寄出发表的怪脾气，是顾虑自己的人身安全而小心过头，而鲁迅托人抄写副稿而保留原稿，则是为了避免原稿被没收与删改的命运。虽然考虑有所不同，但有一点是相同的：写作环境的险恶。鲁迅在平时用

---

① 鲁迅：《伪自由书·前记》，载《鲁迅全集》第 5 卷，第 5 页。

② 许广平：《略谈鲁迅先生的笔名》，载《鲁迅的写作和生活》，上海文化出版社 2006 年版，第 81 页。

③ 许广平：《鲁迅〈夜记〉编后记》，载《鲁迅的写作和生活》，上海文化出版社 2006 年版，第 275 页。

④ 冯雪峰：《在北京鲁迅博物馆的谈话》，载《雪峰文集》第 4 卷，人民文学出版社 1985 年版，第 500 页。

⑤ 许广平：《鲁迅和青年们》，载《鲁迅的写作和生活》，上海文化出版社 2006 年版，第 109、110 页。

笔名每年一般为三个左右，但到了压迫最重的 1933 年、1934 年，笔名不得不频繁变换，分别达到 28 个与 41 个[①]。这很能说明鲁迅在晚期不能寄送原稿去发表的外部环境问题。

不过，即使变换笔名，即使托人抄稿，也不能保障文章可以全部发表，因为这些毕竟是表面的障眼法，如果笔下锋芒不减，迟早会被检查官"嗅"出来的。鲁迅自己也说："内容也还和先前一样，批评些社会的现象，尤其是文坛的情形。因为笔名改得勤，开初倒还平安无事。然而'江山好改，秉性难移'，我知道自己终于不能安分守己"，这样，"不善于改悔的人，究竟也躲闪不到那里去，于是不及半年，就得着更厉害的压迫了"。[②] 比如，《阿金》这篇鲁迅自认为"毫无深意"却惹出麻烦的漫谈文章，是请许广平抄写寄送给《漫画生活》的。但到检察官那里，先是被打上红杠要求删除一些不敬之语，继而被送到南京的中央宣传委员会，结果是被一前一后盖了两颗"抽去"的大印，不准登载。鲁迅对此事何以至此，一直耿耿于怀，"自己总是参不透"[③]。其实，能得到去国民党中宣部送检的礼遇，不完全是文章内容敏感，而完全是许广平抄稿中"鲁迅"这个公开的署名过于敏感的缘故。

《阿金》现存两种稿件，一个是许广平用钢笔写的字迹，一个是鲁迅用毛笔写的字迹。许广平的抄稿是寄送《漫画生活》发表的，符合"投寄给报刊发表"的"原稿"性质。鲁迅自己的手稿，则被认为是"从《海燕》月刊上抄下来的清稿"。至于根据，朱正先生列举了几条：一是鲁迅本人誊抄的清稿用的是每面十二行，每行三十六字的稿纸，和许广平抄写的"OS 原稿用纸"不同；二是鲁迅的手稿把红杠改成了黑杠，且没有一大一小两颗紫色印；三是"伊孛生"后面附的外文"(H.Ibsen)"在许广平的手稿中并没有，是鲁迅誊抄清稿时

①　李允经：《鲁迅笔名索解》，福建教育出版社 2006 年版，第 6 页。

②　鲁迅：《准风月谈·后记》，载《鲁迅全集》第 5 卷，第 403、402 页。

③　鲁迅：《且介亭杂文·附记》，载《鲁迅全集》第 6 卷，第 221 页。

添加上去的①。这三层论证看似有理，却把一个关键的漏洞忽视掉了。《阿金》这篇文章写于 1934 年 12 月 21 日，鲁迅在当日的日记中记载："下午作随笔一篇，二千余字，寄《漫画生活》。"所谓"随笔一篇"，指的就是《阿金》。《阿金》当时被勒令"抽去"，未能发表，鲁迅在 1935 年末编《且介亭杂文》时，就把它收入文集了。在编完《且介亭杂文》后写的"附记"中，鲁迅也提到了《阿金》未能发表的遭遇，以及编入文集时把检察官的红杠改为黑杠的事。"附记"的末尾注明"一九三五年十二月三十日，编讫记"。再看《阿金》在《海燕》发表的时间，是 1936 年 2 月 20 日。显然，鲁迅是不可能穿越时间，从 1936 年的《海燕》月刊上抄写清稿，再倒过来编入 1935 年的文集的。至于在 1935 年编入《且介亭杂文》的文章为何迟至 1936 年发表，是因为鲁迅当时编好文集后并未发排付印。直到鲁迅去世后的 1937 年 7 月，《且介亭杂文》三集才由许广平以上海三闲书屋的名义出版印行。

那么，《阿金》手稿被认为是"清稿"的几条根据，又该如何解释呢？这需要对鲁迅后期手稿情况有一个整体性的了解与认知。

许广平在《研究鲁迅文学遗产的几个问题》一文中提出的"副稿"和"底稿"之说，我以为可以修正"原稿"和"清稿"之说存在的一些相对不足之处。如前所论，鲁迅在上海时期因为要"钻文网"，"多把副稿寄出"，而保留"原稿"以备编集出版之用。许广平所说的"原稿"，是指鲁迅构思成文的写作原稿，和朱正先生所说的"最初投寄给报刊发表的稿子"有所不同。写作的原稿并不一定是发表的原稿。是或不是，这要视具体情况而定。出于文章送审的考虑，鲁迅在晚期多是将托人抄写的"副稿"寄出，而将自己手写的"原稿"保存，这是完全可以理解的。试想，如果没有保存完整原貌的"底稿"，如果只从经常遭遇删削的报刊文章抄录"清稿"，鲁迅又如何能够将被抽

---

① 朱正：《鲁迅怎样修改自己的稿件》，载《鲁迅回忆录正误》，人民文学出版社 2006 年版，第 291 页。

被删的文章完整无缺地编入文集中呢？由此可见，"最初投寄给报刊发表"的"原稿"，在鲁迅晚期其实多是托人抄写的"副稿"。

鲁迅前期手稿符合"最初投寄给报刊发表"的"原稿"概念，后期则不尽然。这主要是因为，北洋政府时期的言论环境相对宽松，没有太大的压迫，也没有太多的顾虑，所以没有让人抄写"副稿"而保存"原稿"的必要。而鲁迅在上海十年的写作环境则不同了。随着蒋介石在南京建立独裁政权，知识界的言论环境逐渐恶化。国民党中央宣传部先后颁布了《宣传部审查条例》《查禁反动刊物令》《图书杂志审查办法》等系列书报审查令，并成立了专门的图书杂志审查委员会。正如有学者所论："鲁迅在上海十年，同国民党的书报审查制度相始终，真可谓'运交华盖'，没有选择和退避的余地。"[1]

除了写作环境，与报刊编辑的关系也是鲁迅考虑寄送副稿还是原稿的主要因素。在压迫不太严重的时期，因为彼此之间熟悉，不用担心原稿的命运，鲁迅就不用劳烦别人为自己抄录副稿了。比如最初给《自由谈》写的文章，就是将原稿径直寄给编辑黎烈文的。后来在编《伪自由书》的时候，鲁迅把发表在《自由谈》的文章"每天剪下来辑成《伪自由书》付印"，同时"把每篇的笔名都删去了"。[2] 这样编书，无须费时费力，再誊抄清稿。收入《伪自由书》的文章，现在手稿只存四篇初稿，就是因为编集时从报纸直接剪贴，没有注意保存手稿的缘故。在这四篇手稿中，《保留》是一页残稿，其余三篇《"以夷制夷"》《言论自由的界限》《天上地下》在文末都没有注明写作日期，与初刊本文字上也多有出入。其中，要数《天上地下》的版本差异最大。手稿的作者署名不是发表时用的"干"而是"何家干"，"买飞机，将以'安内'也"这一段对抗战政策的议论在发表时完全删去，文末一段对国民党政客的讽刺也有两句话被删去。在1933年7月编《伪自由书》时，

---

[1] 林贤治：《鲁迅的最后十年》，中国社会科学出版社2003年版，第89页。

[2] 许广平：《略谈鲁迅先生的笔名》，载《鲁迅的写作和生活》，上海文化出版社2006年版，第76页。

鲁迅尚能以"补记"的方式，凭个人记忆将两月前发表的《天上地下》最后一段的两句话补入，而删掉的一段则因失记未能补充。这表明，《天上地下》的手稿是比寄送报刊发表的原稿还要早的写作初稿，鲁迅编书时并没有找到它，只好根据所发表的文章剪报来编排。这其中的原因，大概是鲁迅刚开始遭遇文章被删削这样的事情，未有足够的应对经验吧。此后，鲁迅特别注意保留原稿而抄寄副稿，并注意用黑杠或黑点的标注方式将发表时被删去的文稿补充完整，就是接受了这类教训的结果。

至于前期的写作，因为当时没有审查制度，所寄刊物又多是和朋友们办的同人杂志，就无须顾虑原稿的安全问题了。现在保留下来的寄送报刊发表的"原稿"，如收入《朝花夕拾》的全部文章（而非"几篇"），《眉间尺》《奔月》等数篇小说，以及《再来一次》《记"发薪"》等数篇杂感，都是鲁迅直接寄送给他所扶持的未名社，发表在该社主办的《莽原》刊物上的。因为未名社的几位青年人办事"认真"，鲁迅很放心，"平常原稿寄出，即多不过问底稿之如何保存"。未名社在为编鲁迅编集出书时，出于对鲁迅手迹的珍爱，几位青年人没有将原稿付印，而是"一点一滴地抄出副稿付印"[1]。我们现在看到的《朝花夕拾》等六七种鲁迅原稿，就是由李霁野保存，最后交给许广平的。许广平也说过，鲁迅在出书后没有保留手稿的意愿与习惯，"他对自己的文稿并不爱惜，每一书出版，亲笔稿即行弃掉"[2]。现在保存下来的鲁迅前期手稿，之所以多是在《莽原》发表的文章，而其他手稿则被弃掉，就是这样的原因。同样，鲁迅在后期的手稿多是编入《且介亭杂文》三集和《集外集拾遗》的文章，也是因为，这四部文集是鲁迅生前亲手编好而未来得及出版的。一旦这些书出版，若无许广平的

---

① 许广平：《鲁迅和青年们》，《鲁迅的写作和生活》，上海文化出版社 2006 年版，第 112 页。

② 许广平：《片段的记录》，《鲁迅的写作和生活》，上海文化出版社 2006 年版，第 136 页。

坚持，鲁迅大概还是有将亲笔稿"即行弃掉"的念头的。就此而论，鲁迅后期手稿保存要远比前期多，与许广平的特别注意爱护与保存是分不开的。

　　未名社所保存的鲁迅前期的手稿，都是毫无争议的"原稿"。朱正先生曾以《朝花夕拾》中的数篇手稿为例，讨论鲁迅文章修改的问题。我们另举一个杂文的例子，来证明其"原稿"的性质。《再来一次》发表于 1926 年 6 月 10 日的《莽原》半月刊第 11 期，这篇文章的手稿标题下有"鲁迅"的作者署名。开头一段涂改甚多。比如文章第一句"去年编定《热风》时，还有绅士们所谓的'存心忠厚'之意"，涂改的原文为"世间很有些骗子，自己日夜运用阴谋，而口头上总劝人'存心忠厚'"。再如第三句："现在居然寻出来了；待《热风》再版时，添上这篇，登一个广告，使迷信我的文字的读者们再买一本，于我倒不无裨益。"被涂去的原文是："现在在一九二三年九月间的晨报副刊——那时的编辑尚非徐'诗哲'，所以间或也登俗人的东西——上看见了，便再登载它一次。"这样大幅度的修改，证明了此篇手稿不仅是构思写作的原稿，而且是寄送发表的原稿。这种货真价实的原稿，基本上都可以在《莽原》发表的文章中找到证明。

　　当然，像未名社那样有意保存鲁迅手稿的有心人毕竟只是一少部分，其他手稿则没有这样幸运了。所以，同样是朋友或同人的熟识关系，却因为"放心"反而不能保存手稿的占更大一部分。比如，早年寄给《新青年》《晨报副刊》的大量小说、文章、诗歌，现在仅存极少数篇目的手稿，如《随感录》一页残稿、《阿 Q 正传》两页残稿等。这样的问题，即使在许广平开始注意保护手稿的后期也时有发生。比如给徐懋庸主编的《新语林》、聂绀弩主编的《中华日报·动向》、王志之主编的《文学杂志》、陈望道主编的《太白》等刊物的部分稿件，因为彼此之间"很放心"，就是将写作的原稿寄去，现在只留下抄录的清稿的。我们现在看到的《听说梦》《难行和不信》《从"别字"说开去》《漫谈"漫画"》等篇目，就是由许广平代为抄写，或与鲁迅两人共同抄写的清稿。

幸运的是，在鲁迅晚期手稿中，也有原稿与清稿都被保存下来的，《看图识字》与《儒术》是其中最典型的两篇。因为和《文史》月刊、《文学季刊》关系比较密切，加之出版地北平的言论环境也较上海宽松，鲁迅不用担心安全问题，就按照过去的习惯将这两篇文章的原稿直接寄去了。《儒术》的两篇手稿都是鲁迅所写。其中一篇有"唐俟"的作者署名，有"自成至迄"的页码编号，清楚整洁。在题目下面有编辑留下的数行文字："此鲁迅先生手稿投赠文史杂志者，已刊入第一卷第二期，齐震校毕题记，二十三年六月十日。"（原文无标点，此为笔者添加）这证明了其投寄刊物发表的"原稿"性质。另一篇无作者署名，页码为流水号的 19 至 23，不过涂改之处甚多，显然不是从《文史》抄写的清稿，而是比发表原稿更早的写作原稿了。这表明，鲁迅用来编书的，也有写作的原稿，而不只是抄写的清稿。至于《看图识字》，则是另一种情况。鲁迅寄《文学季刊》的手稿，也有"唐俟"的作者署名和"自成至迄"的页码编号，可谓是标准的"原稿"；后来编集时则用的是许广平抄写的清稿，无署名，无涂改，有 24 至 26 的流水号页码，也可谓是标准的"清稿"。这种现象再次说明，鲁迅晚期的手稿情况复杂，需要具体辨析，不可一概而论。

三、是"副稿"，还是"底稿"

总的来看，鲁迅前期作文时，一般是直接将写作的原稿寄送报刊发表，而后期尤其是晚期作文时，多是将抄写的副稿寄送报刊，原稿则是用来做底稿，以备编集出版。这样一来，鲁迅稿本的诸多疑惑就可以得到合理解释。

先说《阿金》手稿是否为"清稿"的考证问题。

其一，鲁迅后期作文的手稿大都是用每面十二行、每行三十六字的绿色稿纸，和许广平所用的"OS 原稿用纸"不同，并不能证明鲁迅手稿就是"清稿"。"OS 原稿用纸"上有"原稿"字样，只是一种字样而已，并不意味着写在这种稿纸上的稿本就是作者的"原稿"。《阿金》的抄稿已经证明它是那种"最初投寄给报刊发表"的"原稿"，但并不能由此认定作者手稿就是"清稿"。因为还有另外一种可能性：鲁迅手稿是比"最初投寄给报刊发表"的"原稿"还要原始的写作"原稿"。我们且以和《阿金》情况类似的另一篇手稿《关于太炎先生二三事》为例。这篇文稿同样有鲁迅亲笔稿与许广平在"OS 原稿用纸"上的抄写稿两种稿件。通过比较可以看出，鲁迅亲笔稿有多处涂抹修改的痕迹，显然是寄送报刊发表之前的写作原稿，而许广平的那篇则是为了保存原稿而抄写的"副稿"。抄稿中增添的两处掉字，都是鲁迅的笔迹。这表明鲁迅根据自己的写作原稿，对抄稿在寄出发表前做了校阅。

其二，鲁迅寄送报刊的是许广平抄写的副稿，所存手稿当然不会有送检后的红杠与紫印。至于鲁迅原稿中为何出现黑杠，这是对照索回的副稿添加上去的，以表示对"党老爷"所赐"蹄印"的纪念。将两个稿件相比，可以看出很大差别：许广平的手稿几无涂改，鲁迅的手稿则涂改较多。比如"独有感觉是灵的"这一句，先后涂改了三次，第一次的原句是"她感觉是灵的"，第二次将"她"改为"然而"，第三次才改定为"独有"。如果是誊抄的清稿，涂改之处是绝不可能比抄写的副稿还要多的。再如画杠的问题。鲁迅手稿中的画杠处也有多处涂改，如"炸弹落于侧而身不移"中的"侧"原为"地"，"这一场巷战就算这样的结束"中的"结束"原为"收场"。对因涂改跨出行列的文字，鲁迅手稿所标的黑杠也小心绕开文字，倘是检查官，断不会如此文明与留情的。

其三，"伊孛生"后面所附外文"（H.Ibsen）"，在鲁迅手稿中原本就是添加上去的。至于许广平的抄稿中为何没有外语附文，一种可能是许广平抄写副稿时鲁迅手稿尚未补充外文，一种可能是许广平抄写副稿时有不小心的遗漏。

同理，鲁迅稿本存在的其他问题也可以由此释疑。鲁迅编文集时，在《三论"文人相轻"》的写作原稿后面直接抄录备考文章，是完全可能的。比如，《写在〈坟〉后面》原稿标题下原有"鲁迅译"三个字；《我要骗人》手稿本中有被涂去的《〈凯绥·珂勒惠支版画选集〉序目》的标题；《女吊》原稿在末页方格外，整整挤进了三行文字，这都是出于"敬惜字纸"的考虑。至于《为了忘却的记念》手稿本为什么会在发表时被删去"即戳穿叶灵凤这纸老虎"的语句，是由《现代》杂志容纳百家、"综合性"① 的办刊宗旨所决定的。该刊同期目录前就有《灵凤小说集》《灵凤小品集》等满满两大页的叶灵凤著作广告。主编施蛰存这样处理鲁迅的文稿，既不影响文意，也不得罪朋友，其苦衷是可以理解的。

再说"清稿"的两条原则。根据作者署名和流水页码辨别鲁迅手稿属于原稿还是清稿是重要的参考指标，也完全适用鲁迅前期的手稿。但后期尤其是晚期的写作环境复杂，这样的指标就不完全适用了。

首先，鲁迅后期手稿基本上都没有作者署名。尤其是晚期的手稿，寄送报刊的多是请人抄写的副稿。副稿用来发表，需要作者署名；原稿用来保留，则无须作者署名。《阿金》在许广平的抄稿中有"鲁迅"的署名，在鲁迅原稿中则没有，就是这样的原因。

其次，鲁迅后期手稿大都有根据全书篇目排列次序的流水号页码。鲁迅将自己保存的原稿编入文集，重新编页排序，是很自然的事情。

再次，鲁迅后期手稿没有页码或没有完整的流水号页码的，是因为鲁迅当时在病中，没有来得及"标明格式"的缘故。鲁迅生前所编的最后两个文集，亦即《且介亭杂文末编》与《集外集拾遗》，就是

---

① 施蛰存:《重印全份〈现代〉引言》，载《现代》影印本第一卷，上海书店 1984 年版。

这样的情况。这一点，许广平在《且介亭杂文末编》的后记中曾有过说明："《且介亭杂文》共三集，一九三四年和三五年的两本，由先生自己于三五年最末的两天编好了，只差未有重看一遍和标明格式。这，或者因为那时总不大健康，所以没有能够做到。"也就是说，因为生病，鲁迅编文集时未来得及"重看一遍"。编好的《且介亭杂文》前两集尚且如此，未完全编好的《且介亭杂文末编》与《集外集拾遗》就可想而知了。所以，即使标了流水号的，页码的涂改与错注之处也随时可见。比如，《从帮忙到扯淡》手稿首页的页码为"114"，第二页的"115"却漏掉了，下一篇《〈中国小说史略〉日本译本序》首页被误标为"115"，《病后杂谈》手稿第十六页的"168"则被错标成"68"。另外，收在《且介亭杂文末编》附集中的文章是许广平根据鲁迅的存稿编入的，并非鲁迅本人的意见，这从鲁迅为手稿所编的页码就可以看出。比如《这也是生活……》《死》《女吊》三篇手稿，所标页码从"3"依次排到"21"，自成一系，这表明，鲁迅生前是要把这些文稿和《且介亭杂文末编》中的其他文稿区别开来，准备编入另一新的文集中。

无作者署名、有流水号编页的手稿在鲁迅后期占绝大部分，而晚期的绝大部分手稿，又都存在涂抹勾乙的痕迹，可以明确肯定不是誊抄的"清稿"。我们试举几个例子来说明，括号内数字为手稿中鲁迅自己所编的流水号页码。

例证之一：《随便翻翻》（123—127）最后一段被涂改的句子原文是"自作聪明，是对于创作者和读者的蒙混"，修改后是"要删节，就得声明，但最好还是译得小心，完全"。最后一句被涂改的原文难以辨认，好像是"不使读者失望"，改后为"替作者和读者想一想"。

例证之二：紧排在《随便翻翻》后面的是《答〈戏〉周刊编者信》（128—133）。涂改最多的是倒数第二段。"当然决没有叭儿君的尾巴的有趣"这一句中，"当然决"原文是"不过恐怕"。"只是在这里要顺便声明"一句，后面的话几乎完全涂去，有数次改易的痕迹，涂抹的文字已难以辨认，依稀有"和谁""文章""即便在同一的刊物上"等字眼。最后的定稿是："只是在这里要顺便声明：我并无此种权力，可以禁止别人将我的信件在刊物上发表，而且另外还有谁的文章，更无从预先知道，所以对于同一刊物上的任何作者，都没有表示调和与否的意思。"

例证之三：《病后杂谈》（153—169）与《病后杂谈之余》（170—188）两篇改动也很多。《病后杂谈》第二节最后一段被涂去，原文为："不过有些士夫人，却又能从血泊里看出'雅'来。《蜀碧》，可说是够惨的事了，但序文后附有一位乐斋先生的批语道：'古穆有魏晋间人笔意。'"第四节的"嫁给士人了"后一段被涂去，原文为："引长女的诗，是：'教坊落籍洗铅华，一片春心对落花。旧曲听来空有恨，故园归去却无家。云鬓半鬈临青镜，雨泪频弹湿绛纱。安得江州司马在，尊前重为赋琵琶。'"《病后杂谈之余》在检察官那里也是几经删削，题目被要求改为《病后余谈》，小注"关于舒愤懑"也不准有。手稿则为鲁迅原题，文中动笔修改的痕迹多达九十余处，连流水号页码也都有过涂改。文中改动最大的是第三节。如"现在是早不听见了，但那时实在觉得刺耳"这一句，后半部分涂去，改为"现在是早不听见了，那意思，似乎也不过说人头上生着猪尾巴"。再如"我的辫子留在日本，送给一位乡下姑娘做了假发"，改为"我的辫子留在日本，一半送给客店里的一位使女做了假发，一半给了理发匠"。

例证之四：《文坛三户》（110—113）在鲁迅的手稿中原题为《文坛三户论》，后涂去"论"字。这篇长计四页的手稿，修改的地方约近四十处。改动最大的一处是将整句话涂去。原话为："那文雅是装不出来的，从破落户看来，这就是所谓'俗'。不识字人不算俗，他一掉文，又掉不好，那可就俗了。"改定为："破落户的颓唐，是掉下来的悲声，暴发户的做作的颓唐，却是'爬上去'的手段。所以那些作品，即使摹拟到和破落户的杰作几乎相同。"和这篇手稿一样改了题目的后期手稿还有《从帮忙到扯淡》（114—115），原题为《从帮闲到扯淡》；《"以眼还眼"》（97—102），原题为《解"杞忧"》；《不应该那么写》（83—85），原题为《不应该怎样写》。至于前期已被确认的原稿，也有改了题目的，如著名的《藤野先生》，涂去的文字现在已被日本友人佐藤明久解析出来，为"吾师藤野先生"①。

　　例证之五：鲁迅晚期手稿中有几篇是以一句话为结束，最后又将这文末一段完全涂去的。如《什么是"讽刺"？——答文学社问》（98—100），被涂去的文字为："'讽刺'只是刺，'冷嘲'是大冷天的冰。"如《说面子》（103—106），被涂去的文字为："为了'面子'，中国人真可以一切弄得精光，而永远只留着'面子'的。"再如《三月的租界》（未标页码），被涂去的文字为："'拳头打出外，手背弯进里'，这是连文盲也知道的。"

　　这样的例子只是冰山一角，不胜枚举，就不一一罗列了。从晚期手稿的多处涂抹修改可以看出，即使没有作者署名，即使有流水页码，也不能认定就是誊抄期刊的"清稿"。

　　既然鲁迅晚期手稿多为自己写作的原稿，那么有无抄写的清稿呢？当然是有的，虽然篇目不算多，却也比较复杂。

　　从笔迹来分析，清稿主要有四种情况。其一是许广平代为抄写的，如《不知肉味和不知水味》《看图识字》《难行和不信》《〈译文〉复刊词》等篇目。这一类请人抄写的清稿，一般是由鲁迅在开头写一个题目，最后在结尾署上写作日期。所以正文是许广平的手迹，题目和日期是鲁迅的手迹。其二是鲁迅与许广平两人共同抄写的，如《林克多〈苏联闻见录〉序》《论"第三种人"》《听说梦》《英译本〈短篇小说选集〉自序》等篇目。这类手稿夹杂两人的笔迹，一般是鲁迅抄前面少半部分，许广平抄写后面大半部分，也有许广平抄中间部分，

---

① 　[日]佐藤明久：《鲁迅手稿〈藤野先生〉之探究——解析被涂去的标题》，2011年9月23日上海鲁迅纪念馆举办的"鲁迅与现代中国文化国际学术研讨会"所提交的会议论文。

鲁迅抄写开头部分和后面部分的，如《漫谈"漫画"》就是这样。其三是鲁迅自己抄写的清稿。许广平回忆说："先生很懂得人情，偶然叫我做些事，也斟酌情形才开口。见到我忙了，他也会来帮我一手，所以他自己更不大肯差遣人。"① 所以，如果有时间，鲁迅还是愿意自己来抄写清稿。比如后期编集出版的《集外集拾遗》，文章虽是在前期写作的，清稿却是在后期誊抄的。因为没有留下原稿，只好来从报刊上抄写清稿。其中《聊答……》《关于〈苦闷的象征〉》《杂语》《通讯》等部分，都是鲁迅一个人的笔迹。这些文章末尾，都在括号内加注发表日期与刊物，如"一九二五年五月四日，《京报副刊》所载"之类。其四是直接剪贴报刊文章，无须再抄文稿的，如《拿来主义》《〈木刻纪程〉小引》《答曹聚仁先生信》《〈死魂灵一百图〉小引》等篇目。这种清稿一般是由鲁迅先手写文章题目，再贴正文或备考之用的剪报，如正文没有写作日期的，鲁迅最后再在剪报后面补上写作日期。另外还有贴了部分剪报，再由许广平补抄余文的，如《这也是生活……》。从加注发表刊物名称、加署写作日期等情况来看，这些篇目都是确定无疑的清稿。

从来源上考证，清稿主要有三种情况。一种是从期刊抄录、用来编书的清稿，后期较常见。如前面所举的《看图识字》，鲁迅将自己手写的原稿寄给报刊发表，编入文集时则用的是许广平从期刊抄录的清稿。一种是从鲁迅的写作原稿抄录、用来发表的副稿，晚期尤多。如《死》《女吊》《关于太炎先生二三事》等文章，都有许广平为了保护鲁迅原稿而特意抄录的副稿。《关于太炎先生二三事》这一篇，两种稿件都有保存，可以直接比对。这篇文章是鲁迅在去世前几日完成的，生前未及发表，两种稿件因此都没有作者署名。许广平的手抄稿最后一段有两处添加文字，即"我以为"与"此时此际"，是鲁迅校

---

① 许广平：《鲁迅和青年们》，载《鲁迅的写作和生活》，上海文化出版社2006年版，第110页。

订的笔迹。鲁迅原稿也在这两处添加了同样的文字。显然，鲁迅在许广平抄好副稿之后，又对原稿做了补充修改，同时也对副稿做了相应的补充修改。可惜副稿尚未寄出发表，作者自己就溘然而逝了。另外还有一种清稿是属于被迫再度抄写的。如收入《集外集》的《老调子已经唱完》《今春的两种感想》等十数篇文章，是"在《集外集》预备出版送检时"，"被抽去了，先生特另纸抄载书目，虽则原稿已落入检察官之手，幸而如《今春的两种感想》等篇，承友好之助，得以重行补全"。[①]《集外集》中现存一些稿件是许广平的抄写稿，就是因为"原稿已落入检察官之手"的缘故。

从版本学的角度来说，凡经作者亲笔修订过的代抄稿，也应视为作者的手稿。从《关于太炎先生二三事》一文的稿本修订可以看出，鲁迅对请人代抄的清稿，一般都要亲自校对甚至再修改的。最常见的是在每篇手稿末尾亲笔添加写作日期，这是鲁迅编文集的惯例。所谓"编年有利于明白时势"，鲁迅杂文集之"杂"，不是所收文章皆为"杂感"文体，而是"只按作成的年月，不管文体，各种都夹在一处"[②]。鲁迅发表在报刊上的文章，多是没有注明日期的，后来编书时，无论清稿原稿，则统一补上写作日期。因为时间久了，记错日期也是有的，如《铸剑》写于何时，就曾引起学界争论。

不过，这样因失记造成的失误，并无损于鲁迅在手稿修改与编集出版方面给人留下的严肃印象。曾与鲁迅交往密切的编辑出版家赵家璧先生回忆说：

> 每当编辑部收到鲁迅先生的原稿时，不但字写得漂亮，更动修正的地方，勾画得非常清楚，有时用的是红笔，使你看了一目了然。题目占几行，篇章另面或另页起，行头的空格等等几乎都

---

① 许广平：《〈集外集拾遗〉编后说明》，载《鲁迅的写作和生活》，上海文化出版社 2006 年版，第 279 页。

② 鲁迅：《且介亭杂文·序言》，载《鲁迅全集》第 6 卷，第 3 页。

是在原稿上写得清清楚楚，不劳编辑的加工，就可以直接发排印刷所。①

赵家璧在良友图书公司任职时，和鲁迅合作出版过多种书籍。这里所说的"原稿"，是指编书用的"原稿"，其中既有写作原稿，也有抄写清稿。其所谓"更动修正的地方，勾画得非常清楚，有时用的是红笔"云云，就证明了这一点。

鲁迅的失记固然是一种失误，但刻意按照写作时间来"编年"的意图，反倒更让人格外体贴出其骨子里的一种追求完美的执拗与认真。

---

① 赵家璧：《鲁迅先生的编辑工作》，载孙郁、黄乔生编：《编辑生涯忆鲁迅》，河北教育出版社 2000 年版，第 24 页。

第九章 "记念"的修辞术：鲁迅的
纪念文章

在鲁迅的文学创作中，伤逝悼亡、怀旧忆人的诗文往往是其中最动情、最感人的篇章。鲁迅一生写过大量的纪念文章，他留给世人的最后一篇文章《因太炎先生想起的二三事》，就是为纪念先师章太炎先生而做的，可惜尚未完稿，鲁迅自己也溘然长逝了。如果挽诗一类不计入"文章"，如 1902 年悼南京同窗丁耀卿的《挽丁耀卿》，1912 年悼故友范爱农的《哀范君三章》等，那么鲁迅正式发表的首篇纪念文章应该是做于 1926 年的《记念刘和珍君》。从这篇《记念刘和珍君》，到末篇《因太炎先生想起的二三事》，通读鲁迅不同时期的纪念文章，会发现一个有意味的修辞现象：鲁迅常用的纪念文字是非常个人化的"记念"，而非约定俗成的"纪念"。也许在许多人看来，这不是什么问题，但鲁迅对自己语言习惯的坚持，本身即是一个值得注意的修辞艺术问题。

一、"记念"与"纪念"：书写的差异

在鲁迅所写的纪念文章中，尤以《记念刘和珍君》与《为了忘却的记念》流传广远、感人至深。在 1959 年出版的《鲁迅回忆录》中，许广平曾特别提及这两篇文章说："更其读到他《记念刘和珍君》和《为了忘却的记念》的哀悼文字，真是一字一泪，用血和泪写出心坎里的

哀痛，人间至情的文字。"① 这两篇纪念文章在入选全国各地的中学语文课本后，又无形中具有了一种文学经典的地位与意义。

不过，鲁迅的这两篇名文也给强调"规范化"的中学语文教学带来了不大不小的麻烦。起因在于这两篇纪念文章中的纪念文字全为"记念"，与现在流行的"纪念"用法明显不同。对于这种不合现代汉语规范的用语现象，"'记念'同'纪念'"② 一类的解释恐怕是最为轻巧与简便的。事实上，中国大陆的现行中学语文教材正是以"通假字"或"异体字"的方式对鲁迅文章中诸多"不规范"的用词进行规范化处理的。比如，"蕉萃"同"憔悴"，"比校"同"比较"，"寂漠"同"寂寞"，"壶卢"同"葫芦"，"模胡"同"模糊"，"支梧"同"支吾"，"喝采"同"喝彩"，"搭连"同"褡裢"，"怜悧"同"伶俐"，"胡蝶"同"蝴蝶"，"展转"同"辗转"之类。这种处理方式在一定程度上合乎现代中国语言变革的转型事实，也在一定程度上扫除了现代中国文学阅读的语言障碍。不过，一概而论的规范方式固然轻松简便，却并不意味着可以一劳永逸地规训与解决文学语言碰撞流行语言的分歧问题。在鲁迅文章中，其实还有诸多语词如"计划"写作"计画"，"介绍"写作"绍介"，"当铺"写作"质铺"之类，或是"和制汉词"，或是"日语借词"③，并非传统汉语脉络中的同音通假、古今异体的应对模式所能解释清楚的。

众所周知，现代中国的语言文字经历了一个古语与现汉演替、白话与文言争锋、中土与异域混血的大转变时代。语言变革实质上是思想变革，语言自觉实质上也是精神自觉。鲁迅"别求新声于异邦"，以呼唤"自觉之声"来鼓动"国民精神之发扬"④，就是着眼于以"新声"来启蒙"国民精神"的。正像有学者所指出的，鲁迅的小说杂文

① 许广平：《鲁迅回忆录》（手稿本），长江文艺出版社 2010 年版，第 16 页。

② 2009 年出版的《鲁迅大辞典》采取了这样的解释方法，所引录的文献也正是《记念刘和珍君》与《为了忘却的记念》两篇文章。参看鲁迅大辞典编委会编：《鲁迅大辞典》，人民文学出版社 2009 年版，第 322 页。

③ 徐桂梅：《鲁迅小说语言中的"日语元素"解析》，《鲁迅研究月刊》2012 年第 2 期。

④ 鲁迅：《坟·摩罗诗力说》，载《鲁迅全集》第 1 卷，第 65 页。

多移用日语的表达式，有时也掺入德文概念，"其文章就有陌生的气息，读之焕然一新，信息与意象全不同于古人"①。鲁迅对语言的革新与探索，不是出于一个语言学家的兴趣，而是出于一个文学启蒙者的志趣。由此，鲁迅的"咬文嚼字"就不仅仅是一种以语法精密为现实任务的先锋实验，而同时也是一种以启蒙效应为最终旨归的修辞艺术了。如果不能仔细领会鲁迅"硬写"乃至"硬译"背后的良苦用心，鲁迅为汉语输血的艰苦努力及其中所呈现的特殊的"生活形式"（维特根斯坦语）、丰富的修辞意义、别样的内心情怀、独立的审美精神、抵抗的思维方式等种种特质性的东西，恐怕会像梁实秋所说的"读这样的书，就如同看地图一般，要伸着手指来寻找句法的线索位置"②之类的轻蔑与嘲笑一样，被种种貌似正确、标榜"以使读者能懂为第一要义"③的话语轻易抹杀掉。

在这个意义上，如果完全抛开鲁迅的纪念文章而仅据词典意义来释疑，虽然也未尝不可，但问题是，抛开鲁迅，绝对以词典规范解释不合规范的纪念文字，即便是将看似"不通"的字眼解释"通"了，对解读鲁迅的纪念文章又有多大意义可言呢？其实，只要将鲁迅所写的同类文章与同时代人的纪念文章加以比较的话，这种后补性的解释就难以说通。更何况，鲁迅的纪念文章在语言修辞上自有家法，与现行规范相比确有"不通"之处。因此，如果仅以通行的"通"来解释鲁迅的"不通"，鲁迅选词用字的修辞艺术就很容易被忽略；倘老老实实揭示其与现代汉语规范相对游离的"不通"之处，反而会有"通"的可能性。

事实上，自鲁迅开始发表纪念文章以来，由"记念"与"纪念"的文字差异引起的误写现象就一直存在。《为了忘却的记念》一文在不同版本的文字差异，就是一则典型的例证。该文在 1933 年 4 月的

---

① 孙郁：《混血的时代》，中国工人出版社 2008 年版，第 28 页。
② 梁实秋：《论鲁迅先生的"硬译"》，《新月月刊》1929 年 9 月第 2 卷第六、七号合刊。
③ 梁实秋：《论鲁迅先生的"硬译"》，《新月月刊》1929 年 9 月第 2 卷第六、七号合刊。

《现代》杂志第二卷第六期发表后，于当年年底收入《南腔北调集》，次年交由上海同文书店出版发行。参照鲁迅的文章手稿可以看出，排印本是在鲁迅手稿本的基础上校勘修订的，二者内容基本一致。与之相比，《现代》期刊本则对鲁迅文章原稿有一定的删改。比如，排印本保留了手稿本中"即戳穿叶灵凤这纸老虎"一类文辞犀利的句子，期刊本则删去了这样攻击性的话语①。《现代》并非"同人杂志"，担任主编的施蛰存希望将文艺刊物办成一个"综合性的、百家争鸣的万华镜"②，做这样的删改，既不影响文意，也不得罪朋友，是合乎容纳百家的办刊宗旨的。不合情理或明显矛盾之处是"记念"一词的改动。在《现代》卷首目录中，鲁迅文章的题目按通行的用语规范做了"改正"，被印成"为了忘却的纪念"；而正文中的题目却保留了鲁迅原稿的用法，仍为"为了忘却的记念"。③ 同时，正文内容中凡有"记念"之处，也基本上尊重了鲁迅的用法。只有一处，即"算是只有我一个人心里知道的柔石的记念"一句，被印为"纪念"，这应该是误排。因为如果是编者改动的话，会统一订正，而不是只改一处，不及其余。鲁迅后来在编《南腔北调集》收入这篇文章时，又把它与题目重新"订正"过来了，仍作"记念"。从鲁迅校订文稿的认真与固执态度看，"'纪念'同'记念'"的解释法虽有可行之处，但并非完全可行。因为如果鲁迅认同通假互用之说的话，他是不会这样不厌其烦来咬文嚼字的。

不过，期刊目录与正文用字的不统一，也的确暴露出编者一种无心的失误。事实上，对于鲁迅这篇"异乎寻常的杰作"，施蛰存是极为敬重的，认为能在自己主编的刊物发表是一种"荣誉"。鲁迅的这篇文章不仅被施蛰存排在头版头条的显眼位置，而且为了配合该文发表，他还编了一页《文艺画报》，特意向鲁迅要来一张柔石的照片、

---

① 符杰祥：《鲁迅稿本问题辨考》，《中国现代文学研究丛刊》2012 年第 7 期。

② 施蛰存：《重印全份〈现代〉引言》，载《现代》影印本第一卷，上海书店 1984 年版。

③ 着重号为引者所加，后同。

一张柔石的手迹（诗稿《秋风从西方来了》一页）。又因为版面不够，他又从自己所珍藏的《珂勒惠支木刻选集》选了一幅木刻画《牺牲》，并加上了自己剪裁的一张鲁迅近照①。编者的态度既然如此严肃认真，又为何会忽略排印稿的误排呢？也许，态度越是认真，越能说明失误之无心；越是编者的无心之失，越能反衬出作者的有意订正，也越能说明用字之间细微而深刻的差异吧。

书写差异所显示的"误会"，可能存在着这样几种情况。其一，鲁迅笔下的"记念"是一种偶然为之的即兴做法，或错用了"别字"。参阅鲁迅的纪念文章，"记念"的用法实际上相当普遍，这样的可能性并不存在。比如，最早为"三一八"死难学生而写的两篇纪念文章《记念刘和珍君》与《淡淡的血痕中——记念几个死者和生者和未死者》，和后来的《为了忘却的记念》一样，所使用的基本词汇都是"记念"。这说明，鲁迅对"记念"一词的使用一直是有意为之的，不存在偶然的错用或笔误问题。

其二，"记念"和"纪念"在当时存在通假、互用的情况。通过比较鲁迅同时代人的文章用词，也基本上排除了这种可能性。在鲁迅发表纪念文章的二三十年代，李大钊写有《五一纪念日于现在中国劳动界的意义》《在苏俄十月革命纪念会上的讲演》《纪念五月四日》，陈独秀写有《国庆纪念底价值》《芜湖科学图书社廿周纪念》，胡适写有《写在孔子诞辰纪念之后》等系列文章。这些新文化运动的风云人物，用词基本上都是"纪念"。只有思想文风当时与鲁迅相近的周作人使用了和鲁迅一样的"记念"用法，不过也只表现在《关于三月十八日的死者》《可哀与可怕》等悼念"三一八"遇难学生的少数文章中，并没有像鲁迅那样在修辞选择上有始终一贯的坚持。总体看，周氏兄弟的"记念"用法在当时并不具有普遍性，通假互用的情

---

① 施蛰存：《关于鲁迅的一些回忆》，载《鲁迅回忆录·散篇》（下册），北京出版社 1999 年版，第 1209—1210 页。

况也并非普遍存在。

其三，鲁迅自己的文章存在"记念"与"纪念"词语并用的现象。应该说，这种现象是存在的。比如，写于《为了忘却的记念》一年后的《忆韦素园君》，并没有坚持独立的"记念"用法，"纪念"和"记念"是同文出现、并立共存的。不过，两词并用并不能简单理解为两词互用或两词混用。细读文本可以看出：鲁迅虽也遵循约定俗成的"纪念"，但在最需要表达个人的内心情感时，他还是倾向使用自家独特的"记念"。《忆韦素园君》一文第二段写道："现在有几个人要纪念韦素园君，我也须说几句话。"这是就"有几个人"而言的。文末则动情地写道："我不知道以后是否还有记念的时候，倘止于这一次，那么，素园，从此别了。"两年之后，鲁迅也不幸而殁，这篇纪念文字遂成绝响，也的确应了"止于这一次""从此别了"。这里的"记念"，正出现在"我"内心无比哀痛、感情高度浓烈的时刻。

如果把《现代》出现的误写（误排）现象放在鲁迅文学的整体语境来考察，由书写差异而来的修辞问题可能会更清楚、更明白。事实上，"纪念"与"记念"两词分别使用的倾向，从鲁迅留日期间正式开笔写文章的时候就有所显露。20世纪初，中国留学生同乡会在日本主编出版了多种刊物，鲁迅的文章主要发表在其中的《浙江潮》与《河南》上。查阅这两种原始期刊，可以发现：鲁迅使用"纪念"一词，首见于1903年发表的《斯巴达之魂》，文末描述斯巴达将军柏撒纽赞叹一位以死谏殉国的女子曰："猗欤女丈夫……为此无墓者之妻立纪念碑则何如？"其中的"纪念碑"与通用词是一致的。"记念"一词则首见于《摩罗诗力说》第八节，该句为："当二人相见时，普式庚有《铜马》，密克威支则有《大彼得象》一诗为其记念。"值得注意的是，《摩罗诗力说》在1926年被编入《坟》时，鲁迅曾做过校订，《河南》期刊本所引字句中的"大彼得象"被订正为"大彼得像"，而"记念"用法则一仍其旧，没有改动。两相比较，前者的"纪念碑"出于国家意志与权力话语，后者的"记念"则出于朋友交游与个人情谊，同义之中仍见细微之别。这也再次表明，"记念"与"纪念"在鲁迅一些文章中是彼此有别的语词两用，并非亦彼亦此的随意混用，也非或彼或此的通假互用。不过，"记念"与"纪念"在修辞学中毕竟属于"同义的语言形式"[①]，其细微差异只是一个相对的概念，因此也不可一概而论、穿凿过求。一方面，我们不能因为鲁迅纪念文章中存在两词并用就认定其他文章不存在两词互用；另一方面，我们也不能因为其他文章偶有两词互用就认定鲁迅纪念文章中不存在两词并用。概言之，鲁迅纪念文章中的文字两用或两分现象基本如此，但并非绝对如此。

二、"记念"或"纪念"：修辞的选择

相对于"纪念"，鲁迅的"记念"明显是不合乎我们用语习惯的一种更个人化的用法。也许，在别人眼里，鲁迅的"记念"与他们的"纪念"除了书写上的差异，没有什么本质上的区别吧。也正以为没有什么本质上的区别，"记念"与"纪念"的细微差异才会被忽略不计，以致屡屡出现误写与误排的现象。

表面上的误写现象其实是更深层次的误读问题。对于"纪念"还是"记念"这个问题，我们不能说是鲁迅错了，也不能说是其他人错了。美国学者韦勒克（Rene Wellek）、沃伦（Austln Warren）在论"文体学"问题时指出，文体犹如"一件或一组作品的具有个性的语言系统"，其"背离和歪曲语言中一般用法的情形"，往往有特殊的"审美效用"。[②] 也就是说，文学作品中的选词用字，首先考虑的是审美效用的修辞艺术问题，而非合乎规范的语言法则问题。就像《秋夜》中

---

① 姚殿芳、潘兆明：《修辞与语言环境》，载中国修辞学会编：《修辞和修辞教学》，上海教育出版社 1985 年版，第 49 页。

② ［美］勒内・韦勒克、奥斯汀・沃伦：《文学理论》，刘象愚等译，江苏教育出版社 2005 年版，第 203 页。

的著名语句"在我的后园，可以看见墙外有两株树，一株是枣树，还有一株也是枣树"，我们并不能以简单的语法常识来批评它的"破格"和"不通"一样。对个性独异的鲁迅文学来说，大概只有这种极为个人化的诗性语言，才能显露出作者那种极为沉缓、孤独、倔强的内心情致吧。鲁迅大胆创造的"奇怪而冗赘"的句子所指向的不只在"看什么"，还在于"怎么看"，否则，便如台湾作家张大春所说，"两株枣树"一旦修剪规范，"读者将无法体贴那种站在后园里缓慢转移目光、逐一审视两株枣树的况味"①。其蕴含丰富、思绪深沉的修辞效果也就因此削减掉了。在表达个人真实的内心情感与顺应社会的用语习惯之间，鲁迅是宁可以他个性化的文学修辞方式，来挑战他所不习惯的集体意识与社会常规的。

拉康的精神分析理论指出，语言的细微差异背后往往隐含着无意识的深刻分裂。我们平时以为差异不大的文字差异，恰恰可能反映出一种深刻的精神差异。那么，在纪念文章中，鲁迅坚持己见的"记念"用法是为了什么？他的这种特殊的修辞艺术，与社会通行的"纪念"语言相比，有着什么特殊的审美效用，又有哪些特殊的语义内涵呢？

在1927年的《论体裁描写与中国新文艺》一文中，作家黎锦明就曾称鲁迅为Stylist，亦即文体家，对于名号鲁迅虽不以为然，但对其说却是深以为然的②。艺术创作固然需要"内容的充实"，但文章修辞这样的"技巧修养"也同样为鲁迅看重。在致青年木刻家李桦的信中，鲁迅有过这样的表述："正如作文的人，因为不能修辞，于是也就不能达意。"③修辞应该"达意"虽说是作文常识，但鲁迅对修辞重要性的认知和强调，或许也受到同时代出版的修辞学著作的影响。1932年，陈望道在自己担任编辑的大江书铺出版了名著《修辞学发凡》，而这一时期他和支持大江书铺及《大江》月刊工作的鲁迅往还

---

① 张大春：《小说稗类》，广西师范大学出版社2004年版，第25、27页。
② 鲁迅：《南腔北调集·我怎么做起小说来》，《鲁迅全集》第4卷，第527页。
③ 鲁迅：《350204致李桦》，《鲁迅全集》第13卷，第372页。

甚密，鲁迅想必是得到并阅读过他的赠书的。《修辞学发凡》开篇引言即反对将修辞理解为"文辞的修饰"，而将修辞视为"达意传情的手段"，认为修辞"主要为着意和情，修辞不过是调整语辞使达意传情能够适切的一种努力"①。鲁迅在谈到自家的创作经验时也这样说："我做完之后，总要看两遍，自己觉得拗口的，就增删几个字，一定要它读得顺口；没有相宜的白话，宁可引古语，希望总有人会懂，只有自己懂得或连自己也不懂的生造出来的字句，是不大用的。"②指出作文目的是"将意思传给别人"，"希望总有人会懂"，说明鲁迅是充分考虑过修辞意义上的读者接受问题的，"记念"也绝非鲁迅个人所愿"生造"出来的。鲁迅的这种文体观，强调语言修辞效果而不拘泥传统文类（Genre）概念，与韦勒克、沃伦讨论"文体"（Style）的西学思路不无相通，也与茅盾所称誉的"创造新形式"的先锋意识有所勾连③。

修辞艺术所涉及的关系极为复杂，除了作者的文字知识、语言经验、思想经历、生活形式，"写说发表最与语言文字的习惯及体裁形式的遗产有关系"④。留日时期师从章太炎研习《说文解字》的经历，对鲁迅的文章用字可以说有着直接而深刻的影响。太炎先生作为小学大师，其时正将"爱国保种的力量"寄托于"小学振兴"上。在他看来，"文辞的本根，全在文字"，只有"深通小学"，方可做到"文章优美，能动感情"。⑤鲁迅后来治文学史时首篇即有"从文字到文章"的构思，晚年也留下了《门外文谈》这样论汉字流变的精妙篇章，其

---

① 陈望道：《修辞学发凡》，复旦大学出版社 2008 年版，第 2 页。
② 鲁迅：《南腔北调集·我怎么做起小说来》，载《鲁迅全集》第 4 卷，第 526—527 页。
③ 陈平原：《分裂的趣味与抵抗的立场：鲁迅的述学文体及其接受》，《文学评论》2005 年第 5 期。
④ 陈望道：《修辞学发凡》，复旦大学出版社 2008 年版，第 4—5 页。
⑤ 章太炎：《东京留学生欢迎会演说辞》，载姜玢编选：《革故鼎新的哲理：章太炎文选》，上海远东出版社 1996 年版，第 147 页。

实都可以从章太炎那里找到思想源头。曾与周氏兄弟同门听讲的钱玄同追忆说，二周为文，"思想超卓，文章渊懿，取材谨严，翻译忠实，故造句选辞，十分矜慎；然犹自不满足，欲从先师了解故训，以期用字妥帖。所以《域外小说集》不仅文笔雅驯，且多古言本字"①。这样的说法在周作人的回忆文中也可以得到证实：

> 鲁迅借抄听讲者的笔记清本，有一卷至今还存留，可以知道对于他的影响。表面上看得出来的是文章用字的古雅和认真，最明显的表现在《域外小说集》初版的两册上面，翻印本已改得通俗些了，后来又改用白话，古雅已用不着，但认真还是仍旧，他写稿写信用俗字简字，却绝不写别字，以及重复矛盾的字，例如桥樑（梁加木旁犯重）邱陵（清雍正避孔子讳始改丘为邱），又写鳥字也改下边四点为两点，这恐怕到他晚年还是如此吧？在他丰富深厚的国学知识的上头，最后加上这一层去，使他彻底了解整个的文学艺术遗产的伟大，他这二十几年的刻苦的学习可以说是"功不唐捐"了。
>
> 戊申（1908）年从章太炎讲学，……以后写文多喜用本字古义，《域外小说集》大都如此，……至庚申（1920）年重印时，因恐排印为难，始将有些古字再改为通用的字。……此所谓文字上的一种洁癖，与复古全无关系。②

周作人在文中还提到，《域外小说集》中的部分文字也请太炎先生亲自修订过。这就说明，鲁迅文章用字的"认真"与"洁癖"，是以"丰富深厚的国学知识"与"文学艺术遗产的伟大"为知识基础及

---

① 钱玄同：《我对于周豫才君之追忆与略评》，载《钱玄同文集》第 2 卷，中国人民大学出版社 1999 年版，第 306 页。

② 周启明（周作人）：《鲁迅的青年时代》，载《鲁迅回忆录·专著》（中册），北京出版社 1999 年版，第 820、892 页。

精神资源的。而"通俗"也好，"古雅"也好，都是为了鲁迅所说的"达意"效果。如此来理解鲁迅的纪念文字，"记念"与"纪念"之间就绝不是"别字"的关系，而可能存在着一种"俗字简字"与"本字古义"的关系。查考《辞源》，"纪念"与"记念"这样的双音词在古汉语中并不存在，"纪"与"记"都是作为单音词出现的。"纪"的基本义是法度纲常、纪年，"记"的基本义是铭记不忘、记忆，二者仅在"记录"意义上可以通假互用。

　　至于后来如何出现双音词"纪念"，鲁迅又为何在使用"纪念"的同时坚持"记念"的写法，这与晚近以来国人接受日语外来词的文化心理存在深层关联。晚清以降，日人在译介西方文化过程中创造的各类新词汇、新术语大量输入中国，直接促进了汉语的现代变革，"为中国的现代化运动奠定了一块非常重要的基石"①。对留日多年的鲁迅来说，在古老的汉语血脉中融入新鲜的现代日语词汇，正符合其"外之既不后于世界之思潮，内之仍弗失固有之血脉，取今复古，别立新宗"②的现代化理想与建设思路。胡适认为鲁迅的文章有时是有意"学日本人做汉文的文体"③，也证实了这一点。

　　在日语中，纪念文字的通用词便是"记念"。有意思的是，这两个语词在植入现代汉语后发生了戏剧性的倒置，"纪念"反比"记念"更为流行，这与其说是译介过程中现代中国人的主体选择问题，不如说是注重纪年仪式的传统思维的限制④。那么，在"纪念"后来成为通行语的中国，鲁迅何以还要坚持日本语的"记念"呢？主因有二：其一是鲁迅的"硬译"路线。在鲁迅看来，日本语与中国文"语系相

---

① 雷颐：《"黄金十年"》，《读书》1997年第9期。

② 鲁迅：《坟·文化偏至论》，载《鲁迅全集》第1卷，第57页。

③ 胡适：《整理国故与"打鬼"》，载《胡适全集》第3卷，安徽教育出版社2003年版，第144页。

④ 外来语在现代中国的接受与传播发生的碰撞与变异，参见陈建华对"革命"话语的分析。陈建华：《"革命"的现代性：中国革命话语考论》，上海古籍出版社2000年版。

近"，日本人在译介欧美文化的过程中"逐渐添加了新句法，比起古文来，更宜于翻译而不失原来的精悍的语气"①。在如何对待"新言语输入"的问题上，鲁迅的态度和王国维是一致的。王国维将"新言语输入"视为"新思想之输入"："余虽不敢谓用日本已定之语必贤于创造，然其精密则固创造者之所不能逮（日本人多用双字，其所不能通者，则更用四字以表之。中国人则习用单字，精密不精密之分，全在于此）。"② 由此而论，鲁迅对日文"记念"用法的选择，也正是其坚持直译法的一贯思路。其二是鲁迅的"小学"背景。对于当时语言译介中随着"新事新物，逐渐增多"而出现的"增造新字"问题，太炎先生力指其弊，并将"一切名词术语，都是乱搅乱用"的现象归为"小学渐衰"，认为"和合两字，造成一个名词，若非深通小学的人，总是不能妥当"③。在由"记"或"纪"和合两字造成"记念"或"纪念"的新名词中，有小学师承的鲁迅也许认为：与注重集体仪式的"纪念"相比，有铭记本义的"记念"更能"抒写自己的心"，且"总愿意有人看"吧④。

三、"记念"对"纪念"：修辞的法则

在修辞学中，修辞的基本法则是"以适应题旨情境为第一义"⑤。修辞之所以不是"修词"，就在于文章的用字选词都是从"适应题旨情境"出发，是着眼于整个篇章的修辞效果的。段玉裁在注《说文解

---

① 鲁迅：《二心集·"硬译"与"文学的阶级性"》，载《鲁迅全集》第 4 卷，第 204 页。
② 王国维：《论新学语之输入》，载《王国维文集》第 3 卷，中国文史出版社 1997 年版，第 41、43 页。
③ 章太炎：《东京留学生欢迎会演说辞》，载姜玢编选：《革故鼎新的哲理：章太炎文选》，上海远东出版社 1996 年版，第 147 页。
④ 鲁迅：《而已集·小杂感》，载《鲁迅全集》第 3 卷，第 556 页。
⑤ 陈望道：《修辞学发凡》，复旦大学出版社 2008 年版，第 9 页。

字》中有云："积文字而为篇章，积词而为辞"，此即谓也①。许广平回忆说，鲁迅在写作上非常注重文章修辞与文字推敲。在她的印象中，鲁迅的"写作态度很认真，随随便便一挥而就的文章，在他是从来没有过的"，"有时改动一字一句，都经过细心推敲"。比如，《为了忘却的记念》一文中那首写给柔石的悼亡诗，字句推敲就是"经过相当考虑的"，"惯于长夜过春时"中的"过"初稿为"度"，"忍看朋辈成新鬼，怒向刀丛觅小诗"中的"忍看""刀丛"初稿为"眼看""刀边"，虽几字之差，却"更深刻地表达了鲁迅当时的愤怒心情和对敌人的刻骨仇恨"②。由此而论，鲁迅修订文稿时对"记念"的坚持，又何尝不是一种追求诗学效果的"细心推敲"呢？

从《为了忘却的记念》这样一类运用"记念"修辞的文章看，鲁迅的用语方式的确具有某种统一性和连贯性，形式自成一统，用意也是一致的。其一，鲁迅的"记念"是"心"由情生，真诚而深挚。如果说鲁迅写作《为了忘却的记念》一文的缘由是"悲愤总时时袭击我的心"，《记念刘和珍君》也是出于同样的内心情怀："既然有了血痕了，当然不觉要扩大。至少，也当浸渍了亲族，师友，爱人的心。"其二，鲁迅的"记念"是属于"我自己"的记忆，是一种反抗"忘却"的"记得"。其"为了忘却的记念"，就是要召唤"真的猛士"，"敢于直面惨淡的人生，敢于正视淋漓的鲜血"③。这样的"记念"，是一种"出离愤怒"的情感倾诉，更是一种担当黑暗的道德勇气。其三，鲁迅的"记念"是一种文学精神，不是一种纪年仪式。纪念文学不同于纪念公文，就在于其内在精神是不拘形式的自由抒发，是饱含深情的生命歌哭。《记念刘和珍君》的文句或控诉，或抒情；或激烈，或感伤；或骈文，或散体；或长句，或短说；时而言语道断，"无话可说"，时而重复叠沓，

① 参见宗廷虎等著：《修辞新论》，上海教育出版社1988年版，第4页。

② 许广平：《鲁迅先生怎样对待写作和编辑工作》，载《鲁迅的写作和生活》，上海文化出版社2006年版，第17—18页。

③ 鲁迅：《华盖集续编·记念刘和珍君》，载《鲁迅全集》第3卷，第290页。

"长歌当哭"。《为了忘却的记念》在行文上也是酣畅淋漓、纵横多姿。这样的"记念"文学，真实深沉、文风自由，没有周作人所说的"纪念八股"那种常见的呆板教条、文过饰非的习气。

既然坚持"记念"的修辞方式，那么鲁迅何以还要用"纪念"方式写另一类纪念文章呢？这就牵涉修辞的情境问题了。所谓"情境"，用陈望道的话来说，就是"对应写说者和读听者的自然环境社会环境"，其中包含"对应写说者的心境和写说者同读听者的亲疏关系、立场关系、经验关系，亦即其他种种关系"①。这就是说，鲁迅的纪念文章即使题旨、对象一样，也会因知识、立场、亲疏、内外诸种关系的不同而出现不同的修辞风格。对"怎么写"的问题，鲁迅也是有自觉的修辞意识的，如其所言："写什么是一个问题，怎么写又是一个问题"②。在这个意义上，鲁迅纪念文章的选词用字，就不是一个单纯的语言学、文字学问题，而有着现实层面的作者与读者、文本层面的隐含读者与隐含作者之间交流互动的复杂关系。

"五四"以来，白话文与大众语渐成运动之势，太炎先生对此多有反对，仍以"非深通小学不可"的思路提出"保守文言的第三道策"。支持白话文运动的鲁迅虽表示乃师的话"极不错"，但对其"开倒车"的保守言论也委婉提出了自己的不同意见。他认为太炎先生"讲《说文》，当然娓娓可听"，但"攻击现在的白话，便牛头不对马嘴"，策略上也"文不对题"，未免"把他所专长的小学，用得范围太广了"。在鲁迅看来，"白话是写给现代的人们看，并非写给商周秦汉的鬼看的"，做白话的人不可能"每字都到《说文解字》里去找本字"。从"写给现代的人们看"这一启蒙大众的思路出发，鲁迅赞成"写白话的主旨"是"用约定俗成的借字"。③受太炎先生影响，鲁迅文章用字认真严谨，但也不愿拘守其"范围太广"的保守策略。从这个意义上讲，

① 陈望道：《修辞学发凡》，复旦大学出版社 2008 年版，第 8 页。
② 鲁迅：《三闲集·怎么写》，载《鲁迅全集》第 4 卷，第 18 页。
③ 鲁迅：《且介亭杂文二集·名人和名言》，载《鲁迅全集》第 6 卷，第 373 页。

无论是直译日语的"记念"，还是约定俗成的"纪念"，鲁迅行文都是立足于"写给现代的人们看"这一启蒙立场的，是遵循"适应题旨情境"这一修辞原则的。因之，"纪念"与"记念"这两种看似矛盾不通的修辞方式，在修辞法则上其实是一致和相通的。

"记念"与"纪念"意义原本相近，其细微差别只表现在场合、情感、立场等方面有远有近、有亲有疏而已。至于鲁迅在纪念文章中选择何种修辞方式，是由具体的修辞情境来决定的。在表达内心深处的个人记忆时，鲁迅倾向用自己所喜欢的"记念"，在代表社会角色做集体发言时，鲁迅一般用约定俗成的"纪念"。这种语词分用的修辞现象反映在鲁迅的纪念文章中，则呈现出两类不同的文体风格。前者可以归入鲁迅在自传中定名的"回忆记"[①]，篇目如《记念刘和珍君》《忆韦素园君》《为了忘却的记念》等；后者则可归入鲁迅应邀而写的种种"纪念文"，篇目如《我观北大》《中山先生逝世后一周年》《中国无产阶级革命文学和前驱的血》等。"回忆记"的文体风格开端于《朝花夕拾》，是鲁迅文学中最动人、最抒情的篇章。冯雪峰评价说："这些特别优美而抒情诗的气氛特别浓厚的不朽的作品"，有"最真诚""最强烈和最有永久生命的感情"，而这类文章"也是鲁迅先生自己最愿意回味的"。[②]"纪念文"往往是应各种纪念活动而做的，鲁迅有时称为"命题作文，实则苦不过"[③]，有时称为"在考场里'对空策'"[④]。对于推辞不开的"遵命文学"，鲁迅是这样说的："……有人希望我动动笔的，只要意见不很相反，我的力量能够支撑，就总要勉力写几句东西，给来者一些极微末的欢喜。"[⑤] 这是确实的。鲁迅去世前两个月，

---

① 鲁迅：《集外集拾遗补编·鲁迅自传》《集外集拾遗补编·自传》，载《鲁迅全集》第 8 卷，第 343、402 页。

② 冯雪峰：《回忆鲁迅》，载《鲁迅回忆录·专著》（中册），北京出版社 1999 年版，第 610 页。

③ 鲁迅：《华盖集·我观北大》，载《鲁迅全集》第 3 卷，第 168 页。

④ 鲁迅：《而已集·黄花节的杂感》，载《鲁迅全集》第 3 卷，第 427 页。

⑤ 鲁迅：《坟·写在〈坟〉后面》，载《鲁迅全集》第 1 卷，第 282 页。

还被邀请写一篇纪念高尔基的文章，他在给茅盾的信中婉谢说："纪念文不做了，一者生病，二者没有准备，我是从校何苦的翻译，才看高的作品的。"① 如此看来，"没有准备"的命题作文对病中的鲁迅也实在是一件苦差事。至于鲁迅为何在拒绝写纪念高尔基的文章后，却要在去世前几日带病连写《关于太炎先生二三事》《因太炎先生而想起的二三事》两篇文章，并非厚此薄彼，也并非对高尔基不尊重。实在说来，不过是一个相对陌生而"没有准备"，一个是非常贴近而"无须准备"罢了。因为像这样怀念先师的"回忆记"，是发自鲁迅内心深处自然而然的情感记忆，无须让某种组织或集团来邀请，也无须受纪念公文的格式限制。这类纪念文章，修辞效果和《藤野先生》《我的第一个师傅》等其他怀旧文章一样，都有着一种舒展自由的行文风格、一种声情并茂的感人力量。

在两类风格的纪念文章中，鲁迅分别采用了"记念"与"纪念"两种不同的修辞方式，自然有着不同的修辞意义。《记念刘和珍君》与《中山先生逝世后一周年》是完成于同一时期的纪念文章，前篇写于 1926 年 4 月 1 日，后篇写于 1926 年 3 月 10 日，前后相差不到一个月，但修辞方式明显有别。《中山先生逝世后一周年》是应国民党党部主编的《国民新报》之约，为"孙中山先生逝世周年纪念特刊"而写的，鲁迅生前并未收入自己的编年文集。写《记念刘和珍君》一文则是"我也早觉得有写一点东西的必要了"，在《语丝》发表后即收入当年所编的《华盖集续编》一书中。如果说鲁迅对孙中山的"纪念"是向革命先驱表达理性的敬意，对刘和珍的"记念"则是向遇难学生表示情感的"哀痛"。"纪念"是为致敬，而"记念"则表痛惜，情感态度是完全两样的。柔石等五位左翼青年作家在上海遇害两年后，鲁迅痛惜"中国失掉了很好的青年"，又特别写了一篇《为了忘却的记念》，延续了同《记念刘和珍君》一样的"记念"文风。凭着诗人与

---

① 鲁迅：《360813 致沈雁冰》，载《鲁迅全集》第 14 卷，第 126 页。

革命者的敏感，冯雪峰觉得"追悼刘和珍等的文章，就可以和关于柔石等的被杀的文章来共读"。在他的阅读感受中，"这些使人读了不能不感动得下泪，同时又不能不奋起战斗的文章，每一个字都表现了他对于民族的深厚的爱，对于青年的深厚的爱，以及对于人民的敌人的无比的愤怒和仇恨的"[1]。冯雪峰没有指明相提并论、可以"共读"的篇目，但最能使人读出"深厚的爱"并为之"感动得下泪"的文章，无疑就是这两篇了。

同是纪念"左联五烈士"的文章，《中国无产阶级革命文学和前驱的血》则表现出了一种与《为了忘却的记念》完全不同的文体风格，突出了一种"纪念文"特有的"宣言"意义。冯雪峰回忆说，鲁迅对包括柔石在内的"一切好的青年，都不自觉地流露着'父爱'的感情的"[2]。《为了忘却的记念》所表达的是"只有我一个人心里知道的柔石的记念"，所流露的是一种类似父子情深的动人记忆，这正是"回忆记"的一种典型的文体风格。与之相对，《中国无产阶级革命文学和前驱的血》则采用"我们的同志"这样一种集体代言人的写法，目的在于"显示敌人的卑劣的凶暴和启示我们的不断的斗争"。这里的"纪念"，重在发布宣言与表明立场，突出"敌人"与"同志"、"我们"与"他们"的阶级对立。

对"我们"这种"颇有些'多数'和'集团'气味"的说话方式[3]，鲁迅一年前批驳梁实秋时还深表反感，为什么在一年后的《中国无产阶级革命文学和前驱的血》中却一连用了九个"我们"呢？这主要是采纳冯雪峰意见的结果。对于鲁迅文章多用"我"而少用"我们"的修辞方式，冯雪峰在与鲁迅的私人谈话中曾劝言："有时候是用'我

---

① 冯雪峰：《回忆鲁迅》，载《鲁迅回忆录·专著》（中册），北京出版社1999年版，第629页。

② 冯雪峰：《回忆鲁迅》，载《鲁迅回忆录·专著》（中册），北京出版社1999年版，第556页。

③ 鲁迅：《二心集·"硬译"与"文学的阶级性"》，载《鲁迅全集》第4卷，第201页。

们'来得壮旺些，而在必要的时候他还应该明白地公开宣布他自己的代表性的地位。就是，代表巨大的势力，代表人民，代表正确的意见和真理的方面。"① 冯雪峰是鲁迅的青年朋友，也是"左联"的党组成员，很有浙东人的"硬气"，经常会在谈话中向自己的老师、向这面"左联"的"大旗"提出"必须"这样或"必须"那样的"要求"②。鲁迅在柔石等人被害两个月后应邀写下这样具有"代表性"的文章，也正是所谓"必要的时候"吧。鲁迅按要求完成的这篇纪念文章，发表在"左联"的机关刊物《前哨》第1卷第1期"纪念战死者专号"上。该刊开首就是两篇没有个人署名的集团"宣言"，第一篇为《中国左翼作家联盟为国民党屠杀大批革命作家宣言》，第二篇为《为国民党屠杀同志致各国革命文学和文化团体及一切为人类进步而工作的著作家思想家书》。鲁迅署名"L.S."的纪念文章被排在第三篇，后面几篇则分别是《血的教训：悼二月七日的我们的死者》（署名梅孙）、《被难同志传略》、《被难同志遗著》、《短评：我们同志的死和走狗们的卑劣》（署名文英）。这些文章都统一使用了"我们""同志"这样一类集团发言、立场鲜明的修辞方式，前两篇宣言甚至公开表明了"左联"要反对国民党统治、创造"苏维埃政权"的革命性质。在这样强调集团立场的修辞情境中，鲁迅只有采取同样的修辞形式，才能风格一致、步调一致。值得注意的是，尽管这本在白色恐怖下匆忙出版的秘密刊物出现了大量的排印错漏问题，比如"苏维埃"有时被印成"苏维挨"、"柔石"有时被印成"桑石"，但"纪念"文字并没有出现排印错乱现象，可见"我们"对"纪念"意义的认识也是一致的。在这个意义上，曾两度担任中共最高领导人的瞿秋白对鲁迅"同意"出

---

① 冯雪峰：《回忆鲁迅》，载《鲁迅回忆录·专著》（中册），北京出版社1999年版，第673页。
② 冯雪峰：《回忆鲁迅》，载《鲁迅回忆录·专著》（中册），北京出版社1999年版，第569页。

版《前哨》并为之撰写纪念宣言深表赞赏，钦佩其"写得好"①，也就不难理解了。

对于以"我们"的名义来"纪念战死者"的修辞方式，鲁迅称为"试用不同的战法"②，这和陈望道将修辞艺术理解为语言战术是一个道理。这种"不同的战法"，不妨理解为鲁迅支持左联工作的一种"试用"策略。在发表《中国无产阶级革命文学和前驱的血》两年后，鲁迅又写下了文学与抒情意味更浓的《为了忘却的记念》，重新回到"只有我一个人"的"记念"。这表明，对文学者鲁迅来说，不受"纪念文"形式约束、自由抒发情感的"回忆记"，是更贴近其独立思想与文学心性的。

在距《为了忘却的记念》之后不到一个月的 1933 年 3 月 5 日，鲁迅还写了一篇《我怎么做起小说来》，文中提到当年在《新青年》的投稿情况："这里我必得记念陈独秀先生，他是催促我做小说最着力的一个。"值得注意的是，鲁迅早在 1923 年为《呐喊》写《自序》时，只提到金心异（钱玄同）的劝稿，并未感念陈独秀的"催促"。但在《呐喊·自序》十年后的 1933 年，当陈独秀成为身陷国民党牢狱的囚徒，同时也因共产党内的路线斗争而成为被抛弃的托派领袖时，鲁迅却要重提《新青年》的往事，"记念"陈独秀这位当年声名显赫、如今却声名狼藉的老朋友，自然有一种特殊的深意在里面。一位香港学者对此做了精细入微的发现与分析。在他看来，这"其中的玄机"与祝秀侠等人联名在《现代文化》上发表《对鲁迅先生的〈辱骂和恐吓决不是战斗〉有言》的"公开信"有关。鲁迅的《辱骂和恐吓决不是战斗》写于 1932 年 12 月 10 日，文中对"左联"同人"有辱骂，有

---

① 冯雪峰：《回忆鲁迅》，载《鲁迅回忆录·专著》（中册），北京出版社 1999 年版，第 636 页。

② 冯雪峰：《回忆鲁迅》，载《鲁迅回忆录·专著》（中册），北京出版社 1999 年版，第 674 页。

恐吓，还有无聊的攻击"①一类恶劣的文风提出了严正的批评，结果却招致"同道中人"非常恶劣的回应。悲愤之余，鲁迅借《我怎么做起小说来》一文来"记念"陈独秀，"其实也是对上述'公开信'的一种抗议：记念中国托派的首领又怎么样呢？陈独秀究竟是'革命的前驱者'，于提倡新文学有历史的功绩。"对新文化运动的先驱人物，"鲁迅没有因为他们后来的政治遭遇而抹杀他们在文学史上应有的地位，又岂止是追求客观、实事求是而已"②。其实，在写这篇《我怎么做起小说来》之前的 1932 年 12 月 14 日，鲁迅在为自己的《自选集》写的另一篇自序文章中，就已经有意识地用了"革命的前驱者"这样一种相对模糊的文字，也隐约表达了内心真实的"记念"与"抗议"。在"从公意"或"听将令"做文章的同时，鲁迅并没有因此放弃文学者最可贵的良知与最敏锐的个性。鲁迅同情并支持革命，"却并不把自己看做一个这样的革命者或革命的思想上的领导人。他保持着自己的独立思想和自己在思想领域上独立作战的路线"③。这一点，是强调鲁迅后期思想发生"转变"的冯雪峰也同时承认的。

在生前的最后一篇文章《因太炎先生而想起的二三事》中，鲁迅提到了这样一种现象：在写完《关于太炎先生二三事》次日，他发现报纸上有庆祝"二十五周年的双十节"的报道，不由感叹自己"太落伍了"。而在前一篇纪念文章《关于太炎先生二三事》中，鲁迅开头便说起"上海的官绅为太炎先生开追悼会，赴会者不满百人"的寂寞境况。有意思的是，在第一篇纪念文章《记念刘和珍君》中，鲁迅开头也提到国立女子师范大学为刘和珍、杨德群两君开追悼会的那一

---

① 鲁迅：《南腔北调集·辱骂和恐吓决不是战斗》，载《鲁迅全集》第 4 卷，第 464 页。

② 陈胜长：《托洛茨基的文艺理论对鲁迅的影响》，原载《香港中文大学中国文化研究所学报》1990 年第 21 卷，收入《考证与反思：从〈周官〉到鲁迅》，（台北）东大图书公司 1995 年版，第 234、235 页。

③ 冯雪峰：《回忆鲁迅》，载《鲁迅回忆录·专著》（中册），北京出版社 1999 年版，第 568 页。

天，"我独在礼堂外徘徊"的事情。这是很有象征意味的。鲁迅"独在礼堂外徘徊"，大概是不太喜欢周年纪念与追悼会一类的集会场合。在他看来，群体性的纪念活动可能更容易流为一种"热闹"的节日或空洞的形式吧①。所以，他一方面并不反对为先驱与先烈举行纪念活动，也尽力满足组织者请其写"纪念文"的要求；一方面也希望纪念活动能有"精神和血肉的培养"，不至于让"纪念日"沦为一种漠不关心的"纪念"仪式或"看演剧"的节日狂欢②。在这个意义上，鲁迅坚持个人心中的"记念"，未尝不是对纪念形式的一种有意的反思与反拨，也未尝不是对纪念内容的一种有益的补足与充实。可以说，正因为鲁迅的纪念文章中存在着这样一条复杂而清晰的思想线索，"记念"与"纪念"两种修辞方式得以并存，"纪念文"与"回忆记"两类文体风格也得以兼容。

---

① 鲁迅：《而已集·黄花节的杂感》，载《鲁迅全集》第 3 卷，第 428 页。
② 鲁迅：《而已集·黄花节的杂感》，载《鲁迅全集》第 3 卷，第 428 页。

第十章 "忘却"的辩证法：鲁迅的
启蒙之梦

1922 年年末，在为自己的第一部小说集《呐喊》作序时，作为小说家的鲁迅早已因一部《狂人日记》而名满天下。不过奇怪的是，鲁迅似乎并没有因此获得真正的安慰。即便是一篇回溯小说缘起的创作谈，鲁迅的笔端仍缠绕着一种"偏苦于不能全忘却"的感伤与寂寞，开首便陷入回忆与怀旧中：

> 我在年青时候也曾经做过许多梦，后来大半忘却了，但自己也并不以为可惜。所谓回忆者，虽说可以使人欢欣，有时也不免使人寂寞，使精神的丝缕还牵着已逝的寂寞的时光，又有什么意味呢，而我偏苦于不能全忘却，这不能全忘的一部分，到现在便成了《呐喊》的来由。[①]

作为第一篇创作谈，《呐喊·自序》几乎包含着鲁迅所有创作的精神密码，也可以理解为规划着鲁迅所有创作的诗学纲领。鲁迅后来的许多创作谈如《我怎么做起小说来》等，都是由此延伸与发挥。著名的"幻灯片"事件、"铁屋子"寓言也是第一次出现在《自序》中，其意义更是被反复挖掘乃至过度阐释。也许正因为如此，鲁迅在文章开篇经由"回忆"与"忘却"所构建的辩证法及其重塑鲁迅文学

---

① 鲁迅：《呐喊·自序》，载《鲁迅全集》第 1 卷，第 437 页。

的启蒙意义反而不大为人注意。青年时期的"许多梦"需要通过忘却来排解，而"偏苦于不能全忘却"，却以忘却的形式显现出一种伦理上的不该忘却和事实上的不能忘却。"偏苦于"所显示的记忆之战越是强烈，"不能全忘却"的那一部分也显得越是重要。如果说，"大半忘却""也并不以为可惜"的"梦"是可以抛弃的，"偏苦于不能全忘却"的"梦"则如同梦魇，是无论如何都无法摆脱掉的。这无法忘却的"梦"，"便成了《呐喊》的来由"，也便成了鲁迅文学的来由。在这个意义上，纠葛于"回忆"与"忘却"之间的"梦"确立了鲁迅诗学的根基，也确立了鲁迅文学的根基。那么，这"偏苦于不能全忘却"的"梦"是什么？因为"偏苦于不能全忘却"，这"梦"对鲁迅文学观念的形成乃至中国新文学的发生与兴起，"又有什么意味呢"？

一、"偏苦于不能全忘却"："一个青年的梦"与 "《呐喊》的来由"

广义的记忆是多义或歧义的，比如回忆在记忆中的包含与区别关系，荣格（Carl Gustav Jung）、伽达默尔（Hans-Georg Gadamer）、阿斯曼（Jan Assmann）夫妇等学者都曾先后讨论过。回忆（recall）并不等于记忆（memory），也并不与遗忘对立。借用阿莱达·阿斯曼（Aleida Assmann）的术语来说，回忆属于一种"记忆力"，记忆属于一种"记忆术"。所谓"术"和"力"，所区分的是记忆的两种功能或范式。"记忆术"注重的是一种知识存储与复制能力；"记忆力"注重的是一种文化创造与身份认同。前者如背诵、强记，后者如回忆、纪念。记忆与回忆的最大区别就在于：技术性或机器性的记忆存储可以对抗时间和遗忘；回忆却是发生在时间之内，"和遗忘是密不可分的，一个使另外一个成为可能"①。在回忆与遗忘相互作用的"同谋"中，回忆有一种"人类学的力量"，是机器所不可能具备的。机器可以存储知识，无所谓遗忘，只有人类可以回忆，也可以遗忘②。在第一篇文言小说《怀旧》中，鲁迅借由童子的语气嘲讽一个古板而伪善的秃先生，缘由之一就在于旧式私塾死记硬背、沉闷无趣的非人的教学方法。在另一篇文章《五猖会》中，鲁迅对父亲何以逼迫当时只有七岁的自己在看赛会前背诵古书，有着一段非常不快而诧异的回忆，所表达的同样是对古老而机械的记忆术压抑人性的不满。事实上，欧洲的启蒙运动对记忆术的批判，凭借的也正是"理性、自然、生命、原创性、个性、创新、进步，以及其他现代性诸神的名义"③。与记忆术相对，回忆包含着人自身所特有的一种情感态度、一种思想光芒、一种精神力量、一种主体创造。人为什么回忆？"多数情况下，只是为了回答他人的问题，或者回答我们设想他们可能提出的问题，我们才会诉诸回忆。"④ 对鲁迅来说，《呐喊》的序言是写给读者的，也是写给自己的。"偏苦于不能全忘却"的回忆，是创作起源的追溯，也是诗学纲领的总结。

"偏苦于不能全忘却"，造就了鲁迅的文学和文学者鲁迅。然而，"偏苦于不能全忘却"的缘起，并不是鲁迅文学中所回忆或经由回忆所叙述的那些往事，而是"我在年青时候也曾经做过许多梦"。借用鲁迅在《呐喊》时期翻译的一部武者小路剧本的名字，也可以称为"一

---

① 〔德〕阿莱达·阿斯曼：《回忆空间：文化记忆的形式和变迁》，潘璐译，北京大学出版社 2016 年版，第 21—25 页。

② 〔德〕阿莱达·阿斯曼：《回忆空间：文化记忆的形式和变迁》，潘璐译，北京大学出版社 2016 年版，第 22 页。

③ 〔德〕阿莱达·阿斯曼：《回忆空间：文化记忆的形式和变迁》，潘璐译，北京大学出版社 2016 年版，第 3 页。

④ 〔法〕莫里斯哈·布瓦赫：《论集体记忆》，毕然、郭金华译，上海人民出版社 2002 年版，第 69 页。

个青年的梦"①。换言之，是因为年青时候的"梦"无法忘却，才决定了鲁迅要在回忆中重构往事以及如何重构往事，并在往事回忆中赋予其疗治病苦的启蒙意义。青年鲁迅"曾经做过许多梦"，其中特别提到的便是留日时期的学医："我的梦很美满，预备卒业回来，救治像我父亲似的被误的病人的疾苦，战争时候便去当军医，一面又促进了国人对于维新的信仰。"学医的梦虽然"很美满"，但因为"幻灯事件"的刺激，鲁迅决意弃医从文，可以想见，这梦是在"并不以为可惜"之列的。所以，"偏苦于不能全忘却"的梦，必然发生在弃医从文之后，亦即"我们的第一要著，是在改变他们的精神，而善于改变精神的是，我那时以为当然要推文艺，于是想提倡文艺运动了"。这样的梦，是一种为"改变他们的精神"而"提倡文艺运动"的文艺梦或启蒙梦。

以文艺启蒙为旨、理想高远的"好梦"何以变成了一种"偏苦于不能全忘却"的"苦梦"？表面上看，是因为创办《新生》杂志的失败，其实更深层的问题是由失败而来的失望。这失望是双重的：一重是对启蒙环境的失望，"如置身毫无边际的荒原，无可措手的了"；一重是对启蒙者的失望，"我决不是一个振臂一呼应者云集的英雄"。虽然因失败而失望，因失望而寂寞，鲁迅也用了种种麻醉的法子逃避悲哀与痛苦，文艺启蒙的梦想终于还是"苦于不能全忘却"。如尼采所说："只有不停地疼痛的东西，才能保留在记忆里。"②当梦化为一种生命体验的痛，也可见这梦对鲁迅是如何重要，其影响是如何深刻了。是故，鲁迅尽管质疑环境、反省自己，文艺启蒙的梦想却似乎未从根本上动摇。或者说，无论是留日时期，还是回国之后，鲁迅从来没有觉得文艺启蒙的梦想本身存在问题。否则，如何理解他在钱玄同尚未邀请其为《新青年》撰稿之前，就有过主动向报刊投稿的经历？如何

---

① ［日］武者小路：《一个青年的梦》，鲁迅译，上海商务印书馆 1922 年版。
② ［德］阿莱达·阿斯曼：《回忆空间：文化记忆的形式和变迁》，潘璐译，北京大学出版社 2016 年版，第 279 页。

理解他归国后在《小说月报》发表第一篇小说《怀旧》，并在《越铎日报》连续发表《军界痛言》等系列文章？被竹内好等日本学者所深度挖掘的所谓"十年沉默"，不过是相对于他在发表《狂人日记》成为著名作家之前一段寂寞的"未名"时期。所谓"十年沉默"，不如说是"十年未名"或"十年寂寞"。鲁迅后来帮助几位文学青年创办未名社、出版未名刊物与丛书的时候，想必和创作《呐喊》的诸篇小说一样，同样有一种"未能忘怀于当日自己的寂寞的悲哀"吧？

鲁迅"未能忘怀于当日自己的寂寞的悲哀"，是苦于文艺启蒙梦想在当时的难以实现；也因为苦于梦想的难以实现，这梦想就"苦于不能全忘却"。所以，当钱玄同来S会馆为《新青年》约稿，得到的首先不是一个"可以做点文章……"的回答，而是一段是否"对得起他们"的疑问。表面上看，鲁迅是听从钱玄同的劝请，才开始"做点文章"的，人们似乎也多这么认为。事实上，以鲁迅"偏不怎样"的个性，如果不是青年时期的启蒙之梦"苦于不能全忘却"，他如何会"听将令"？对钱玄同的邀请，鲁迅一开始似乎是被动和拒绝的，但他随即主动抛出"铁屋子"的启蒙故事，说明这个问题折磨他由来已久，而且已经深思熟虑。对于是否应该唤醒铁屋子里沉睡的人，鲁迅其实不需要钱玄同来回答，因为在十年寂寞中这个问题困扰已久，他也已有了自己的思考，所以才会自言"自有我的确信"。带着"确信"的答案来提问，其实是没有必要提问，只不过在寂寞的思考中需要他人来和自己对话。这对话，目的也不在于"折服"对方，而是为了检验"我的确信"。鲁迅在答应钱玄同后的第一篇创作《狂人日记》，其中狂人的被囚禁与绝望的呐喊，就有"铁屋子"的原型象征在里面。此后的文章中，"铁屋子"的种种隐喻与变形更是随处可见。鲁迅把"铁屋子"这个象征自己启蒙之梦的问题不断抛放出来，不断检验自己，也检验读者。在启蒙之梦的反复质询过程中，有意邀请鲁迅写稿的钱玄同无意之间就成了一位跨进鲁迅问题场域的闯入者，"苦于不能全忘却"的忘川之水由此在长期的潜伏中涌动而出。

作为《新青年》的约稿者与编辑者，钱玄同可能是《狂人日记》的第一位读者，但无疑也是鲁迅检验启蒙之梦的其中一位读者。在这个意义上，与其说是钱玄同在邀请鲁迅为启蒙刊物写文章，不如说鲁迅一直在"偏苦于不能全忘却"的寂寞中，等待一个像钱玄同这样的老朋友的邀请。鲁迅同情"新青年"的寂寞，其实也"未能忘怀于当日自己的寂寞的悲哀罢"。所以，看似矛盾却也真实的是，尽管声称"在我自己，本以为现在是已经并非一个切迫而不能已于言的人了"，但鲁迅"从此以后，便一发而不可收"，这种创作的热情、积极与主动，已经不是初期的"写点文章"或"敷衍朋友们的嘱托"所能说明的了。在1935年为《中国新文学大系·小说二集》作序时，鲁迅对五四时期的创作有一段自我总结："从一九一八年五月起，《狂人日记》，《孔乙己》，《药》等，陆续的出现了，算是显示了'文学革命'的实绩，又因那时的认为'表现的深切和格式的特别'，颇激动了一部分青年读者的心。"[1]论成绩、论声望，鲁迅不是"那时的主将"，却胜似"那时的主将"。"偏苦于不能全忘却"的文艺梦在复苏之后产生这样的力量与结果，鲁迅当初未必想得到，邀请鲁迅写稿的钱玄同恐怕更是想不到吧。

二、"忘却"的意义：回忆的发明与启蒙的赋予

对于鲁迅"偏苦于不能全忘却"的"忘却"，汪晖在近年重读《呐喊·自序》时突破以往消极否定的偏见，发现了其中所蕴含的尼采意义上的创造性、能动性的积极力量。不过，将"忘却"与"回忆"理解为"主动"与"被动"的关系[2]，还只是颠倒了既往一种刻板的认

---

[1] 鲁迅：《且介亭杂文二集·〈中国新文学大系〉小说二集序》，载《鲁迅全集》第6卷，第246页。

[2] 汪晖：《声之善恶》，生活·读书·新知三联书店2013年版，第120页。

知图式，并未真正打破二元对立的矛盾模式。如果还是将"忘却"简单视为一种与"回忆"相对立的否定性、消极性的力量，就无法辩证理解或理解其中的辩证意义。"偏苦于不能全忘却"，属于一种文化记忆学所说的"没有得到满足的遗忘"①，因而也是一种无法忘却的遗忘。因为没有满足或未曾实现，鲁迅青年时期的"梦"事实上无法做到"全忘却"。和记忆的知识存储与文化创造两个层面相对应的是，忘却也可以从两个层面来理解。其一是存储记忆的"失忆"。比如鲁迅在回忆童年时期几乎每日出入于当铺和药店里的屈辱经历时，"年纪可是忘却了"，这种数据式的"忘却"是一种个人的失记。数字或知识性的忘却作为一种受损的记忆，或许仍可以借助年谱、日记、文件等档案文献来修复，对记忆诗学来说并不具有太大的意义，可谓是一种无意义的忘却。其二是文化记忆的"忘却"。文化记忆要"忘却"的对象是包含着精神、情感、思想在内的一种属于人的主体性的东西，是意义性的而非数字性的。"忘却"更深层的意义还在于，"忘却"的"意义"其实无法真正忘却，只可能强迫性的暂时"压抑"，而在压抑之后的回忆中，也必然会产生新的意义。鲁迅想要"忘却"却"偏苦于不能全忘却"的，就属于一种有意义的忘却。鲁迅在未尝经验的无聊中试图"忘却"早年的文艺梦，其中的理想和情怀可以暂时被压抑，被压抑的痛苦与悲哀也可以在抄古碑中暂时被排解，但最终却不会被否定，也无法被抛弃。

回忆"从来不是一种反省或回顾的平静的行为。它是一种痛苦的再记忆，一种拼凑起支离破碎的过去，来了解当下所受的心灵或精神创伤的意义。"② 压抑的忘却不会将回忆排除在意识之外，而过去的时光也会在某种时刻随时迸发出来。在《呐喊》出版之际，鲁迅压抑已久的青春之梦随他的创作得以释放。铭刻于心的过去在回忆的残片断

---

① ［德］阿莱达·阿斯曼：《回忆空间：文化记忆的形式和变迁》，潘璐译，北京大学出版社 2016 年版，第 194 页。

② Homi Bhabha, *The Location of Culture*, London: Routledge, 1994, p.63.

章中重新结构，重新闪现。鲁迅由"苦于不能全忘却"的梦所追忆的往事，是个人早年的两段经历。一个是少儿时期的"父亲的病"，一个是留日时期的"幻灯事件"。这两段往事在鲁迅此后的文章中都曾反复出现过。如《俄文译本〈阿Q正传〉序及著者自叙传略》，《朝花夕拾》中的《藤野先生》与《父亲的病》，鲁迅留下的两篇手稿《鲁迅自传》与《自传》等。《鲁迅自传》甚至出现了两件往事一并再度出场的景象，这说明，两件往事刻骨铭心，并不是随机或偶然地串联在鲁迅的回忆中的，而是有决定性或象征性的重要意义。

对两个回忆片段尤其是"幻灯事件"的真实性，很多学者尤其是日本学者曾提出过质疑。的确，比如做"俄探"的中国人是被枪毙还是被斩首、放幻灯片的时间是在课间还是课余等，鲁迅回忆文字中的表述细节前后都有不太一致的地方。而且，根据史料查证和其他当事人如铃木逸太等人的回忆，所找到的日俄战争的原始幻灯片中并没有中国人"俄探"被处死的画面，课堂上也很肃静，并没有欢呼"万岁"和拍掌喝彩之声。围绕这些细节的辨析与考证，中日学者甚至掀起了《藤野先生》是小说还是散文的文体之争。[①] 关于"父亲的病"一节，鲁迅在1918年发表的一组《自言自语》也有写到，不过，让其在父亲临终前大声叫喊的不是衍太太而是"我的老乳母"，周建人后来的回忆也证实是长妈妈[②]。细节考证很有必要，但以细节的出入来否定回忆的真实，实际上是对回忆哲学缺乏认知。或者说，这是将作为存储记忆的真实和作为文化回忆的真实混为一谈了。回忆不是靠记忆的简单储存保留下来的，而总是在现在基础上的一种重新建构。如阿莱达·阿斯曼所说："它总是从当下出发，这也就不可避免的导致了被

---

① ［日］渡边襄：《鲁迅与仙台》，载《"鲁迅的起点：仙台的记忆"国际研讨会论文集》，2005年；曹禧修：《从〈藤野先生〉的学术场域看日本鲁迅研究的特质》，《文学评论》2015年第6期。

② 周建人口述、周晔整理：《鲁迅故家的败落》，湖南人民出版社1984年版，第118页。

回忆起的东西在它被召回的那一刻发生移位、变形、扭曲、重新评价和更新。"① 人之所以回忆，是为了寻求一种意义与认同。由现在出发来重构过去，不可能是完整的复原，而只能是片段的完善。"父亲的病"与"幻灯事件"在记忆细节上有搞错或颠倒的地方，但不能就此认为，鲁迅在回忆中所建构的对国民的病苦、不幸、麻木、愚昧的感知是错误或失真的，也不能就此否认鲁迅在回忆中所建构的启蒙者身份与启蒙文学的意义。事实上，关于细节失记的考证不是颠覆而是证明了鲁迅回忆的真实性。比如，据日本学者吉田富夫考证，日俄战争期间杀人的幻灯片虽然没有找到，但当时日本的《河北新报》等报刊载有《四名俄探被斩首》的新闻报道。课堂上或许没有高呼万岁的场景，但仙台举办过数次市民祝捷大会，其中就有"锣鼓喧天，高喊万岁"的场景②。可见，鲁迅是把课堂经验、市民活动、报纸新闻等多重见闻融合为一体，再度创造、高度凝缩，为回忆片断赋予了强烈的象征意义。"父亲的病"与"幻灯事件"本身并不具有意义，是鲁迅通过回忆进行了提升，在多年之后"补充发明了这样一个意义"，并赋予其"象征性的力量"③。事实上，这也正是回忆与忘却的一种辩证法：当记忆细节"丧失了真实性，却会得到建构性的补偿"④。

进一步讲，文学记忆作为一种集体记忆，只有纳入与其所处时代的主导思想相一致的集体框架中，才可能进入想象的共同体，被群体认同。"尽管我们相信自己的记忆是精确无误的，但社会却不时要求人们不能只是在思想中再现他们生活中以前的事件，而且还要润饰它

---

① ［德］阿莱达·阿斯曼：《回忆空间：文化记忆的形式和变迁》，潘璐译，北京大学出版社 2016 年版，第 22 页。

② ［日］吉田富夫：《周树人的选择："幻灯事件"前后》，李冬木译，《鲁迅研究月刊》2006 年第 2 期。

③ ［德］阿莱达·阿斯曼：《回忆空间：文化记忆的形式和变迁》，潘璐译，北京大学出版社 2016 年版，第 294、295 页。

④ ［德］阿莱达·阿斯曼：《回忆空间：文化记忆的形式和变迁》，潘璐译，北京大学出版社 2016 年版，第 109 页。

们，或者完善它们，乃至我们赋予了它们一种现实都不曾拥有的魅力。"① 在鲁迅为《新青年》写稿的五四时代，启蒙主义是时代的最大主题，也是鲁迅文学的最大主题。没有启蒙主义的时代框架，没有新文化阵营的邀约，"父亲的病"与"幻灯事件"这两个片段的回忆恐怕就无从发生，更不会被鲁迅赋予一种"五四"式的启蒙意义。这两个早年的片段鲁迅为什么当时不说，事后也不说，而是要等到《呐喊》出版之际才说？就是因为鲁迅当时还没有获得启蒙者的主体性自觉，还无法以启蒙者的思想光芒照亮过去的片段，将其放置在启蒙"意义位型的框架中"重新定位与阐释。对鲁迅的回忆片段来说，真正的问题不是计较记忆的细节差异，而是在细节的剪裁处理中，回忆如何、为何"补充发明了这样一个意义"。在文学回忆的延长线上，诸如有无"两个藤野先生"的问题，鲁迅的回忆文章对"藤野先生的一般性关怀"何以赋予"神圣的意义"②，都可以获得更完整的理解。

回忆的重构并不能等同于文学虚构。其实鲁迅在《小引》中说得很明白：《朝花夕拾》的十篇文章"就是从记忆中抄出来的，与实际内容或有些不同，然而我现在只记得是这样"③。一个需要关注而不为文体之争的学者们所注意的现象是：鲁迅在自传手稿中数次提到《朝花夕拾》时，从来没有称其为"散文"或"小说"，而一律定名为"回忆记"。在 1930 年 5 月 16 日的《鲁迅自传》手稿中，鲁迅介绍自己的创作时这样说："现在汇印成书的有两本短篇小说集：《呐喊》，《彷徨》。一本论文，一本回忆记，一本散文诗，四本短评。"1934 年的《自传》手稿延续了这样的说法，只是将"短评"更新为八本。④ 值得注意的是，鲁迅对《呐喊》《彷徨》《野草》等文集皆明确用小说、散

---

① ［法］莫里斯哈·布瓦赫：《论集体记忆》，上海人民出版社 2002 年版，第 91 页。
② 董炳月："仙台神话"的背面》，《鲁迅研究月刊》2002 年第 10 期。
③ 鲁迅：《朝花夕拾·小引》，载《鲁迅全集》第 2 卷，第 236 页。
④ 鲁迅：《集外集拾遗补编·鲁迅自传》《集外集拾遗补编·自传》，载《鲁迅全集》第 8 卷，第 343、402 页。

文诗等文体方式来定义，独有《朝花夕拾》是"回忆记"这一种非文体的方式。而且，鲁迅在《小引》中也明言"文体大概很杂乱"，并没有用小说或散文的固化概念来限定自己回忆文章的类属。可见，鲁迅是将"回忆"作为一种特殊的文学形式来处理的，仅仅用散文来辩护真实，或用小说来强调虚构，各执一端，对"回忆记"来说都是不恰当的。

回忆与忘却犹如潮汐，潮涨潮落，在一个人的时间之流内相互激荡，不可分割。一部分的回忆以另一部分的忘却为代价，一部分的忘却也成就了另一部分的回忆。与个人或集体的不同载体相联系的回忆，从根本上说都是"片面的"："从某一当下出发，过去的某一片段被以某种方式照亮，使其打开一片未来视域。被选择出来进行回忆的东西，总是被遗忘勾勒出边缘轮廓。聚焦的、集中的回忆必然包含着遗忘。"[1] 过去不可能全部呈现，回忆什么、如何回忆，都是由现在的志趣、意图、愿景所塑造的。在完成《呐喊》的小说创作之后，鲁迅所聚焦的何以是这两个片段，而非其他？从记忆的细节差异来看，鲁迅不仅仅是"怀旧""伤逝"或复述过去，而是要在回忆的再造中追溯"《呐喊》的来由"，追溯自己的文学起源。也因此，这两个隐匿于过去黑暗时光中的片段在回忆的召唤中被委以重任，承载着解释鲁迅文学起源的重要使命。

有意味的是，回忆虽然承载着解释鲁迅创作起源的使命，却是在鲁迅完成创作之后进行的，因而在追忆的回溯性中又有了解释的终端性。无论是由"父亲的病"看见"世人的真面目"，还是由"幻灯事件"发现"愚弱的国民"，无论是前者象征的"病苦"，还是后者象征的"愚弱"，无论是前者代表的一种创伤回忆，还是后者所代表的一种震惊体验，两个原点性的片段都具有典型的启蒙色彩，都

---

① ［德］阿莱达·阿斯曼：《回忆空间：文化记忆的形式和变迁》，潘璐译，北京大学出版社 2016 年版，第 474 页。

指向了文学启蒙的必要性与紧迫性。一方面，这两个片段的象征意义进入鲁迅文学中，成为一种启蒙的原型；另一方面，这两个片段的象征意义又是从鲁迅文学中提炼出来的，成为一种诗学的总结。在这个意义上，鲁迅借由回忆塑造的两个事件，既是决定鲁迅从事文学启蒙的起点，也是解释鲁迅为何从事文学启蒙的终点。可以说，两个回忆的片段激发与创造了鲁迅"苦于不能全忘却"的文学启蒙之梦，而"苦于不能全忘却"的文学启蒙之梦，则发掘与发明了两个回忆的片段。

三、"梦"的重塑："铁屋子"寓言与"启蒙主义"

两个原点性的回忆片段的发明，与此后经典性的"铁屋子"寓言的对话，都源自文学启蒙之梦的"苦于不能全忘却"，它们构成了鲁迅文学的基本格局，也构成了支撑鲁迅诗学的基本三角。因为《新青年》的出现，也因为钱玄同的邀请，被压抑的文艺启蒙之梦在一个能看见"一点一点青天"的夏夜，在 S 会馆"缢死过一个女人"的槐树下，如同鬼魅般重新复活。"铁屋子"的寓言情景，就是在这样一个据传闹鬼而很少有人来往的"鬼屋子"里发生的。对鲁迅来说，这梦自然还是青年时期的梦，但经过"偏苦于不能全忘却"的十年寂寞，这梦的回归就不仅仅是一种昨日重现或旧梦重临，而是一种浸透着十年痛苦经验的再造与重构。竹内好曾把鲁迅蛰伏北京 S 会馆的经历称为"回心"，认为凭借一种近乎宗教忏悔体验的"回心"，鲁迅找到了"成为其根干的鲁迅本身，一种生命的、原理的鲁迅"[①]。如果"回心"的意义是伊藤虎丸所理解的"类似于宗教信仰者宗教性自觉的文学性自

---

① 　[日] 竹内好：《近代的超克》，李冬木等译，生活・读书・新知三联书店 2005
　　年版，第 45 页。

觉"①，那么，这文学创作的"回心"，其实是在一种被压抑的回忆中完成的。

鲁迅青年时期所构筑的文艺启蒙之梦，在 1907 年所作的《摩罗诗力说》中有最为典型的表达。青年鲁迅召唤中国的"精神界之战士"，称赞"立意在反抗，旨归在动作"的恶魔诗人，文末更是大声疾呼："今索诸中国，为精神界之战士者安在？有作至诚之声，致吾人于善美刚健者乎？有作温煦之声，援吾人出于荒寒者乎？"② 这样"一个青年的梦"，浪漫而又热情，不无精神乌托邦的气息。不料在十五年后，当鲁迅再次回忆起当年所提倡的"文艺运动"时，意气风发的梦想却变成了一则"铁屋子"的梦魇：

> 假如一间铁屋子，是绝无窗户而万难破毁的，里面有许多熟睡的人们，不久都要闷死了，然而是从昏睡入死灭，并不感到就死的悲哀。现在你大嚷起来，惊起了较为清醒的几个人，使这不幸的少数者来受无可挽救的临终的苦楚，你倒以为对得起他们么？③

比较两个时期的文字，虽然讨论的都是唤醒国民的问题，但语气与态度已发生了极大的变化。鲁迅的启蒙之梦仍在延续，但也已经变形。鲁迅重新激发创作的热情，开始发表《狂人日记》等系列小说，是为了原来的梦，但这梦又似乎不再是原来的。《摩罗诗力说》召唤"精神界之战士"，勾画启蒙之后的愿景，慷慨激昂、血气张扬，救世热情犹如"出埃及记"，可谓是毫不迟疑的真正"呐喊"。《呐喊》的序言，反倒毫无"呐喊"的气息。"铁屋子"的假说虽也

① ［日］伊藤虎丸：《鲁迅、创造社与日本文学》，李冬木等译，北京大学出版社 2005 年版，第 138 页。
② 鲁迅：《坟·摩罗诗力说》，载《鲁迅全集》第 1 卷，第 102 页。
③ 鲁迅：《呐喊·自序》，载《鲁迅全集》第 1 卷，第 441 页。

提出启蒙之后的景象，但阴郁灰暗、悲哀消沉，完全是另一幅景象。铁屋子是"是绝无窗户而万难破毁的"，即使有人惊醒，不仅未获拯救，反而要"受无可挽救的临终的苦楚"。短短一则寓言，就三次提到死亡。《摩罗诗力说》的长篇论文也多次提到诗人之死，如拜伦的"为独立自由人道"、裴多菲的"为国而死"、雪莱的欣悦超脱，与"铁屋子"寓言不无佛教色彩的"死灭"无论在用词还是境界都天差地别。发生这样的变化，比较方便或普遍的解释是时过境迁，是时间对人的改变。比如，用鲁迅的"五四"与"新青年"的"五四"做比较，鲁迅超乎时代的深度就很容易被视为一种"过来人"的经验之差。鲁迅参与"五四"的过程，也就被理解为"在跌宕起伏的人生中逐渐磨损青春，忘却梦幻的过程"[①]。这样的理解，其实也是对"忘却"的误解。如前所论，鲁迅对启蒙之梦的"忘却"不是抛弃与否定，而是一种压抑与反思。这种"忘却"的梦如弗洛伊德（Sigmund Freud）所说："在压抑的行为之后就会产生一个不可避免的后果，那就是被压抑的东西的回归。"[②] 铁屋子寓言及其文学创作，就是一种启蒙之梦在压抑之后的释放与回归。尽管象征中国现实的铁屋子寓言无比阴冷黑暗，但并未不意味着鲁迅的启蒙之梦就此幻灭。鲁迅当然意识到铁屋子的"万难破毁"与启蒙的异常艰难，不过这并未影响他提出"惊起了较为清醒的几个人"亦即启蒙之后怎样的问题。尽管质疑将来的"黄金世界"与希望的有无，但相信中国现在仍然需要启蒙的信仰并未动摇。鲁迅在同时期发表的另一段说得更为明白："……假使寻不出路，我们所要的就是梦；但不要将来的梦，只要目前的梦。"[③] 否则，鲁迅不会关注铁屋子的破毁，更不会关注破毁之后如何拯救的问题。在提出铁屋子寓言十多年之后，鲁迅谈到自

---

① 李怡：《鲁迅的"五四"与"新青年"的"五四"》，《社会科学辑刊》2007 年第 1 期。
② [德] 阿莱达·阿斯曼：《回忆空间：文化记忆的形式和变迁》，潘璐译，北京大学出版社 2016 年版，第 194—195 页。
③ 鲁迅：《坟·娜拉走后怎样》，载《鲁迅全集》第 1 卷，第 167 页。

己的小说创作经验时仍这样说：

> 自然，做起小说来，总不免自己有些主见的。例如，说到
> "为什么"做小说罢，我仍抱着十多年前的"启蒙主义"，以为
> 必须是"为人生"，而且要改良这人生。我深恶先前的称小说为
> "闲书"，而且将"为艺术的艺术"，看作不过是"消闲"的新式
> 的别号。所以我的取材，多采自病态社会的不幸的人们中，意思
> 是在揭出病苦，引起疗救的注意。①

鲁迅写这段文字的时候，已是 20 世纪 30 年代的"左联"时期了。鲁迅这一阶段已加入新的文艺组织，成为"左联"的一面旗帜；同时也因为革命文艺论战，和冯雪峰等人译介了大量苏俄文艺政策与马列主义文艺理论的书籍。时事迁移，鲁迅的文艺观也必然有所调整与丰富，但仍明确坚持"启蒙主义"与"为人生"的"主见"。显然，文艺启蒙是鲁迅创作的核心理念与基本原则，他不会因为革命文艺成为新的潮流而放弃文艺启蒙的初衷与底线。毋宁说，鲁迅加入革命文艺阵营，也是带着"苦于不能全忘却"的文艺启蒙之梦而来的。这使他能够在融合进步的革命思想潮流中始终持守并发展自己文艺启蒙的基本理念。鲁迅没有像同时代人如瞿秋白那样，将"五四"视为一件"必须脱去"的"衣衫"②；没有像郭沫若那样，完全否定"五四"文艺而"突变"为"无产阶级文艺"③；更没有像创造社的革命青年那样"翻着筋斗"鼓吹革命文学④。从小说创作来看，鲁迅晚年的《故事新编》仍然延续了《呐喊》与《彷徨》时期的创作风格。诸如庸众与个人的对立、先驱者命运的寂寞、尖锐的讽刺与俏皮的幽默，这些鲁迅式的元素都

---

① 鲁迅：《南腔北调集·我怎么做起小说来》，载《鲁迅全集》第 4 卷，第 526 页。
② 瞿秋白：《请脱弃"五四"的衣衫》，《文艺新闻》1932 年 1 月 18 日。
③ 麦克昂（郭沫若）：《英雄树》，《创造月刊》第 1 卷第 8 号，1928 年 1 月。
④ 鲁迅：《二心集·上海文艺之一瞥》，载《鲁迅全集》第 4 卷，第 306 页。

可以在新的小说中找到。鲁迅没有像茅盾写作"革命三部曲"那样直接反映北伐前后的时代风云，也没有像胡也频等左翼青年作家那样急遽左转，风格大变；相反，他对革命文学散布"教人死"的恐怖主义一再批评与警告。值得注意的是，鲁迅在编《故事新编》时，把曾收入《呐喊》初版的一篇《补天》（原题《不周山》）也重新收进来。"五四"和左翼时期的创作放在一起而无违和感，鲁迅也有意这样编集，可见在他那里，自己的创作是一个具有一贯性和一致性的整体，没有必要区分①。

对于自己创作的思想线索与诗学立场，鲁迅明确将其追溯到"十多年前的'启蒙主义'"。这"十多年前"，是鲁迅开始创作《狂人日记》诸篇小说的时期，也是在《呐喊·自序》中首次提出自己"偏苦于不能全忘却"的文艺启蒙之梦的时期。这"启蒙主义"，不是写作《摩罗诗力说》的时期，而是写作《呐喊·自序》的时期。换言之，鲁迅自己所确立的文学创作的原点，不是留日时期"一个青年的梦"，而是 S 会馆时期"偏苦于不能全忘却"的梦。鲁迅的梦依然是"启蒙主义"，但经过十多年间"偏苦于不能全忘却"的压抑，这梦虽没有变质，却有所变形。如果说，"一个青年的梦"是由"摩罗诗力说"构建的，那么也可以说，"偏苦于不能全忘却"的梦是由连接着"父亲的病""幻灯事件"两个原点性回忆的"铁屋子"寓言搭建的。不是时间改变了做梦的人，而是忘却的辩证法在时间之流中重塑了人的梦。

四、"忘却"的辩证法："苦闷的象征"与启蒙的超克

由"偏苦于不能全忘却"而重塑的启蒙之梦，也重塑了鲁迅的文

---

① 对于以没有托尔斯泰式的长篇小说为由来认定鲁迅"著作缺乏整体性"的说法，郜元宝并不认同，将鲁迅的所有著作视为"一部别致的长篇"，是有道理的。郜元宝：《论鲁迅著作的整体性》，《学术月刊》2008 年第 2 期。

学与文学观。《狂人日记》作为压抑之后的第一次释放，以"错杂无伦次"、满纸荒唐的语言狂欢，解构了"吃人"的历史。无论就内容上"表现的深切"还是就形式上"格式的特别"，鲁迅在《新青年》的第一次创作，都可谓重写了白话文学，也重写了现代文学史。这正是回忆与忘却之间的辩证效应，也是"偏苦于不能全忘却"所迸发出的一种创造性的积极力量。虽然"偏苦于不能全忘却"的压抑以创伤与痛苦为代价，但在思想的反复咀嚼与深化过程中，也让鲁迅的文学迅速进入一种异常成熟的境界，其影响是多方面的。

从文艺观来说，"偏苦于不能全忘却"的辩证效应促进了鲁迅美学思想的转型。"偏苦于不能全忘却"的痛苦煎熬，让鲁迅对文艺的认知从"摩罗诗力说"所追求的"雄杰伟美"之声转变为一种"苦闷的象征"。"苦闷的象征"是日本学者厨川白村的文艺论，鲁迅概括其主旨为："生命力受压抑而生的苦闷懊恼乃是文艺的根柢，而其表现法乃是广义的象征主义。"[①] 对厨川白村最早的介绍，是朱希祖翻译的《文艺的进化》，发表在《新青年》1919 年 11 月 1 日出版的第 6 卷第 6 号上，该期同时登载有鲁迅的《我们现在怎样做父亲》与《随感录》六篇。鲁迅也许读过这篇文章，不过真正打动他的还是《苦闷的象征》。该著于 1924 年 2 月由日本改造社出版，鲁迅于同年 4 月购得后，便认为"这于我有翻译的必要"，并将译稿作为在北京大学等校的授课讲义。在"人间苦与文艺"一节中，厨川白村这样谈到文艺与人生的关系：

> 我们的生活愈不肤浅，愈深，便比照着这深，生命力愈盛，便比照着这盛，这苦恼也不得不愈加其烈。在伏在心的深处的内底生活，即无意识心理的底里，是蓄积着极痛烈而且深刻的许多

---

① 鲁迅：《译〈苦闷的象征〉后三日序》，载《鲁迅著译编年全集》，人民出版社2009 年版，第 286 页。

伤害的。一面体验着这样的苦闷，一面参与着悲惨的战斗，向人
生的道路进行的时候，我们就或呻，或叫，或怨嗟，或号泣，而
同时也常有自己陶醉在奏凯的欢乐和赞美里的事。这发出来的声
音，就是文艺。对于人生，有着极强的爱慕和执著，至于虽然负
了重伤，流着血，苦闷着，悲哀着，然而放不下，忘不掉的时
候，在这时候，人类所发出来的诅咒、愤激、赞叹、企慕、欢呼
的声音，不就是文艺么？①

鲁迅所译的文字，虽是厨川白村的文艺观念，却带有强烈的鲁迅
气息。其中所说的"放不下，忘不掉"的苦闷与悲哀，可谓是鲁迅"偏
苦于不能全忘却"的一种文艺学的表达。难怪鲁迅见到此书，如遇知
音，反复介绍与引用，表现出"非同一般的重视"②。鲁迅的《呐喊·自
序》是对自己创作缘起的回顾与诗学精神的总结，出版也早于《苦闷
的象征》。因此，鲁迅与厨川白村的相遇不能理解为一种影响关系，
而应该说是一种契合与共鸣。首先是精神的契合，其次才是观念的契
合。在杂文之外的创作中，鲁迅小说的"孤独者"系列、《野草》诸
篇中黑暗的梦呓，是这一美学思想最为显著的表现。

从启蒙观来说，"偏苦于不能全忘却"的辩证效应扭转了鲁迅对
启蒙问题的认知。如果说早年《摩罗诗力说》所召唤的是一种"致吾
人于善美刚健"的启蒙热情，勾勒的是一幅"援吾人出于荒寒"的神
话图景，那么在此后的"铁屋子"寓言中，鲁迅则考虑的是如果"惊
起了较为清醒的几个人"，亦即启蒙之后怎样的现实问题。与早期热
情而浪漫的乌托邦想象相比，"偏苦于不能全忘却"的痛苦经验让鲁
迅的思考更为深刻与理性。鲁迅关于"铁屋子"的辩难，不是要说服

① ［日］厨川白村：《苦闷的象征》，鲁迅译，载《鲁迅著译编年全集》，人民出版
社 2009 年版，第 308 页。
② 陈方竞：《〈苦闷的象征〉与中国新文学关系考辨》，《中山大学学报》2008 年第
5 期；温儒敏：《鲁迅前期美学思想与厨川白村》，《北京大学学报》1981 年第 5 期。

钱玄同，甚至也不是要说服自己，而是对早年启蒙之梦的反思与检验。事实上，这样的辩难场景在鲁迅以后的文学中仍反复出现，比如《在酒楼上》"我"与吕纬甫的对话、《孤独者》中"我"与魏连殳的对话、《伤逝》中涓生与子君的对话，都是在"较为清醒的几个人"之间发生的。鲁迅在《呐喊·自序》一年后的演讲中再度提出著名的"娜拉走后怎样"的问题，也是"惊起了较为清醒的几个人"之后怎样的思想延续。"走后怎样"关乎是否"对得起他们"的启蒙伦理与责任问题的反思，是问题的深入，不是颠覆。解构的是启蒙神话，也并非启蒙本身。鲁迅在五四时期与许寿裳的通信中，尽管情绪和铁屋子寓言一样苦闷和焦虑，对诊治"同胞病"表示"药方则无以下笔"[①]，但讨论的仍然是如何疗救的问题。鲁迅"苦于不能全忘却"的苦闷，是启蒙与启蒙者的苦闷。这反而说明，对于未完成的启蒙，鲁迅仍然是念兹在兹、抱有信仰的。唯一的区别在于，"苦于不能全忘却"的压抑，造就了一种新的"反抗绝望"的态度。

"惊起了较为清醒的几个人"亦即"启蒙之后"，是反思启蒙第一个层面的问题，第二个层面的问题便是"怎样"或"怎么办"？鲁迅仍然相信启蒙可以唤醒昏睡的人，但也认识到"人生最苦痛的是梦醒了无路可以走"，仅有精神的觉醒是不行的。对于启蒙的结果，鲁迅所忧虑的是"较为清醒的几个人"，成为"不幸的少数者"。"较为清醒的几个人"是谁？表面上看，他们是被启蒙者，但谁是启蒙者？而那些启蒙他们的人，又是谁启蒙了他们？换言之，是谁"惊起了较为清醒的几个人"，而"较为清醒的几个人"在"惊起"后，是否又要"惊起"更多像"较为清醒的几个人"这样的其他人？启蒙的运转链条其实也是一种再循环、一种再生产。启蒙者同时也是被启蒙者，反之亦然。在鲁迅的小说中，狂人、吕纬甫、魏连殳、涓生等新知识者谱系，所扮演的都是在启蒙与被启蒙之间的双重角色，所以小说中也才

---

① 鲁迅：《180104　致许寿裳》，载《鲁迅全集》第 11 卷，第 357 页。

会有不断的对话与反复的辩难场景。从对话的内容和知识背景来看，扮演启蒙角色的这些人都是读过洋书或留过洋的人，是被西方现代学说启蒙过的人。以《狂人日记》为例，狂人劝大哥不要再吃人，最娴熟的一套便是虫子变人的进化论学说。否则，单凭在深夜翻古书，是翻不出"吃人"的惊天发现的。所以，鲁迅小说中的启蒙者，其实也是启蒙链条中的被启蒙者，属于"惊起了较为清醒的几个人"，也要承受启蒙的后果。

正像"铁屋子"的寓言所担心的，启蒙带来的不是幸福，而是痛苦。鲁迅小说中真正的启蒙者都是活得艰辛而痛苦，要么疯狂，要么颓废，要么死亡。而小说所讽刺的那些虚伪的旧文人如四铭、高尔础之流，反倒是幸福而平庸。"体验痛苦最多的不是最坏的人，而是最好的人。"[①] 真的知识阶级"对于社会永不会满意的，所感受的永远是痛苦，所看到的永远是缺点"[②]，鲁迅也这样讲过。如果说精神的痛苦是永恒的，"铁屋子"的寓言仅是指这样的痛苦，启蒙恐怕也就失去了意义。鲁迅的许多小说创作，其实也是"铁屋子"的寓言。结合小说文本来理解其中"不幸的少数者"，就可以发现狂人谱系中的吕纬甫、魏连殳们的痛苦，在精神层面之外，还有无法融入日常生活的"孤独"。对此，日本学者伊藤虎丸有别致的解读："获得某些思想和精神，从以往自己身在其中不曾疑惑的精神世界中独立出来，可以说是容易的。比较困难的是，从'独自觉醒'的骄傲、优越感中（常常伴随着自卑感）被拯救出来，回到这个世界的日常生活中（即成为对世界负有真正自由责任的主体），以不倦的继续战斗的'物力论'精神，坚持下去，直到生命终了之日为止。"[③] 所谓"回到这个世界的日常生

---

① ［俄］尼古拉·别尔嘉耶夫：《论人的使命　神与人的生存辩证法》，张百春译，上海人民出版社 2007 年版，第 353 页。

② 鲁迅：《关于知识阶级》，载《鲁迅全集》第 8 卷，第 227 页。

③ ［日］伊藤虎丸：《鲁迅、创造社与日本文学》，李冬木等译，北京大学出版社 2005 年版，第 116—117 页。

活",意指思想者只有从独立的精神世界重新进入大众的现实世界,才会实现从"被'普遍真理'所占有"到拥有自我思想的主体性自觉。由此来重新解读狂人的"然已早愈,赴某地候补",就有了一种"告别青春,获得自我"的可以理解的正面力量与积极意义。① 不过,这种主体性的反思与解读,仍旧没有脱离从精神层面讨论问题的模式,仍旧具有一种精神层面的"骄傲、优越感",并未真正进入包含物质生活在内的现实世界中。思想者在与现实碰撞中体味人间苦,不只是精神意义,还有生存意义。是故,鲁迅小说中所描写的魏连殳、吕纬甫、涓生们,所遭遇的打击中首先而直接的,无一不是《孤独者》中所写的"活下去"或"活不下去"的"生计问题"。

回到鲁迅在"苦于不能全忘却"的追忆中所重塑的"幻灯事件",鲁迅"那时"所赋予的意义便是精神启蒙的极端重要性:"我们的第一要著,是在改变他们的精神。"通过一种围观砍头的视觉暴力,鲁迅的回忆在精神的愚弱与体格的健全之间营造出一种强烈的反差效应。"病死多少也不以为不幸",也确立了高高在上的精神优越感。就像康德对启蒙的经典定义一样,"第一要著"的话语此后被反复引用,成为鲁迅定义启蒙的经典话语。"回忆"本质上就是一种"反思"②,不过几乎没人注意到,鲁迅重构性的回忆也是反思性的。在《呐喊》序言中,"幻灯事件"出现在"父亲的病"之后,两个回忆片段在追溯性的叙事中构成了一种前因后果的互文关系。鲁迅关于改变精神为第一要著的那段话与其说是在给启蒙下定义,不如说是在给弃医从文一个理由。所谓启蒙之语是发生在幻灯事件的"从那一回以后",是"我那时以为"的。"那一回"的刺激对鲁迅思想的改变极为重要,并不

---

① [日] 伊藤虎丸:《鲁迅与日本人》,李冬木译,河北教育出版社 2001 年版,第 120 页。中国学者的相关论述亦可参阅张新颖:《20 世纪上半期中国文学的现代意识》,生活·读书·新知三联书店 2001 年版,第 79—82 页。

② [俄] 列夫·舍斯托夫:《雅典与耶路撒冷》,张冰译,上海人民出版社 2004 年版,第 341 页。

意味着"那一回"的鲁迅思想就此确立而不再改变。当时因"逃走了资本"而导致启蒙刊物出版失败，已是"未尝经验的无聊"。回国后由衣食无忧的官费生转而为生活奔波忙碌，则是鲁迅重返人间现实的开始，也是精神优越论逐渐破毁的开始。在 1911 年给许寿裳的信中，鲁迅提到劝周作人回国的"思想转变"之事："起孟来书，谓尚欲略习法文，仆拟即速之返，缘法文不能变米肉也，使二年前而作此语，当自击，然今兹思想转变实已如是，颇自闷叹也。"①《新青年》时期的另一封信则主张入世做官："若问鄙意，则以为不如先作官，至整顿一层，不如待天气清明以后，或官已做稳，行有余力时耳。"②进入日常生活，或作为一种谋生策略，并不意味着必然要以精神妥协为代价。鲁迅自己在教育部任职多年，先后接受过北京大学、厦门大学、中山大学、中央研究院等机构的聘书，期间时评、创作与学术也从未放弃。从这个角度讲，狂人"赴某地候补"并不意味着启蒙理想的放弃，也无可指责。相反，鲁迅在后期小说《故事新编》中对伯夷叔齐的不辨菽麦、不食周粟倒是多有讽刺。在"五四"以来的创作或演讲中，鲁迅反复提到的是："梦是好的；否则，钱是要紧的。"③"第一，便是生活。人必生活着，爱才有所附丽。"④"我们目下当务之急，是：一要生存，二要温饱，三要发展。"⑤"第一要著"这一时期由"精神"调适为"生活"，也再次说明，鲁迅已扬弃了"那一回"在刺激之下发表的灵肉对立的极端说法，最终让精神与生活重新回到一种辩证关系之中。这不是肯定经济权的重要性，也不是否定精神的重要性，而是在启蒙的反思中实现了对文学如何"为人生"的完整认知。一如在《苦闷的象征》中鲁迅的译文所写："一面体验着这样的苦闷，一面参

---

① 鲁迅：《110307　致许寿裳》，载《鲁迅全集》第 11 卷，第 344 页。
② 鲁迅：《180104　致许寿裳》，载《鲁迅全集》第 11 卷，第 357 页。
③ 鲁迅：《坟·娜拉走后怎样》，载《鲁迅全集》第 1 卷，第 167 页。
④ 鲁迅：《彷徨·伤逝》，载《鲁迅全集》第 2 卷，第 124 页。
⑤ 鲁迅：《华盖集·忽然想到（六）》，载《鲁迅全集》第 3 卷，第 47 页。

与着悲惨的战斗，向人生的道路进行。"

　　如果说思想者在精神世界占有真理是第一重觉醒，告别浪漫想象以回归现实人间是第二重觉醒，那么在日常生活的苦恼与困乏中克服一种精神的优越感和道德的清高感，则是第三重觉醒。在这个意义上，精神优越性的超克，我以为是鲁迅反思启蒙的最大成果。反映到文学创作中，我们可以看到一种根本性的变化。在"幻灯事件"的刺激下，鲁迅以为愚弱的国民"病死多少是不必以为不幸的"，彼时能进入鲁迅视野的"不幸"，只有像狂人系列的"不幸的少数者"。至于像《明天》中单四嫂子的宝儿、《祝福》中的祥林嫂、《药》中的华小栓，正是属于"病死多少是不必以为不幸的"那一类，按理都不在"不幸的少数者"之列，但鲁迅并没有将其排除在写作之外。这说明，经过十年寂寞而"苦于不能全忘却"的漫长思索，鲁迅已开始抛弃"精神胜利法"而回归现实人间。所谓"病态社会的不幸人们"，已由"不幸的少数者"，沉潜为"外面的进行着的夜，无穷的远方，无数的人们，都和我有关"①。鲁迅的文学范式，也已由《摩罗诗力说》所开启的对精神英雄的召唤，转为《呐喊》所奠定的"几乎无事的悲哀"。

　　"思想的限度由记忆设定，正如感官的限度由物体设定。"② 思想的深化与发展是在从现在出发的反复回忆中得以实现与完成的。"偏苦于不能全忘却"在忘却与回忆之间所建构的一种复杂而矛盾的辩证关系与思想空间，重塑了鲁迅的启蒙之梦，也重塑了鲁迅的文学观与启蒙观。在这样的基础上，鲁迅确立了自己的文学品格与创作风格：其文其字，萦绕在回忆与忘却、忏悔与反思、怀旧与抒情、黑暗与病态、绝望与反抗之间，闪烁着一种非同一般的迷人气质和思想魅力。

---

① 鲁迅：《且介亭杂文末编·"这也是生活"……》，载《鲁迅全集》第6卷，第624页。
② ［俄］奥古斯丁：《论三位一体》，周伟驰译，上海人民出版社2005年版，第301页

在文学史的意义上，"忘却"的辩证法催生了两个"第一"：鲁迅的第一篇小说《怀旧》、新文学的第一篇小说《狂人日记》。中国新文学由此兴起，也由此成熟。所谓"中国现代小说在鲁迅手中开始，又在鲁迅手中成熟"[①] 的经典史论，就此可以获得更充分的理解。

[①] 　严家炎：《〈呐喊〉〈彷徨〉的历史地位》，载《世纪的定音》，作家出版社 1996 年版，第 64 页。

后　记

　　近现代中国风云动荡，是一个极端的年代，也是一个革命的时代。无论是思想的革命、文学的革命，还是政治的革命、社会的革命。也因为有革命、有理想，也必然有殉道、有牺牲。正如张灏先生在其谭嗣同研究的著作中所言及的，危机时代，往往会激发一种强烈而崇高的烈士精神。本书所讨论的，就是通过重读秋瑾、丁玲、周氏兄弟等人的人生与文学故事，探索烈士精神在革命时代的发扬与压抑、传统道德在现代革命中的矛盾与冲突、女性解放在革命政治中的性别与牺牲、烈士文章的生产机制与美学精神、纪念文章的修辞艺术与记忆哲学等问题。

　　写作秋瑾、丁玲与女性牺牲的文章，大概起于 2012 年到 2013 年间去台北"中央研究院"做访问学者的时候。那时现代文学室的彭小妍老师组织了一个跨文化研究工作坊，邀请李欧梵先生来访问讲学，有幸得与李先生在同一个公寓楼与办公楼时常相遇。李先生当时正在做林纾与跨文化研究，对晚清的文学与文化大为赞赏，这使我对过去一向因辫子与腐败而极度厌恶的晚清发生了浓厚的兴趣。有意思的是，李先生早年是以鲁迅研究而著名的，他那本《铁屋中的呐喊》（*Voices from the Iron House*）已经成为海外鲁迅研究的经典著作。但和他谈起这本书，他谦和而大度地摇摇头，说这是他的"前史"，不值一提了。受这位博学前辈的影响，我在"中央研究院"的近史所图书馆翻阅了不少晚清报刊，从此一发不可收拾，几乎无法自拔。我原来的研究方向，也因此大大偏离了。在此同时，学生王伊薇给我寄了一篇丁玲研究的文章，为了帮她修改，重新读了一遍丁玲，结果发现了秋瑾在丁玲那里有着近乎精神教母的影响，所以特别注意到了晚清对"五四"新女性的影响。更何况，秋瑾也是鲁迅在小说《药》中所致敬的人物呢。因为访问学者被要求做至少一次学术报告，围绕秋瑾和丁玲两代女性的文学与人生、革命与牺牲的问题，就成为我新计划中的题目。面对完全陌生的晚清，新的题目面对的挑战很大，那时为了要通读相关材料，几乎没有休息与度假的时间。现在想起来，因此错过了宝岛的许多美丽风光，不免有点遗憾。周氏兄弟的研究，关于启蒙与革命、殉道与气节、纪念与忘却，也都是延续了相关的学术兴趣。所思考的问题，也有内在的一致性。

本书的部分篇章，先后在《文学评论》《学术月刊》《文史哲》《文艺争鸣》《东岳论丛》《福建论坛》《鲁迅研究月刊》《中国现代文学研究丛刊》等学术刊物上发表过。其中有数篇被《新华文摘》和《人大复印资料》等刊全文转载过，并获得上海市哲学社会科学优秀成果奖。借此要对写作和发表过程中给予关心、帮助的诸位师长、学友深表感谢。

拙著此次出版，首先要感谢山东师范大学重点学科建设项目的支持与信赖，感谢振勇兄的组织与推荐，也感谢人民出版社陈晓燕编辑的细心工作。

过去的一年，有收获的幸福，也有失去的悲伤。在难忘的6月，一向健朗、笔耕不辍的恩师朱德发先生溘然长逝；几乎与此同时，经常联系、非常器重的一位留美女生陈心谌也在西雅图突遭不幸。无言而巨大的悲伤忽然袭来，意想不到，却必须接受。伤逝，更让人感受到时光的意义与生命的可贵。本书的论题，指向烈士，指向纪念，冥冥之中，又是一种怎样的预示呢？

符杰祥

2019年春于好第坊寓所

责任编辑：陈晓燕
封面设计：九五书装

图书在版编目（CIP）数据

烈士风度：近现代中国的性别、牺牲与文章 / 符杰祥 著 . — 北京：人民出版社，
　2020.5（2021.5 重印）
（奔流·中国现代文学研究丛书 / 贾振勇主编）
ISBN 978 - 7 - 01 - 021520 - 4

I. ①烈…　 II. ①符…　 III. ①中国文学 - 现代文学 - 文学研究　 IV. ① I206.6

中国版本图书馆 CIP 数据核字（2019）第 243877 号

烈士风度
LIESHI FENGDU
——近现代中国的性别、牺牲与文章

符杰祥　著

人民出版社 出版发行
（100706　北京市东城区隆福寺街 99 号）

北京建宏印刷有限公司印刷　新华书店经销

2020 年 5 月第 1 版　2021 年 5 月北京第 2 次印刷
开本：710 毫米 × 1000 毫米 1/16　印张：18.5
字数：257 千字

ISBN 978 - 7 - 01 - 021520 - 4　定价：52.00 元

邮购地址 100706　北京市东城区隆福寺街 99 号
人民东方图书销售中心　电话（010）65250042　65289539